Robyn Carr wurde 1951 in St. Paul, Minnesota, geboren und lebt heute mit ihrem Mann und ihren beiden Kindern in Sacramento, Kalifornien.

Von Robyn Carr sind ebenfalls im Knaur-Taschenbuch-Programm erhältlich:

»Der Liebeshandel« (Band 1433)
»Das Lied des Troubadours« (Band 1434)
»Das Geheimnis des Gobelins« (Band 1435)
»Herz auf falscher Spur« (Band 2054)

Deutsche Erstausgabe 1989

Titel der Originalausgabe »The Blue Falcon«

Umschlaggestaltung Manfred Waller
Umschlagillustration Sharon Spiak/Luserke
Satz MPM, Wasserburg
Druck und Bindung Ebner Ulm
Printed in Germany 5 4 3
ISBN 3-426-02053-X

Robyn Carr:
Der königsblaue Falke

Roman

Aus dem Englischen von Ingeborg Ebel
und Traudel Weiser

Knaur

Für Jim, mit Liebe

Die Autorin möchte Neva Hoofnagle und Lowell Stokes für ihr Interesse an diesem Buch danken.

Ich zôch mir einen valken mêre danne ein jâr.
dô ich in gezamete, als ich in wolte hân,
und ich im sîn gevidere mit golde wol bewant,
er huop sich ûf vil hôhe und fluog in anderiu lant.

Sît sach ich den valken schône fliegen:
er fuorte an sînem fuoze sîdîne riemen,
unt was im sîn gevidere alrôt guldîn.
got sende sie zesamene die gerne wellen sîn.

Einen Falken zog ich mir länger denn ein Jahr;
da er nun mein eigen und wohl gezähmet schon war
und ich mit Gold ihm schmückte sein stolzes Federkleid,
da stieg er in die Lüfte und flog von mir gar weit.

Seither sah ich den Falken oftmals fliegen,
er trug an seinem Fuße seidene Riemen,
und sein Gefieder deckte all rotes Gold;
ach, sende Gott zueinander, die sich lieb sind und hold.

Der Kürenberger

Prolog

Ehe sich die Sonne über den hohen Mauern von Anselm Keep erhob, eilte eine kleine Gestalt, die in einen schweren Mantel gekleidet war, durch die Straßen. Die Hände hatte sie in den Falten ihres Umhangs verborgen; an ihrem Arm hing ein Korb. Ihr Kopf war von einer Kapuze verhüllt, und sie wirkte im Morgennebel eher wie ein Geist als wie eine Sterbliche.

Die Glocke zum Frühgottesdienst läutete. Sie verlangsamte ihren Schritt, kniete und bekreuzigte sich, als der Priester an ihr vorbeiging. Die beiden sahen sich nicht an, waren sich der Gegenwart des anderen aber durchaus bewußt. Als er vorbei war, beschleunigte sie wieder zielstrebig ihren Schritt.

Sie blieb vor einem bescheidenen Laden stehen und klopfte ungeduldig an die Tür. Sie wurde sofort geöffnet. Eine Frau von etwa fünfzig Jahren und gesundem Aussehen stand im Rahmen. »Milady«, grüßte sie. »Bitte, tretet ein und setzt Euch ans Feuer.«

Sie trat schnell ins Haus, so schnell, daß die Frau kaum Zeit hatte, ihre Einladung auszusprechen. Drinnen schob sie die Kapuze ihres Umhangs zurück und enthüllte ihre außerordentliche Schönheit. Sie schüttelte ihr dickes, dunkles Haar, das noch nicht für den Tag frisiert war, und ließ somit erkennen, wie dringend ihr Anliegen war. »Du wußtest, daß ich kommen würde«, stellte sie fest.

Der Raum war angefüllt mit Spulen feinsten Garns und allerlei Nähutensilien. Spitzen und noch nicht fertige Textilien lagen herum. In der Nähe der Tür, die zu den Privaträumen der Ladenbesitzerin führte, stand ein Tisch, der mit einem kostbaren roten Tuch bedeckt war. Darauf lag eine Kristallkugel, die von innen heraus zu leuchten schien. Die Spitzenklöpplerin, Giselle, betrachtete sie und sagte: »Eure Schritte in Eurem Schlafgemach heute früh weckten mich. Ich wußte, Ihr würdet mich aufsuchen.«

Lady Udele blickte ins Feuer, um die Ungeduld in ihren smaragdgrünen Augen zu verbergen. Sie streckte die Hände zum Feuer, obwohl sie nicht fror. Tatsächlich zeigte die Rötung ihrer Wangen, daß sie voller Energie steckte. »Dann weißt du also, warum ich gekommen bin?« fragte sie, ohne die Frau anzusehen.

Giselle antwortete nicht sofort. Sie ließ ihre Gedanken in die Vergangenheit schweifen. Vor zwanzig Jahren war Lady Udele die jugendliche Braut von Lord Alaric de Corbney gewesen. Eine der Dienstbotinnen im Schloß hatte sie zu Giselle gebracht. Dann wurde sie schwanger, und in ihren Augen hatte dasselbe erregte, fast verzweifelte Licht geglommen. Damals war sie erst vierzehn gewesen.

»Es muß ein Sohn werden«, hatte sie mit Inbrunst gesagt. »Stark und mächtig. Er wird der Herr meines Hauses, wenn mein Mann nicht mehr ist. Er wird mich aufopfernd lieben.«

Udele die Geburt eines kräftigen Sohnes zu prophezeien war leicht gewesen. Dieser Sohn würde ebenso wie sein Vater werden; und Lord Alaric war ein hochwohlgeborener und mächtiger Mann. Giselle konnte auch sehen, daß dieser Sohn in den Ritterkünsten bewandert sein und die Ergebenheit seinen Eltern gegenüber außer Frage stehen würde.

Doch diese Weissagung befriedigte Lady Udele nicht. Sie bestand auf magischen Tränken und Zaubersprüchen, um die Zukunft des ungeborenen Kindes zu sichern. Giselle gab ihr gewürzten Wein zu trinken und murmelte bedeutungsvolle Worte, denn sie hielt nichts davon, die Zukunft ändern zu wollen. Als der Knabe zur Welt kam, war er kräftig und gesund.

Udele freute sich sehr über die Geburt ihres Sohnes, aber sie sah nicht, daß Conan das Ebenbild seines Vaters war. Für Udele war Alaric bereits ein alter Mann — siebenunddreißig —, als sein er-

stes Kind geboren wurde. Die junge Adelige empfand wenig Leidenschaft für ihren alternden Ehemann.
Udele wandte sich vom Feuer ab und starrte Giselle an. »Ich habe gehört, Sir Conan ist heimgekommen. Seid Ihr deswegen hier?« fragte Giselle.
»Mein Gemahl hat überall verkünden lassen, daß Conan wieder zu Hause ist. Heute wird ein Turnier abgehalten. Und der Ritter wird zweifellos den Stolz seines Vaters rechtfertigen.«
»Ihr fürchtet doch nicht um Sir Conans Wohlergehen, Lady? Er ist bei weitem der beste Kämpfer, den Anselm seit vielen Jahren gesehen hat.«
»Das fürchte ich nicht!« brauste Udele auf. Sie war bestürzt, trotz ihrer heftigen Reaktion. In dieser einfachen Hütte konnte sie die Maske fallen lassen. Obwohl im ganzen Land ihre Schönheit und Vitalität besungen wurden, konnte sie sich in Gegenwart Giselles entspannen und ihr Unglück zeigen. Alaric wurde von allen Adeligen beneidet, weil Udele wohl die schönste Frau Englands war, aber nur Giselle wußte, daß Udele ihren Mann verachtete. »Ich habe nur Angst um meinen Sohn, weil er den Kampf mehr als alles andere liebt«, sagte sie nun ruhiger.
Giselle hatte Mitleid mit der Lady. »Kommt«, sagte sie. »Setzt Euch zu mir und gebt mir Eure Hände. Ich sehe einen stolzen Tag für die Mutter eines großen Ritters.«
»Ich bewältige diesen Tag schon«, erwiderte Udele. »Du mußt mir sagen, was Conan erwartet.«
»Aber, Madam ...«
»Ich habe dir etwas mitgebracht«, unterbrach Udele Giselle. Sie griff in den Korb und holte ein schmutziges, abgetragenes Hemd hervor, von der Art, wie Ritter sie unter ihrer Rüstung trugen.
Giselle betastete das Kleidungsstück. Die vielen Stunden des Tragens, der Geruch nach Schweiß, Leder und Pferden halfen ihr, eine enge Beziehung zu dem Besitzer herzustellen. Sie wußte sofort, daß es Sir Conan gehörte.
Giselle setzte sich an den Tisch. Mit einer Hand berührte sie das

Leinenhemd, die andere ruhte auf der Kristallkugel, und sie schloß leicht die Augen. Er war da; sein Bild entstand vor ihrem geistigen Auge. Sie lächelte, denn sie mochte ihn gern. Schließlich hatte sie seine Geburt vorhergesagt und viele Ereignisse seines Lebens. Giselle war es gewesen, die vorgeschlagen hatte, dem Knaben einen Merlin zu schenken, und das Kind hatte sofort eine natürliche Begabung im Umgang mit dem Vogel bewiesen. Als nächstes schenkte man ihm einen Falken und später noch viele andere. Sein Schild war mit dem Bild des blauen Falken geschmückt, und ein sehr schöner Vogel mit königsblauem Gefieder war Conans ständiger Begleiter.

Es hatte Udele gefallen, daß sich dieses Kind vor allen anderen auszeichnete. Im Alter von sechs Jahren hatte er sein Elternhaus verlassen und war als Page in den Dienst eines ruhmvollen, kampferprobten Ritters, Sir Theodoric, getreten. Zwar billigte Lord Alaric die Wahl des Lehrers seines Sohnes, doch wäre es nach ihm gegangen, hätte er ihn nicht so früh außer Haus geschickt. Aber Udele drängte darauf, denn sie hatte große Pläne mit dem Knaben.

Conan lernte schnell. Er diente als Knappe und wurde früher als Gleichaltrige zum Ritter geschlagen. Jetzt, mit zwanzig, hatte er in diesem Teil Englands bereits großen Ruhm erworben. Er besaß alle Qualitäten — Stärke, Kraft, Loyalität —, die Udele für ihren Erstgeborenen erhofft hatte. Trotzdem merkte sie nicht, daß er der Sohn seines Vaters war.

Giselle sah ihn vor ihrem geistigen Auge, ein gutaussehender junger Mann, der größer als sein Vater war. Seine tiefblauen Augen und sein voller Bart entlockten manchem Mädchen Seufzer; und doch konnten diese Augen auch Kälte ausstrahlen, wenn er einem Gegner im Kampf gegenüberstand. Giselle konnte sich als eine der wenigen erinnern, daß Lord Alarics Augen einst dieselbe hypnotische Kraft besessen hatten, doch nun waren sie müde geworden und entflammten nur noch selten.

»Ich kann Euch von seinem Triumph des heutigen Tages erzählen«, sagte Giselle, ohne die Augen zu öffnen.

»Er wird das Turnier gut überstehen?«
»Gewiß«, antwortete Giselle.
»Dann ist mir leichter ums Herz. Aber mich quält noch etwas anderes«, verkündete Udele. Giselle runzelte die Stirn. Sie konnte die Spannung fühlen, die von Lady Udele ausging. »Mein Gemahl findet es an der Zeit, daß sich Conan vermählt.«
Giselle nickte. Natürlich drängte der Lord auf eine baldige Ehe seines Sohnes. Dann konnte Conan seinen Vater entlasten und die Verwaltung der weitverstreuten Ländereien übernehmen. Und er hätte Zeit, wenigstens ein Kind zu zeugen, ehe König Henry ihn wieder zu den Waffen rief. Der Zeitpunkt für eine Vermählung schien günstig, aber Giselle sah einen Schatten heraufziehen.
»Hat er Euch eine Braut vorgestellt?« fragte Giselle.
»Nein. Er vertändelt mit Mädchen nur seine Zeit.«
Giselle mußte lächeln, denn sie sah Conan klar vor ihrem geistigen Auge. »Heute werden viele junge Mädchen dem Blauen Falken ihre Aufmerksamkeit schenken, Madam. Aber darunter ist keine, die er erwählen sollte. Heute ist nicht der Tag dafür. Heute würde er die falsche Frau wählen.«
»Wen liebt er?« fragte Udele schneidend.
Giselle regte sich über den Ton nicht auf. Sie kannte Udeles nervöse Unruhe. Sie lachte. »Sir Conan liebt die Frauen, aber schenkt seine Gunst nicht einer speziellen. Am meisten liebt er sein Pferd und sein Schwert.«
»Aber die Zeit ist reif! Wenn wir warten sollen, bis er sich entscheidet ...« Udele unterbrach sich und sah, daß Giselle sie mit ihren freundlichen grauen Augen anblickte. »Wen wird er wählen? Ich muß den Namen wissen.«
»Ich kann Euch keinen Namen nennen, Milady«, sagte Giselle bestimmt. »Selten, fast nie, sehe ich Namen. Und ihr seid nicht länger für Conan verantwortlich.«
»Du mußt mir sagen, was ich zu wissen wünsche.«
»Madam, diese Forderung könnte gefährlich sein. Ich muß Euch warnen.«

»Aber es hat nie irgendeine Gefahr gegeben.« Sie lachte nervös. »Du machst dir zu viele Sorgen, Giselle.«
»Ihr fragt zuviel, Madam«, sagte Giselle, obwohl sie wußte, daß die Gefahr nicht eigentlich von der Fragestellung herrührte, sondern von Udeles Wunsch, in Conans Schicksal eingreifen zu wollen. Conan würde genug Probleme bekommen, aber mit ihnen fertig werden. Das Gesamtbild ließ ihn als einen zufriedenen und wohlhabenden Mann erscheinen. »Ihr geht mit meiner Begabung zu leichtfertig um.«
Udeles Gesicht war verschlossen. Sie senkte ihre Stimme. »Du hast mir schon früher mit deiner Hexenkunst geholfen und getan, worum ich dich gebeten habe. Und jetzt weigerst du dich?«
»Wenn es um Euch oder Euren minderjährigen Sohn geht, kann ich sagen, was Ihr wissen wollt, Madam. Aber Conan ist ein erwachsener Mann. Da sind meine Fähigkeiten begrenzt.«
Udele sah die Spitzenklöpplerin drohend an. »Du hast mir Tränke verabreicht und Zaubersprüche gesagt. Man würde dich töten, wenn das bekannt würde.«
Die beiden starrten sich an. In Giselles Augen waren Weisheit und Mitgefühl zu lesen, nicht die Bereitschaft, leichtfertig mit ihrer Gabe zu spielen. Und Udeles Augen glänzten vor Lebenslust, in ihnen stand die unbedingte Entschlossenheit, ihren Willen durchzusetzen.
Seit über zwanzig Jahren kannten sich die beiden, und ihre Beziehung zueinander hatte sich nie geändert. Giselle war eine sanftmütige Frau, die allen half, wann immer sie konnte, und vorsichtig mit ihrer Gabe des Zweiten Gesichts umging, da sie sie auch fürchtete. Und seitdem hatte Udele sie eingeschüchtert und bedroht, wenn Giselle ihr nicht willfährig war.
Oft hatte Giselle diese erste Begegnung mit dem damals verzweifelten jungen Mädchen bedauert. Udele war voller Angst gewesen, ob sie die schwere Aufgabe der Herrin von Anselm auch meistern könnte. Doch dann — als sie die Bedeutung von Giselles Begabung erkannt hatte — wollte sie stets die Zukunft wissen und sie vor allem nach ihren Wünschen gestalten. Wenn Giselle eine

magere Ernte prophezeite, ließ Udele mehr Vorräte als gewöhnlich einlagern. Wenn eine neue Steuer für gewisse Waren angesagt wurde, kaufte Udele selbst davon ein.

»Ich will es wissen, auch wenn du dich sträubst. Sonst lasse ich dich auspeitschen.«

Wieder legte Giselle ihre Hand auf die Kristallkugel und schloß die Augen. Ihre Fingerspitzen berührten das Leinenhemd; dadurch konnte ihr Geist in die Zukunft schweifen. Wieder sah sie den schönen jungen Ritter vor sich. Sie suchte nach einer Frau in seinem Leben, obwohl sie sah, daß es keine gab. Es war, als hielte sie Conan in ihrer Hand. In Trance sprach sie zu dem Ritter: »Du wirst genauso leidenschaftlich lieben, wie du kämpfst — ach, so viel geben — nicht nur einen Teil deines Herzens, sondern dein ganzes Selbst. Aber etwas anderes ist eines Falken auch nicht würdig — die Loyalität zu deiner Liebe entspricht deinem Wahlspruch, als du zum Ritter geschlagen wurdest. Und daran bist du für immer und ewig gebunden.«

Udele beugte sich auf ihrem Stuhl vor. Sie war begierig, mehr zu hören.

»Sie wird seine Herzensdame sein. Ihr Haar ist hellblond, und ihre Wangen strahlen im Glanz der Jugend. Jung ist sie — ja, so jung, daß sie noch nicht zur Frau erblüht ist, erst an der Schwelle steht. Ich sehe Schönheit und Mut — fürwahr, ihr Mut ist dem des Ritters ebenbürtig! Sie passen zueinander. Aber — Sir Conan hat sie noch nicht bemerkt. Obwohl sie da ist, ganz in seiner Nähe. Wenn er für sie bereit ist, wenn sein Auge sie auserwählt hat, wird er sich mit ihr vermählen. Aber jetzt ist der Geist des Ritters mit anderen Dingen beschäftigt, aber er wird die Dame seines Herzens bekommen.«

Udele hatte die Hände unterm Kinn gefaltet, als würde sie beten.

»Und ihre Familie?« fragte sie leise.

»Ich sehe ein starkes Band zur Familie«, antwortete Giselle konzentriert. »Und eine starke Familie. Stark und geachtet.«

Udele nickte. »Und wohlhabend?« fragte sie. Giselle runzelte die Stirn. »Schönheit und Reichtum«, sagte sie. »Er wird zu Wohlstand kommen, aber der Besitz des Mädchens ist bescheiden. Nein, sie ist nicht reich, ihr Reichtum besteht in ihrer inneren Stärke.«

Udele lehnte sich zurück. Sie öffnete leicht den Mund, schwieg aber. Schließlich sah Giselle sie an.

»Sie hat kein Vermögen?« fragte Udele verdrießlich.

Giselle lächelte. »Fürchtet nichts, Lady. Conan wird nie arm sein. Und was er durch die Heirat mit diesem Mädchen gewinnt, wird zwar bescheiden, aber willkommen sein. Ihre Mitgift wird ...«

»... vielleicht einem armen Ritter gefallen«, vollendete Udele ungehalten den Satz. »Mein Sohn gehört zu Englands besten Rittern. Sein Vater ist Herr über reiche, ausgedehnte Ländereien! Er könnte leicht eine Prinzessin heiraten!«

»Nein, das glaube ich nicht, Madam. Sir Conan sucht nicht ...«

»Ach? Und wonach sucht er?«

Giselle senkte den Blick. »Das kann ich nicht sagen, Madam. Nur daß der Ritter ein ehrbarer und aufrichtiger Mann ist. Er wird stets von seinen Gefolgsleuten respektiert werden.«

Udele schüttelte offensichtlich unzufrieden den Kopf. »Respekt kleidet und nährt uns nicht«, sagte sie. »Und hast du nicht verkündet, daß Conan ein einfaches Mädchen wählt, ohne auf den Rang unserer Familie Rücksicht zu nehmen?«

»Sie stammt aus einer wohlangesehenen, adeligen Familie. Und obwohl ihre Familie nicht so reich wie die Eure ist, verfügt sie doch über einen gewissen Reichtum. Sie wird Sir Conan eine große Hilfe sein, indem sie sein Haus mit Umsicht verwaltet, und ...«

»*Sein* Haus. Noch ist es nicht sein Haus, und das *ihre* wird es gewiß nicht werden. Ich werde nicht untätig zusehen, wie mir ein armes Mädchen meine Besitztümer raubt.«

»Madam, aber wenn er sie erwählt ...«

»Du mußt mir sagen, wie ich das verhindern kann. Mein Sohn darf keine Arme heiraten. Nicht jetzt.«

»Es gibt kein Mittel, das zu verhindern«, sagte Giselle langsam.

»Es muß einen Weg geben.«
Giselle schüttelte den Kopf. »Ihr dürft Euch da nicht einmischen. Es wäre sein Untergang und der Eure. Laßt es geschehen, Madam, und freut Euch, daß Euer Sohn eine so brillante Zukunft vor sich hat. Vergeßt ...«
»Was soll ich vergessen?« giftete sie. »Meine ganzen Hoffnungen? Vergessen, daß ich im zarten Alter von dreizehn mit einem Mann vermählt wurde, der älter als mein Vater war und mich rücksichtslos und ohne Zärtlichkeit behandelte? Vergessen, daß ich selbst noch ein Kind war, als ich mit meinem Sohn schwanger ging?« Udele schüttelte den Kopf. In ihren Augen brannte ein Zorn, der sie fast überwältigte. »Ich kann nicht vergessen, daß ich über zwanzig Jahre an meinen Mann gekettet war und ihm dienen mußte! Wenn Conan im Leben reüssiert, kann ich frei leben und brauche mich nicht mehr den Launen eines alten dickköpfigen Mannes beugen. Es war schwer genug, etwas eigenes Geld zur Seite zu legen!«
»Lord Alaric hat Euch so viel gegeben ...«
»Alaric wirft sein Geld für seine Armee zum Fenster raus, für nichts und wieder nichts!« keifte sie. »Und ich habe diese langen Jahre nicht gearbeitet und gewartet, damit ich von meinem Sohn dasselbe bekomme!«
»Madam ...«
»Wenn du mir nicht hilfst, helfe ich mir selbst. Aber ich warne dich, eines Tages wirst du dein Verhalten bereuen.«
Giselle schüttelte traurig den Kopf. »Ihr werdet keinen Erfolg haben, Milady, denn Ihr dürft nicht über die Zukunft bestimmen. Conan ist ihr bereits versprochen, so steht es in den Sternen geschrieben. Er wird immer nach ihr suchen, selbst im Tod.«
Udele sprang zornig auf und warf dabei den Stuhl um. Sie griff nach ihrem Korb, der auf der Bank stand. »Ich brauche Spitze«, sagte sie kalt und ließ ein paar Münzen vor Giselle auf den Tisch fallen.
Müde stand die Ältere auf und maß ein paar Ellen Spitze ab, an deren Herstellung sie viele Stunden gearbeitet hatte.

Udele starrte die Spitze ohne Interesse an. Dann hob sie den Blick, sah Giselle in die Augen und erkannte, daß die Frau ihre Meinung nicht geändert hatte. Udele hatte keine Hilfe bei der Änderung von Conans Leben zu erwarten. Wütend stopfte sie die Spitze in ihren Korb, drehte sich um und ging.

Giselle starrte eine Weile auf die halbgeöffnete Tür, die die mächtigste Frau in Anselm nicht für nötig befunden hatte zu schließen. Plötzlich fühlte sie sich sehr müde. Ihre Energie war erschöpft, und es kostete sie große Anstrengung, die Tür zu schließen. Sie lehnte sich dagegen und murmelte: »Ich konnte nicht wissen, daß unsere Bekanntschaft ein solches Chaos verursachen würde.«

Am Anfang hatte Giselle Udeles schwierige Lage verstanden. Alaric war zwar ein großzügiger und gerechter Mann, trotzdem blieb er der Herr. Ihm gefielen Udeles Schönheit und Jugend, aber er beherrschte seine Frau. Und Udele wußte seine Vorzüge nicht zu schätzen. Giselle hatte erwartet, daß Udele mit der Zeit reifer werden und ihr Schicksal akzeptieren würde, aber das war nicht eingetreten. Nach außen hin kam Udele all ihren Pflichten als Herrin von Anselm nach, geliebt hatte sie ihren Mann jedoch nie.

Im Lauf der Jahre hatte sich eine seltsame geistige Vertrautheit zwischen beiden Frauen entwickelt. Wenn Udele Sorgen hatte, erwachte Giselle aus tiefem Schlaf. Und wenn Udele zornig war, konnte Giselle nicht klöppeln, so sehr zitterten ihre Hände. Und jetzt spürte Giselle auch ohne ihre kostbare Kristallkugel, welche Katastrophe Udele durch ihr Eingreifen in das Leben ihres Sohnes bringen würde.

Giselle ging langsam in ihr Hinterzimmer. Von einem Vorhang verdeckt, standen auf einem Regal verschiedene irdene Krüge. Dem einen entnahm sie kleine, schwarze getrocknete Zweige, aus dem anderen schüttete sie ein beißend riechendes orangefarbenes Pulver, und aus dem dritten Krug holte sie eine silbrige, flockige Substanz. Sie vermischte alle drei Ingredienzen miteinander und schüttete etwas davon ins Feuer. Flammen zischten

empor, und roter Rauch quoll durch den Raum. Sie schloß die Augen und fiel in Trance. Sie schüttete mehr von der Mixtur ins Feuer. Noch mehr Rauch entwickelte sich.
»Bring diese Frau schnell zu Sir Conan«, murmelte sie, öffnete die Augen und blickte in die Flammen. »Noch heute. Er muß Kenntnis von ihr nehmen, ehe es zu spät ist.«
Innerhalb weniger Augenblicke hatte sich der farbige Rauch verflüchtigt. Die Spitzenklöpplerin besaß nicht allzuviel Vertrauen zu dieser Zeremonie, denn sie wußte, daß sie kaum Einfluß auf den Verlauf des Schicksals hatte, auch wenn sie in die Zukunft sehen konnte.
Sie wusch sich die Hände und ließ sich auf ihr bescheidenes Strohlager sinken. Sofort fiel sie in tiefen Schlaf.
Wie durch einen inneren Zwang drehte sich die Herrin von Anselm plötzlich auf der Treppe zur Burg um und blickte in die Richtung, wo die Hütte der Spitzenklöpplerin stand. Im Morgengrauen konnte sie eine seltsame Wolke über dem Dach erkennen.
»Wenn sie mich betrogen hat«, murmelte Udele, »töte ich sie.«

TEIL

I

1

Banner schmückten den Bergfried der Anselmburg, denn der Tag des großen Turniers war angebrochen. Wimpel flatterten auf den Zelten, in denen die Ritter nächtigten. In der Burg herrschte Stille, denn es war noch früh.

Chandra Ellard setzte sich in ihrem Bett auf und ließ den Blick durch das dämmrige Zimmer schweifen. Ihre Schwestern schliefen noch, würden aber beim Klang der Glocke, die bald zur ersten Messe rufen würde, aufwachen. Leise ging sie auf dem kalten Steinfußboden zum Fenster. Der Laden klemmte und ließ sich schwer öffnen, aber sie gab nicht nach und zerrte daran, bis er mit einem Quietschen aufsprang.

Schuldbewußt blickte Chandra über ihre Schulter, um zu sehen, ob sie jemanden geweckt hatte. Edwina, ihre älteste Schwester, drehte sich auf die andere Seite und zog ihre Decke enger um sich. Laine rührte sich nicht. Sie lag auf dem Rücken, in der Position, von der sie glaubte, daß Nonnen so schlafen würden. Chandra schnitt ihren Schwestern ein Gesicht und schaute wieder aus dem Fenster.

Beim Anblick der Fahnen und Wimpel machte ihr Herz einen Sprung. Ach, endlich! Nach diesem Bild hatte sie sich schon so lange gesehnt. Sie streckte die Arme aus dem kleinen Fenster und lächelte. Ihr erstes Turnier!

Seit Jahren schon wartete Chandra, die jüngste Tochter von Sir Medwin, auf diesen Tag. König Henry hatte zwar Turniere verboten, aber jetzt hielt er sich in Frankreich auf, und Lord Alaric nahm es mit dem Verbot nicht so genau. Er fand, daß die Gebühren, die die Ritter zu entrichten hatten, eine nicht zu verschmähende Einnahmequelle darstellten. Und wäre ihr Vater nicht ein

enger Freund des Lords, wäre sie heute wahrscheinlich gar nicht hier.
Es würde ein großartiges Turnier werden! Nach nah und fern hatte man Einladungen verschickt: Ritter mit ihren Familien, Lehnsherren, Vasallen, Adelige, Priester — gläubige und skrupellose — waren gekommen und auch jüdische Geldverleiher, die nach Adeligen Ausschau hielten, die Kredit brauchten. Im Umkreis von vielen Meilen hatte sich alles versammelt, was Beine hatte.
Und natürlich war Sir Conan da!
Chandra stützte sich auf ihre Ellbogen und schaute verträumt aus dem Fenster. Seit einigen Jahren hatte sie ihn nicht mehr gesehen, aber denken mußte sie ständig an ihn. Er hatte immer einen besonderen Platz in ihrem Leben eingenommen — schon als Knabe —, aber nun war er kein Knabe mehr. Jetzt war er ein Mann; erst vor kurzem war er zum Ritter geschlagen worden. Sie seufzte und hoffte, er würde jetzt mehr die Frau in ihr sehen als das Kind.
Sie hielt den Atem an, als sie den Falken entdeckte, der sich hoch über dem Turnierplatz in die Lüfte schwang. Dann schoß er im Sturzflug mit gefalteten Schwingen nieder, um gleich darauf wieder in den strahlend blauen Himmel emporzusteigen. Er kreiste in großer Höhe und spähte zu Boden. Ein scharfer Pfiff ertönte, und der Vogel verschwand hinter der hohen Burgmauer.
Er ist da, dachte sie mit wild klopfendem Herzen. Hier, ganz in der Nähe, und arbeitet mit seinem Vogel.
Chandra eilte zu ihrem Bett und streifte ihr Nachthemd ab. Ihr schauderte in der Kühle des frühen Morgens. Sie wollte das Fenster schließen, ehe ihre Schwestern aufwachten, aber zu spät. Laine betrachtete verwundert die nackte Chandra.
»Chandra? Was tust du da?«
Chandra zuckte die Schultern, griff nach einem frischen Unterhemd und zog es über. »Es ist fast Zeit für die erste Messe«, sagte sie so beiläufig wie möglich.
Sie wandte das Gesicht ab, damit ihre Schwester ihr Lächeln

nicht sehen konnte. Sie ging zu dem Hocker in der Ecke, worüber sie am Vorabend sorgfältig ihr Lieblingskleid gebreitet hatte. Vorsichtig zog sie es an und strich es über ihren Hüften glatt. Das Kleid war beige, mit grünen Paspeln besetzt, und auf der Brust war eine kunstvolle Stickerei, die einen Fisch darstellte.

Sie griff in die tiefe, zwischen den Falten verborgene Tasche des Kleides, um sich zu vergewissern, daß der Schatz, den sie dort aufbewahrte, noch an seinem Platz war. Zufrieden berührte sie den weichen Stoff. Sie setzte sich auf den Hocker und streifte ihre Schuhe über, dann nahm sie ihren Kopfschleier.
Als sie vor der Tür stand, wachte Edwina auf.
»Das Fenster«, stöhnte sie. »Wer hat das Fenster geöffnet?«
»Guten Morgen, Edwina«, sagte Chandra fröhlich.
»Wo gehst du hin? Die Sonne ist kaum aufgegangen.«
»Es ist fast Zeit für die erste Messe«, sagte Chandra und schlüpfte schnell durch die Tür.
Die Luft war kühl und der Boden vom Tau benetzt. Chandra raffte ihre Röcke und schritt schnell aus. Sie grüßte die Wachtposten, an denen sie vorbeikam. Ihr Lächeln wurde immer mit einer angedeuteten Verbeugung erwidert, denn sie strahlte Fröhlichkeit aus. Als sie sich dem Turnierplatz näherte, sah sie den Falken wieder. Und dann erblickte sie ihn, und ihr Schritt wurde langsamer.
Sie blieb stehen und betrachtete ihn. Er wandte ihr den Rücken zu und streichelte seinen Vogel. Sein rot-blaues Gewand unterstrich die Breite seiner Schultern, und ihr Herz machte wieder einen Sprung. Plötzlich breitete der Vogel seine Schwingen aus, und Conans behandschuhte Linke folgte der Bewegung. »Das ist genug«, sagte er. Der Falke bewegte sich wieder und schien seinem Herrn etwas mitzuteilen, denn Conan legte den Kopf zurück und lachte. Chandra konnte das Aufblitzen seiner weißen Zähne inmitten des dunklen Bartes sehen. »Nicht jetzt, Mars«, sagte er. »Ich habe heute morgen noch andere Dinge zu tun.«
Sir Conan stülpte eine Kappe über den Kopf des Vogels. Chandra

war enttäuscht, denn sie hätte ihn gern mit dem Falken arbeiten sehen. Wenn Reisende die Burg ihres Vaters besuchten, sprachen sie oft von Sir Conan und hatten in ihr die Vorstellung von einem großen, dunkelhaarigen Mann geweckt, mit einem Falken, der die Gedanken seines Herrn zu erraten schien.
Dann setzte Conan den Vogel auf eine Stange vor seinem blauroten Zelt. Er überprüfte seine Ausrüstung: Kettenhemd, Rüstung, Schild und Schwert. Alles glänzte wie seit Jahren nicht mehr.
Conan nahm einen Hafersack und band ihn seinem Pferd um, doch Orion verweigerte die Nahrung und scharrte ungeduldig mit dem Vorderhuf. Als fühle er, daß er beobachtet wurde, drehte sich Conan abrupt um. Chandra schrak zusammen.
Sie fing sich schnell und trat näher. Sie mußte lächeln, da er sie stirnrunzelnd betrachtete. Sie machte einen tiefen Knicks, erhob sich wieder und sagte: »Guten Morgen, Sir Conan.«
Rasch ließ der Ritter seine Augen über die kleine Gestalt und das hübsche Gesicht wandern. Er sah, daß sie ihren Kopfschleier noch immer in der Hand hielt. Goldene Locken fielen ihr bis über den Rücken. Als er den gestickten Fisch auf ihrem Gewand entdeckte, lächelte er freundlich.
»Du hast mich überrascht, junge Dame.«
Sie lachte hell. »Ich hätte dich überall erkannt, Conan. Ich bringe dir gute Nachrichten.«
»Und frühe Nachrichten«, sagte er.
»Ich sah den Falken und wußte, daß du hier bist.«
»Du hast dich nicht sehr verändert, meine schöne Chandra. Jagst immer noch den Vögeln nach und bringst dich in Ungelegenheiten.« Er hob die Brauen. »Obwohl sich dein Aussehen sehr verändert hat.«
Sie strahlte vor Glück bei dieser Bemerkung. »Dann, Sir Conan, bin ich wohl alt genug, um dir ein Unterpfand zu schenken, das du mit ins Turnier nimmst?«
Sie holte einen Schal von derselben Farbe wie ihr Kleid aus ihrer

Tasche. Er war in Grün gepaspelt und mit einem Fisch bestickt. »Es wäre mir eine Ehre.«

Conan runzelte leicht die Stirn, als er das Geschenk entgegennahm. »Es ist unziemlich für ein Mädchen, einem Ritter ein Unterpfand zu schenken. Du bist außergewöhnlich kühn, Chandra.«
Diese Worte beleidigten Chandra nicht, denn sie kannte ihre Entschlossenheit und unkonventionelle Art. Doch dann sagte sie nachdenklich: »Eigentlich wollte ich mein Unterpfand erst auf dem Turnier verschenken. Doch ich erwachte heute morgen plötzlich und wußte, daß ich es dir gleich geben muß.« Sie verscheuchte ein ungutes Gefühl und lächelte. Ihre Augen glitzerten schelmisch. »So viele Mädchen werden dir ein Unterpfand schenken wollen, daß du mich wahrscheinlich übersehen hättest.«
Seine blauen Augen strahlten Wärme aus, als er sie ansah. »Das ist wenig wahrscheinlich, schönes Kind«, sagte er, nahm ihre Hand und küßte sie.
»Du wirst mit Geschenken derart überhäuft werden, daß du dich bei den Kämpfen anstrengen mußt.«
»Und du mißt meiner Person zuviel Bedeutung bei«, sagte er.
Chandra lachte. »Jedenfalls«, sagte sie glücklich, »bin ich die erste.«
»Soll ich dich dann auch als erste nennen?« fragte er lachend.
»Für den Augenblick genügt mir das.« Sie knickste und drehte sich um, weil sie gehen wollte.
»Chandra!« rief er. Sie errötete nicht unter seinem Blick, sondern stand gelassen da und voller Würde. Seine Wertschätzung gab ihr ein Gefühl großer Wichtigkeit, und ihr Kopf wurde leicht. Dann trafen sich ihre Augen, und er hielt ihr Unterpfand hoch. »Ich will es tragen und hoffe, es ehrenvoll zu verteidigen.«
»Daran zweifle ich nicht, Conan«, sagte sie leise.
Sie hob kurz die Hand zum Gruß, und er erwiderte ihn. Dann ging sie.

Oft hatte Conan sein Blut schneller durch die Adern strömen fühlen, wenn er in der Nähe einer schönen Frau war, aber nie viel Enttäuschung empfunden, wenn sie wieder ging. Doch als Chandra ging, blickte er ihr gedankenverloren nach.
Als er sie das letztemal gesehen hatte, war sie ein herumhüpfendes kleines Energiebündel gewesen, das keiner schwierigen Situation auswich. Diese Eigenschaften hatte sie wohl behalten, aber sonst war sie eine andere geworden. Sie war nun kein Kind mehr, doch auch noch keine Frau.
Als er sie nicht mehr sehen konnte, fütterte er sein Pferd und bürstete dann das Fell, bis es glänzte. Von frühester Jugend an hatte er die Verantwortung für sein Pferd übernommen. Das hatte ihn Sir Theodoric gelehrt. Sein Hengst war sein wertvollster Besitz. Ihm konnte er während des Kampfes in den gefährlichsten Situationen vertrauen. Orion war ein wunderbares Pferd, und sollte er es verlieren, würde er Monate, vielleicht Jahre brauchen, um ein anderes Tier abzurichten. Aus diesem Grund kümmerte sich Conan um dessen Wohlergehen immer selbst.
Conan blickte über die Schulter in die Richtung, in die Chandra gegangen war. Noch immer mußte er an sie denken.
»Wieder ein Geheimnis, das er uns vorenthalten hat.«
Conan drehte sich um und lächelte den Sprecher an. Sir Mallory stand im Zelteingang und hielt die Klappe zurück, damit auch Thurwell herausschauen konnte. Conan lachte und bürstete wieder sein Pferd. Er ging auf den Scherz nicht ein. »Ich wußte nicht, daß ihr schon da seid«, sagte er.
»Du warst beschäftigt. Wir sahen das Mädchen und benutzten den Hintereingang des Zelts, um dich nicht zu stören.«
»Ihr habt mir nachspioniert«, sagte Conan mit ausdrucksloser Stimme.
»Das auch.« Thurwell lachte. »Von dem Mädchen hast du uns nichts erzählt.«
Conan sah die beiden an. Sie trugen die Waffenröcke, die er für sie hatte anfertigen lassen, seine Farben. Wie es ihn stolz machte, daß solche Ritter an seiner Seite ritten! »Um die Wahrheit zu sa-

gen, ich wußte nicht, daß sie kommen würde. Sie ist Chandra, die Tochter von Medwin von Phalen. Als ich sie das letztemal sah, war sie noch ein Kind. Aber sie konnte reiten wie der Teufel. Und jetzt scheint sie erwachsen zu werden.«
»Das kann man wohl sagen.« Mallory seufzte. »Würde Lord Alaric mit ihr einverstanden sein?«
»Das würde er. Vorausgesetzt, ich bin es auch. Er und Medwin sind alte Freunde.« Er zuckte die Schultern. »Sie ist kaum erwachsen. Und ich habe im Moment anderes im Sinn.«
»Und wonach steht dir der Sinn? Haben alte Feinde dich schon herausgefordert?«
»Ein paar. Doch kein bedeutender«, entgegnete er voller Selbstvertrauen.
»Hast du an Tedric gedacht?« fragte Mallory.
»Tedric?« Conan starrte seine beiden Gefolgsleute an, obwohl er nicht überrascht hätte sein dürfen. Tedric war der Sohn von Sir Theodoric. Sie waren lange Jahre gemeinsam aufgewachsen und unterrichtet worden, und ihr Verhältnis war immer gespannt gewesen. Tedric war neidisch auf Conans frühe Erfolge.
»Er ist ein Narr«, sagte Conan schließlich.
»Vor kurzem erst hat er eine Kampfansage ausgesprochen«, sagte Mallory.
»Was hofft er dabei zu gewinnen? Er weiß, daß er mich nicht bezwingen kann.«
»Er hat große Hoffnungen«, sagte Thurwell und streichelte Mars' dunkles Federkleid. »Er wird allesdaran setzen, dich zu bezwingen. Du mußt ihn ein für allemal besiegen.«
Conan bürstete die Mähne seines Pferde. »Wenn er mich einmal schlagen könnte, würde er vielleicht seine Narretei vergessen.«
»Das ist Wahnsinn, Conan«, sagte Mallory. »Seine Brust würde vor Machtgelüsten schwellen.«
»Was soll ich denn tun? Meinen geliebten Theodoric zuschauen lassen, wenn ich seinem Sohn die Knochen breche?«
Thurwell schüttelte den Kopf und trat näher. »Nein, Conan. Tedric ist falsch und weiß, daß er dich in einem fairen Kampf nicht

schlagen kann. Eines Tages wird er dich für deine Überlegenheit in Theodorics Haus zahlen lassen. Er weiß, daß du der Stärkere bist.«
»Das ist die Wahrheit, Conan«, stimmte Mallory zu. »In Zukunft mußt du dich vor ihm hüten. Er ist schwach als Ritter, hat aber einen ausgeprägten Machthunger. Er ist nicht dumm — und er will dir das Fell über die Ohren ziehen.«
Conan lachte. Ihn kümmerten diese Warnungen nicht. »Warum sollte ich ihn fürchten? Zwei der kühnsten und berühmtesten Ritter dieses Landes reiten an meiner Seite!« Er legte die Hand auf Mallorys Arm. »Selbst der Stärkste könnte mich mit solchen Gefährten nicht überwältigen.«
Keiner der beiden lachte über Conans Rede. »Wir leben bequem unter dem Dach deines Hauses, das stimmt«, sagte Mallory. »Du weißt, daß wir dir treu ergeben sind, aber wir sind freie Ritter, Conan.
Vor drei Jahren hast du uns aus großer Not gerettet, und seitdem reiten wir nur für dich. Du hast uns mit neuer Kleidung ausgestattet und uns Pferde geschenkt. Und du kennst unsere Dankbarkeit und weißt, daß wir unser Leben für dich lassen würden.«
»Ihr habt nie meinen Weg im Leben behindert, sondern mir geholfen«, entgegnete Conan. Das stimmte. Denn Theodoric war sein Lehrer gewesen — der beste, den man sich denken konnte —, aber Mallory und Thurwell hatten ihn Weltgewandtheit gelehrt. Sie waren seine engsten Freunde. »Ihr habt eure Kleidung und Pferde schon im ersten Jahr bezahlt. Ihr habt mir öfter, als ich mich erinnern kann, das Leben gerettet. Ich stehe in eurer Schuld.«
»Es gibt keine Schuld zu begleichen, Conan«, sagte Thurwell, »noch wird es jemals eine geben. Du halfst uns, als das Glück uns verlassen hatte, und wir halfen dir. Seitdem herrscht nur noch Freundschaft zwischen uns. Jetzt werden wir dich für eine Weile verlassen. Aber wir kommen wieder.«
Conan ließ sich seine Enttäuschung nicht anmerken. »Ich kann

euch nicht an euren Plänen hindern, doch ihr laßt mich hoffentlich wissen, wo ihr euch aufhaltet?«
»Wir schreiben diese Botschaft mit Blut, sollte es nötig sein«, sagte Mallory lachend.
»Zuerst wollen wir nach Canterbury und dann an großen Turnieren teilnehmen, wo viele Preise ausgesetzt sind. Wir schicken dir eine Nachricht.«
»Und solltest du uns rufen, sind wir sofort zur Stelle«, versicherte Mallory ihm.
Conan schnaubte: »Ich bereue den Tag, an dem ich euch aus dem Dreck zog. Hätte ich euch drin stecken lassen, müßte ich mich nicht über euer kapriziöses Verhalten aufregen.«
»Kapriziös!« krächzte Thurwell.
Mallory überging den Scherz. »Noch heute mußt du Tedric zeigen, wer der Herr ist. Nimm seine Herausforderung nicht auf die leichte Schulter. Ich kenne Männer wie ihn. Tedric wird zu jeder unerlaubten List greifen, um dich zu besiegen.«
»Deine Sorge ist unbegründet, Mallory.«
»Nein, Conan. Tedric ist der jüngste von vielen Brüdern, und sein Erbe ist klein. Er ist verbittert über deinen Erfolg und Reichtum. Ich hörte ihn gestern abend mit seinem Bruder reden. Er haßt dich, Conan, und dieser Haß verzehrt ihn.«
»Mir tut es um Theodoric leid«, sagte Conan. Daß Tedric ihn nicht leiden konnte, hatte ihm in der Vergangenheit oft das Leben schwergemacht. Doch mit Rücksicht auf dessen Vater hatte er seinen Rivalen nie ernsthaft verletzt. »Doch sei versichert, daß ich Tedric im Auge behalten werde.«
»Du mußt mehr tun, als ihn im Auge zu behalten, Conan«, sagte Mallory. »Wenn Tedric dein Leben bedroht, vergiß deine Loyalität Theodoric gegenüber, dann mußt du ihn töten.«
Allein der Gedanke ließ Conan das Blut in den Adern gefrieren.
»Das sind schöne Abschiedsworte«, sagte er zu seinen Freunden.
Mallory zuckte mit den Schultern. »Der junge Ritter ist nach Hause gekommen und erwirbt neuen Ruhm auf dem Turnier. Die Mädchen schenken ihm Bänder und Rosen, und sein Vater,

der Lord, wartet ungeduldig darauf, ihm die Verwaltung seiner Besitzungen übertragen zu können. Ja, Conan, es fällt dir schwer, heute böse Gedanken zu hegen, wenn die Zukunft so rosig aussieht. Aber vieles, was vor dir liegt, ist unerfreulich. Und erinnere dich an meine Worte: Eines Tages wirst du Tedric von Mann zu Mann gegenüberstehen, nicht auf dem Turnierplatz.«

Die drei standen eine Weile schweigend da und überdachten Mallorys Worte. Schließlich brach Thurwell das Schweigen. »Es ist Zeit fürs Frühstück. Ich habe einen Bärenhunger.«

»Ich komme nach«, sagte Conan und beschäftigte sich wieder mit Orion. Er schaute seinen Freunden hinterher, die zur Burg gingen. Er konnte sich ein Leben ohne sie nicht vorstellen, obwohl er wußte, daß sie eines Tages zu irgendeinem Abenteuer aufbrechen würden. Nun war dieser Tag gekommen. Doch sie würden zu ihm zurückkehren, sagte er sich.

Ein Knappe kam herbeigelaufen, verneigte sich kurz und half Conan beim Anlegen der Rüstung. Darüber trug er einen hellblauen Mantel.

Conan nahm Mars die Kappe ab und fütterte ihn mit einem Stück Fleisch. Wie sein Falke, so hungerten Mallory und Thurwell nach Freiheit. Und Conan brauchte genau wie sein Vater die dicken Wände einer Burg, damit er sich wohl fühlte. Er ritt gern auf der Suche nach irgendeinem Abenteuer aus, aber nur weil er wußte, daß er in die geschützten Mauern des Hauses seines Vaters — seines Hauses — zurückkehren konnte. Mallory und Thurwell würden alles geben, um solchen Banden zu entkommen, und Conan alles, um sie zu festigen.

»Ich wünschte, ich könnte ihnen eine solche Kappe, wie du sie trägst, aufsetzen, mein Freund«, sagte Conan zu seinem Vogel. »Dann wären sie immer in meiner Nähe.«

Der Falke schlug mit den Flügeln und sah ihn aus klugen Augen an, als wollte er protestieren. »Ja, du bist weise, Mars. Derart angebunden würden sie mir nicht dienen.« Mit dem Vogel auf seinem Arm schritt Conan auf die Burg zu, um sich zu seinen Freunden zu gesellen.

2

Seit Sir Conan wieder zu Hause war, schienen die blau-roten Banner von Anselm in neuem Glanz zu erstrahlen. Jedermann wußte, wie siegreich Conan auf dem Turnierplatz war, und ebenso war seine große Liebe zur Falknerei bekannt. Und Mars liebte er besonders. Sein Schild trug das Bild eines blauen Falken, und man nannte ihn oft den Blauen Falken. Als Conan die überfüllte Halle der Burg betrat, mit dem Falken auf seiner Hand, umgab ihn etwas Unheimliches und gleichzeitig Majestätisches.

Von Anselm aus — mit seinen sechs mächtigen Festungstürmen — konnte Lord Alaric von Corbney fast seinen gesamten Besitz überblicken. Natürlich gehörten ihm noch andere Ländereien, kleinere Burgen und Dörfer, aber Anselm war der Hauptsitz dieser respektierten Familie.

Wie jedes Jahr wurde auch 1187 das Einbringen der Ernte mit einem Erntedankfest gefeiert, Knappen wurden zu Rittern geschlagen, und anläßlich der Rückkehr seines Sohnes veranstaltete der Lord noch ein großes Turnier.

Alle, die keine Unterkunft innerhalb der Burgmauern oder im Dorf gefunden hatten, hausten in Zelten. Überall wehten die Wimpel vieler berühmter Ritter, die am Turnier teilnahmen. Denn viele Edelleute besaßen kein eigenes Land und zogen von Turnier zu Turnier oder verdingten sich als Söldner, um sich ihren Lebensunterhalt zu verdienen. Waren sie erfolgreich, so konnten sie von dem besiegten Ritter ein Lösegeld für dessen Rüstung und Pferd fordern.

Und heute würde auch Conan von Corbney seine Geschicklichkeit auf dem Turnierplatz unter Beweis stellen. Lord Alaric hatte keine Angst, für die Ausrüstung seines Ältesten ein Lösegeld be-

zahlen zu müssen. Eher würde Conan die Börse seines Vaters füllen. Und vielleicht würde er sogar die Dame seines Herzens erwählen.
Alaric lächelte, als er den Knaben neben Conans Zelt bemerkte. Es war Galen, sein jüngster Sohn, der ebenso stark zu werden versprach wie Conan.
»Was tust du hier?« fragte Alaric Galen, als er näher kam.
»Ich kümmere mich nur um seine Ausrüstung, Milord«, antwortete Galen und errötete, als hätte man ihn bei etwas Verbotenem ertappt.
»Conan geht mit seinem Besitz sehr sorgfältig um. Er ist sicher froh, wenn du dich darum kümmerst.«
Galen strahlte. »Ja, Milord«, antwortete er. Und von diesem Augenblick an blieb Galen immer in der Nähe von Conans Zelt und diente ihm auf jede erdenkliche Weise.
Über der Haupttribüne flatterten rot-blaue Banner und Wimpel. Die schöne Lady Udele war in Aussehen und Haltung die Königin unter all den edlen Damen. Sie trug eine reichverzierte Robe in Altrosa und einen dazu passenden Kopfschleier. Am Ende der Wettkämpfe würde sie den Siegern ihre Preise überreichen.
Neben ihr saß Lord Alaric, stolz und kerzengerade. Sein volles Haar und der Bart waren weiß, aber ein Blick in seine blitzenden Augen genügte, um festzustellen, daß der Herr von Anselm dem Alter noch keinen Tribut zollte.
Links von Alarics Loge flatterte ein mit einem Fisch verziertes Banner im Wind. Dort saß Medwin mit seinen Töchtern. Medwin hatte keine Söhne, doch das tat seiner Macht keinen Abbruch. Viele Ritter standen in seinen Diensten. Sein Hauptbesitz war die Burg Phalen mit den sie umgebenden Ländereien. Allein dadurch war er schon ein reicher Mann, aber ihm gehörte ebenfalls das malerische Fischerdorf Cordell mit der dazugehörigen Burg am Meer, ein Besitz, an dem seine verstorbene Frau sehr gehangen hatte. Aus Verehrung für sie trug sein Wappen den Fisch.
Edwina, Medwins älteste Tochter, würde bei ihrer Vermählung

Phalen erben. Laine, die Zweitgeborene, würde schon früh in ein Kloster eintreten. Und Chandra würde Cordell bekommen.
Rechts von Alaric zeigte das Banner einen Fuchs. Dort saß Theodoric in seinem ganzen Stolz. Dieser weise und reiche Mann war viele Jahre lang Conans Lehrer gewesen. Er hatte sieben Söhne, alle erwachsen und zu Rittern geschlagen.
In diesem Turnier würde Tedric, der jüngste der sieben, seine Geschicklichkeit unter Beweis stellen. Der Ruhm seiner anderen Söhne war fest etabliert, aber für seinen Jüngsten hegte Theodoric keine großen Ambitionen. Tedric liebte das Kriegshandwerk nicht und hatte sich darin kaum ausgezeichnet. In diesem Turnier hätte Tedric an Conans Seite kämpfen können, doch das war ihm zuwider. Statt dessen hatte er den Stärkeren herausgefordert. Das Ergebnis dieses Zweikampfes stand von vornherein fest, und Theodoric war über die Handlungsweise seines Sohnes erzürnt. Er würde ihn für diese Torheit aus eigener Tasche bezahlen lassen.
Von all den edlen Familien, die hier anwesend waren und deren bunte Fahnen über dem Festplatz wehten, waren diese drei die mächtigsten im weiten Umkreis.
Hunderte von Besuchern hatten sich eingefunden, denn nicht nur die Ritterspiele versprachen Unterhaltung, sondern es fanden hinterher allerlei Lustbarkeiten statt, und es wurde reichlich gegessen und getrunken.
Da ertönte der helle Klang der Trompeten und verkündete den Beginn des Turniers. Von den gegenüberliegenden Seiten des Kampfplatzes aus strebten die Ritter — die Helme noch unter den Armen — aufeinander zu. In der Mitte trafen sie sich und erwiesen Lord Alaric und Lady Udele ihre Reverenz. An den Wappen auf ihren Schilden konnte man ihre Identität erkennen.
In der Menge erhob sich ein erregtes Gemurmel, manche drängelten, um besser sehen zu können. Doch die Wachen des Lords stellten schnell wieder Ordnung her. Die jungen Damen beugten sich über die Brüstung, um ihren Favoriten eine Blume zuzuwer-

fen oder ein Tuch um dessen Lanze zu schlingen. Dabei riefen sie laut die Namen ihrer Lieblingsritter.
Alaric lächelte, wann immer nach dem Blauen Falken gerufen wurde.
Die Menge verstummte, als die Ritter wieder an die entgegengesetzten Enden des Kampfplatzes zurückkehrten. Ein buntgekleideter Knappe erschien und verkündete vor der Tribüne die Namen der ersten Kämpfer. Beim Klang der Trompete preschten zwei Ritter auf mächtigen Schlachtrössern mit vorgestreckten Lanzen aufeinander zu. Jeder hoffte, den anderen vom Pferd stoßen zu können. Krachend trafen sie aufeinander, blieben aber beide im Sattel. Sie wendeten und stürmten erneut aufeinander los. Diesmal fielen beide zu Boden und setzten den Kampf mit Breitschwertern fort.
»Vielleicht brauchen wir gar nicht für ihn zu wählen«, flüsterte Alaric in Udeles Ohr.
Udele folgte dem Blick ihres Mannes und entdeckte Conan, der lässig auf seinem tänzelnden Pferd saß und sich der Tribüne näherte. Sie lächelte, da sie dachte, er würde zu ihr kommen, doch er zügelte Orion vor Medwins Loge. Den Helm noch unter dem Arm, löste er den beigen Schal von seinem Hals und zeigte Chandra, daß er ihr Unterpfand trug. Chandra lehnte sich über die Brüstung und berührte seinen Arm. Ihr goldenes Haar glänzte in der Sonne, und ihre Wangen glühten, als sie mit ihm lachte.
»Ich selbst hätte nicht besser wählen können«, sagte Alaric.
Giselles Worte schossen Udele durch den Kopf und hätten sie fast die Beherrschung verlieren lassen: *Ihr Haar ist hellblond ... aber der Besitz des Mädchens ist bescheiden, ihr Reichtum besteht aus ihrer inneren Stärke ...*
»Sie ist zu jung«, sagte Udele.
»Nein, das glaube ich nicht. Und ich habe mir gewünscht, daß er eine von Medwins Töchtern heiratet. Ich schätze unsere Freundschaft hoch.«
Udeles Gedanken rasten, da nun ihre Befürchtungen Wirklichkeit wurden. Da saß sie also, und sein Blick war auf sie gefallen,

obwohl so viele schöne Frauen anwesend waren. Giselle hatte von einer Kindfrau gesprochen, mit nur wenig Vermögen. Udele wußte genau, was Medwin seinen Töchtern hinterlassen würde. Der Ältesten, Edwina, würde Phalen gehören. Das Besitztum war nicht gering, wenn auch bei weitem nicht mit Anselm zu vergleichen. Und was würde Chandra erben? Das kümmerliche Fischerdorf Cordell.

Der Klang einer Trompete riß Udele aus ihren Gedanken. Sie sah, daß Conan kampfbereit war. Ihm gegenüber stand Tedric, und sie entspannte sich. Tedric war kein ernstzunehmender Gegner.

Mit gesenkten Köpfen und Lanzen galoppierten die Reiter aufeinander los und trafen krachend zusammen. Die Menge stöhnte entsetzt auf, als Conans Lanze splitternd brach und er zu Boden stürzte.

Conan lag einen Moment wie betäubt da, doch instinktiv rollte er zur Seite und kam taumelnd auf die Füße. Er zog sein Breitschwert, um seinem Gegner zu zeigen, daß er immer noch kampfbereit war, und wartete, daß Tedric vom Pferd stieg.

Doch Tedric stieg nicht ab. Er gab seinem Pferd die Sporen und stürmte auf den gestürzten Ritter los. Ein Aufschrei ging durch die Menge.

Conan dachte nicht daran, der Lanze auszuweichen, dafür war seine Wut über die unfaire Attacke zu groß. Statt dessen trat er vor und griff nach der Waffe. Er spürte, wie die Knochen in seiner Hand brachen, aber er ließ nicht los. Mit einem heftigen Ruck brachte er Tedric zu Fall. Der schrie überrascht auf.

Conan wurde es kurz schwarz vor Augen, so sehr schmerzte seine Hand. Dann beugte er sich über den immer noch benommenen Tedric. Der Zorn Gottes schien aus seinen blauen Augen zu leuchten. Undeutlich sah Tedric die mächtigen Schwingen des Falken, als der Vogel über seinen Kopf segelte und sich auf Conans Schulter niederließ.

»Du bist behext«, keuchte Tedric.

»Ich hätte dich töten sollen für das, was du mir antun wolltest«,

sagte Conan mit zusammengepreßten Zähnen. »Aber es ist besser, du lebst mit deiner Schande. Du hast dich selbst — und deinen Vater — entehrt.«
»Ich konnte nicht sehen, daß du gestürzt warst. Ich wußte, deine Lanze war zersplittert, aber nicht, daß du dein Pferd verloren hattest. Sieh hier! In meinem Auge ist ein Splitter. Selbst mit dieser Verletzung hätte ich dich zu Pferd bekämpft.«
»Du lügst!« Conans senkte die Stimme zu einem Flüstern, als er hörte, wie sich die Reiter seines Vaters näherten. »Warum hast du die Lanze und nicht das Schwert gewählt? Deinem Vater kannst du vielleicht mit deiner Geschichte Sand in die Augen streuen, denn er läßt dir sowieso zuviel durchgehen, aber ich habe dich durchschaut. Du bist gezielt auf mich zugeritten. Das straft deine Blindheit Lügen.«
Als die Männer näher kamen, verstanden sie Tedrics Worte. »Du tust mir unrecht, Conan! Selbst jetzt kann ich dich nicht klar erkennen!«
Conan zitterte vor Wut, als die Wachsoldaten Tedric auf die Füße halfen. »Sir Theodoric hat Euch verboten, weiterhin am Turnier teilzunehmen«, sagte einer der Männer.
»Aber ich habe keine Turnierregel gebrochen«, protestierte Tedric.
»Bei Gott!« röhrte Conan. »Wenn du nicht fair kämpfst, bringe ich dich beim nächsten mal um!« Und mit diesen Worten drehte er sich um und ging zu seinem Zelt. Es kam ihm nicht in den Sinn, zu Medwins Loge zu gehen und sich den wohlverdienten Kuß von der schönen Chandra für seinen Sieg geben zu lassen. Vor dem Zelt begutachteten seine Gefolgsleute, Thurwell und Mallory, die zerbrochenen Überbleibsel der Lanze.
»Sieh mal, Conan«, sagte Mallory. »Jemand hat sich an deiner Lanze zu schaffen gemacht. Überall wurden kleine Löcher ins Holz gebohrt, damit sie leicht bricht. Ich könnte schwören, das war Tedric. Du könntest ihn deswegen anklagen. Es schaut schlecht für ihn aus.«
»Gibt es sonst noch Beweise?« fragte Conan schneidend. »Tedric

hat mir einen großen Dienst erwiesen. Ich habe keinen Zweifel, daß er oder jemand in seinen Diensten hinter diesen Machenschaften steckt, doch niemand hat die Tat beobachtet. Ich kämpfe heute noch gegen andere Ritter. Warum war es nicht einer von ihnen? Dieser Anschlag ist schwer zu beweisen, doch auch ohne Beweise habe ich jetzt Tedrics Methoden klar durchschaut. Auf diese Weise wird er mich nie mehr um meinen Vorteil bringen.«
Da trat Galen mit gesenktem Kopf neben seinen Bruder.
»Sir Conan, ich wurde mit der Überwachung Eurer Ausrüstung betraut. Deshalb bin ich schuldig an dem, was geschehen ist.«
Conan sah seinen jüngeren Bruder an. »Dies hier ist ein schmutziger Trick, Galen. Und dich trifft keine Schuld. Du hast deine Aufgabe gut erledigt.«
»Eines Tages, Conan, werde ich mich würdig erweisen. Das ist ein Versprechen.«
Conan lächelte ihn an. »Daran zweifle ich nicht, Bruder. Und ich glaube, dieser Tag ist nicht mehr fern.«
Als Conan sich wieder seinen Freunden zuwandte, sagte Mallory ernst: »Tedric wird es wieder versuchen. Hüte dich vor ihm mehr denn je.«
Conan lächelte verschlagen und versuchte, seine schmerzende Hand zu bewegen. »Ja, er wird es wieder versuchen. Und ich freue mich schon auf den Tag.«
Udele sah zu Medwins Loge hinüber und merkte, daß Chandra sehr aufrecht auf dem Rand ihres Stuhls saß und nervös auf ihrer Unterlippe kaute. An den Wettkämpfen schien sie nicht mehr interessiert. Sie beobachtete angestrengt die Männer, die sich um Conans Zelt versammelt hatten. Udele konnte geradezu die Qual spüren, die das junge Mädchen empfand. »Ah!« dachte sie zornig. »Sie liebt ihn! Das ist offensichtlich!«
Lady Udele schickte einen Pagen zu ihrem Sohn, um in Erfahrung zu bringen, wie schwer Conans Verletzung war. Doch ihre Gedanken beschäftigten sich mit etwas anderem. Vor Konzentration biß sie sich auf den Finger, während sie Chandra musterte. Chandra war begabt, das wußte Udele, und schön dazu. Mit den

Jahren würde sie noch schöner werden. Schon wurde sie von vielen jungen Burschen verehrt.
Der Page kam zurück und kniete vor ihren Füßen. »Sir Conans Hand ist gebrochen, Lady, doch er wird sie für den nächsten Kampf fest wickeln lassen.«
»Milord, Ihr müßt Eurem Sohn Einhalt gebieten«, sagte Udele. »Er wird sich noch mehr verletzen oder wird den Kampf verlieren.« Sie berührte den Ärmel von Alarics Gewand, denn ihr Gemahl reagierte nicht. »Alaric? Ich bitte Euch, laßt ihn nicht weiterkämpfen.«
»Nein. Sein Leben gehört ihm. Meinen letzten Befehl erteilte ich ihm, als ich ihm gebot, nach seinem Schwur zu leben.«
»Dann wird er Euch gehorchen!«
»Ja, das wird er«, antwortete Alaric und sah seine Frau entschlossen an.
»Wir sind gedemütigt, sollte er ...«
»Madam, ich will keinen Sohn haben, dessen Stärke aus den Befehlen seines Vaters kommt. Er entscheidet — und lebt mit dem Resultat seiner Entscheidung.«
Udele knirschte mit den Zähnen. Nie war es ihr gelungen, daß sich Alaric ihrem Willen beugte, und diese Frustration war mit den Jahren immer größer geworden. »Dann verliert er vielleicht seine Hand. Das würde Euch gewiß nicht gefallen.«
»Schweigt, Madam! Vertraut Conans gesundem Menschenverstand!«
Es schien eine Ewigkeit zu verstreichen, ehe Conan wieder im Sattel saß. Und Udele hielt den Atem an, als sie sah, wer sein Gegner war: Sir Garrett, der gefürchtete Ritter mit der schwarzen Rose.
Conan und Garrett ritten aufeinander zu. Conan hatte seine Lanze unter den rechten Arm geklemmt, stützte sie aber mit der linken Hand ab. Garretts Lanze traf Conans Schulter, glitt aber ab. Conan traf seinen Gegner nicht. Sie wechselten die Seiten und machten sich wieder zum Angriff bereit. Jetzt mußte Conan mit dem linken Arm kämpfen, was Garrett jeden Vorteil verschaffte.

»Seht nur«, sagte Udele und zupfte Alaric am Ärmel. »Conan muß die linke Hand gebrauchen, und die Waffe ist schwer. Er wird verlieren und vielleicht schwer verletzt.«
Alaric grunzte. »Das könnte in der Tat passieren, Madam.«
»Denkt an die Zukunft, Milord«, bat sie. »Was wird aus Conan, wenn er verstümmelt ist?«
»Ich kann den Kampf nicht unterbrechen«, sagte Alaric.
Die beiden Ritter prallten mit großer Wucht aufeinander und fielen vom Pferd. Conan warf Lanze und Schild weg. In der Menge herrschte angespannte Stille. Conan hatte nur eine gesunde Hand zum Kämpfen, er konnte nicht Schwert und Schild halten. Eine Sekunde stand Sir Garrett verwirrt da, er wollte nicht gegen einen gehandicapten Ritter kämpfen. Dazu war er zu stolz.
Doch Conan griff sofort an. Er focht mit mächtigen Schlägen. Ein Treffer an der Schulter ließ ihn zu Boden stürzen, aber behende rollte er ab und stand sogleich wieder kampfbereit da. Er wappnete sich gegen Garretts nächsten Angriff. Doch der Ritter stand wie angewurzelt da. Die Menge hielt den Atem an.
Sir Garrett warf sein Schild zu Boden. Diese Geste war so ungewöhnlich, daß die Zuschauer nicht wußten, wie sie reagieren sollten. Der Sieg war so wichtig, daß ein Ritter niemals auf einen Vorteil dem Gegner gegenüber verzichtete.
»Alaric, was hat er nur getan?« fragte Udele.
»Es ist offensichtlich, Madam, das Sir Garrett wenig Freude daran hat, einen verwundeten Ritter zu besiegen. Er tritt Conan in gleicher Bewaffnung entgegen.«
Die beiden kämpften wieder miteinander. Die Schutzhülle von Garretts Schwert, die schwere Verwundungen verhindern sollte, glitt vom Blatt, aber beide Ritter schienen es nicht zu bemerken. Ein Aufschrei ging durch die Menge, und die Wachen hielten sich bereit.
»Gott im Himmel!« rief Udele. »Alaric, beendet diesen Kampf!«
Aber Alaric rührte sich nicht. Die Wachen würden eingreifen, ehe es zum Schlimmsten kommen konnte. Doch da hatte Conan schon zugeschlagen, und Garrett fiel zu Boden.

Conan stand über ihm und wartete, daß sein Gegner aufstand. Er ließ sich auf ein Knie fallen und nahm seinen Helm ab. Er warf sein Schwert fort und schüttelte Garrett. Dann half er dem geschlagenen Ritter auf die Füße. Sir Garrett taumelte etwas.
Seine Knappen kamen gelaufen, um ihren Herrn zu dessen Zelt zu führen, und Conan hob eine Hand hoch über seinen Kopf. Er blickte in Richtung seiner Eltern.
»Es ist ein Wunder«, sagte Udele atemlos.
»Das sind Jahre der Übung«, berichtigte Alaric sie.
»Ihr nehmt das alles so leicht«, klagte sie ihn an.
Alaric preßte den Mund zu einem schmalen Strich zusammen. »Ihr nehmt dies leicht, Madam, nicht ich. Glaubt Ihr denn, man würde im Krieg auf ihn Rücksicht nehmen, nur weil seine Hand schmerzt?« Udele setzte sich beleidigt in ihrem Stuhl zurück und hörte sich den Vortrag ihres Mannes an. »Die Prächtigkeit dieses Turniers benebelt Eure Sinne. Vielleicht seht Ihr darin nur eine nette Zusammenkunft für schöne Frauen und deren Galane. Aber es handelt sich um einen Wettkampf, der mit Waffen ausgetragen wird. Was Conan heute gelernt hat, kann ihm eines Tages das Leben retten.«
Udele sah ihren Mann nicht an. Sie haßte ihn, weil er in ihr immer nur eine oberflächliche und dumme Frau sah und sie ständig belehrte. Sie wußte, was der Sinn eines Turniers war, aber deshalb dachte sie nicht daran, ihren Sohn zu opfern. Er stand erst am Anfang seines Erfolgs im Leben.
Udele erhob sich und glättete die Falten ihres Gewandes. »Ihr müßt mich entschuldigen, Milord. Ich finde das Zuschauen sehr anstrengend.«
»Ihr solltet nicht gehen, Lady. Ihr müßt anwesend sein, wenn das Turnier zu Ende ist.«
»Schon lange vorher bin ich zurück, Milord. Erlaubt mir eine kleine Ruhepause.«
»Nun gut, Milady. Ihr seid entschuldigt, wenn es unbedingt sein muß.«
Udele wurde zur Burg von einigen ihrer Hofdamen und ihrer

Tochter Edythe begleitet. Als sie an Medwins Loge vorbeikam, warf sie Chandra einen Blick zu. Das Mädchen winkte Conan zu, als er den Turnierplatz verließ. Er lächelte, und seine Wangen waren gerötet. Chandra zeigte ihre Sehnsucht nach Sir Conan öffentlich und ohne Scheu.

Udele hörte ihre Hofdamen hinter ihr schwatzen und lachen. Als sie im Burghof angekommen waren, sagte sie. »Ladies, ich brauche Euch im Augenblick nicht. Ihr könnt tun, was Euch beliebt. Ich bin bald zurück.«

Dann durchquerte sie allein die große Halle mit schnellem Schritt. Ihre Gedanken arbeiteten fieberhaft, und sie hielt den Kopf gesenkt. Fast wäre sie über einen Ritter gestolpert, der in der Nähe der Treppe saß.

»Verzeiht, Milady. Ich ...«

Udele straffte sich und erkannte Tedric. Eine Sekunde zeichnete sich Überraschung auf ihrem Gesicht ab, denn sie hatte nicht erwartet, ihn hier zu sehen, dann strahlte sie nur noch Verachtung aus.

»Nun, Sir Tedric, wartet Ihr hier das Ende des Turniers ab?«

Tedric zuckte bei der Beleidigung zusammen. »Ich bin entschuldigt, Lady. Doch meinem Vater habe ich noch keine Erklärung abgegeben. Alles wird wieder gut, wenn ich erst Zeit gefunden habe, das Mißverständnis aus dem Weg zu räumen.«

»Ich glaube, dazu braucht es mehr als nur ein paar Worte, Tedric. Es gibt zu viele Zeugen für Euer unfaires Verhalten.«

Tedrics Mund verzog sich zu einem falschen Lächeln. »Alle nehmen an, daß ich im Unrecht bin und Sir Conan im Recht. Das ist immer so gewesen, in seiner Familie und in meiner.«

»Und das wollt Ihr bestreiten?« fragte Udele schneidend. Sie sah die Schwellung des einen Auges und fragte sich kurz, ob Tedric wirklich nichts hatte sehen können.

»Schon lange wollte ich meinem Vater beweisen, daß ich Conan im Kampf ebenbürtig bin, doch wieder stand das Glück auf seiner Seite.«

Udele entgegnete mit großartiger Geste: »Geht, Ritter, und

schaut meinen Sohn an! Er wurde schwer verwundet und nimmt trotzdem an den Spielen teil. Aber Euch ist eine weitere Teilnahme nicht erlaubt.«

Vor Wut preßte Tedric seine Lippen fest zusammen. »Mein Status im Haus meines Vaters ist nur gering, aller Ruhm und alle Ehre gebührt dort dem Blauen Falken. Aber ich schwöre Euch, Lady, mein Reichtum und mein Einfluß werden eines Tages ebenso groß wie der seine sein. Und dann werdet sogar Ihr mich höflich behandeln.«

Udele lachte ihm ins Gesicht. »Das bezweifle ich, Tedric«, sagte sie ungezwungen. »Aber ich wünsche, daß Ihr Erfolg bei Euren Bemühungen haben mögt.« Damit wandte sie sich von ihm ab und wollte die Treppe hochgehen.

»Wenn meine Verlobung mit Lady Edwina verkündet wird, werdet Ihr meinen Worten mehr Beachtung schenken, Milady. Und eines Tages bin ich Herr auf Phalen und Euer Freund und Nachbar.« Er verbeugte sich geziert. »Falls es mir paßt.«

»Ihr werdet Edwina heiraten?« fragte Udele.

Tedric lächelte. Er weidete sich an ihrer Überraschung. »Mein Vater vererbt mit zwar nicht viel, aber meine Brüder leisten mir Waffenhilfe. Sir Medwin muß seine Besitztümer jemandem überlassen, der sie auch verteidigen kann. Ja, er wird mir Edwina geben.«

Udele gewann ihre Fassung wieder und versuchte zu lächeln. »Dann müssen wir bessere Freunde werden, Tedric«, sagte sie höflich und begab sich in ihre Gemächer.

War es nicht schon schlimm genug, dachte sie, daß Giselle Conans Verheiratung mit einer relativ armen Frau vorhergesagt hatte? Jetzt mußte sie auch noch erfahren, daß Tedric ein beträchtlicher Besitz sozusagen in den Schoß fiel und er ihr Nachbar würde. Daraus konnte zwischen Conan und ihm Streit erwachsen. Und wenn es zum Kampf kam, würde Theodoric seinen Sohn unterstützen müssen.

Dann kam ihr eine Idee: Medwin hatte dieser Verlobung noch nicht zugestimmt. Alaric wünschte, daß Conan eine von Med-

wins Töchtern heiratete. Phalen war nicht so groß, aber weitaus größer als Cordell, Chandras Erbe. Und die Ländereien grenzten an die Anselms. Wenn sie Conan beeinflussen konnte, daß er um Edwinas Hand anhielt, würde Medwin sofort zustimmen.
Sie faßte sogleich einen Entschluß, denn sie fürchtete, daß Giselles Prophezeiung eintreffen und Chandra für Conan bestimmt sein würde. Sie hatte keine Zeit, nach einer vermögenderen Braut zu suchen, und wenn Conan Edwina heiratete, würde er auf ihre Schwester, Chandra, für immer verzichten müssen. Sie mußte einen Weg finden, ihren Sohn dahingehend zu beeinflussen, daß er um Edwinas Hand anhielt. Noch heute abend. Heute abend mußte es geschehen!

Das Turnier endete prunkvoll. Viele Ritter nahmen ihre Preise aus der Hand Lady Udeles entgegen, doch in den Augen aller gab es nur einen Sieger: Conan. Und in den Augen der jungen Lady Chandra war er der Held des Tages.
Als Chandra mit ihren Schwestern in die Burg zurückkehrte, erwartete Edythe sie. »Meine Mutter wünscht euch zu sehen«, sagte sie ängstlich. Sie deutete auf die Treppe. »Sie wartet in ihren Gemächern.«
Chandra und Edwina folgten der Aufforderung, aber Laine hatte sich schon längst zurückgezogen, denn sie verbrachte viele Stunden im Gebet und schätzte Turniere und Feste nicht.
Sie betraten das Gemach der Lady. Udele saß dort in einem wahrhaft königlichen Stuhl. »Edythe«, rief sie, »komm, setz dich neben mich.« Glücklich kauerte sich das Mädchen auf einen Hocker, zur Rechten ihrer Mutter. Chandra und Edwina knicksten vor ihr.
»Bitte, entschuldigt unsere Schwester Laine«, sagte Edwina ruhig. »Ihr wurde übel von der heißen Sonne.«
»Natürlich«, entgegnete Udele. Sie ergriff Chandras Hand. »Liebe Chandra, dir scheint der lange Tag nichts ausgemacht zu haben«, sagte sie lächelnd. »Du siehst so frisch wie am frühen Morgen aus.«

»Das stimmt, Madam. Ich könnte sofort noch solch einen Tag verbringen.«
Udele lachte leise. »Dann würdest du mir also einen Dienst erweisen?«
»Es wäre mir eine Ehre, Madam.«
»Würdest du mit Edythe in die große Halle gehen und schauen, ob es den Männern dort an nichts mangelt? Ich möchte, daß Edythe mich vertritt, und weiß, daß sie deine Gesellschaft bei dieser Aufgabe schätzt.«
Bei diesen Worten reckte Edythe lebhaft den Kopf, denn ihre Mutter hatte sie noch nie mit den Aufgaben der Hausherrin betraut. Obwohl sie jetzt in dem Alter war, in dem ihre Mutter geheiratet hatte, war ihr nie eine Pflicht auferlegt worden.
Chandra war ebenso entzückt über diesen Vorschlag, denn sie wollte in der Halle sein, wenn Conan kam. »Ich danke Euch, Milady«, sagte sie höflich und versuchte, ihre große Freude zu verbergen.
Als Udele mit Edwina allein war, sagte sie: »Du mußt dich ausruhen, bis das Fest beginnt. Hast du ein schönes Kleid?«
»Ja, Madam. Es wurde extra für diesen Tag angefertigt.«
»Und einen schönen Kopfschleier? Der dein Haar zur Geltung bringt? Du hast so herrliches Haar.«
Edwina war verwirrt. Verwundert berührte sie ihr Haar, denn seit Chandra größer geworden war, hatte sie nicht viele Komplimente bekommen.
Udele mußte über Edwinas Verwirrung lachen. »Du weißt nicht, warum ich dich kommen ließ, nicht wahr, liebes Herz? Mein Sohn wird sich bald verloben. Ich denke, du solltest versuchen, seine Aufmerksamkeit zu erregen.«
»Aber er hat mich überhaupt nicht bemerkt, Madam. Ich glaube, er begehrt eher meine Schwester.«
»Chandra ist viel zu jung. Ohne Zweifel wird sie sich eines Tages mit einem ehrenwerten Mann vermählen, aber Sir Conan möchte jetzt heiraten, und er braucht eine erwachsene Frau.« Sie nahm Edwinas Hand und zog die junge Frau näher zu sich heran. »Du bist schön, Liebes, und reich außerdem.«

»Und Ihr wärt mit mir einverstanden, Lady?«
»Ich wäre geehrt. Und ich werde mich für dich einsetzen.«
»Aber meine Schwester …«
»Chandra darf Conans Freundlichkeit nicht zu hoch bewerten. Er ist ritterlich und höflich und will sie nicht vor den Kopf stoßen. Aber wenn er eine Braut wählt … ach! Das muß schon eine Frau sein!« Sie tätschelte Edwinas Hand. »Nun versprich mir, daß du beherzt vorgehen wirst.«
»Ich bin kein beherzter Mensch, Madam.«
»Mach dir keine Sorgen, Liebling. Geh jetzt. Mach dich schön. Dann wird dich der Ritter erhören.«
Edwina lächelte scheu. Das alles verwirrte sie. Conan hatte ihr nie Beachtung geschenkt, und deshalb war es ihr nie in den Sinn gekommen, ihn als zukünftigen Gemahl zu betrachten. Aber ihrem Vater würde diese Verbindung gefallen.
»Milady«, sagte sie plötzlich. »Tedric hat bei meinem Vater schon um meine Hand angehalten …«
Udele unterbrach sie lachend: »Glaubst du denn, Tedric ist ein ernsthafter Rivale für Sir Conan? Geh und mach deinem Ritter schöne Augen. Das wird genügen.«
Nachdem Edwina gegangen war, saß Udele noch lange in dem geschnitzten Eichenholzstuhl in ihrem Zimmer. Dann erlaubte sie ihrer Zofe, sie für das Fest herzurichten. Sie trug ein Festgewand in Altrosa, das mit goldenen Stickereien verziert war. Dazu legte sie goldene Armbänder und Ringe an. Als sie fertig war, ging sie nach unten, um mit ihrem Sohn zu reden.
Chandra eilte geschäftig in der großen Halle umher. Zusammen mit Conans Schwester überwachte sie die Dienstmädchen und hatte ein Auge darauf, daß die Krüge der Ritter stets gefüllt waren. Diese Aufgabe war nicht anstrengend.
Aus der Ferne beobachtete sie Conan und seine Freunde. Mallory und Thurwell standen neben ihm. Und die drei lachten mit anderen Rittern. Tedric hielt sich an seine Familie; er mied Conan und dessen Gefolgsleute.
Chandra wunderte sich über Conans Kraft. Mit der Linken hob

er mühelos den schweren Krug zum Mund. Die Rechte war verbunden und hing locker herab. Er ließ sich nicht anmerken, daß er Schmerzen hatte.
In einer Ecke stand jetzt Mallory und plauderte mit Edythe. Welch ungleiches Paar, dachte Chandra. Denn Mallory war schon fast dreißig und Edythe etwas jünger als sie selbst.
Da entdeckte sie, daß Conan allein war, und ging schnell zu ihm hin.
»Könnte ich nur die Schmerzen in deiner Hand lindern«, sagte sie.
Conan lächelte. »Ein Blick in dein schönes Gesicht genügt, und ich fühle mich besser.«
»Du bist so nett zu mir, Conan, obwohl viele Mädchen hier um deine Aufmerksamkeit buhlen.«
»Aber keine ist so lieblich wie du, schöne Chandra.«
»Was wirst du jetzt tun, Conan?«
»Jetzt? Meinst du, bis ich wieder für den König reite?«
»Aber du bist doch gerade zurückgekommen! Sicher mußt du nicht sofort wieder aufbrechen.«
»Nicht so bald, denke ich. Ich muß nach Stoddard reiten, um zu sehen, wie die Dinge dort stehen. Mein Vater hat Ärger mit dem Burgvogt. Doch jetzt kann ich das Anwesen selbst verwalten und auch meine Männer unterbringen. Dort werde ich leben, wenn ich nicht für Henry reite.«
»Dann bist du so weit fort ...« begann sie.
Eine ungewohnte Stille trat in der großen Halle ein. Chandra drehte sich um und sah Lady Udele die Treppe herunterkommen. Dicht hinter ihr gingen Edwina und ihre Hofdamen. Alaric stand sofort auf und begrüßte sie mit einem Handkuß. Udele sonnte sich in den bewundernden Blicken der Ritter. Auf wunderbare Weise schien sich die Menge zu teilen, als sie weiterschritt. Schließlich blieb sie vor Conan und Chandra stehen.
»Du hast mich heute sehr stolz gemacht, Conan«, sagte Udele zu ihrem Sohn.

Chandra hätte am liebsten geseufzt. Wie viele Mädchen hoffte sie, eines Tages die Schönheit und Anmut von Lady Udele zu besitzen. Conan verneigte sich und küßte seiner Mutter ebenfalls die Hand.
Udele wandte sich an Chandra. »Ich habe für dich und Edythe ein Geschenk. Wo ist sie denn? Ach, such sie doch bitte! Die Geschenke liegen in meinem Gemach. Und beeil dich. Bald beginnt das Fest.«
Chandra knickste und eilte davon. Udele sagte zu ihrem Sohn: »Du bist heute sehr erfolgreich gewesen, Conan. Auf ein kurzes Wort, ich bitte dich. Ich werde dich nicht lange von deinen Freunden fernhalten.«
Conan reichte seiner Mutter den Arm und führte sie in eine Ecke, wo niemand ihnen zuhören konnte.
»Täusche ich mich, oder hast du dich in die junge Chandra verliebt?«
»Verliebt? Madam, ich versichere Euch, ich würde niemals ...«
»Conan, mißversteh mich nicht! Natürlich würdest du das Mädchen nie entehren. Aber wenn du ein Mädchen mit solchen Augen betrachtest, halten wir alle den Atem an, denn wir möchten, daß du dir eine Braut wählst. Deshalb dachte ich, du hättest gewählt.«
»Ich habe mich noch nicht entschieden, Madam, aber ...«
»Gut. Denn da ist eine andere, von der ich möchte, daß du ihr dein Augenmerk schenkst. Phalen wird ihr eines Tages gehören, und wir könnten dann unsere Ländereien zu einem mächtigen Besitztum zusammenschließen.«
»Edwina ...« überlegte er laut.
»Natürlich, Edwina. Das liebe Kind sprach die Hoffnung aus, daß du sie bemerken mögest. Allein der Gedanke daran ließ ihr Herz höher schlagen! Denk nur, unsere Familie mit der Medwins vereint! Mon dieu! Ich sollte nicht versuchen, dir diese Verbindung nahezulegen.«
Conan lachte und nahm die Hand seiner Mutter. »Und wann, Madam, habt Ihr gegen diese Versuchung gekämpft?«

»Lach mich nicht aus, Conan. Ich will nur das Beste für dich. Und ich mache mir um Medwins Ländereien Sorgen.«

»Warum das?«

»Sie grenzen an unsere, und Medwin drängt darauf, seine älteste Tochter zu verheiraten. Edwina ist lieblich und hübsch, und ich fürchte, er läßt es bei seiner Wahl an der nötigen Sorgfalt mangeln.«

»Medwin ist kein Narr. Er wird ...«

»Er zieht Tedric ernsthaft in Betracht. Wenn das Mädchen und seine Mitgift dir zusagen, muß du schnell handeln: noch heute.«

An die Braut dachte Conan kaum, aber die Aussicht, Tedric als Nachbarn zu haben, machte ihn nachdenklich. Er runzelte die Stirn.

»Ich kenne Edwina kaum«, sagte er schließlich.

»Du hast sie dein ganzes Leben gekannt! Und was braucht ein Mann schon über seine zukünftige Frau zu wissen? Ihr Reichtum, ihre Herkunft und die Tatsache, daß sie ihm Erben schenkt, zählen allein.«

Conan hörte nur mit halbem Ohr zu. Sie bemerkte seinen geistesabwesenden Gesichtsausdruck und mußte innerlich lächeln. Die Saat war gesät. Wenn Edwina nun noch ihre Vorzüge herausstrich ...

Da entdeckte Udele Edwina mit anderen Mädchen in der Menge. Sie trug ein hellblaues Kleid, und das helle Haar fiel ihr in Locken bis zur Taille. Sie lachte mit den anderen; ihr Gesicht schien zu leuchten. Sie war eine zarte, kleine Schönheit, ein Mädchen, an dessen Seite Conan noch stärker und breiter wirkte.

Conan sagte: »Ich hatte nicht gedacht, daß ich meine Wahl so bald treffen muß.«

»Ach, Lieber, du wirst bald merken, daß die Welt keine Rücksicht auf dich nimmt.« Sie lachte leise. »Geh, sprich mit Edwina. Sie steht dort drüben. Vielleicht hättest du das Mädchen gar nicht bemerkt, wenn Tedric nicht wäre.«

Conan lächelte seine Mutter, dankbar für die Warnung, an. Er drückte zärtlich ihre Hand und ging zu Edwina. Udele lehnte sich gegen die Wand und seufzte zufrieden. Sie war sicher, daß sie Giselles Prophezeiung zunichte gemacht hatte.

Edythe zog Chandra mit sich. Die beiden eilten in die große Halle hinunter, jede trug jetzt ein goldenes Armband, die Geschenke von Lady Udele. Das Festmahl würde bald beginnen. Schon wurden die Tische mit allerlei Köstlichkeiten gedeckt.
Chandra blickte zum Haupttisch, wo Lord Alaric und Lady Udele mit den erlesensten Gästen sitzen würden. Natürlich auch Sir Conan. Dann sah sie etwas und traute kaum ihren Augen. Conan hatte Edwina seinen Arm gereicht. Chandra fühlte einen Kloß in ihrer Kehle. Sie beobachtete, wie ihr Vater Alaric fragend ansah und der darauf kurz nickte.
Sie gewann ihre Fassung wieder und suchte nach ihrem Platz in der Hoffnung, sie würde nicht zu weit von Conan entfernt sitzen. Aber auch darin wurde sie enttäuscht. Neben Edythe war ein Stuhl frei, der ihre. Die beiden jungen Mädchen aßen nicht mit den Rittern, sondern anderen Jugendlichen, wie Knappen, Pagen und Edelfräulein.
»Ich hatte gehofft, heute abend woanders zu sitzen«, sagte Chandra mit leicht zitternder Stimme.
Edythe antwortete nicht. Sie blickte über die Menge in eine bestimmte Richtung, und Tränen traten in ihre Augen. Chandra folgte ihrem Blick und entdeckte Sir Mallory — ganz in der Nähe von Conan —, der zu Edythe herübersah. Dann wandte Mallory den Blick ab, und Edythe sank enttäuscht in sich zusammen.
»Wie ich sehe, hattest auch du andere Vorstellungen von dem Festmahl«, sagte Chandra mitfühlend.
»Ich glaubte, endlich den Status einer Erwachsenen erlangt zu haben«, sagte Edythe traurig und sah Chandra an. »Als meine Mutter mir heute diese Aufgabe übertrug, dachte ich, ich könnte mit den Frauen speisen.«
»Gräm dich nicht«, entgegnete Chandra mit mehr Fröhlichkeit, als sie empfand. »Das Festmahl dauert nicht ewig. Und dann gibt es noch andere Lustbarkeiten.«

Chandra versuchte ebenfalls die Aufmerksamkeit ihres geliebten Ritters zu erregen. Doch er blickte nicht zu ihr hin. Statt dessen plauderte er mit Edwina und berührte ihre Hand, während er mit ihr sprach. Furcht schlich sich in Chandras Herz, und sie versuchte, das Gefühl zu verdrängen.

Edythe berührte Chandras Arm. »Chandra«, sagte sie ernst. »Siehst du, wer neben meinem Bruder sitzt? Ist Edwina in Conan verliebt?«

Chandra lief ein Schauder über den Rücken. »Nein. Meine Schwester wird bald mit Sir Tedric verlobt werden. Das hat sie oft mit meinem Vater besprochen.«

»Und Edwina möchte Tedric heiraten?« fragte Edythe.

»Sie möchte unseren Vater zufriedenstellen«, antwortete Chandra.

»Wenn das Mahl vorbei ist, mußt du Conan wieder Gesellschaft leisten, wenn du willst, daß er dir Beachtung schenkt.«

Chandra war überrascht. Sie hatte geglaubt, daß niemand ihre Liebe zu Conan bemerkt hatte, denn sie hielt sich für zu jung, um als Braut in Betracht zu kommen.

»Ja, das muß ich wohl tun«, hörte sie sich sagen.

Ein Gericht folgte dem anderen. Erlesene Weine wurden aufgetragen. Troubadoure sangen Lieder zur Laute, während sie tafelten. Die Festlichkeiten würden bis in die frühen Morgenstunden dauern und noch weitergehen, wenn die Damen sich zurückgezogen hatten.

Als das Festmahl beendet war, stand Chandra auf und plauderte und tanzte. Insgeheim hoffte sie, Conan einmal allein zu treffen. Doch als sie nach geraumer Zeit zu seinem Tisch blickte, saß dort nur Udele. Sie unterhielt sich mit Edwina. Conan war gegangen. Sie suchte die Hallen mit ihren Augen nach ihm ab, konnte ihn aber nirgends entdecken.

Wenn er zurückkommt, sagte sie sich, muß ich sofort mit ihm sprechen.

Conan machte mit seinem Vater einen Spaziergang im Burghof. Je weiter sie sich von der Halle entfernten, um so geringer wurde

der Lärm. Es war eine klare Nacht, und beide genossen die Stille.
»Falls Ihr damit einverstanden seid, Milord«, sagte Conan voller Selbstvertrauen, »werde ich um Lady Edwinas Hand anhalten.«
»Ich einverstanden? Nichts könnte mir mehr gefallen. Und für Medwin gilt dasselbe. Ich wußte nicht, daß du an dem Mädchen interessiert bist.«
»Erst vor kurzem habe ich Edwinas weibliche Qualitäten erkannt. Und wenn ich sie zur Frau nehmen möchte, muß ich schnell um ihre Hand anhalten, denn es gibt noch einen Bewerber.«
Alaric blieb stehen und sah seinem Sohn in die Augen. »Und es ist Edwina, die du begehrst?«
»Ja, Vater. Und auch sie möchte mich, obwohl sie schüchtern ist und nicht ohne weiteres ihre Meinung kundtut.«
»Wird sie dir eine gute Frau sein, Conan? Ist sie bereit, mit Freude deine Söhne zu gebären? Wird sie deine langen Abwesenheiten ohne Murren ertragen?«
»Vater«, entgegnete Conan lachend, »wie kann ich wissen, ob sie fruchtbar ist, da ich noch nicht bei ihr gelegen habe? Und was das Alleinsein angeht – sie ist Medwins Tochter und kennt die Pflichten einer Burgherrin. Darüber hinaus besitzt sie Land, nach dem mich gelüstet, und sie ist lieblich und von angenehmem Wesen. Es ist kein Falsch an ihr, und ...« – er zuckte die Schultern und stieß mit dem Schuh nach einem Stein – »es ist mir nicht unangenehm, ihr einen Platz in meinem Bett einzuräumen.«
Alaric atmete tief ein. »Liebst du sie?«
Conan räusperte sich verwirrt. »Sie ist gut gebaut und sieht hübsch aus. Ich habe eine vorübergehende Leidenschaft für solche Mädchen empfunden, die Rittern schöne Augen machen. Du brauchst keine Angst zu haben, daß ich auf diesem Gebiet unwissend bin. Was ich für Edwina empfinde, will ich dir aufrichtig sagen: Ich möchte sie haben. Was ist denn Liebe, Milord? Ist es etwas mehr? Ich liebe mein Pferd und meinen Vogel, und

ich diene ihnen so treu, wie sie mir dienen. Durch meinen Schwur werde ich sie ehren und beschützen — bis zu meinem Tod. Ein größeres Unterpfand kann ich mir nicht vorstellen.«

Alaric lächelte zufrieden. Wenn Conan sein Wort gab, bürgte er mit seinem Leben dafür.

»Medwin möchte Edwina schnell verheiraten«, fuhr Conan fort. »Deshalb muß ich sofort um ihre Hand anhalten. Sie hat mir erzählt, daß Medwin Tedric in Betracht zieht. Ich möchte noch heute abend mit Medwin sprechen, wenn Ihr es gestattet.«

»Medwin wird dir die Hand seiner Tochter nicht abschlagen, aber Tedric wirst du dir zum Todfeind machen. Du mußt ganz sicher sein, mein Sohn, daß du Edwina um ihretwillen willst und nicht, um Tedric herauszufordern.«

»Ich habe nicht vor, mich mit Tedric noch einmal zu streiten, und glaube ebensowenig, daß er wieder meinen Weg kreuzen möchte. Ich will Edwina. Ich will sie und ihr Erbe nicht an Tedric verlieren.«

Alaric legte seinem Sohn eine Hand auf die Schulter. »Conan, sei dir sicher, was du tust. Wenn Tedric nicht um Edwinas Hand angehalten hätte, würdest du dich dann jetzt mit ihr verloben?«

»Ja, Vater. Vielleicht nicht heute abend — doch Tedric ist eine Bedrohung für mich. Ja, Edwina ist die Dame meiner Wahl. Sie ist zwar schüchtern, aber ich bin kein Flegel und weiß, wie man einem Mädchen den Hof macht.«

»Dann ist die Angelegenheit beschlossen, Conan«, sagte Alaric. »Und ich wünsche dir alles Gute.«

Als das Fest auf dem Höhepunkt war, erhob sich Lord Alaric und bat um Gehör. Als Stille in der großen Halle eingetreten war, hielt der Lord seinen Pokal in die Höhe.

»In dieser frohen Nacht, was könnte es da Schöneres geben, als eine gute Nachricht zu verkünden? Mein Sohn, Sir Conan von Corbney, hat sich mit der Tochter meines Freundes und Nachbarn, Sir Medwin, verlobt.« Medwin stand ebenfalls auf und hob seinen Pokal. »Sir Conan wird in einigen Monaten die schöne Lady Edwina heiraten. Auf Sir Conan!« rief er und leerte seinen Be-

cher. Ein ungeheurer Jubel brach los. »Auf Lady Edwina!« rief Alaric und leerte ebenfalls seinen Becher.
Mit Freudentränen in den Augen stand Udele auf und schritt voller Würde zu dem jungen Paar. Sie umarmte und küßte beide. Die Ritter gratulierten Conan und die edlen Damen Edwina.
Tedric saß mit seinem Vater und zwei Brüdern noch am Tisch. Er umfaßte Theodorics Arm und zischte wütend: »Ich hatte vorher Medwin um die Hand seiner Tochter gebeten!«
Theodoric machte sich unwillig aus dem Griff seines Sohnes frei und sah ihn drohend an. »Du wirst nichts dagegen unternehmen«, befahl er barsch. »Du wirst Conan gratulieren und mir keine Schmach mehr antun, sonst bist du mein Sohn gewesen!«
Daraufhin erhob sich Theodoric und trank auf das Wohl des jungen Paars.
In der Reihe der Gratulanten befand sich auch Chandra. Zögernd näherte sie sich ihrer Schwester und Conan. Tränen rannen über ihre Wangen. Sie umarmte Edwina, dann trat sie zu Conan, und er fand ihre glänzenden Augen seltsam. Vielleicht wirken sie durch das Kerzenlicht so, dachte er. Auch sah sie älter und noch schöner aus.
»Ich wünsche dir Glück, Conan«, sagte sie sehr leise.
Mit leichtem Stirnrunzeln betrachtete er sie. Ein unerklärliches Gefühl nahm von ihm Besitz, und um seine Verwirrung zu verbergen, küßte er sie brüderlich auf die Wange. Doch diese zarte Berührung ließ sein Herz plötzlich heftiger klopfen. Er konnte das Gefühl nicht deuten, ließ sich aber nichts anmerken. Er lächelte sie zärtlich an und flüsterte: »Danke, Schwester.«

Die Morgendämmerung war kaum angebrochen, und die meisten schliefen noch. Im Burghof standen zwei gesattelte Pferde. Mallory wartete neben seinem Hengst auf Thurwell. Er zurrte den Sattelgurt noch einmal fest und ärgerte sich, weil sein Gefährte sich verspätete.
»Ihr brecht so früh auf, wie Ihr verspracht«, sagte Edythe hinter ihm.

Mallory drehte sich um und sah das junge Mädchen an. Mit gelöstem Haar und barfuß stand es vor ihm.
»Ihr wärt ohne ein Wort fortgeritten«, klagte sie.
»Das schien mir am besten, Milady.«
»Euch erschien es vielleicht weniger schmerzlich, aber am besten wäre es nicht gewesen. Ich könnte Euch nicht gehen lassen ohne ein freundliches Wort.«
Mallory schien bei jedem Satz kleiner zu werden. »Es sind schon zu viele Worte zwischen uns gewechselt worden, Edythe. Euer Vater würde das nicht gerne sehen.«
»Doch, denn er liebt Euch.«
»Er liebt mich, weil ich ein aufrechter Ritter und ein treuer Freund seines Sohnes bin. Aber ich muß es Euch noch einmal sagen: Er wäre erzürnt, wenn ich seiner Tochter den Hof machte.«
Edythe ließ enttäuscht den Kopf hängen. Ohne ihn anzusehen, fragte sie: »Werdet Ihr auf Euren Reisen eine Braut finden?«
Mallory nestelte am Zaumzeug seines Pferdes. »Das hab ich Euch auch schon gesagt. Ich heirate nicht. Mich will auch keine haben. Ich besitze kein Land und muß mir mein Geld schwer verdienen.«
»Wenn Ihr wiederkommt, bin ich hier.«
Er sah sie durchdringend an. »Edythe, hört mit dieser Torheit auf. Ich habe nichts, das ich Euch …«
Da taumelte Thurwell aus der Burg. Er stolperte über den ersten Stein, der im Weg lag. Die beiden beobachteten den Ritter bei seinen Bemühungen, aufs Pferd zu steigen. Dann sah Mallory Edythe wieder an. Schmerz war in seinen Augen zu lesen.
»Ich habe etwas für Euch«, sagte sie und löste ein blaues Band von ihrem Gürtel, an dem eine Medaille hing. »Der Pater hat sie gesegnet, und sie wird Euch beschützen.«
Er nahm die Medaille und betrachtete das eingravierte Kreuz. Ihm fehlten die Worte, und Thurwell räusperte sich ungeduldig.
»Danke, Milady«, sagte er leise und wollte in den Sattel steigen.
»Gebt Ihr mir kein Unterpfand?« fragte sie.
Zögernd sah er sie an und warf dann einen schnellen Blick in

die Runde, konnte aber keinen unerwünschten Zuschauer entdecken. Thurwell starrte gleichgültig in die Ferne. Zärtlich zog er Edythe an sich und küßte sie leicht auf den Mund.
Edythe genoß diese warme Berührung und wünschte, sie würde länger dauern. Doch er schob sie von sich.
»Ihr seid ein nettes, junges Mädchen, und ich möchte nicht, daß Ihr leidet«, sagte Mallory. »Fügt Euch den Wünschen Eures Vaters und schenkt Eure Liebe einem anderen. Trauert nicht über ein grausames Schicksal.«
»Nein«, sagte sie dickköpfig. »Ich warte.«
»Edythe, das dürft Ihr nicht! Ich werde niemals meine Meinung ändern.«
Sie hatte die grünen Augen ihrer Mutter, und darin funkelte dieselbe Entschlossenheit. »Das mag sein, Sir, aber ich ändere meine ebenfalls nicht. Mein Herz wird nie einem anderen gehören. Doch jetzt geht mit Gott. Ich bete für Euch.«
Mallory schüttelte verärgert den Kopf und stieg müde auf sein Pferd. Die mächtigen Eichentore öffneten sich, und als die beiden hindurchritten, drehte sich Mallory noch einmal zu ihr um. Sie winkte.
Eine Träne rann ihr langsam über die Wange, als sie wieder in die Burg ging.

3

Als der Herbst weiter fortschritt, bereiteten sich die Einwohner von Anselm auf den Winter vor, und Conan machte mit seinem Vater Pläne für die Zukunft.

Im Nordosten der Burg lag Stoddard, ebenfalls ein Besitz von Lord Alaric. Im Vergleich zu Anselm war diese Burg klein, doch für den Fürsten wertvoll, da er dort Pferde züchtete, die wegen ihrer vorzüglichen Eigenschaften in ganz England geschätzt wurden und ihm ein schönes Stück Geld einbrachten.

Alaric hatte Stoddard eines Tages Galen zugedacht, und ausgedehnte Ländereien, um die Burg gelegen, würde Edythe als Mitgift bekommen. Das Land ließ sich ohne weiteres aufteilen, denn für die Aufzucht der Pferde wurde nur wenig Grund benötigt.

Schon seit vielen Jahren verwaltete Sir Rolfe, ein Sachse, der von den Normannen wohl gelitten ward, den Besitz für Alaric. Der Burgvogt war seinen Aufgaben über lange Zeit hinweg getreu nachgekommen, hatte pünktlich seine Abgaben entrichtet und so zur Vermehrung von Alarics Wohlstand beigetragen.

Doch nun hatte der Lord die Kunde erhalten, daß Rolfe die Burg befestigen ließ und Soldaten zu deren Schutz angeworben hatte. Außerdem hatte er keine Abgaben mehr entrichtet. Rolfes Absicht war klar: Er wollte Stoddard nicht mehr verwalten, sondern sein eigen nennen.

Während der folgenden Wochen saßen Vater und Sohn lange Nächte am Feuer und diskutierten mit ihren Gefolgsleuten, wie am besten vorzugehen sei, um die Burg einzunehmen. Viele Pläne wurden gemacht und wieder verworfen. Conan hörte aufmerksam zu, doch er äußerte keine Meinung. Seine Männer würden erst kurz vor dem Angriff erfahren, welche Taktik er anwenden würde. Nicht, daß er seinen Männern kein Vertrauen schenkte, aber unter ihnen könnte es trotzdem einen geben, der sie an Rolfe verraten würde.

Obwohl er seine Leute nicht informierte, hatte er doch einen Entschluß gefaßt: Er wollte Stoddard noch vor Weihnachten angreifen.

Eines frühen Morgens Ende November stand der junge Lord auf und legte Kettenhemd und Rüstung an. Seinem Knappen befahl er, Orion zu satteln und die Waffen bereitzuhalten. Das Burgtor wurde versperrt, so daß niemand Anselm verlassen oder betreten konnte. Er ließ seine Männer wecken und hieß sie, ihre Rüstungen anzulegen.

In der großen Halle waren bald alle Waffengattungen versammelt: Ritter, Bogenschützen, Fußsoldaten, Pagen, Knappen und Diener. Vater Ambert, der Dorfpriester, zelebrierte schnell eine Messe. Dann trat Sir Conan vor und sprach zu seinen Männern. »Wir brechen jetzt auf. Stoddard ist nur einen Tagesritt entfernt. Und nach unserem Aufbruch bis zum Tagesanbruch morgen darf niemand Anselm verlassen. Sollte unter uns ein Verräter sein, gebe ich ihm den guten Rat, sich auf die Seite des Siegers zu schlagen. Doch ich sage euch eins: Sobald wir aufgestiegen sind, haben wir den Kampf schon gewonnen.«

Seine Gefolgsleute brachen bei diesen Worten in Hochrufe aus. Dann nahmen alle ein kräftiges Frühstück ein, denn die nächste warme Mahlzeit würde es erst geben, wenn Stoddard wieder in Alarics Besitz war.

Conan ging mit seinem Vater in den Burghof, wo bereits die gesattelten Pferde und Proviantwagen bereitstanden. »Ich komme erst zurück, wenn auch das Dorf wieder befriedet ist, aber ich schicke Euch sofort eine Nachricht«, sagte Conan.

»Ich wüßte gern über die Einzelheiten des Kampfes Bescheid, falls einer stattfindet.«

»Wir werden kämpfen müssen. Rolfe hat sich gegen Euch aufgelehnt und zahlt keine Steuern. Die an die Kirche entrichtet er in seinem Namen, nicht in dem Euren.«

»Ich hoffe immer noch, daß er sich ergibt, wenn er die Stärke deiner Streitmacht sieht.«
»Nein, das glaube ich nicht. Warum sonst hätte er die Burg befestigen und Soldaten kommen lassen?«
Alaric nickte. Er haßte den Gedanken, daß ein einst ihm treu ergebener Vasall nun sterben mußte.
Die Männer, die mit Conan ritten, betraten jetzt den Hof und bestiegen ihre Pferde. Als alle zum Abmarsch bereit waren, kam Udele, gefolgt von ihrer Tochter Edythe.
»Wie ich höre, reitest du nach Stoddard, Conan«, sagte Udele spitz. »Ich bin gekommen, um dir Glück zu wünschen, obwohl man mich von deinem Unternehmen nicht informiert hat.«
»Ich ließ davon kein Wort verlauten, um einen etwaigen Verrat zu verhindern.«
»Und du dachtest, deine eigene Familie würde dich verraten?« fragte sie, und Zorn sprühte aus ihren Augen.
»Nein, Madam. Aber selbst eine Kammerzofe könnte es, und deshalb habe ich Befehl gegeben, daß das Burgtor verschlossen wird.«
»Niemand hat mir etwas gesagt«, klagte sie und sah ihren Gemahl vorwurfsvoll an. »Ich hörte es rein zufällig von einem Diener, der mit den Vorbereitungen beschäftigt war, und ...«
»Madam, ich hielt es nicht für nötig, Euch zu informieren. Der Herr dieser Burg und die Männer, die mit mir kämpfen, mußten Bescheid wissen, sonst niemand.«
»Und ich bin die Herrin dieser Burg!« schrie sie.
»Ja!« schrie er, noch lauter als sie. »Lady«, sagte er dann gemäßigter, wobei er das Wort dehnte, »ich konnte meine Zeit nicht damit verschwenden, jedes Mitglied der Familie einzeln zu benachrichtigen, denn ich mußte mich um die Vorbereitungen eines Feldzugs kümmern.«
Edythe, die sich bisher im Hintergrund gehalten hatte, trat vor und knickste kurz vor Conan. Sie sagte schüchtern: »Ich werde für dich beten, Bruder.«
Conan war sich erst vor kurzem der erblühenden Schönheit und

der Sanftmut seiner Schwester bewußt geworden. Er berührte ihre Wange und lächelte. »Ich danke dir, weil du für mich betest.«
Er verneigte sich kurz vor seinen Eltern und ging zur Spitze seiner Truppe, wo Orion schon ungeduldig tänzelnd wartete. Auf ein Handzeichen wurde die Zugbrücke gesenkt, und die großen Eichentore öffneten sich. Mars, der auf Conans Schulter saß, schlug mit den Flügeln, und er sperrte den Schnabel auf, als wollte er einen Kriegsschrei ausstoßen.
Alaric beobachtete, wie die Truppe davonritt. Stolz erfüllte ihn bei diesem Anblick. Er hatte nicht gemerkt, daß Edythe in die Kapelle geeilt war. Als die schweren Tore wieder geschlossen wurden, sagte er zu seiner Frau: »Du solltest ihn vor den anderen nicht zurechtweisen. Er wird erfolgreich sein, wenn er nur wenigen gehorchen muß, aber vielen befehlen kann. Nimm dir das zu Herzen!«
»Ja, Alaric.«
Udele hatte es viel Kraft gekostet, mit diesem herrschsüchtigen Mann auszukommen. Aber sie konnte ihn gefügig machen, indem sie eine Rolle spielte, die er liebte: die schöne, unterwürfige Frau. Und später, wenn Conan einmal über Anselm und Phalen herrschen würde, konnte sie ihre Stellung verbessern.
»Diene ihm so gut, wie du mir gedient hast«, sagte Alaric leise.
Udele streichelte den Arm ihres Mannes und sagte: »Natürlich, Milord.«

Während Conan seine Truppe nach Stoddard führte, dachte er über seinen Angriffsplan nach. Stoddard war nicht mächtig, aber sehr bedeutend. Und es gehörte seinem Vater. Doch Conan hatte andere Ziele als die meisten ehrgeizigen Ritter. Er strebte nicht nach Reichtum, sondern wollte sich vor allen anderen auszeichnen. Außerdem glaubte er an die Gerechtigkeit und war der Meinung, daß Gier, Falschheit und Unrecht mit dem Tode bestraft werden mußten, während Güte und Aufrichtigkeit belohnt werden sollten.

Diese Ideale verliehen ihm seine wahre Kraft. Der Burgvogt hatte seinen Lehnsherrn betrogen — mehr noch, er drohte ihm mit dem Verlust seines Besitzes. Rolfes Herrschaft über Stoddard war vorüber. Doch Conan wollte ihm trotzdem eine Chance geben, sein Leben zu retten.
Inzwischen lagerte die Truppe in einem der Wälder, die die Burg und auch das Dorf Stoddard umgaben. Die Männer ruhten sich aus und nahmen eine kärgliche Mahlzeit zu sich. Allmählich wurden sie ungeduldig, denn sie brannten darauf anzugreifen, aber Conan wollte Rolfe eine Chance geben, sich kampflos zu ergeben. Deshalb ritt er vor die Burg und forderte den Vogt zur Übergabe auf. Nichts rührte sich, noch bekam er eine Antwort.
Als die Sonne am nächsten Morgen aufging, rief eine Wache von oben herunter. »Wer seid ihr, und was wollt ihr hier?«
Conan ritt nach vorn und antwortete: »Ich bin Sir Conan von Anselm und will die Burg meines Vaters wieder in Besitz nehmen.«
Eine Weile herrschte Schweigen, und Conan bemerkte, daß immer mehr Soldaten hinter den Burgmauern ihre Plätze einnahmen.
»Wo ist euer Herr?« rief er, bekam aber keine Antwort. »Sagt Sir Rolfe, wenn er das Tor freiwillig öffnet, kommt er mit dem Leben davon.«
Conan erwartete keine Antwort mehr. Er hob den Arm, und seine Bogenschützen bezogen Stellung und überschütteten die Mauern mit einem Pfeilhagel. Gleichzeitig liefen zwanzig Männer mit dem Rammbock auf das schwere Eichenholztor zu. Eine andere Gruppe erklomm mit Hilfe von Leitern die Burgmauer. Die Ritter saßen kampfbereit auf ihren Pferden hinter Conan.
Da ergoß sich heißes Pech auf die Männer mit dem Rammbock. Rolfe war auf den Angriff vorbereitet gewesen. Conan hob wieder einen Arm, und ein zweiter Rammbock wurde herangetragen.
Der junge Lord brauchte weniger als eine Stunde, und der Kampf

war vorbei. Als das Burgtor krachend zersplitterte, stürmten die Ritter in den Hof, gefolgt von den Bogenschützen und anderen Soldaten. Zwar waren Rolfes Männer Conan zahlenmäßig überlegen, doch als die Anselmtruppe innerhalb der Burgmauern war, schien die anderen jeder Kampfgeist verlassen zu haben. Einige starben, und die restlichen wurden schnell zu Gefangenen gemacht.

»Rolfe!« rief Conan. »Wo ist Sir Rolfe?« Auf seine Handbewegung hin zerstreuten sich seine Leute, um nach dem Vogt zu suchen. Conan stieg vom Pferd, zog sein Schwert und betrat — gefolgt von zwei Rittern — die Halle.

Dort fand er nur verängstigte Bedienstete. Er war auf dem Weg in die oberen Gemächer, als vom Burghof her Lärm ertönte. Er ging die Treppe wieder hinunter und sah, daß zwei seiner Leute Rolfe festhielten. Er war ein Koloß von einem Mann, mit ergrauendem Bart. Seine Kleider waren blutverschmiert.

Conan starrte den Mann verwundert an. Er mußte schwer verletzt sein und versuchte trotzdem wütend, sich zu befreien.

Sir Rolfe spie Conan vor die Füße. »Ihr seid also der junge Emporkömmling, der mir mein Heim rauben will«, sagte er verächtlich.

»Ich bin Sir Conan«, antwortete er mit Würde.

»Ein Kind! Und das ist der Dank dafür, daß ich mich viele Jahre lang um Eure Pferde gekümmert habe! Wie viele aufrechte Männer habt Ihr wegen dieses Dorfs und dieser Burg heute getötet?«

Conan spürte ohnmächtigen Zorn in sich aufsteigen, ließ sich aber nichts anmerken. »Es wäre nicht nötig gewesen, heute Blut zu vergießen, Rolfe«, antwortete er. »Ihr habt Euch töricht verhalten. Die Schuld trifft Euch allein. Ihr seid nur ein Vasall, kein Lehnsherr!«

Da rief einer von Conans Männer von der Tür her: »Sie bitten um Gnade!« und brachte Lady Vinna, Rolfes Frau, und zwei kleine Kinder in die Halle. Vinna fiel auf die Knie und umklammerte ihre Kinder. Entsetzen entstellte ihre zarten Gesichtszüge.

Conan betrachtete Rolfe mit kaltem Blick. »Ihr habt viel ris-

kiert«, sagte er so ruhig er konnte. »Und wofür? Ist Euch Euer Leben nicht mehr wert als diese Burg?«
»Zwanzig Jahre«, brach es aus Rolfe hervor, »nach zwanzig Jahren schwerster Arbeit soll ich alles das, was mein eigen ist, einem Emporkömmling überlassen!«
»Ihr seid ein Narr!« sagte Conan mit zornsprühendem Blick. »Stoddard gehört meinem Vater, aber Lord Alaric hat noch nie einen getreuen Vasallen vor die Tür gesetzt! Ihr hattet hier Euer Auskommen, solange Ihr lebt.«
»Und was wäre aus meiner Familie geworden, wenn ich einmal nicht mehr bin? Erben die Söhne eines Burgvogts den Posten ihres Vaters? Nein! Man schickt sie fort, damit ...«
»... damit sie ihre Fähigkeiten unter Beweis stellen können! So wie es alle Söhne tun, ganz gleich, ob reich oder arm. Ihr habt töricht gehandelt, da Ihr der Meinung wart, Ihr könntet einem so mächtigen Herrn, wie Alaric es ist, seinen Besitz stehlen! Nun habt Ihr alles verloren, denn Eure Söhne werden weder ein Heim noch einen Vater haben!«
»Habt Erbarmen, Sir Conan!« flehte Vinna.
Conan schenkte ihr keine Aufmerksamkeit, sondern musterte Rolfes blutbesudelte Kleidung. Er schaute fragend zu einem seiner Männer, der den Burgvogt festhielt. »Er hat in den Ställen zehn von Lord Alarics besten Pferden getötet.«
Conan fühlte eine ohnmächtige Wut in sich aufsteigen, gleichzeitig war er angeekelt. Ohne den Kopf zu wenden, erteilte er den Befehl: »Bringt die Frau und ihre Kinder in ihr Gemach und bewacht sie dort.« Er sah Rolfe in die Augen. Warum hatte dieser Mann derart schändlich gehandelt? Aus Machtgier? Oder aus welchem Grund?
»Wie habt Ihr die Pferde getötet?« fragte er.
»Mit dem Schwert. Mit eigener Hand. Ich habe sie für Alaric aufgezogen — und wie hat man es mir gelohnt?«
»Er hat ihnen die Kehle durchgeschnitten, Sir Conan«, sagte der Mann.
Conan konnte die Worte seines Vaters hören: »Wenn du über

Menschen und Land gebietest, laß deine Untergebenen die Stärke deiner Hand spüren. Wenn sie dich fürchten und respektieren, werden sie dir treu dienen. Wenn du die Bestrafung anderen überläßt, werden sie nicht nur dich, sondern auch die fürchten, die dir ergeben sind. Und die Männer, die dir ergeben sind, werden dir deine Machtposition neiden und streitig machen.«
»Mein Vater schätzte Euch«, sagte Conan verbittert. »Ich hätte Euch gern das Leben geschenkt. Ich wäre gern zu meinem Vater mit den ausstehenden Abgaben zurückgekehrt und Eurem Versprechen, ihm weiterhin treu zu dienen. Ihr habt Euer eigenes Schicksal besiegelt. Ihr werdet das erleiden, was ihr anderen angetan habt.«
Rolfe warf den Kopf in den Nacken und stieß ein wildes, höhnisches Gelächter aus. Er sah Conan voller Haß an und sagte: »Seid Ihr denn so mächtig? Ihr seid doch kaum dem Knabenalter entwachsen.«
Conan hörte wieder seinen Vater sprechen. »Du mußt es mit eigener Hand tun. Herrschen bedeutet nicht nur Glanz und Ruhm, es ist oft eine Bürde, die nur der Starke ertragen kann ...«
Vinna hatte sicher nichts mit Rolfes Verrat zu tun, überlegte Conan. Und die Knaben waren noch zu klein, von ihnen hatte er nichts zu befürchten.
Conan zog sein Messer. Einen Augenblick betrachtete er die Klinge, dann ging er mit zwei schnellen Schritten auf Rolfe zu. Einer der Ritter griff in Rolfes Haar und riß seinen Kopf zurück. Mit einer raschen Bewegung schnitt Conan ihm die Kehle durch. Das Blut spritzte hoch auf.
Der Mann war sofort tot. Conan bedeutete seinen Leuten, den Leichnam fortzuschaffen.
»Was sollen wir jetzt tun?« fragte einer der jungen Ritter.
»Begrabt den Toten und verbrennt die Kadaver der Pferde. Fesselt Rolfes Männer. Ich kümmere mich später um sie.«
Dann ging er zu einem der Dienstboten Rolfes und fragte: »Gibt es hier ein Zimmer, wohin ich mich zurückziehen kann?«
Die Frau entgegnete furchtsam: »Das Zimmer des Herrn, Sir?«

»Nein. Irgendein anderes.«
»Ja, Milord«, sagte sie und ging ihm voraus die Treppe hinauf.
Conan war es gleich, in welches Zimmer die Frau ihn führte. Als er allein war, lehnte er sich gegen die geschlossene Tür und starrte auf das Blut an seiner Hand. Er hatte schon einmal getötet, aber das war zur Verteidigung geschehen. Dieses Töten war etwas ganz anderes gewesen.
Mit geschlossenen Augen kämpfte er gegen die aufsteigende Übelkeit an. Er ballte die blutbefleckte Hand zur Faust und preßte sie gegen seinen Magen. Er atmete tief durch. Dann öffnete er langsam die Augen und sah sich um. Er mußte stark sein, durfte sich keiner Schwäche hingeben.
Ich werde diese Burg für meine Frau herrichten lassen, dachte er. Bald werde ich einen Sohn — Söhne haben. Werde ich jemals Rolfes Wahnsinn verstehen?
Er ging zum Fenster und blickte in den Burghof hinunter. Seine Männer erledigten ihre Aufgaben — fesselten die Gefangenen und trugen die Toten fort, damit sie beerdigt werden konnten. Er konnte sich nicht vorstellen, daß diese Burg sein Heim sein würde — daß ihn eine warme, weibliche Stimme hier willkommen heißen würde … Er schloß die Augen und versuchte, sich Edwina vorzustellen. Es gelang ihm nicht.

4

Schon lange waren die Blätter von den Bäumen im Obstgarten von Burg Phalen gefallen. Die Gärten lagen braun und kahl da. Hinter den Gärten gab es einen kleinen eingezäunten Friedhof. Dort war auch Medwins Frau begraben.

Im Frühling und im Sommer brachte Chandra Blumen zum Grab ihrer Mutter. Im Winter kam sie mit leeren Händen, aber ihre Gedanken waren bei Lady Millicent.

Die Herrin von Phalen war von zarter Schönheit gewesen, so wie ihre Tochter Edwina. Erst mit dreißig brachte sie ihr erstes Kind zur Welt. Und nach der Geburt der drei Mädchen war ihr Körper erschöpft; Chandras Geburt hätte sie fast mit dem Leben bezahlt.

Doch die Liebe Medwins zu seiner Frau litt darunter nicht, im Gegenteil, er war seiner Frau noch ergeben, obwohl sie — sehr zum Kummer des Geistlichen — getrennte Schlafzimmer hatten. Durch diese Rücksichtnahme ihres Mannes lebte Millicent noch zwölf Jahre, wofür Chandra ihrem Vater sehr dankbar war.

Obwohl Millicent nie robust gewesen war, besaß sie doch Verstand und war gebildet. Während der Jahre ihrer Ehe kümmerte sie sich allein um die Verwaltung von Medwins Besitz und alle finanziellen und schriftlichen Angelegenheiten. Medwin gab gern zu, daß es nur den Fähigkeiten seiner Frau zu verdanken war, daß Phalen so reiche Gewinne abwarf.

Medwins Stärke lag auf einem anderen Gebiet: Er war der geborene Führer und Kämpfer, und das hatte ihn zu einem angesehenen Mann gemacht.

Edwina hatte die schwächliche Konstitution ihrer Mutter geerbt und war oft krank. Laine war so kräftig wie ihr Vater, zeigte je-

doch schon von frühester Jugend an eine Neigung für religiöse Dinge. Sie verbrachte ihre meiste Zeit im Gebet.
Chandra hatte nie darüber nachgedacht, welchem Elternteil sie mehr nachschlug. Doch schon mit dreizehn war sie so groß wie Edwina und viel kräftiger als ihre Schwester. Sie konnte auch schreiben, rechnen und lesen, aber ebensogut reiten, und da ihre Schwestern nicht sonderlich an der Verwaltung Phalens interessiert waren, hatte sie diese Aufgabe übernommen. Sie war die rechte Hand ihres Vaters. Als Millicent starb, hatte sie den Platz ihrer Mutter eingenommen.
Normalerweise erfüllten sie diese Pflichten ganz, aber sie hatte trotzdem das Bedürfnis, von Zeit zu Zeit — selbst im Winter — mit ihrer Mutter stumme Zwiegespräche zu führen. Dort gab es eine steinerne Bank, auf der sie gern saß. Sie fegte den Schnee vom Sitz, setzte sich und zog den pelzgefütterten Mantel eng um sich. Sie kämpfte gegen die aufsteigenden Tränen an. Jeder Tag schien ihr jetzt schwerer zu ertragen, und sie verfluchte ihre Weiblichkeit.
Sie sehnte sich nach einem Mann, dem Mann, der ihrer Schwester Edwina versprochen war. Sie seufzte, denn sie konnte nichts an der Situation ändern. Die Kälte wurde beißend. Sie stand auf und dachte, während sie zur Burg zurückging, ach, wäre ich doch nur die Erstgeborene. Dann ...
Sie ging in die große Halle und wärmte sich einen Becher Milch mit einem heißen Schürhaken. Dann setzte sie sich vors Feuer und genoß die Wärme. In ihrem Herzen brannte eine Liebe, die jeden Tag stärker wurde. Und jeden Tag rückte die Hochzeit ihrer Schwester näher.
»Du scheinst mit deinen Gedanken sehr weit weg zu sein«, sagte plötzlich ihr Vater.
Chandra schrak zusammen und sah Medwin an. Sie lächelte ihm voller Liebe zu.
»Glaubst du, ich habe nicht bemerkt, wie bedrückt du bist, Mädchen? Hast du denn so viele Sorgen?«
»Ach, nein«, entgegnete sie lächelnd und nahm seine Hand. »Ich

vermisse Mutter immer am meisten, wenn es kalt ist, und muß daran denken, wie wir vor dem Feuer saßen und nähten und redeten. Mir kommen die Winter jetzt kälter vor.« Ihre Stimme verebbte. Medwin schwieg. Sie blickte auf und sah, daß ihr Vater den Blick in die Ferne gerichtet hatte.

»Entschuldige, Vater. Ich weiß, wie sehr auch du sie vermißt.«

»Ja, die Winter waren damals nicht so kalt.«

»Bald wird es Frühling. Die Blumen blühen, und ...«

In den alten, grauen Augen erwachte Leben. »Und Edwina heiratet. Ach, das wird ein glücklicher Tag, wenn ich Alarics Sohn in meiner Familie willkommen heiße. Ein wahrhaft glücklicher Tag!«

Chandra nickte mit gesenktem Kopf.

»Hast du schon das schöne Geschenk gesehen, das er geschickt hat? Eine wunderschöne Stute aus Stoddard. Daher kommen die besten Pferde im ganzen Land, und dieses Pferd ist einer Königin würdig.«

Chandra runzelte die Stirn. »Edwina hat sich nie viel aus Pferden gemacht«, sagte sie ruhig.

»Vielleicht wird sich das ändern, wenn sie mit Conan verheiratet ist. Sie muß mit ihrem Mann Schritt halten. Conan hat viel Energie.«

»Und du glaubst, sie ändert sich, Vater?«

»Ja. Sie wird es schon schaffen. Seit die vielen Geschenke hier eingetroffen sind, wirkt sie fröhlicher. Ja, die Ehe mit einem so edlen Ritter wie Conan kann sich für Edwina als heilender Balsam erweisen.«

»Er wird gut für sie sorgen ...« begann Chandra.

»Ich hatte so sehr gehofft, daß sich Conan für eine meiner Töchter entscheidet. Doch um die Wahrheit zu gestehen, dachte ich nicht an Edwina, und ich wußte, daß Laine nicht ...«

Chandra starrte ihren Vater mit großen Augen an. Sie hatte Angst vor dem, was er sagen würde.

»Ich dachte, Conan würde im nächsten Sommer um deine Hand anhalten. Vom Temperament her paßt du am besten zu ihm. Der Junge hat mich mit seiner Wahl überrascht, aber ...«

»Beim Teufel!« fluchte sie. »Im nächsten Sommer!«
»Was sagst du da, Mädchen?« fragte er stirnrunzelnd.
»Nichts, Vater. Ich wünschte nur, der Ritter hätte mir ein Jahr Zeit gelassen.«
Er hob die Brauen. »Ich hielt dich noch nicht reif für die Ehe. Heißt das, du möchtest heiraten?«
»Nein. Aber für diesen einen Mann wäre ich bereit gewesen«, sagte sie schmollend. »Und ich hätte viel besser als meine Schwester zu ihm gepaßt.«
»Begehrst du, was deiner Schwester gehört?« fragte Medwin beunruhigt.
Chandra senkte den Kopf. »Nein, Vater. Ich freue mich für Edwina.«
»Wir reden nicht über ein Kleidungsstück oder Schmuck, Chandra. Wir reden über einen Mann und eine Frau, die heiraten. Es ist eine Sünde, einen Mann zu begehren, der einer anderen versprochen ist.«
»Ja«, murmelte sie schuldbewußt.
»Ich stehe tief in Lady Udeles Schuld, da sie unsere Kinder zusammengebracht hat. So viel hatte ich nicht erhofft. Conan hat in England und Frankreich einen guten Ruf, und ich dachte, er würde die Tochter eines Herzogs heiraten. Sicherlich hätte er eine bessere Partie machen können ...«
Chandra sah ihren Vater entsetzt an. »Udele?« flüsterte sie.
»Ja. Lady Udele wollte, daß unsere angrenzenden Ländereien unter einer Hand vereinigt werden. Das bringt mehr Macht.« Medwin zuckte mit den Schultern. »Ich wußte das schon längst, aber Conan zeigte für meine älteste Tochter nie Interesse. Doch dann genügten ein Wort von seiner Mutter und ein Lächeln von Edwina. Und jetzt kann er über einen großen Besitz in seinem Heimatland herrschen.«
Tränen stiegen Chandra in die Augen, und sie mußte krampfhaft schlucken. Ihr Traum war geplatzt. Wie wichtig diese politischen Überlegungen auch sein mochten, Edwina war weder stark noch klug genug, um den Anforderungen an Conans Seite

gerecht zu werden. Und ihre Liebe für ihn war auch nicht groß genug.
Medwin hob sanft den Kopf seiner Tochter und war überrascht, Tränen in ihren Augen zu sehen. Fragend sah er sie an.
»Conan braucht eine intelligente, willensstarke Frau«, hörte sie sich sagen. »Eine Frau, die genauso stark und entschlossen wie er ist! Vater, wie *kannst* du nur glauben, daß Edwina zu ihm paßt, wenn ich ...«
»Chandra!« entfuhr es Medwin.
Da wurde die Tür geöffnet, ein Windstoß ließ das Feuer aufflackern, und der Besucher trat in die große Halle. Er trug einen roten Mantel über dem Kettenhemd, den Helm hatte er unter den Arm geklemmt. Er gab der Tür einen Stoß, daß sie krachend ins Schloß fiel, und stand dort, breitbeinig, eine Hand in die Hüfte gestemmt. Er lächelte.
Schweigend formten Chandras Lippen seinen Namen: Conan.
Medwin war gesprächiger. »Conan! Tretet näher! Wir wußten nicht, daß Ihr kommen würdet. Sonst hätten wir ein Wildschwein gebraten.«
»Ich konnte vorher keine Nachricht schicken, Milord«, entschuldigte sich Conan. »Meine Pflichten waren schneller getan, als ich annahm, deshalb konnte ich mich ein paar Tage freimachen und möchte sie gern mit meiner Braut und ihrer Familie verbringen.«
»Edwina wird entzückt sein! Und geehrt! Ihr seid so lange durch dieses widrige Wetter geritten – allein ihretwegen!«
Chandra unterdrückte einen Aufschrei, dann floh sie tränenblind die Treppe hinauf.
Conan war bestürzt, sie auf diese Weise fliehen zu sehen. Er blickte Medwin fragend an. »Milord?«
»Ihr habt nichts damit zu tun, mein Junge«, sagte Medwin. Chandras Reaktion hatte ihn enttäuscht.
»Sie scheint unter gebrochenem Herzen zu leiden«, sagte Conan.
»Ja, so scheint es. Und Ihr sollt auch wissen, was es damit auf sich

hat. Das Mädchen hat eigene Pläne. Ideen, was Eure Braut betrifft.«
»Chandra?«
»Ach, sie ist noch so jung.« Medwin lachte plötzlich. »Und welches Mädchen würde Euch nicht schöne Augen machen? Ihr seid jung, stark und gut aussehend. Und reich! Viele werden Euch nachweinen, wenn Ihr erst einmal Edwina die Treue gelobt habt. So ist das Leben.«
Conan sah noch Chandra vor sich, wie sie weinend die Treppe hochfloh. Etwas traurig wiederholte er: »Ja, so ist das Leben.«
»Es ist nicht ihre Art, Edwina ihr Glück zu mißgönnen. Im Gegenteil, oft bürdet sie sich Extrapflichten auf, um Edwina zu entlasten. Ja, sie ist sehr großzügig und verzichtet oft auf Dinge, die ihr ans Herz gewachsen sind, wenn sie anderen eine Freude machen kann. Es tut mir leid, daß Ihr Zeuge ihrer eigensüchtigen Eifersucht wurdet.«
Conan blickte zur Treppe hin. Er hatte Chandra kaum gesehen, aber sie war ihm schöner denn je erschienen. Plötzlich sah er sie vor sich, wie sie vor einigen Monaten vor seinem Zelt gestanden hatte — ihre strahlenden Augen, ihr glänzendes Haar und ihr bezauberndes Lächeln. Und er erinnerte sich, welchen Sprung sein Herz damals gemacht hatte, genau wie eben, als Medwin ihm gestand, daß Chandra ihn begehrte. Für seine Braut hatte er ein solches Gefühl nie gehabt. Er hatte eine hohe Meinung von ihr, aber Leidenschaft weckte sie in ihm nicht.
»Sie ist jung und schön«, hörte er sich sagen. »Der Mann, der sie bekommt, kann sich glücklich schätzen.«
»Ja. Und darum werde ich mich kümmern, wenn Ihr mit Edwina verheiratet seid. Doch jetzt wollen wir einen Becher Ale auf Eure Hochzeit trinken.«
»Ja«, sagte Conan lächelnd und nahm den dargebotenen Krug. »Auf die Zukunft.«

Als die Gärten Phalens in voller Blüte standen, trafen die ersten Hochzeitsgäste ein. Obwohl die Burg nicht klein war, stellte man

doch zusätzlich Tische draußen unter den Bäumen auf, damit alle Geladenen Platz fanden.
Auch im Dorf herrschte Aufregung. Das einfache Volk war von dieser Verbindung zwischen Sir Conan und Lady Edwina ebenso begeistert wie die Adeligen. Die Eroberung der Burg Stoddard war in aller Munde und vergrößerte den Ruhm des jungen Lords. Chandra hörte den ganzen Tag nichts anderes und hätte sich am liebsten die Ohren zugehalten.
Vor kurzem war sie vierzehn geworden. Hätten nicht Edwinas Hochzeitsvorbereitungen im Mittelpunkt des Interesses gestanden und alle Aufmerksamkeit ihr gegolten, wäre sicher bemerkt worden, zu welcher Schönheit Chandra herangewachsen war, doch zur Zeit schenkte man ihr keine Beachtung. Seit frühester Jugend hatte sie davon geträumt, eines Tages Conans Frau zu sein, da dieser Traum nun ausgeträumt war, faßte sie einen anderen Entschluß.
Cordell — der Besitz, der Chandra einmal zufallen würde — war nicht im entferntesten so reich wie Phalen, aber Chandra liebte es. Einst hatte es ihrer Mutter gehört und davor ihrer Großmutter, und es war stets von Frauen verwaltet worden. Deshalb wollte sie ihren Vater bitten, ihr bald Cordell anzuvertrauen und sie nicht zu verheiraten. Warum sollte sie ihre Ländereien nicht selber verwalten? Denn sie bezweifelte, daß sie je einem anderen Mann eine gute Frau sein könnte.
Cordell bot weniger als zweitausend Einwohnern Schutz. Es bestand hauptsächlich aus einem Fischerdorf, aber es gab dort auch fruchtbare Böden. In vieler Hinsicht war es ein Paradies. Die Leute dort waren gesund und kräftig, eine Seltenheit im damaligen England. Es lag nicht an einer Hauptverkehrsroute, deren Siedlungen immer wieder vom Krieg und Plünderern heimgesucht wurden. Nach Osten hin bot das Meer Schutz, der Ort lag an einer steilen Küsten.
Auf der anderen Seite wurden er und das umgebende Ackerland von dichten Wäldern geschützt, in denen sie auch das Jagdrecht besaß. Wenn eine feindliche Truppe Cordell angreifen wollte,

mußte sie die einzige Straße, die zum Ort führte, benutzen oder sich in wochenlanger mühevoller Arbeit einen Pfad durch den Wald schlagen.
Die Burg selbst war hell und voller Licht. Auch hier gab es viele Gärten, und die Menschen waren fröhlich. Chandra sehnte sich nach Cordell. Sie wünschte, sie wäre dort und könnte die Ruhe genießen.
Denn in Phalen war es alles andere als ruhig. Die ständig neu ankommenden Gäste brachten viel Trubel mit sich, und selbst in den sonst stillen Gärten konnte sie nicht mehr allein sein.
In ein paar Tagen würde die Hochzeit stattfinden, und es gab noch viel zu tun. Chandra machte sich auf den Weg in Edwinas Gemach, um zu fragen, ob sie ihrer Schwester irgendwie behilflich sein könnte — so schwer ihr das auch fiel.
Als sie dort ankam, saß Edwina in einem Stuhl am Fenster. Sie hatte die Augen geschlossen. Ein Mädchen legte ihr ein nasses Tuch auf die Stirn und ein anderes fächelte ihr frische Luft zu.
»Edwina, bist du krank?« fragte Chandra.
»Nein, liebes Herz«, antwortete Edwina schwach. »Das Zimmer ist ... ist so eng geworden ...«
»Etwas Ruhe wird dir guttun«, schlug Chandra vor.
»Gleich geht es mir besser.«
»Schick deine Damen fort, Edwina. Sie können sich die Geschenke ein andermal ansehen. Du mußt dich ausruhen.«
»Ich habe es ihnen doch versprochen, Liebes«, sagte Edwina seufzend. »Sie haben eine so lange Reise hinter sich, und alle wollen meine Geschenke und Kleider sehen.«
»Du kannst keine gute Gastgeberin sein, wenn du Kopfschmerzen hast. Lade sie morgen zum Frühstück ein. Das wird sicher jede verstehen.«
Edwina schüttelte den Kopf. »Mir geht es bald wieder besser. Ich darf sie nicht enttäuschen. Sie sind so weit gereist und haben mir so schöne ...«
»Edwina, wenn du dich nicht schonst, wirst du an deinem Hoch-

zeitstag krank sein. Das willst du doch nicht. Ich regele diese Angelegenheit für dich.«

Chandra drehte sich um und seufzte vor Ungeduld über den Trubel, der im Zimmer ihrer Schwester herrschte. Doch ohne Zögern ging sie auf die Damen zu und bat sie taktvoll, Edwina zu entschuldigen, da es ihr nicht gutginge.

Chandras Bitte wurde gern nachgekommen. Die Damen wünschten gute Besserung und zogen sich zurück.

Edwina preßte das kühlende Tuch gegen ihre Stirn und hielt die Augen geschlossen. Chandra holte einen Schemel und setzte sich neben sie. Mitleid überkam sie, weil ihre Schwester kaum Belastungen ertragen konnte. »Ich weiß nicht, wie du mit dem allen fertig werden willst«, sagte sie so leise, daß Edwina es nicht hörte.

»Meine Kopfschmerzen lassen nach«, murmelte Edwina, öffnete die Augen und sah ihre Schwester lächelnd an.

»Du mußt dich mehr schonen. Hast du überhaupt schon gegessen?« fragte Chandra.

»Ich habe keinen Hunger, Liebes«, antwortete Edwina. »Nur etwas Ruhe, und es wird mir wieder gutgehen. Danke, Chandra. Du kümmerst dich so rührend um mich.«

»Du mußt jetzt schlafen, wenn du deine Gäste heute abend unterhalten willst.«

Edwina lachte leise und stand auf. »Es gibt noch so viel zu tun ...« Sie zuckte zusammen, als würde sie von einem Schmerz gequält. »Ich muß mich erst noch um verschiedene Dinge kümmern, ehe ich ruhen kann.«

Chandra spürte den Zwiespalt, in den sie geraten war. Edwina war erschöpft. Sie würde zusammenbrechen, noch ehe sie vor dem Altar stand. Natürlich war der Gedanke für sie verführerisch, daß die Hochzeit auf diese Weise nicht zustande käme. Aber sie konnte Edwina nicht im Stich lassen, so sehr sie sich das auch wünschte. »Was gibt es noch zu erledigen?« fragte sie schließlich.

»Viel, sehr viel. Das Geflügel zum Braten muß noch ausgewählt werden, ebenso die Speisen für die Dorfbewohner, dann die Geschenke für die Dienstboten, und der Priester bekommt noch seinen Zehnten. Außerdem ist der Spielmann nicht gekommen. Ich habe zu tun, bis Conan heute abend eintrifft.«

Chandra runzelte mißbilligend die Stirn. Viele dieser Aufgaben hätten schon vor Tagen erledigt werden können, aber Edwina besaß kein Organisationstalent. »Es ist nicht so schlimm«, sagte Chandra. »Versprichst du mir zu ruhen, wenn ich das alles erledige?«

»Oh, Chandra, das kann ich nicht ...«

»Mach dir keine Sorgen. Ich hole mir Laine zur Unterstützung. Wenn sie einmal etwas weniger betet, schadet das nicht.«

Edwina mußte lachen. »Chandra, du bist so lieb zu mir.«

»Ich arbeite lieber, anstatt mit den Frauen bei einer Näharbeit zu sitzen«, sagte sie achselzuckend. »Aber ich rühre keinen Finger, wenn du dich jetzt nicht hinlegst.«

»Das wird mir nicht leichtfallen, da ich weiß, daß du so schwer für meine Hochzeit arbeitest«, sagte Edwina und umarmte ihre Schwester.

Chandra erwiderte die Umarmung. Ich liebe sie beide, dachte sie kläglich. Obwohl sie hoffte, daß die beiden niemals Mann und Frau würden, wollte sie auch nicht, daß sie unglücklich wurden. Trotzdem mußte sie weinen.

Edwina sah Chandras Tränen und fragte: »Warum weinst du?«

Chandra wischte sich ungeduldig das Gesicht ab und versuchte zu lächeln, was kläglich mißlang. »Ich werde dich so sehr vermissen«, sagte sie, was auch wirklich stimmte. Sie würde sehr einsam auf Phalen sein.

Edwina strich ihrer Schwester zärtlich über die Wange. »Trockne deine Tränen und lächle«, sagte sie. »Du bist so hübsch, wenn du lächelst. Du bist schöner als alle anderen Mädchen. Aber wenn du weinst, wird deine Nase ganz rot!«

Chandra mußte lachen.

»Siehst du! Das liebe ich am meisten an dir! Dein plötzliches Lachen. Dann bist du so schön!«

Chandra küßte Edwina auf die Wange. »Mach dir keine Sorgen. Ich kümmere mich um alles.«

Und das tat sie mit außerordentlichem Geschick. Sie wählte das Geflügel und die Weine aus. Sie schickte die Dienstmädchen in den Garten, um Blumen für den Tafelschmuck zu pflücken. Sie versammelte die Dienstboten, die bei Tisch aufwarten würden, und erklärte ihnen, wie sie servieren sollten. Dann überprüfte sie die Kleidung der Mädchen, Knechte und Pagen und vergewisserte sich, daß niemand mit schmutzigen oder zerrissenen Kleidern herumlief.

Schließlich traf auch der Spielmann mit seinen Akrobaten ein, und sie wies ihnen eine Kammer in der Burg zu. Außerdem ließ sie Edwina ein stärkendes Getränk bringen.

So war sie den ganzen Tag auf den Beinen und betrat endlich erschöpft ihr Zimmer, um sich für das Bankett umzuziehen. Doch das Zimmer war nicht länger das ihre. Man hatte die drei Betten aus dem Raum entfernt — den sie seit ihrer Geburt mit ihren Schwestern teilte — und ein großes Bett mit einem Baldachin für das Brautpaar hineingestellt.

Eigentlich war das für Chandra keine Überraschung, denn man hatte schon früher darüber gesprochen. Doch als sie jetzt sah, wie die Kammerfrauen das Gemach veränderten, lehnte sie sich verzweifelt gegen den Türrahmen. Eine Vision überwältigte sie: Sie sah, wie Conan in diesem Bett ihre Schwester und nicht sie umarmte.

»Wir wußten, daß Ihr so beschäftigt seid, Milady, deshalb haben wir Eure Sachen schon in das andere Zimmer gebracht, und ...«

»Ich weiß, wo mein Zimmer ist«, entgegnete sie und verließ den Raum.

Ihr neues Gemach befand sich auf der anderen Seite der Burg. Sie war verschwitzt, da sie das Kochen überwacht hatte; ihr Haar hing strähnig herunter, aber sie hatte keine Zeit mehr, es zu waschen. Hastig reinigte sie Gesicht und Hände und streifte ihr Festkleid über. Erst als sie ihr Haar kämmte, fiel ihr ein, daß Co-

nan angekommen sein mußte und nun in der großen Halle saß. Ihre Hand fing an zu zittern.
Sie ruhte sich einen Augenblick aus, um ihre Fassung wiederzugewinnen, und eilte dann die Treppe hinunter. Ihr Vater bemerkte sie als erster. Er fragte nicht, warum sie die Mahlzeit versäumt hatte, sondern hieß sie, sich zu ihm und seinen Freunden, Alaric und Theodoric, an den Tisch zu setzen.
»Jeden Frühling wird sie schöner«, verkündete Theodoric laut.
»Und noch immer ist sie ungebunden und bricht das Herz so manchen Ritters hier«, fügte Alaric hinzu. »Es ist nicht recht, Medwin, daß sie noch nicht verheiratet ist.«
»Chandra ist die jüngste und mir eine große Hilfe hier. Ich würde sie sehr vermissen.«
Chandra strahlte ihren Vater an. Das war das erste Kompliment, das sie heute hörte, und es freute sie. »Ihr seid freundlich, Vater, mich derart zu loben. Aber Ihr müßt Euren Freunden auch die Wahrheit sagen. Denn er schimpft mich oft, weil ich ihn mit Dingen des Haushalts belaste. Ich glaube, er ist froh, wenn ich ihm nicht länger zur Last falle.«
»Eine solche Last könnte mir gut gefallen«, dröhnte Theodoric.
Dann gesellte sich Sir Tedric zu ihnen, küßte Chandra galant die Hand und machte ihr ebenfalls Komplimente. Obwohl sie Tedric nicht besonders leiden konnte, hatte sie gegen seine schönen Worte nichts einzuwenden.
Als nächstes machten ihr Sir Mallory und Sir Thurwell ihre Aufwartung. Sie wußte, daß beide enge Freunde Conans waren, und allein aus diesem Grund schenkte sie ihnen ihr bezauberndstes Lächeln.
Bald darauf kam Lady Udele. Lächelnd umarmte sie Chandra.
»Liebes Kind — nein, kein Kind mehr, sondern Frau! Du bist reizend und wirst von Tag zu Tag schöner!« Affektiert wandte sie sich an Medwin. »Milord, Ihr habt die schönsten Töchter im ganzen Land. Lady Chandra«, schmeichelte sie und nahm Chandras Hand, »ich bin einfach überwältigt.«
Chandra lächelte gezwungen und bedankte sich. Sie glaubte

noch immer, daß Conan nicht um Edwinas Hand angehalten hätte, hätte Udele sich nicht eingemischt. »Ihr seid zu liebenswürdig«, murmelte Chandra.
»Ich bin nicht liebenswürdig!« protestierte Udele. »Ich sage nur die Wahrheit! Sir Medwin, Ihr müßt für dieses Mädchen schon bald einen passenden Gemahl wählen. Ihr Gesicht und Körper fordern die Berührung eines Mannes!«
Alle Männer lachten laut über Udeles Kompliment, und Chandra fühlte, daß ihre Wangen vor Verlegenheit brannten.
»Komm, Liebes«, drängte Udele. »Komm und begrüße meinen Sohn und seine Braut.«
Chandra ließ sich von Udele zu dem Brautpaar ziehen, und ihr Herz wurde schwer, denn gleich würde sie vor Conan stehen.
Edwina sah reizend neben ihrem Bräutigam aus. Sie trug ein hellblaues Kleid mit einem goldenen Gürtel, der einst Millicent gehört hatte. Der zarte Kopfschleier wurde von einem goldenen Stirnband gehalten und unterstrich noch die Fülle ihres blonden Haars, das ihr in Locken bis zur Taille fiel.
Conan küßte ihr die Hand und begrüßte sie herzlich, aber sie hörte seine Worte nicht. Er schien noch ansehnlicher geworden zu sein, seine Schultern noch breiter — oder täuschte sie ihre Erinnerung? Vielleicht hatte ihm der Sieg über Stoddard noch mehr Selbstvertrauen verliehen. Offensichtlich genoß er es, im Mittelpunkt des Interesses zu stehen.
»Ich dachte, Edwina bei den Hochzeitsvorbereitungen etwas behilflich sein zu können, da ihre geliebte Mutter nicht mehr unter uns weilt«, sagte Udele und tätschelte die Hand der Braut. Chandra fühlte sich übergangen. Schließlich war es auch ihre Mutter.
»Aber ich habe die Runde gemacht und festgestellt, daß alle Vorbereitungen getroffen wurden. Die Kirche ist wunderschön geschmückt und alle Mahlzeiten aufs sorgfältigste vorbereitet. Nichts blieb unerledigt.«
Chandra sah Edwina verwirrt an. Doch die lächelte nur schüchtern über die Komplimente und sagte nicht, daß sie nur wenig dazu beigetragen hatte. Dann sah sie Udele an und merkte, wie de-

ren grüne Augen funkelten. Sie begriff. Dieses Spiel galt nur Conan. Er sollte seine künftige Frau für kompetent und fleißig halten.

»Du bist so hübsch, Liebes«, sagte Udele zu Edwina. »Wie stolz ich bin, daß du meine Schwiegertochter wirst.«

»Danke, Madam«, entgegnete Edwina scheu.

»Ist sie nicht die perfekte Braut, Conan? Ach, du bist ein glücklicher Mann!«

Conan umfaßte Edwinas schlanke Taille und zog sie an sich. Lächelnd sah er ihr in die Augen. »Das ist sie, Madam«, stimmte er zu. Er küßte sie zart auf den Mund.

Der Kuß blieb nicht unbemerkt. Viele Männer schrien und machten sich über den Eifer des Bräutigams lustig. Conan schien diese Reaktion zu genießen, doch Edwina errötete. Udele beobachtete Chandra verstohlen aus den Augenwinkeln. Sie schien ihr eine stumme Botschaft mitteilen zu wollen: Sieh nur, ich habe die Situation vollständig unter Kontrolle.

Ohne ein Wort der Entschuldigung drehte sich Chandra um und tauchte in der Menge unter. Sie verließ die große Halle durch einen Seiteneingang und floh in die Gärten. Dort schreckte sie ein junges Paar auf, das auf einer verschwiegenen Bank Zärtlichkeiten austauschen wollte. Sie hastete zielstrebig weiter, zu einem ihrer Lieblingsplätze im Rosengarten. Dort sank sie erschöpft auf eine Bank. Vor Zorn und Frustration war ihr Körper völlig verspannt, und sie brach in ein haltloses Schluchzen aus.

Sie konnte die Maske unbeschwerter Fröhlichkeit nicht länger aufrechterhalten! Es war zuviel! Nicht nur, daß der Traum ihres Lebens wie eine Seifenblase zerplatzte, nein, auch ihre anstrengende Arbeit wurde in keiner Weise gewürdigt.

Lange saß sie so da und haderte mit ihrem Schicksal. Ihre Tränen versiegten allmählich. Der Lärm von der Burg verebbte langsam, die Gäste würden jetzt zu Bett gehen. Doch erst als es vollständig still geworden war, stand sie auf und machte sich langsam auf den Rückweg.

Als sie so mit gesenktem Kopf dahinschlenderte, prallte sie gegen

jemanden. Doch ehe sie fallen konnte, wurde sie von starken Armen umfangen.
»Ich bitte um Verzeihung, Milady. Ich ...« entschuldigte sich Conan. »Chandra! Es tut mir leid. Ich habe dich nicht gesehen.«
»Ich dich auch nicht«, sagte sie atemlos. »Es war mein Fehler, ich habe nicht aufgepaßt.« Sie wollte weitergehen, doch er hielt sie zurück.
»Stimmt etwas nicht? Du bist so spät noch hier draußen. Hast du geweint, Chandra?«
»Nein, ich bin nur sehr müde. Gute Nacht, Conan.«
»Einen Augenblick, ich bitte dich. Ich möchte dir wenigstens danken. Ich weiß, was du getan hast.«
»Ich?« fragte sie verwirrt.
»Ich weiß, daß du alle Vorbereitungen für die Hochzeit getroffen hast.«
»Woher weißt du das?«
»Edwina hat es mir gesagt. Sie ist nicht so selbstsüchtig, wie du annehmen magst. Aber ich bat sie, meiner Mutter nichts davon zu erzählen, da es sie so stolz auf Edwina macht. Es hat ja niemandem geschadet.«
»Nein, es hat niemandem geschadet«, murmelte Chandra.
»Hast du deshalb geweint?« fragte Conan.
»Kümmere dich nicht um meine Stimmungen. Mädchen sind oft töricht und geben sich ihren Gefühlen hin.«
Er lächelte und schüttelte den Kopf. Ein Gefühl der Wärme durchströmte ihn, als er sie im Mondlicht betrachtete. Er wußte nicht, ob er brüderliche Liebe für sie empfand oder sie begehrte.
»Aber du bist kein törichtes Mädchen, Chandra. Ich kenne dich schon von klein auf, und du bist nie leicht in Tränen ausgebrochen. Wenn du geweint hast, muß es also einen Grund gehabt haben.« Er sah sie aufmerksam an. »Hat dir jemand weh getan, Chandra? Hat dich irgendein ungehobelter Kerl schlecht behandelt und sich vielleicht Freiheiten ...«
»Conan! Mach dir um meine Tugend keine Sorgen! Nein, es ist nichts dergleichen geschehen. Ich wollte, das wäre der Fall.«

»Trotzdem solltest du nicht nachts allein im Garten spazierengehen. Es könnte gefährlich werden.«
»Ich gehe nicht spazieren. Ich wollte allein sein. Trotzdem ist es seltsam, daß du so um meine Tugend besorgt bist. Sollte dir nicht eher Edwinas Tugend am Herzen liegen?«
Er lachte und lehnte sich gegen einen Baum. »Die ihre ist wohlbehütet. Ich wage kaum, ihr einen Kuß zu rauben, schon sind ihre Zofen zur Stelle und verjagen mich.«
»Heute abend schien sie aber nicht abgeneigt zu sein«, meinte Chandra spitz.
»Das mag stimmen. Aber dann bekam sie Kopfschmerzen, der Tag war wohl zu anstrengend für sie.«
»Zu anstrengend!« rief Chandra. Kaum hatte sie die Worte ausgesprochen, stiegen ihr wieder Tränen in die Augen. Am liebsten hätte sie geschrien und mit den Füßen gestampft, doch vor dem Verlobten ihrer Schwester mußte sie Haltung bewahren.
»Ich weiß, wie schwer es für dich ist, daß Edwina die Früchte deiner harten Arbeit genießt«, sagte er tröstend.
Sie wandte sich von ihm ab und ballte die Fäuste. Ach, das war doch das wenigste!
»Aber dich bedrückt noch etwas anderes«, sagte er hinter ihr.
»Du bist ein Narr«, sagte sie seufzend.
»Und warum bin ich ein Narr, Chandra? Sag es mir.«
Tränen strömten über ihre Wangen. Sie hatte den Kampf verloren und konnte sie nicht mehr zurückhalten. Sie war froh, daß er ihr Gesicht nicht sehen konnte. »Hast du denn nicht gemerkt, daß ich nur dich wollte? Dich allein, obwohl das sehr kühn von mir war? Ich habe darum gebetet, daß du mir Aufmerksamkeit schenken, mich nicht als Kind betrachten würdest ...«
»Ich habe es gemerkt«, sagte er, seine Stimme war kaum lauter als ein Flüstern. »Aber du warst so jung.«
Da vergaß sie sich. Alles brach aus ihr heraus. »Edwina hat sich nie für dich interessiert. Sie war schon fast mit Tedric verlobt, und wir dachten alle, daß mein Vater innerhalb weniger Tage seine Zustimmung zu dieser Verlobung geben würde. Niemals hät-

te ich dich an jenem Tag vor deinem Zelt besucht, hätte ich gewußt, du würdest dich mit Edwina verloben! Oh, Conan!« schluchzte sie. Er trat auf sie zu und umarmte sie.
Ganz leise sagte er in ihr Ohr: »Zwei schöne Schwestern begehren mich, und ich habe es nicht gewußt.« Er lachte freudlos. »Weißt du, Chérie, wie viele Männer mich um diese Lage beneiden würden?«
Sie ließ verzweifelt den Kopf sinken. Sie wollte nicht, daß er sie bemitleidete oder über sie lachte. »Ich glaubte, vernünftig gehandelt zu haben«, sagte sie mit beherrschter Stimme. Sie wischte sich die Tränen ab. »Ich habe mir tausendmal geschworen, dir nie etwas davon zu sagen. Aber ich kenne dich seit meiner Kindheit und habe dich immer aus der Ferne beobachtet. Und ich glaubte... Ach! Du mußt mich für dumm halten.«
»Nein, Chandra. Es tut mir leid, dir weh getan zu haben.«
»Das ist nicht deine Schuld«, seufzte sie. »Ich werde dich nie wieder belästigen, dessen kannst du gewiß sein.«
»Du warst so jung«, wiederholte er traurig. »Wenn ich das nur gewußt hätte! Wenn ich nur mehr Geduld gehabt hätte!. Ich konnte nicht wissen, daß ich diesen Tag jemals bedauern würde.«
»Jesus!« stöhnte sie. Sie wollte ihn ansehen, aber er hielt sie fest. »Dreh dich nicht um. Bleib ruhig.«
Überrascht machte sie sich ganz steif. Die Berührung seiner Hände jagte ihr Schauder über den Rücken. Sie wartete.
»Gott möge mir vergeben«, sagte er. »Mir ist ganz elend!«
»Sag nichts mehr«, flehte sie.
»Und was soll jetzt werden, Chandra? Sollen wir so tun, als hätten wir nicht miteinander gesprochen? So tun, als existierten unsere Worte nicht? Kann ich dich je wieder anschauen, ohne die Frau in dir zu sehen, die mich liebt? Wirst du blind für das sein, was du in meinen Augen lesen kannst?«
Ein Teil ihres Selbst war beschämt über die kühnen Worte, die sie gesprochen hatte, doch ein anderer Teil war voller Stolz. Er hielt sie nicht für ein törichtes Mädchen.
»Weißt du, was einen Mann bindet?« fragte er. »Nicht Feste und

die Zahl der Frauen, die ihn begehren. Seine Ehre. Sein Treueschwur! Das Versprechen, mein Gelübde mit meinem Leben zu verteidigen. Wenn ich mich geirrt habe, so bitte ich Gott, mir die Kraft zu verleihen, mit meinem Fehler wie ein Mann zu leben.«

Chandras Augen waren jetzt trocken, und der Schmerz in ihrer Brust hatte nachgelassen. Sie akzeptierte Conans Worte. Er hatte sie nicht leichten Herzens ausgesprochen. Er war ein Führer, ein Mann, der über Menschen herrschte. Wem konnte sie trauen, wenn nicht ihm?

»Ja, Milord«, murmelte sie. »Du hast dein Wort gegeben. Ich liebe meine Schwester und wünsche ihr nichts Böses. Du sollst nie wieder eine Klage von meinen Lippen hören.«

Er flüsterte in ihr Ohr: »Schnell, geh fort von mir.« Dann ließ er sie los.

Der erste Schritt fiel ihr schwer, aber jeder weitere wurde leichter und ihr Entschluß fester. Sie betete, daß er nicht nach ihr rufen würde.

Conan sah ihr nach. Mit jedem Schritt, den sie tat, betete er, daß sie sich nicht umdrehen würde. Sollte sie es tun, würde er seinen Schwur vergessen.

5

Die Nacht war schon weit fortgeschritten und ruhig. Aus der Burg drang kein Laut. Nur das Bellen eines Hundes oder der Schrei eines Nachtvogels waren von Zeit zu Zeit zu hören.

Und wieder stand ein Ritter unter jenem Baum, gegen den sich Sir Conan vor kurzem gelehnt hatte. Sir Mallory wartete dort. Tief in Gedanken versunken spielte er mit einem Zweig.

Da hörte er ein Geräusch auf dem Pfad und wandte den Kopf in die Richtung.

Als Edythe ihn erkannte, blieb sie stehen. Ihr Herz klopfte. Mit drei schnellen Schritten lag sie in seinen Armen.

Mallory befand sich in einem tiefen Zwiespalt der Gefühle — er, der so viel Ältere, durfte sich nicht an ein so junges Mädchen binden. Außerdem war er arm. Doch als er ihre engelhafte Gestalt in dem weißen Nachthemd sah, waren alle seine guten Vorsätze vergessen. Er preßte sie an sich und streichelte ihr seidiges Haar und atmete begierig ihren süßen Duft ein. Nur widerwillig ließ er sie los.

»Ich hatte Angst, du würdest nicht kommen«, hauchte sie.

»Edythe, ich hätte nicht kommen sollen. Es ist sehr gefährlich.«

»Ich kann keine Gefahr sehen. Und wie ich die Sache betrachte, wäre das Schlimmste, was uns passieren könnte, daß uns mein Vater zur Ehe zwingt.« Sie lachte leise. »Er wäre über meinen geringen Widerstand erstaunt.«

»Du bist zu behütet aufgewachsen, um das richtige Leben zu kennen. Wenn dein Vater keine Ehe wünscht, könnte er mich verbannen oder gar töten lassen und dich in ein Kloster schicken.«

»Sprich nicht«, bat sie, »halt mich nur fest.«

Er seufzte. »Auch das ist gefährlich, Edythe. Siehst du das denn

nicht ein? Ich bin über dreißig. Ich könnte dein Vater sein. Und ich habe viele Frauen gekannt. Ich habe nicht die Geduld, mich mit einer Jungfrau abzugeben. Deine Hartnäckigkeit macht mir viel Kummer.«
Sie lächelte bezaubernd. »Aber du bist gekommen.«
»Ja. Aber es ist nicht klug.«
»Du hast uns in diese Situation gebracht. Mach mir doch öffentlich den Hof! Würde mein Bruder etwas dagegen haben? Würde mein Vater, dein Freund, dich verbannen, weil du mich liebst? Das möchte ich doch gern sehen.«
Er umfaßte ihre Arme. »Du hast mir einmal dein Wort gegeben, daß du zu niemandem davon sprichst.«
»Ja, Mallory. Und ich habe mein Wort gehalten. Aber es ist töricht, aus unserer Liebe ein Geheimnis machen zu wollen. Du solltest lieber einen Weg finden, wie wir heiraten können.«
»Das ist unmöglich.«
Er hatte das Wort »unmöglich« schon oft ausgesprochen, aber diesmal mußte Edythe darüber lächeln. Diesmal hatte er endlich zugegeben, daß er sie heiraten wollte. »Obwohl du es nicht gestehst, Mallory, weiß ich, daß du mich liebst.«
Mallory wandte sich verlegen ab. Er kam sich hilflos vor, denn er besaß keine Ländereien und lebte nur von dem, was er verdiente. Doch Edythe machte das nichts aus. Er hatte andere Qualitäten, die sie an ihm schätzte: Güte, Weisheit und Lebenserfahrung.
»Ich sagte, ich weiß, daß du mich liebst, Mallory.«
Er drehte sich um und sah sie an, lange Zeit, dann sagte er: »Ja, ich liebe dich. Mehr, als ich dürfte.«
»Und das ist kein guter Anfang für uns?«
»Ich sehe keinen Anfang und kein Ende. Ich sehe nur ein endloses Sehnen, und das möchte ich dir ersparen. Du solltest dein Leben nicht mit heimlichen Treffen verbringen, die zu nichts führen. Du solltest einen reichen Adeligen oder Ritter heiraten und nicht nachts mit einem armen Mann verstohlene Küsse tauschen.«
»Du bist kein armer Mann. Du bist ein Ritter König Henrys!«

»Doch verglichen mit den Männern, die um deine Hand anhalten werden, bin ich ein Nichts. Und du bist hier, gegen den Willen deiner Eltern, führst mich mit deinen Hoffnungen und Träumen in Versuchung. Das sind Pläne, die nie wahr werden!«
»Aber ich möchte nirgends anders als hier sein«, sagte sie zärtlich.
Sie streichelte seine Brust. Mit einem Stöhnen nahm er sie wieder in die Arme und küßte sie hungrig. Und er haßte sich für dieses Gefühl, das ihn zum Sklaven machte. Er wünschte, sie würde ihn fliehen, erklären, daß sie ihn hasse, dann hätte dieses Leid ein Ende. Aber wenn sie ihn verließe, würde er sterben. Er zitterte vor Begierde und hätte sie am liebsten mitten im Gras genommen, doch statt dessen schob er sie sanft von sich und sah ihr in die Augen.
»Wende dich nicht von mir ab, Geliebter«, flehte sie. »Wenn du mich willst, mußt du vor der ganzen Welt um mich werben.«
»Edythe, Geliebte ...«
»Anstatt dir Sorgen zu machen, solltest du lieber Pläne schmieden. Du hast Zeit, denn mein Vater will mich nicht so bald verheiraten. Und sollte er seine Zustimmung nicht geben, fliehen wir und leben in einer bescheidenen Hütte, tief im Wald versteckt.«
Er zeichnete die feine Linie ihres Kinns mit dem Finger nach und sah ihr lächelnd in die schönen grünen Augen, die Entschlußkraft ausstrahlten. »Ich bin glücklich, daß du so viele Hoffnungen hast. Ich bete, daß das Leben dir nicht deinen Glauben nimmt.«
»Dann schwör mir, daß du einen Ausweg finden wirst.«
»Ich will es versuchen.«
Er hob ihr Kinn und küßte sie sanft auf den Mund. »Für heute ist es genug«, sagte er, obwohl er sie gern wieder in die Arme genommen hätte. »Geh wieder zu Bett.«
»Treffen wir uns noch einmal? Noch einmal, ehe du gehst?«
Gegen seine Vernunft nickte er zustimmend. Sie umarmte ihn stürmisch. Die ganze Nacht hätte sie so mit ihm verbringen kön-

nen, doch er drehte sie um und gab ihr einen kleinen Schubs. Kurz darauf war sie im Dunkeln verschwunden.

Mallory lehnte sich gegen den Baum und seufzte. Gott muß mich für die Dinge, die ich denke, verfluchen, schoß es ihm durch den Kopf. Und dann machte er sich auch auf den Weg, zurück in die Burg.

In den Büschen hinter der großen Eiche raschelte es. Ein Mann trat hervor. Tedric verneigte sich vor dem alten Baum.

»Ich schätze, du kennst mehr Geheimnisse als Merlin«, sagte er. »Ich würde mir ja gern noch mehr Liebesschwüre anhören, aber mir schwirrt der Kopf.« Er lachte. »Ich hätte nicht gedacht, daß eine Nacht mit dir so informativ wäre.«

Ein Lied pfeifend, ging er aus dem Garten.

Alle erwarteten als gutes Omen, daß am Hochzeitstag der Morgen klar und hell heraufdämmerte. Braut und Bräutigam fasteten und beichteten, ehe sie getraut wurden. Dann jubelte die Menge ihnen zu.

Im ganzen Dorf und auf der Burg wurde gefeiert. Man tanzte, sang und lachte. Sir Medwin hielt alle frei, und am Nachmittag gingen die Frischvermählten durch die Straßen. Rosenblätter wurden vor ihre Füße gestreut, und die beiden warfen Münzen in die Menge.

Alaric und Medwin waren glücklich. Jetzt hatten sie ihre alte Freundschaft auch noch durch enge Familienbande gefestigt. Und auch Sir Theodoric teilte ihre Freude. Oft stießen die drei alten Lords auf die Zukunft an. Tedric hatte sich ihnen angeschlossen. Offensichtlich war er an Chandra interessiert. Er hielt sich oft in ihrer Nähe auf und machte ihr Komplimente.

Tedric wußte, wie man einem Mädchen den Hof machte, er war redegewandt und konnte auch charmant sein.

»Ich wette, daß Ihr die nächste Braut sein werdet.«

»Ich hoffe, nicht so bald, denn es gibt keinen Bräutigam«, entgegnete sie.

»Das glaube ich Euch nicht. Wie ich hörte, stehen sie schon Schlange.«

Sie kicherte. »Nein, ich versichere Euch, es gibt keinen. Aber mein Vater ist es müde, nur mit Frauen zusammenzuleben. Laine wird bald ins Kloster gehen, und er wird froh sein, wenn ich auch das Haus verlasse.«

Tedrics Lächeln machte einem ungewohnten Ernst Platz. »Und es gibt keinen Mann in Eurem Leben, Chandra? Niemanden, der heimlich Euer Herz erobert hat?«

Sie senkte den Kopf und sagte leise: »Nein. Es gibt niemanden.«

Er hob ihr Kinn mit dem Zeigefinger. »Eure Augen sprechen eine andere Sprache. In Euren Augen sehe ich Liebeskummer.«

»Ihr irrt Euch, Sir Tedric. Ich kann nicht um eine Liebe trauern, die ich nie kennengelernt habe.«

»Ihr habt nie einen Mann geliebt?«

Sie sagte mit gezwungener Leichtigkeit: »Wollt Ihr, daß ich Euch mein Herz öffne? Nein, ich erzähle Euch nicht, wie die Träume eines Mädchens aussehen«, und lächelte kokett. »Noch werde ich Euch sagen, wie viele Herzen ich zu brechen gedenke.«

»Doch Ihr gabt Sir Conan Euer Unterpfand auf dem Turnier.«

Nur eine Sekunde weiteten sich ihre Augen vor Erstaunen, dann lächelte sie. »Ich kannte keinen anderen Ritter«, antwortete sie mit Unschuldsmiene.

»Und er liegt Euch nicht am Herzen?« fragte er ernst.

»Natürlich liegt mir sein Wohl am Herzen. Er hat meine Schwester geheiratet, und jetzt ist er mein Schwager.«

Tedric räusperte sich und sagte dann förmlich: »Ich möchte mit Eurem Vater sprechen und ihn um Eure Hand bitten.«

Chandra war entsetzt. »Wir sind nur Freunde, Tedric.«

»Wir kennen uns noch nicht gut genug, um mehr zu sein. Mit Eurer Erlaubnis, Lady, spreche ich mit Eurem Vater.«

Zu dem Entsetzen kam jetzt noch Verwirrung, sie konnte sich Tedrics Verhalten nicht erklären. »Um die Wahrheit zu sagen, ich bin auf Euer Werben nicht vorbereitet. Ich brauche Zeit zum Nachdenken.«

»Ich hoffe, nicht zu lange. Ich möchte gern bald heiraten. Und ich glaube, Euer Vater könnte mit mir einverstanden sein.«

Sie fürchtete, er könnte damit recht haben. Schließlich war er ja auch als Bräutigam für Edwina in Betracht gezogen worden, deren Mitgift wesentlich üppiger war. »Es gibt viel reichere Mädchen als mich, Sir Tedric. Und während Eurer langen Reisen habt Ihr sicher manches gebrochene Herz zurückgelassen.«
»Ich versichere Euch, keine war so schön wie Ihr. Ihr übertrefft sie alle an Anmut und Liebreiz.«
Chandra spürte, wie sie errötete. Früher hatten seine Komplimente sie nicht gestört, denn sie waren allgemein gehalten, doch jetzt fühlte sie sich belästigt. »Ich muß zu meiner Schwester, Sir Tedric. Können wir dieses Gespräch später fortführen? Wenn es ruhiger in der Halle ist und ich nachgedacht habe?«
»Chandra, da gibt es nicht viel nachzudenken. Entweder Ihr mögt mich oder nicht. Meine Familie ist ebenso reich wie die Eure.«
Sie sah ihn überrascht an, denn über Reichtum hatte sie sich überhaupt keine Gedanken gemacht. Auch gefiel ihr sein Ton nicht. Er klang ärgerlich. »Eure Familie ist geachtet«, sagte sie.
»Zögert Ihr, weil mein Vater mir nicht viel vererbt?«
»Nein, Tedric. Heute ist der Hochzeitstag meiner Schwester, und meine Entscheidung ist nicht dringend. Es kann noch gut ein Jahr verstreichen, ehe ich ...«
»Es gibt nur einen Grund für Euer Zögern: Es muß einen anderen Mann geben«, sagte er ernst.
»Es gibt keinen, Tedric. Und meine Antwort gebe ich Euch später. Nun muß ich meinen Pflichten nachkommen.«
Sie wollte gehen, aber er ergriff ihren Arm und hielt sie zurück.
»Spielt nicht mit mir, Lady Chandra. Ich schätze es nicht, wenn man mich zum Narren macht.«
Sie entriß ihm ihren Arm, und eine Sekunde schreckte er vor dem zornsprühenden Blick aus ihren blauen Augen zurück. Sie war jung, aber sie hatte keine Angst vor ihm und ließ sich auch nicht einschüchtern. Tapfer sagte sie: »Wenn ich Euch Gehör schenken soll, Sir Tedric, dann führt Euch nicht wie ein Spitzbube auf.«

Er wollte sie zurechtweisen, verschluckte aber seinen Groll, denn zu viele hätten in der überfüllten Halle seine unbotmäßigen Worte hören können. Und da tauchte zu allem Überfluß auch noch Sir Thurwell auf. Er strich sich eine widerspenstige blonde Locke aus der Stirn und lächelte. »Lady Chandra«, sagte er und verneigte sich. Dann: »Tedric.« Er nickte knapp und hatte bewußt den Titel des Ritters weggelassen. »Ist es nicht ein großartiges Hochzeitsfest?«

Chandra kannte ihn nicht sehr gut, fühlte sich aber zu ihm hingezogen, weil er Conans Freund war. Offensichtlich war er ihr zu Hilfe gekommen. »Ja, wirklich großartig«, entgegnete sie lächelnd. »Ist das Brautpaar schon aus dem Dorf zurückgekommen?«

»Ja, Lady. Und beide haben wohl genug vom Feiern. Lady Edwina ist auf ihr Zimmer gegangen.«

»Dann muß ich mich um sie kümmern. Würdet Ihr mich entschuldigen?«

»Es wäre mir eine Ehre, Euch dorthin begleiten zu dürfen.«

»Natürlich, Sir Thurwell. Mit Vergnügen.«

Sie legte ihre Hand auf seine, und beide ließen Tedric einfach stehen. In einer stillen Ecke fragte Thurwell: »Mir schien, Lady, daß Sir Tedric Euch Ungelegenheiten bereitete. Hat er Euch beleidigt?«

»Ich weiß nicht, was ihn aufgebracht hat«, antwortete sie etwas verwirrt.

»Er ist ein hitzköpfiger Bursche«, bemerkte Thurwell. »Seid vorsichtig, wenn Ihr mit ihm allein seid.«

Ein Gefühl der Sicherheit überkam sie. In Thurwells Gegenwart fühlte sie sich geborgen. Groß und mächtig stand er neben ihr und war sicher zwanzig Jahre älter. Er hätte gut ihr Vater sein können. Sie berührte leicht seinen Arm. »Es ist nett, daß Ihr mich vor Tedric warnt. Aber ich glaube, er ist harmlos.«

Thurwell runzelte die Stirn. »Sollte es irgendwelche Probleme geben«, sagte er, »braucht Ihr mich nur zu rufen.«

Sie dankte ihm lächelnd und ging zu ihrer Schwester.

Thurwell wollte in den Garten zurückkehren, um weiter zu feiern, doch auf seinem Weg dorthin wurde er von Tedric in einem Seitengang aufgehalten.

»Macht Ihr Lady Chandra den Hof?« fragte er Thurwell direkt.

»Nein, mein Junge«, antwortete Thurwell amüsiert. »Ich beschütze sie vor Füchsen und Wölfen.«

»Werft Ihr mir vor, die Dame unhöflich behandelt zu haben?«

Thurwell lehnte sich gegen die Wand und kratzte sich den struppigen Bart. Er betrachtete die kleine Gestalt Tedrics ironisch. »Ich denke, es ist unritterlich, die Lady in der Öffentlichkeit zu belästigen. Aber wenn das Eure Weise ist, ihr den Hof zu machen, wer bin ich denn, daß ich Euch Unhöflichkeit vorwerfen könnte?«

»Ja, wer seid Ihr eigentlich? Wie könnt Ihr es wagen, so zu mir zu sprechen?«

»Ich bin ein Ritter, und mein Gelübde gebietet mir, Damen vor Schakalen und Narren zu beschützen. Das bin ich.« Sein Ton war schneidend, er war mit seiner Geduld am Ende, und er tat nichts, um Tedric zu beschwichtigen. Er wollte an ihm vorbeigehen, aber Tedric zog einen Handschuh aus seinem Gürtel und schleuderte ihn Thurwell vor die Füße.

Thurwell starrte darauf und brach in lautes Gelächter aus.

»Heute ist Sir Conans Hochzeitstag, und ich lasse mich nicht auf Eure Spiele ein. Es wäre ein schlechtes Omen, wenn ich das Blut eines Kindes an einem solchen Tag vergießen würde.« Mit diesen Worten schob er Tedric zur Seite und verließ die Burg.

Tedric schäumte innerlich vor Wut, sein Fehdehandschuh lag am Boden. Hätte er Thurwell in der Gegenwart anderer Ritter gefordert, Thurwell hätte es nicht gewagt, ihn so verächtlich zu behandeln.

Über dieses Dreiergestirn — Conan, Mallory und Thurwell — ärgerte sich Tedric am meisten. Sie lachten ihn aus und nahmen seine Herausforderungen nie ernst.

»Eines Tages werden sie mir Beachtung schenken«, sagte er laut, obwohl niemand ihn hören konnte.

Als er sich niederbeugte, um seinen Handschuh aufzuheben, kam ihm der Gedanke, daß Thurwell ihn leicht besiegt hätte. Dafür haßte er ihn noch mehr. Auch Conan war ihm im Kampf überlegen, er wußte es, deshalb konnte er ihm nur mit List begegnen. Ich bin schlauer als Conan, dachte er befriedigt. Ich finde einen Weg, ihn zu ruinieren, ohne einen Finger zu rühren.
Er ging wieder in den Garten. Den Rest des Tages beobachtete er die Hochzeitsgäste. Dann kam ihm eine glänzende Idee.

Lady Udele machte einen Morgenspaziergang durch den Burggarten. Sie ergötzte sich an den Blumen, die die Wege säumten. Phalen war an Anselm gemessen nicht sehr reich, aber seine Blumen waren wunderbar. Sie beschloß, bei ihrer Rückkehr den Gärten mehr Aufmerksamkeit zu schenken.
»Guten Morgen, Milady«, grüßte Tedric sie mit einer Verneigung. »Ich dachte, der Tag könnte gar nicht schöner werden, doch dann sah ich Euer liebliches Gesicht.«
Udele blieb abrupt stehen und blickte den jungen Mann argwöhnisch an. Sie wußte nicht, warum er sie mit dieser Zuvorkommenheit behandelte. »Guten Morgen, Sir«, entgegnete sie gleichgültig.
»Welch glücklicher Zufall, Euch hier anzutreffen, denn ich möchte schon seit geraumer Zeit mit Euch sprechen.«
»Und aus welchem Grund, Sir Tedric?« fragte sie kalt.
Eigentlich hielt sie nicht viel von einer Unterredung mit diesem dreisten Ritter, aber sie war neugierig, welches Anliegen er hatte. Sie wandte sich an ihr Gefolge. »Miladies, wartet auf mich in der Burg. Ich komme bald nach.«
Tedric blickte den davoneilenden Frauen nach und sah sich dann gründlich um. Er wollte Gewißheit haben, daß sie weder belauscht noch beobachtet wurden.
»Phalens Gärten scheinen ein geeigneter Ort für Verschwörungen zu sein, Madam. Wußtet Ihr, wie viele Geheimnisse die Blumen hier hüten?«
Udele Haltung drückte Ungeduld aus, aber Tedric ließ sich Zeit.

»Viele Liebende treffen sich hier bei Nacht — Liebende, die das Tageslicht scheuen.«

»Was wollt Ihr mir erzählen, Tedric?«

»Nun, Conan und Chandra trafen sich hier, lange nachdem sich alle anderen zurückgezogen hatten. Conan scheint über die hastige Wahl seiner Braut nicht allzu zufrieden zu sein. Wie es scheint, liebt er Lady Chandra ...«

»Das ist üble Nachrede!« zischte Udele. »Ihr seid ein Narr, wenn Ihr glaubt ...«

»Ich hörte, wie er das sagte, und daß er nicht habe wissen können, daß er diesen Tag jemals bedauern würde. Wie schade, Madam. Conan wird viel Ehre einbüßen, wenn er mit der Schwester seiner Frau eine Liebschaft anfängt.«

Udele gewann ihre Fassung wieder. »Ihr kennt meinen Sohn nicht, Tedric. Macht Euch keine falschen Hoffnungen. Conan wird sich solchen Gelüsten nicht hingeben.«

»Vielleicht habt Ihr recht, Lady. Doch es wäre angeraten, Chandra mit einem Mann zu verheiraten, der sie zu bändigen weiß.«

Udele amüsierte Tedrics direkte Rede. »Und wer könnte das sein?« fragte sie lächelnd.

»Es wäre mir eine Ehre, Lady Chandra zu heiraten.«

»Dann wünsche ich Euch viel Glück, Tedric«, sagte sie und ging.

»Ich hatte gehofft, Ihr würdet mich unterstützen!« rief er hinter ihr her.

»Ich?« sagte sie und drehte sich um. »Ihr braucht doch keine Hilfe, da Euch Eure guten Manieren zum Ziel führen werden.«

»Meine Familie ist ehrbar, aber ich habe keine Ländereien und nur wenig Geld. Schon eine Braut habe ich an einen reicheren Bewerber verloren und kann mich mit dem Gedanken nicht abfinden, wieder der Verlierer zu sein. Gold oder Silber würden Medwins Einstellung zu mir positiv beeinflussen.«

Udele lachte ihm ins Gesicht. »Da müßt Ihr Euch nach einer anderen Quelle umsehen, Sir. Und wagt es nicht, mich wegen meines Sohnes zu erpressen. Er wird seiner Familie niemals Schande machen. Er ist kein Narr.«

»Liebe hat schon stärkere Männer zu Narren gemacht«, sagte Tedric obenhin. »Selbst unser König hat sich manchmal vergessen. Aber wer würde schon einen König maßregeln?«

»Doch Conan ...«

»... ist auch nur ein Mann, der seinen Ehrenkodex für das Vergnügen der Liebe vergessen könnte — und ein Ritter, der die Ehe bricht, das ist eine andere Geschichte. Es würde den Blauen Falken viel kosten, seinen guten Ruf wiederherzustellen.«

»Das würde Conan niemals tun«, beharrte Udele. Sie sprach mit mehr Zuversicht, als sie empfand.

»Conan war nicht der einzige, der in diesem Garten eine Liebeserklärung machte«, sagte Tedric.

Udele sah ihn neugierig an.

»Auch Eure Tochter ist verliebt. Ach, die Liebe! Überall, wohin ich blicke, sehe ich Liebe! Arme Edythe! Der Mann ihres Herzens ist ein Habenichts.«

»Und wer ist es, Sir?« fragte Udele.

»Sir Mallory natürlich«, sagte Tedric überheblich.

Udele hätte fast vor Abscheu das Gesicht verzogen, beherrschte sich aber gerade noch. Sie hatte es immer als mißlich empfunden, eine Tochter geboren zu haben. Edythe trug nicht zum Reichtum der Familie bei, sie schmälerte ihn durch ihre Mitgift. Diese Tatsache mußte Udele akzeptieren, aber sie akzeptierte nicht, daß Edythe einen armen Ritter heiratete, der nichts zum Prestige ihres Namens beitrug.

»Ich glaube nicht, daß es zu einer Ehe zwischen den beiden kommt«, sagte sie.

»Vielleicht nicht, Madam, wenn Ihr schnell handelt«, entgegnete Tedric. »Lord Alaric denkt womöglich anders darüber. Der gute Ruf ist alles, und Mallory ist ein angesehener Mann.«

»Alaric ist kein Dummkopf. Er wird seine Tochter mit einem reichen Mann verheiraten.«

»Alaric ist kein Dummkopf«, äffte Tedric sie nach. »Und er liebt Mallory, als wäre er sein eigener Sohn.«
Udele fürchtete, daß Tedric diesmal recht hatte. Sie sah den jungen Ritter erwartungsvoll an.
»Ich könnte Alaric noch heute morgen davon in Kenntnis setzen, und Edythe würde es nicht abstreiten. Die Hochzeit könnte stattfinden, ehe der Sommer ins Land zieht.«
»Vielleicht sagen die beiden es Alaric«, überlegte Udele laut.
»Nein. Denn Mallory ließ Edythe schwören, nichts davon verlauten zu lassen, bis er einen Plan gemacht hat. Er fürchtet, Alaric könnte ihn verbannen. Doch Edythe kennt ihren Vater besser, sie nimmt an, er würde nur auf einer Ehe bestehen. Ihr habt noch Zeit, Euch nach einem reicheren Gemahl für sie umzusehen.«
»Wenn Ihr Lord Alaric nichts verratet«, sagte Udele. Sie begriff Tedrics Motive sehr gut, traute ihm aber überhaupt nicht.
»Meine Bedürfnisse sind bescheiden, Milady. Helft mir, Chandra zur Frau zu gewinnen, und ich schweige.«
»Warum wollt Ihr sie haben, wenn Ihr glaubt, daß sie in Conan verliebt ist?«
Tedric lächelte verschlagen. »Auch sie bedeutet Besitz, wenn auch nicht so groß wie der Edwinas. Und wenn man die beiden miteinander vergleicht, ist Chandra für sich allein schon ein Preis.«
Udele überlegte schnell. Conan durfte sich niemals mit Chandra einlassen, denn sonst hatte Tedric ihn in der Hand. Conan wäre entehrt. Und Edythe würde sich leicht manipulieren lassen. Leider wußte der durchtriebene Tedric von diesen Dingen, aber das ließ sich nun einmal nicht ändern. Sie würde auch ihn zu beherrschen wissen. »Gebt mir etwas Zeit. Dieses Problem kann ich nicht an einem Tag lösen.«
»Nur etwas Zeit, Milady. Mein Anliegen ist dringend.«
»Ich werde Euch in Kürze benachrichtigen. Wahrscheinlich kann ich Euch behilflich sein, wenn Ihr Chandra wirklich heiraten wollt.«
»So ist es, Madam«, sagte er lächelnd und verneigte sich.

Sie schnalzte mit der Zunge. »Dann seid Ihr also auch verliebt?«
Mit der geballten Faust strich er leicht über seine Brust und zwinkerte. Udele zeigte offen ihre Verachtung. Sie hielt es nicht für klug, aus Liebe zu heiraten, wenn man durch eine reiche Verbindung mehr gewinnen konnte. Sie drehte sich um und ging.
»Wahrhaftig bin ich verliebt«, sagte Tedric, als er allein war. »Verliebt in den Gedanken, die Frau zu besitzen, nach der Conan sich sehnt und die er nicht berühren darf.« Er lächelte hämisch und wandte sich ebenfalls zum Gehen.

Lange konnte Conan Stoddard nicht fernbleiben, zu viele Pflichten erwarteten ihn dort. Also drängte er zum Aufbruch.
Edwina weinte am Tag der Abreise, was verständlich war. Laine würde bald ins Kloster eintreten und durfte ihre Familie eine lange Zeit nicht besuchen. Es war das letzte Mal, daß alle drei Schwestern zu Hause versammelt waren.
Tedric hatte Conans und Edwinas Abreise beobachtet und stand jetzt vor der Tür, die in die große Halle führte, und sah zu, wie sich Alarics Familie reisebereit machte. Pierce, der schwerfällige Riese, Lady Udeles Diener, der schon in den Diensten ihres Vaters gestanden hatte, überprüfte die Sättel und hob dann Edythe auf ihr Pferd. Danach stellte er sich neben das Pferd seiner Herrin und wartete auf sie.
Udele kam in Begleitung Medwins aus der Burg. Sie plauderten angeregt über die vergangenen Festtage und versprachen sich, engen Kontakt miteinander zu halten. Als sie an Tedric vorbeigingen, verneigte er sich.
»Lebt wohl, Milady«, sagte Tedric lächelnd. Sie warf ihm einen kalten Blick zu, aber ihr Mund lächelte.
»Lebt auch Ihr wohl, Sir Tedric«, entgegnete sie.
»Ich hoffe, daß sich unsere Wege bald wieder kreuzen, Milady. Ich habe Eure Gesellschaft so genossen, daß ich ganz verzweifelt bin, wenn ich daran denke, wie lange es dauern wird, bis ...«
»Vielleicht führen Euch Eure Geschäfte in die Nähe Anselms«, schnitt sie ihm das Wort ab. »Dann müßt Ihr uns besuchen.«

Tedric verneigte sich wieder und lächelte verschlagen. »Ich hoffe, das ist der Fall, aber solltet Ihr meiner Hilfe bedürfen, braucht Ihr nur nach mir zu schicken.«
Udeles Lächeln verblaßte. »Ich wüßte nicht, warum, Sir.«
»Nun, der Fall könnte ja eintreten.«
Udele gab keine Antwort. Sie schritt schnell an ihm vorbei und wurde von Pierce in den Sattel gehoben. Innerhalb kurzer Zeit waren die Reisenden hinter dem Burgtor verschwunden.
Sie wird mich kommen lassen, dachte Tedric zufrieden. Er hatte Udele durchschaut, ihre Geldgier erkannt, die genauso groß wie seine war. Außerdem schmiedete sie für ihren Sohn große Zukunftspläne, die alle zerstört würden, wenn er sein Geheimnis preisgab.
Tedric lächelte selbstgefällig. Wie leicht er jetzt zu Geld kommen konnte! Weder brauchte er dafür zu kämpfen noch zu arbeiten — beides verabscheute er. Nun, da er eine Quelle aufgetan hatte, würde er nach einer neuen suchen ... und wieder einer ... und der nächsten ...

Als die Ernte eingebracht war, wurde auf Phalen das Erntedankfest gefeiert, doch es war bei weitem nicht so prächtig wie die Hochzeit.
Im Sommer war Laine ins Kloster eingetreten, was Medwin eine stattliche Summe gekostet hatte. Und beim Erntedankfest stand Chandra allein an der Seite ihres Vaters. Seine Abhängigkeit von ihr wurde immer größer, denn er alterte sichtlich. Oft sprach er davon, einem Burgvogt die Verwaltung übertragen zu wollen, aber Chandra entgegnete: »Das ist nicht nötig, Vater. Nicht, solange ich hier bin und Euch helfen kann.«
Und das stimmte. Chandra kümmerte sich um alles. Sie arbeitete vom Morgengrauen bis zur Abenddämmerung. Sie hatte gar keine Zeit, um über ihr Leben nachzudenken, obwohl sie im heiratsfähigen Alter war. Es gab keinen Mann, nach dem sie sich sehnte, außer dem einen. Also hatte sie ihr Herz verschlossen.
Sie kniete im Garten vor einem Beet und erntete Heilkräuter. Als

sie genug davon geschnitten hatte, trug sie sie in die Burg. Auf dem Weg dorthin begegnete sie ihrem Vater, der offensichtlich gerade ein Gespräch mit einem seiner Männer beendete.
»Ja, Milord. Ich bereite alles vor. Wenn es Euch recht ist, reiten wir in vier Tagen.«
Medwin nickte und entließ den Mann. Er legte Chandra einen Arm um die Schultern und ging mit ihr zum Eingang.
»Wohin reisen die Männer, Vater?«
»Ich muß einen Trupp nach Cordell schicken, um die Abgaben abholen zu lassen.«
»Und Ihr reitet nicht mit?«
»Nein«, seufzte er. »Ich bin zu alt, Tochter, ich mag nicht mehr reisen. Ich brauche jemanden, der mir die Arbeit abnimmt. Warum hat mir Gott keine Söhne geschenkt?«
»Conan wird sich um Eure Angelegenheiten kümmern. Macht Euch keine Sorgen.«
»König Henry ist mit seinen Söhnen verfeindet. Vielleicht sind Söhne gar kein so großer Segen.«
Chandra antwortete nicht darauf. Sie wußte, ihr Vater wollte einfach nur reden.
»Wenn Henry stirbt, werden sie sicherlich um die Krone kämpfen. Wie viele gute Männer müssen dabei ihr Leben lassen!«
»Vater«, sagte sie seufzend. »Das sind nicht unsere Sorgen. Vielleicht schließt Henry mit seinen Söhnen Frieden.« Sie legte ihren Arm um seine Taille. Er war schwach geworden, und sie mußte ihn beim Gehen stützen. »Dies ist das erste Jahr, daß ich Cordell keinen Besuch abgestattet habe.«
»Du liebst es ebenso sehr wie deine Mutter.«
»Vielleicht liebe ich es gerade deswegen. Ich war so gern mit ihr dort. Sie sagte immer: ›Das alles gehört eines Tages dir, Chandra. Du mußt lernen, den Besitz zu verwalten.‹ Mir machte es nichts aus, daß Edwina und Laine spielten, während ich mit Mutter arbeitete. Ich lernte gern, und ich hörte es gern, wenn sie zu allen sagte, daß ich die neue Herrin der Burg sein würde.«
»Da wußten wir noch nicht, daß es so bald sein würde«, sagte

Medwin nachdenklich. »Du solltest auch dorthin reisen. Als meine Vertretung.«

»Aber Ihr braucht mich hier, Vater. Ich kann Euch jetzt nicht verlassen.«

»Ich komme eine Weile ohne dich aus. Und wenn du eine Zeitlang in Cordell bist, vielleicht lächelst du dann wieder.«

»Ich würde gern dorthin reisen«, sagte sie. Der Gedanke allein stimmte sie fröhlich.

»Du lächelst ja schon«, sagte er liebevoll. »Du hast hart für deinen Vater gearbeitet und verdienst eine Belohnung. Mach dich reisefertig. Ich schicke ein paar Männer mehr mit, damit dir nichts passiert.«

Sie stellte sich auf die Zehenspitzen und küßte ihn auf die Wange. »Danke, Vater«, sagte sie. Ein Lied summend — das hatte sie seit Monaten nicht getan — eilte sie beschwingt davon.

Normalerweise waren Reisevorbereitungen langwierig, doch Chandra machte sich mit einem solchen Enthusiasmus ans Werk, daß sie in zwei Tagen fertig war. Außerdem achtete sie darauf, daß in Phalen alles in Ordnung war, damit Medwin während ihrer Abwesenheit keine Probleme hatte. Selbst um den Speiseplan kümmerte sie sich.

Am späten Nachmittag, als sie in den Burghof ging, sah sie, daß ein Trupp Männer eingetroffen war, deren Pferde von den Stallknechten versorgt wurden.

»Wer ist gekommen?« fragte sie einen der Burschen.

»Der Blaue Falke mit seinen Männern, Lady.«

Sie eilte in die Halle. Warum war er gekommen? Im Frühsommer hatte König Henry gegen Philip in Frankreich gekämpft, aber Conan war zu Hause geblieben. Wollte er sich jetzt verabschieden, weil er in den Krieg zog?

Als sie in die Halle stürmte, stieß sie mit Sir Thurwell zusammen. »Ho!« rief er und griff nach ihr. »Ich habe Zeugen, Milady, daß Ihr geradewegs in meine Arme geflogen seid!«

»Sir Thurwell«, sagte sie lächelnd. »Ihr zieht doch nicht für den König ins Feld?«

»Nein, im Augenblick nicht.«
»Reitet Ihr mit Sir Conan?«
»Nein. Wir trafen uns unterwegs.«
»Und warum ist er gekommen? Geht es meiner Schwester gut?«
Thurwell schaute Mallory an und grinste. »Ja, Lady. Es geht ihr gut.«
Sie wollte noch mehr Fragen stellen, als Conan und Medwin lachend in die Halle kamen.
»Da bist du ja, Chandra«, sagte Medwin. »Wo hast du gesteckt? Ich habe die Mädchen nach dir geschickt. Conan bringt gute Nachrichten. Edwina ist schwanger.«
»Wie schön.« Sie sah Conan an und konnte den Stolz in seinen Augen sehen.
Er starrte sie eine Weile schweigend an. Sie konnte nicht wissen, wie sehr er sie liebte. Ihr Gesicht leuchtete, und in ihrem einfachen Arbeitskleid sah sie bezaubernder aus als manche Frau in einer kostbaren Robe.
»Geht es meiner Schwester gut?« fragte sie noch einmal.
Er runzelte leicht die Stirn, wollte ihr aber nicht sagen, daß sich Edwina oft unwohl fühlte. Da sie jedoch nicht ernsthaft krank war, nickte er.
»Ich möchte sie so gern sehen«, sagte Chandra.
Conan hatte sich wieder gefaßt. »Wenn das Kind geboren und alt genug für die Reise ist, schicke ich Edwina zu ihrer Familie. Und ihr seid immer in unserem Heim willkommen.«
»Ich muß ihr ein Geschenk schicken. Wann reitest du zurück?« fragte sie.
»Nicht sofort. Erst habe ich noch etwas für deinen Vater zu erledigen.« Er sah Thurwell und Mallory an. »Ihr beide seid mir natürlich willkommen wie immer. Wir reiten nach Cordell.«
Chandra war überrascht.
»Er ist der beste Begleiter, den ich mir für dich vorstellen kann«, sagte Medwin.
Jetzt war es an Conan, überrascht zu sein. »Chandra begleitet uns?« fragte er.

»Hatte ich das nicht erwähnt?« Er lachte. »Mein Gedächtnis läßt mit dem Alter nach. Ja, Chandra geht nach Cordell. Ihr beide werdet meine Sache aufs Beste vertreten. Und da ihr schon morgen früh reitet, gibt es noch etwas vorzubereiten?«

Conan verneigte sich vor seinem Schwiegervater. »Meine Leute und ich brauchen nur eine kräftige Mahlzeit und Schlaf, ehe wir uns wieder auf den Weg machen, Milord. Entschuldigt Ihr mich? Ich muß meine Männer über die geänderte Reiseroute informieren.«

Chandra ging gedankenverloren die Treppe hinauf, während sich Conan auf die Suche nach seinen Männern machte. Beide wirkten bedrückt, aber Medwin merkte nichts davon. Er dachte nur an ein kühles Ale, mit dem er seinen Durst stillen wollte.

Mallory beugte sich zu Thurwell und sagte leise: »Habe ich dir nicht erzählt, daß in dieser Familie etwas nicht stimmt?«

»Das geht uns nichts an«, murmelte Thurwell.

»Sie ist der Grund für seine Melancholie«, beharrte Mallory.

»Wir könnten diese schwere Bürde ja mit ihm teilen«, meinte Thurwell.

»Mach keine Scherze. Ich kann seinen Schmerz sehr gut verstehen«, gab Mallory zurück.

6

Früh an einem Septembermorgen verließ der kleine Trupp, bestehend aus Chandra, zwei ihrer Zofen und Sir Conan mit Mallory und Thurwell und seinen Leuten Phalen.
Die Entfernung zu Cordell war nicht so groß, aber die Reise trotzdem lang, da sie zeitweilig durch dichte Wälder führte. Conan hätte in einem der Dörfer übernachten können, zog es aber vor, im Freien zu campieren, und war erstaunt, daß Chandra deswegen keine Einwände machte. Als die Sonne tief stand, hielt er den kleinen Trupp auf einer kleinen Lichtung an.
»Dieser Platz ist ideal zum Übernachten«, sagte er zu Chandra. »Meine Männer werden für dich und deine Frauen ein Zelt aufstellen.«
Sie betrachtete nachdenklich die Umgebung, dann sagte sie: »Wenn ich mich nicht irre, gibt es hinter den Bäumen dort einen Fluß. Ein paar Fische zum Abendessen wären allen wohl willkommen.«
Er war sprachlos. »Ich kümmere mich darum«, antwortete er schließlich.
Er schlief schlecht in jener Nacht und erwachte wie zerschlagen. Als er in den Wald ging, um ein natürliches Bedürfnis zu befriedigen, hörte er Stimmen vom Fluß. Er spähte durch die Büsche und sah, daß Chandras Zofen ein leinenes Tuch hochhielten. Chandra kniete am Ufer und wusch sich.
Der Anblick verzauberte ihn. Ihr goldenes Haar umrahmte ihr Gesicht, und sie hatte volle, feste Brüste. Das Verlangen nach ihr schmerzte ihn körperlich. Er konnte es nicht unterdrücken, denn die Ehe mit Edwina stillte seine Sinnlichkeit nicht; sie ertrug ihn mit passiver Gleichgültigkeit. Er konnte die Male zählen, wo er sich zu seiner Frau gelegt hatte.

Er hatte sich für sehr edel gehalten, weil er seine Leidenschaft nicht mit einem der willigen Mädchen in der Burg gestillt hatte. Doch nun wünschte er, er hätte es getan. Chandras ständige Nähe trug nicht gerade zu seiner guten Laune bei.

»Hast du gut geschlafen?« fragte er, als sie zum Aufbruch rüsteten.

»Ja. Danke, Conan. Mein Mantel ist mit Pelz gefüttert. Er hielt mich warm und weich.« Er knurrte eine Antwort. Damit endete das Gespräch.

Die zweite Nacht verbrachten sie auf ähnliche Weise, und Conans Laune verschlechterte sich. Er schien mit den Gedanken meilenweit entfernt und hörte den anderen nicht mehr zu. Außerdem neigte er zu Zornesausbrüchen und hielt sich von seinen Männern fern. Mallory und Thurwell tauschten vielsagende Blicke.

Erst als sie sich Cordell näherten, ritt Conan wieder an die Spitze der Truppe. Chandra ritt nun neben ihm — das erstemal während der Reise —, denn als Burgherrin gebührte ihr dieser Platz. Sie kamen an einem verwitterten Schild vorbei, das das Wappen ihres Vaters trug.

»Bald sind wir da«, sagte sie.

»Der Wald ist sehr dicht«, meinte er. »Ein ganzes Heer könnte sich darin verbergen.«

»Das bezweifle ich«, entgegnete sie.

»Reicht er denn bis zum Dorf?« fragte er.

Doch kurz darauf konnte er sich selbst ein Bild von Cordell machen. Abrupt hörte der Wald auf, und Wiesen und Felder schlossen sich an. Dazwischen schlängelte sich die Straße, die von kleinen Häusern gesäumt wurde. Sie endete vor einem großen gedrungenen Haus aus Stein. Als Burg konnte man es nicht bezeichnen. Der Turm war niedrig, nur wenig höher als das Haus. Im Parterre gab es zwar keine Fenster, und ein mächtiges Eichenportal verschloß den Eingang, aber Cordell war weder von einem Burggraben noch von Mauern umgeben. Es gab auch keine Brüstung für die Bogenschützen.

»Wie verteidigt ihr nur Cordell?« fragte Conan irritiert.
»Der Wald und das Meer sind unser Schutz«, antwortete Chandra.
»Der Wald erleichterte mir den Angriff auf Stoddard«, sagte er. »Man müßte die Bäume roden und das Dorf samt Burg mit einem Schutzwall umgeben.«
»Die Natur ist unser Schutzwall. Der Wald ist zu dicht und die Küste zu felsig. Die Straße stellt den einzigen Zugang dar.«
»Es ist töricht zu glauben, daß sich eine Armee nicht im Wald verstecken könnte. Wie leicht wäre ein Überfall, ihr könntet alle im Schlaf überrascht werden.«
Dann ritt er einfach weiter. Er fühlte wieder diesen Zorn in sich aufsteigen, kannte auch den Grund dafür, aber es kümmerte ihn nicht, wenn andere darunter litten. Da spürte er ihren Blick und wandte den Kopf. Eine unendliche Traurigkeit lag in ihren Augen. »Darüber sprechen wir noch, Conan«, sagte sie ruhig.
Er schnaubte nur. Auf den Feldern arbeiteten junge Mädchen und Männer. Sie ernteten die letzten Früchte. Viele winkten und grüßten, als Chandra vorbeiritt. Diese Menschen waren erfreut, sie zu sehen. Andere kamen aus den Häusern und lächelten ihrer Herrin zu. Nicht einmal die kleinen Kinder versteckten sich hinter den Röcken ihrer Mütter. Das alles war für Conan ein ungewohnter Anblick.
Die Leute wirkten zufrieden und waren wohlgenährt. Der Ort sah nicht ärmlich aus. Doch nirgendwo waren Wachen zu sehen, nicht einmal auf dem Burgfried. Das erregte Conans Argwohn.
»Haben diese Leute denn keine Angst, daß du gefangengehalten wirst und gegen deinen Willen hierher reitest?«
»Natürlich nicht«, gab sie zurück. »Würde ich dann lächeln und zurückwinken?«
»Sie kennen mein Wappen nicht, trotzdem heißen sie mich willkommen. Sind sie dumm oder außer sich vor Freude?«
»Weder noch. Ich reite mit deinen Männern, und deshalb nehmen sie an, daß du ein treuer Vasall meines Vaters bist.«
Da wurde auch schon das schwere, eichene Portal geöffnet, und

ein Knappe half Chandra vom Pferd. Bedienstete eilten herbei und kümmerten sich um die Reittiere der anderen. Überall herrschte plötzlich Geschäftigkeit.
Conan wunderte sich, und Chandra erklärte: »Vater schickte eine Nachricht, daß wir kommen würden. Deshalb hat man Vorbereitungen für unsere Ankunft getroffen.«
Dann betrat sie die Burg und ging sofort in den ersten Stock. Dort gab es einen geräumigen Speisesaal, der vielen Gästen Platz bot. Er war komfortabel eingerichtet, und in dem großen Kamin brannte ein Feuer.
Conan sah sich anerkennend um. Im Saal glänzte es vor Sauberkeit. Trotzdem machte er sich noch immer Sorgen, denn er konnte nirgends Wachen oder Soldaten entdecken.
»Du schläfst im Zimmer meines Vaters, Conan«, sagte Chandra.
»Nein. Es ist dein Zimmer. Ich schlafe bei meinen Männern.«
»Das ist nicht nötig. Ich habe ein sehr viel schöneres Gemach als das deine. Das ehemalige Zimmer meiner Mutter. Heute werde ich es zum erstenmal als Herrin von Cordell bewohnen.« Sie nahm von dem Schlüsselbund an ihrem Gürtel einen Schlüssel ab und gab ihn ihm. »Das ist deiner. Du wirst dich dort wohl fühlen.«
Dann ging sie die Treppe hoch in den dritten Stock des Gebäudes. Nachdem Conan sich vergewissert hatte, daß es seinen Männern an nichts fehlte, folgte er ihr.
Der Raum, in den sie ihn führte, war groß, und im Kamin brannte ebenfalls ein Feuer. In einer Ecke stand ein Waschzuber, mit heißem Wasser gefüllt. In einer anderen stand ein geschnitztes Bett mit einem Baldachin, auch gab es verschiedene Truhen und Stühle. Chandra ging auf eine Tür zu, die auf einen Balkon führte, und öffnete sie.
Conan trat neben sie. Die Aussicht war überwältigend. Unter ihm brodelte das Meer, gischtsprühend schlugen die Wellen gegen mächtige Klippen. Die beiden standen eine Weile schweigend auf dem Balkon und genossen das großartige Naturschauspiel.

Dann sagte Conan plötzlich: »Edwina ist oft krank.«
Sie sah ihn nicht an, sondern blickte in die Ferne und entgegnete leise: »Du kannst mir nichts über meine Schwester erzählen, was ich nicht schon wüßte. Und durch Geständnisse dieser Art wird dir nicht leichter ums Herz.« Dann fügte sie gequält hinzu: »Jetzt darfst du mir nur noch brüderliche Liebe entgegenbringen.«
»Sie trifft keine Schuld«, sagte er. »Von uns allen ist sie die Unschuldigste. Ich tue alles, damit sie sich wohl fühlt. Aber frage mich nicht, wie ich fühle.« Das letzte Wort sprach er mit großer Bitterkeit aus. Noch immer sah sie ihn nicht an.
»Was immer du auch fühlen magst, Conan, belaste mich nicht damit.« Sie schwieg und sagte dann zögernd: »Ich habe eine Bitte an dich.«
Er wandte den Kopf und blickte ihr in die Augen, die voller Sorgen waren. »Ich bitte dich nur, mich anzuhören.« Er nickte, und sie fuhr fort: »Ich möchte Cordell unter deinen Schutz stellen, bis ich mich selbst um meinen Besitz kümmern kann, denn jetzt werde ich noch auf Phalen gebraucht.
Ich möchte nicht heiraten, denn ich sehe keinen Sinn darin, an einen Mann gebunden zu sein, den ich nicht liebe. Und wenn du damit einverstanden wärst, auch meine Ländereien zu beschützen und dort nach dem Rechten zu sehen, würde mein Vater gegen meinen Status als unverheiratete Frau nichts einzuwenden haben.«
»Dein Vater wird dich vermählen«, entgegnete Conan mit ausdrucksloser Stimme.
»Vielleicht. Aber ich beabsichtige, Cordell Edwinas Kindern zu hinterlassen. Und dich liebt er wie einen Sohn. Wenn ich also auf deine Hilfe zählen kann, entspricht Vater wahrscheinlich meiner Bitte.«
»Und du willst hier allein leben? In diesem schlecht geschützten Ort?«
»Erst, wenn Vater nicht mehr lebt und er meine Hilfe nicht mehr nötig hat. Und dieser ›schlecht geschützte Ort‹ ist sicherer, als du glaubst.«

Er stützte sich mit beiden Händen auf die steinerne Brüstung des Balkons, starrte aufs Meer und lachte wehmütig.
»Wie sollte ich ein solches Angebot ausschlagen, Chandra? Eine unverheiratete Frau, die allein lebt und sich unter meinen Schutz begibt?«
»Nein, Conan!« rief sie. »Nein, ich habe dir keinen anstößigen Vorschlag gemacht. Wahrscheinlich werde ich es niemals nötig haben, dich um Hilfe zu bitten, denn Cordell wurde bereits von meiner Großmutter und dann von meiner Mutter verwaltet. Nie gab es irgendwelche Schwierigkeiten. Ihr Wort war hier Gesetz.«
»Und warum ziehst du eine solche Existenz einer Ehe vor?«
»Ich brauche keinen Mann, der mir hilft, meine Ländereien zu bewirtschaften! Es ist besser, allein zu leben, als die Sklavin eines ungeliebten Mannes zu sein.«
»Wie kannst du wissen, ob du den Mann verachten wirst, den dein Vater für dich aussucht? Er könnte doch ein Mann sein, den du liebst?«
Er hatte erwartet, sie würde ihm entgegnen, daß sie niemanden anders lieben könne, weil sie ihn liebe, aber dann gab sie ihm eine Antwort, die ihn niederschmetterte. »Und wenn dieser Mann nun Tedric wäre?«
Sie ging ins Zimmer zurück und ließ ihn verwirrt auf dem Balkon zurück. »Du wirst den gesamten Besitz besser kennenlernen, ehe du eine Entscheidung triffst, Conan. Und bedenke eins: Ich habe dir kein unanständiges Angebot gemacht. Mein Herz gehört niemandem, am wenigsten dem Mann meiner Schwester. Da drüben ist mein Zimmer«, sagte sie und deutete auf eine Tür. »Und diese Tür wird verriegelt sein.«
Abrupt drehte sie sich um und ging. Er starrte die Tür an, auf die sie gezeigt hatte, und hörte, wie der Riegel vorgeschoben wurde. Glaubt sie vielleicht, ich bin eine ungehobelte Bestie, die brunftig ist? fragte er sich. Doch dann mußte er er sich eingestehen, daß sie klug handelte.
Ein Dienstmädchen brachte auf einem Tablett einen silbernen

Becher und einen Krug Wein. Eine Aufmerksamkeit von Lady Chandra. Der starke Trunk würde vielleicht seine trüben Gedanken verscheuchen. Er trank. Draußen toste das Meer gegen die Klippen.
Es genügte nicht, daß Jahre eines unglücklichen Ehelebens vor ihm lagen, auch Chandra mußte eine schwere Bürde tragen: Entweder sie blieb für immer allein oder mußte mit einem Mann wie Tedric leben.
Das Mädchen war im Zimmer beschäftigt. Sie bezog das Bett und legte saubere Kleidung zurecht. Der Wein entspannte ihn, außerdem lockte ihn das Bad. Als er mit dem Kettenhemd Schwierigkeiten hatte, kamen ihm zwei kleine Hände zu Hilfe. Sie zog ihm die Stiefel aus, und er sah sich das Mädchen näher an. Es war kaum dem Kindesalter entwachsen, aber hübsch. Es war Sitte, daß Frauen den Männern beim Bad behilflich waren. Conan war verwirrt.
»Hast du einen Namen?« fragte er das Mädchen.
»Ja, Milord. Ich heiße Wynne.«
»Ich danke dir für deine guten Dienste, Wynne. Ich möchte jetzt allein baden.«
Sie knickste und ging. Als er im heißen Wasser untertauchte, dachte er an ein paar strahlend blaue Augen und goldenes Haar. Seine Gedanken waren alles andere als keusch; noch nie hatte er sich derartigen Vorstellungen in solcher Ausführlichkeit hingegeben. Trotzdem hatte er einen Entschluß gefaßt, den er niemals brechen würde. Er wollte Chandra — ihre Interessen vertreten und ihre Tugend beschützen, als wäre sie seine Tochter.

An der Küste war es Ende September beträchtlich kühler als im Binnenland. In der großen Halle loderte ein Feuer im Kamin, und Conans Männer plauderten mit den Leuten von Cordell. Anselm war zwar großartig, aber Cordell strahlte viel mehr Gemütlichkeit aus. Und das Essen war ausgezeichnet. Conan wünschte, Stoddard wäre ebenso komfortabel.
Bei Tisch wartete Chandra geduldig auf sein Kommen. Er setzte

sich zwischen sie und Mallory. Auch Thurwell saß in der Nähe. Die Ritter unterhielten sich mit der Hausherrin, Conan war jedoch ungewöhnlich schweigsam. Chandra war fröhlich und die vollkommene Gastgeberin, aber Conan fühlte eine unerträgliche Spannung in sich. Er rief sich zur Ordnung und versuchte, eine Unterhaltung anzuknüpfen.

»Den Leibeigenen deines Vaters geht es hier gut«, sagte er.

»Es sind meine Leibeigenen«, korrigierte sie ihn.

Obwohl es ihn etwas ärgerte, daß eine Frau die Befehlsgewalt hatte, mußte er feststellen, daß es hier an nichts mangelte. Diese Tüchtigkeit bei einer Frau konnte er nicht leicht akzeptieren.

»Die Leute hier wiegen sich in Sicherheit, aber ich habe keine Wachen gesehen. Als meine Männer diesbezüglich Fragen stellten, wurde ihnen gesagt, daß der Ort noch nie angegriffen worden sei.«

»Das ist richtig. Selbst die Wikinger konnten nicht an unseren Küsten landen.«

»Leben die Leute hier so zurückgezogen, daß niemand das Dorf kennt?«

»O nein. Die Leute reisen oft zu den Märkten und treiben Handel, bis nach Cambridge hin. Viele sind auch schon in London gewesen. Dieses Dorf ist in den umliegenden Städten wohlbekannt, und wir bekommen oft Besuch aus den Klöstern.«

»Ihr seid mit allen Nahrungsmitteln gut versorgt, ganz zu schweigen von den Fischen, die das Meer euch schenkt. Versucht denn niemand, euch diesen Reichtum wegzunehmen?«

»Wenn du Cordell angreifen müßtest, wie würdest du vorgehen?«

»Ich würde vom Wald aus angreifen, wie ich es schon in Stoddard getan habe«, entgegnete er mit Überzeugung in der Stimme.

»Dann solltest du selbst in den Wald gehen und dich mit eigenen Augen überzeugen, daß er undurchdringlich ist. Erst wenn du ihn kennst, weißt du, von welchem Schutz ich spreche.«

»Morgen früh werde ich mit meinen Männern ...«

»Verzeih, Conan, ich muß darauf bestehen, daß nur Sir Mallory

und Sir Thurwell dich begleiten. Cordell ist kein geheimer Ort, aber es besitzt Geheimnisse. Ich kenne den Wald gut und versichere dir, daß du deine Männer nicht brauchst. Und«, sagte sie, beugte sich zu ihm und redete leiser, »ich möchte nicht, daß das Geheimnis des Waldes allgemein bekannt wird.«
Ihre Augen glänzten, und sein Herz schlug schneller. Er blickte in eine andere Richtung, um sein Unbehagen zu verbergen. »Und sollten wir nicht etwas für deinen Vater erledigen? Deshalb kamen wir doch hierher.«
»Das erledigt sich von allein. Die Leute zahlen ihre Abgaben freiwillig. Ich möchte nur, daß du dich davon überzeugst, wie sicher Cordell ist, damit du meiner Bitte entsprechen kannst.«
Er diskutierte dieses Thema nicht weiter. Nach dem Essen stand sie auf und plauderte mit seinen Leuten oder den Dienstboten, die sie seit über einem Jahr nicht mehr gesehen hatte. Sie lachte und scherzte mit allen. Conan konnte ihre unbeschwerte Art nicht verstehen.
Als es später wurde, zog sie sich in ihr Gemach zurück. Conan ließ sich seinen Becher füllen, und Thurwell hob sein Glas und brachte auf die Burgherrin einen Toast aus. »Auf den Mann, der glücklich ist, ihre Hand zu gewinnen!« fügte Mallory hinzu. Conan schloß sich diesem Toast, der als Scherz gemeint war, nicht an. Er versank wütend in seinem Stuhl und trank mehr als gewöhnlich.
Er verwünschte sein Schicksal. Ständig muß ich nur an sie denken, haderte er, und in meinem Herzen ist kein Platz für jemand anderen. Kein Platz für meine Frau, die mein Kind trägt, und kein Platz für ein hübsches Mädchen, das meine Lust stillen könnte. Und ihr merkt man die Qual nicht an; sie hat sich darauf eingerichtet, ihr Leben allein zu verbringen, und betrachtet mich nicht als ihren Geliebten, sondern Bruder.
Er stand auf und suchte Trost in seinem Bett. Als er an Chandras Tür vorbeikam, wollte er klopfen, um noch ein paar Worte mit ihr zu reden. Doch dann hörte er ein herzzerreißendes Schluchzen. Es brach ihm das Herz. Er sehnte sich danach, sie

in seinen Armen zu wiegen, und wußte, daß er sie nicht berühren durfte.
Er ging in sein Zimmer und starrte grübelnd ins Feuer. »Ich habe mich geirrt, Geliebte«, sagte er. »Du leidest, wie ich leide, und ich kann keinen Trost darin finden.«

Conan, Mallory und Thurwell waren bei Morgengrauen auf und machten sich für ihren Ausflug in den Wald fertig. Nach einem schnellen Frühstück wollten sie aufbrechen. Aber da betrat Chandra den Burghof, wo sie gerade ihre Pferde sattelten.
»Kommt in die Halle«, bat sie die Ritter. »Ihr müßt noch einige Dinge wissen, ehe ihr in den Wald geht.«
Die drei sahen sich verwundert an. Schließlich zuckte Conan die Schultern und sagte: »Es ist ihr Wald. Sie soll ihren Willen haben.«
Sie saß auf ihrem Platz wie am Abend zuvor, und ein reichhaltiges Frühstück wurde aufgetragen.
»In den Wald braucht ihr eure Rüstungen und Pferde nicht mitzunehmen, auch keine Speere und Lanzen. Ein Schwert genügt, und Pferde würden euch nur behindern, denn die Pfade sind sehr eng.«
»Wie sollen wir denn unsere Vorräte transportieren?« fragte Conan.
»Ich habe Rucksäcke mit allem Nötigsten packen lassen«, sagte sie und deutete auf die Bündel neben der Tür. »Der Proviant reicht für mehrere Tage. Und Jagdbeute braucht ihr nicht mitzubringen, darum kümmern sich meine Jäger. Ihr könnt Pfeil und Bogen mitnehmen, solltet ihr einem wütenden Keiler begegnen.«
»Pfeil und Bogen!« schäumte Conan. »Bei Gott, Chandra, wir sind keine Leibeigenen! Wir sind Ritter, und ...«
»Du solltest meinen Worten Glauben schenken, das kann nur zu eurem Vorteil sein«, unterbrach sie ihn.
Er wollte noch etwas erwidern, aber da betrat einer seiner Männer die Halle und wollte mit ihm sprechen.

»Sir Conan, ich denke, Ihr solltet wissen, wie es im Dorf aussieht«, fing der Mann unsicher an.
»Wurdet ihr nicht freundlich behandelt?«
»Doch. Das ist nicht das Problem. Im Gegenteil, alle behandeln uns mit großer Zuvorkommenheit. Aber Ihr solltet wissen, daß sich nur sehr wenige erwachsene Männer im Dorf aufhalten.«
»Und warum sollte mich das etwas angehen?« fragte Conan.
»Ich halte es für wichtig, Milord, da Ihr doch Cordell für nicht sicher genug haltet. Ich glaube, die Situation ist sogar schlimmer, als Ihr dachtet. Nur alte Männer und junge Burschen halten sich im Dorf auf. Die anderen fischen auf dem Meer. Bei Tag ist kaum jemand da, der den Ort verteidigen könnte. Man braucht nicht mehr als zehn Männer, um ihn in die Gewalt zu bekommen.«
Trotzdem war Cordell seit vielen Jahren von jedem Angriff verschont geblieben. Er sah Chandra und seine beiden Freunde voller Unbehagen an. Aber sie löste das Rätsel nicht, sondern sagte nur: »Laß deine Männer die Burg und die Straße, die ins Dorf führt, bewachen. Auch sollte jemand Stellung auf dem Turm beziehen. Ich werde mich in Zukunft mehr um die Sicherheit meines Besitzes kümmern.«
Conan beendete schnell sein Frühstück und machte sich zum Aufbruch bereit. Chandra folgte ihm nach draußen und deutete in die Richtung, wo sie auf einem schmalen Pfad in den Wald eindringen sollten.
»Ich bin immer noch derselben Meinung, Chandra. Zwar leben alle hier im Überfluß, aber Cordell wäre im Handumdrehen eine leichte Beute seiner Feinde. Du überraschst mich, denn du weißt doch, wie solche Angriffe aussehen.«
»Sieh dich nur um. Und wenn du alles gesehen hast, kannst du die Maßnahmen ergreifen, die dir notwendig erscheinen ...«
Ein neues Argument fiel ihm im Moment nicht ein, und der Wald wartete. Daß Chandra hier allein leben wollte, gefiel ihm immer weniger. Selbst eine Ehe mit Tedric erschien ihm jetzt wünschenswerter als diese ungeschützte Isolation.
»Lady Chandra kennt den Wald besser, als du dir vorstellst«, sag-

te Thurwell, als sie hintereinander den dichtbewachsenen Pfad entlangschritten. »Ihr Rat war klug, denn Pferde und schwere Bewaffnung wären hier nur hinderlich gewesen.«
Conan mußte seinem Freund recht geben. Sie kämpften sich einen Weg durchs Unterholz. Nur gelegentlich scheuchten sie einen Hasen oder anderes Kleinwild auf.
Als die Sonne schon hoch am Himmel stand, trafen sie auf einen kleinen Fluß und folgten seinem Lauf, weil es weniger anstrengend war.
»Was hältst du von dem Wald, Conan?« fragte Mallory nach einer Weile.
»Er ist sehr dicht, aber ich sehe keinen Grund, warum eine Armee nicht darin kampieren könnte. Außerdem frage ich mich, was die Jäger hier erlegen. Es gibt kein Wild.«
»Das ist kein Wald im Urzustand«, meinte Thurwell. »Merkst du nicht, daß er bewohnt ist? Aber eher von zweibeinigen Tieren, würde ich sagen.«
»Menschen? Aber ich habe nichts gesehen, was auf Menschen hindeutet. Kein Lager, keine erloschenen Feuerstellen. Und gehört habe ich auch nichts.«
»Wir hätten Wild am Fluß trinken sehen müssen, aber der Geruch der Menschen hat die Tiere vertrieben. Ich habe Waffen entdeckt, die sorgfältig unter Büschen verborgen waren«, sagte Mallory. »Ist dir nicht aufgefallen, daß es viele kleine Kinder im Dorf gibt, daß die Männer aber fehlen?« Er stieß ein fröhliches Lachen aus, in das Thurwell einstimmte. »Ja, Lady Chandra braucht keine Männer für ihre Sicherheit.«
Conan sah seine belustigten Freunde verwirrt an. »Sie sind schlau, diese Leute, nicht wahr?« sagte Thurwell. Conan begriff noch immer nichts. »Conan, hast du nicht gemerkt, daß die Frauen im Dorf kein sonderliches Interesse für deine Männer zeigten, obwohl die meisten wahrhaftig nicht häßlich sind?«
»Und sie wären mächtig verprügelt worden, hätten sie es gewagt, sich den Frauen zu nähern«, ertönte da eine Stimme aus dem Dickicht.

Sie drehten sich um und sahen einen Mann, der zwischen den Bäumen hervorkam. Conans Hand fuhr sofort zu seinem Schwert, doch der Fremde hob lächelnd die Hände.
»Nein, Sir Conan«, sagte er. »Meine Herrin, Lady Chandra, bat mich, Euch als Führer zu dienen, solltet Ihr Euch verlaufen.«
»Und wer bist du?« fragte Conan und musterte den Mann. Der trug nur ein ledernes Wams und enganliegende Hosen. In seinem Gürtel steckte ein Messer, und auf dem Rücken trug er einen Bogen und einen Köcher mit Pfeilen.
»Die anderen nennen mich Sir William«, sagte der Mann und verbeugte sich.
»Sir William?« wiederholte Conan.
Mallory trat neben Conan und flüsterte ihm ins Ohr: »Ich denke, er ist der Hauptmann von Lady Chandras Leibwache.«
»Hauptmann der Leibwache«, murmelte er. Der Mann sah gewiß nicht wie ein Ritter aus. Doch gerade als Conan Fragen stellen wollte, sprangen überall Männer aus den Bäumen. Verblüfft mußte er feststellen, daß sie innerhalb kürzester Zeit von einem kleinen Heer kampferprobter Bogenschützen umgeben waren. Und ihm klangen Chandras Worte in den Ohren: »Ich möchte nicht, daß andere das Geheimnis meines Waldes kennenlernen.«
Während der folgenden Tage lernte Conan alles über die subtile Verteidigungstrategie Cordells. Obwohl die Männer keine Adeligen waren, verstanden sie doch auf ihre Weise sehr viel vom Kriegshandwerk, vor allem von der Verteidigung. Drohte eine Gefahr, waren sie sofort zur Stelle. Und die Fischer beschützten Cordell ihrerseits vom Meer aus.
Dieses System funktionierte schon seit Jahrzehnten. Es gab versteckte Höhlen in den Klippen, die nur den Einheimischen bekannt waren, und ebenso geheime Pfade im Wald. Und Conan wurde auf Geheiß von Lady Chandra in alle diese Geheimnisse eingeweiht.
Als Chandra ihre Pflichten in Cordell erledigt hatte, drängte sie zum Aufbruch. Einen Tag später war die kleine Truppe abreisebereit. Conan schüttelte William die Hand.

»Ich gebe dir mein Wort, William, nichts zu verraten«, sagte er herzlich. »Und solltest du meiner Hilfe bedürfen, brauchst du nur einen Boten zu schicken.«
»Dasselbe gilt für mich, Milord«, antwortete William. »Ein Wort von Euch, und ich bin zur Stelle.«
Conan hatte die Erfahrung gemacht, wie Menschen durch kluges Ausnutzen der Natur einen Besitz ebenso gut schützen konnten wie durch den Bau von mächtigen Befestigungsanlagen.

7

Die Lady von Anselm ging oft ins Dorf. Nicht, um dort in den verschiedenen Läden Einkäufe zu machen — die Händler und Handwerker kamen alle in die Burg —, sondern um vielleicht einem Hausierer oder Wandermönch zu begegnen, der Neuigkeiten wußte.

Und natürlich würde Udele bei diesen Gelegenheiten die Spitzenklöpplerin aufsuchen. Lord Alaric wußte von diesen Besuchen seiner Frau, aber sie ließen ihn gleichgültig. Pater Ambert jedoch, der junge und entschlossene Dorfpriester, bat Alaric, Udele den Umgang mit Giselle zu verbieten. Also sprach der Lord mit ihr.

»Besuchst du sie oft?« fragte er.

»Nein, nicht sehr oft.«

»Hältst du sie für eine gefährliche Ungläubige?«

»Gefährlich?« lachte sie. »Sie ist harmlos wie ein Schmetterling, Milord. Sie richtet kein Unheil an.«

»Hast du sie gebeten, dir die Zukunft vorherzusagen?«

»Ja. Schon ein paarmal«, entgegnete sie leichthin.

»Und?«

»Manchmal hat sie recht. Manchmal ...« Udele zuckte mit den Schultern und gab vor, an dem Thema nicht interessiert zu sein. Um Alarics Fragen ein Ende zu setzen, erzählte sie ihm, daß Giselles Prophezeiungen oft nicht einträfen.

»Udele«, sagte Alaric trotzdem mit großem Ernst, »hast du sie gebeten, für dich irgendeinen Zauber zu zelebrieren?«

Sie lachte und gab ohne Furcht zu, daß sie Giselle um einen Trank gebeten hatte, damit ihr erstes Kind gesund zur Welt käme. »Darin sehe ich nichts Böses, Alaric. Ich war damals so allein und

hatte große Angst, daß mein Kind sterben könnte. Aber«, fuhr sie einschmeichelnd fort, »dann war ich ja nicht mehr allein.«
So zerstreute sie die Bedenken ihres Mannes, doch da er der Herr und für alles verantwortlich war, machte er einen letzten Versuch, obwohl er das Thema lieber abgeschlossen hätte.
»Pater Ambert behauptet, daß du diese Prophezeiungen sehr ernst nimmst und oft in ihren Laden gehst. Diese Tränke sind eine Gotteslästerung.«
»Pater Ambert! Unterliegt die Beichte nicht der Schweigepflicht? Diesem jungen Priester beichten viele Mädchen, und liebt er nicht den Wein und behält einen guten Teil des Zehnten für sich? Er ist ein ehrgeiziger und eigennütziger Mann, und Giselle ist Jüdin. Am liebsten würde er sie als Hexe verbrennen lassen, doch das wagt er nicht, da sie unter deinem Schutz steht. Deswegen haßt er sie, nicht weil sie Wahrsagerin ist.«
Darauf wußte Alaric nichts zu entgegnen. In Kirchenangelegenheiten mischte er sich nicht ein. Die Sünden seiner Untertanen gingen ihn nichts an. Es stimmte, der Priester war ein gutaussehender Mann, und Frauen fühlten sich, sehr zum Verdruß der Männer, von ihm angezogen. Alaric wäre der letzte gewesen, der Einwände gegen ihn erhoben hätte.
Damit war für den Lord die Angelegenheit erledigt. Er täuschte sich nur in einem: Nicht gegen Giselle richtete sich Pater Amberts Zorn, sondern gegen Lady Udele.
Der Pater war ein attraktiver Mann und strahlte für einen Priester eine ungewöhnliche Sinnlichkeit aus. Das war sein Fluch. Er haßte Udele, weil sie ihn durchschaut hatte. Und er haßte sie noch mehr, weil er sie begehrte. Das Schlimmste war jedoch, daß sie es zu wissen schien. Sie verspottete ihn, indem sie fragte, ob er nicht mehr als ihr Beichtvater sein möge. Pater Ambert war gleichzeitig mit Begierde und Haß erfüllt, was seinen Glauben beträchtlich ins Wanken brachte.
Aber Pater Ambert durfte zu Lord Alaric nicht offen über dessen Frau sprechen. Niemand durfte das, denn Alaric wünschte, daß alle Udele verehrten und ihr Respekt entgegenbrachten. Deshalb

taten alle im Dorf so, als würden sie die Lady achten. Doch in Wahrheit wurde sie gefürchtet.

Als Pater Ambert an diesem kühlen Septembermorgen zum Gebet niederkniete, fühlte er plötzlich, wie ihn ein Kälteschauer durchrann. Eine kurze Leere entstand in seinem Kopf. Als er die Augen öffnete, glänzten sie seltsam. Im selben Augenblick öffnete im Dorf Giselle der Herrin von Anselm ihre Tür und bat sie einzutreten. Der Priester kehrte zu seinen Gebeten zurück und wunderte sich über die seltsame Empfindung. Giselle verschloß ihre Tür und zog die Vorhänge zu. Die Kristallkugel leuchtete auf dem scharlachroten Tuch.

»Ich erwachte heute morgen mit einem seltsamen Gefühl«, sagte Udele. »Ich möchte etwas über meinen Sohn wissen. Wo ist er jetzt?«

Giselle hatte den Kampf, ob sie Udele etwas über Conan erzählen sollte oder nicht, verloren. Sie konnte ihre Mitteilungen nur etwas mildern, mußte dabei aber sehr vorsichtig sein, denn Udele war nicht nur scharfsinnig, sondern es schien, als hätte sie regelrecht einen Teil von Giselles Gabe absorbiert.

»Er ist nur ein paar Meilen entfernt — auf dem Weg nach Anselm.«

»Wirklich! Irgendwie habe ich das gewußt. Ich fühlte, daß er zu mir reitet.«

Giselle überlegte einen Moment, doch dann sprach sie tapfer die Wahrheit aus.

»Er möchte unbedingt seinen Vater sehen und bleibt nur eine Nacht.«

Der Priester beendete seine Gebete und erhob sich. Noch immer fühlte er dieses Unwohlsein. Er stülpte sich seine Kapuze über und ging ins Dorf, obwohl er nicht wußte, was er dort wollte.

»Conan war in London, um für meinen Gemahl und Sir Medwin Geschäfte zu erledigen. Viele Adelige waren dort. König Henry hat sich mit Philip von Frankreich verbündet. Sie planen einen Kreuzzug.«

»Sie reden nur davon«, sagte Giselle. »Henry unternimmt keinen Kreuzzug.«
»Gott sei Dank!« entgegnete Udele erleichtert. »Ich will Conan nicht an die Ungläubigen verlieren.«
Giselle biß sich auf die Lippe. Es gefiel ihr nicht, was sie sah. »Selbst ich weiß nicht, welche Allianzen zwischen Henry, seinen Söhnen und Philip zustande kommen. Es wird Kämpfe geben.«
»Wo ist Conan gewesen? Hat er Medwin aufgesucht?«
»Ja. Und ihm die Nachricht überbracht, daß seine Frau schwanger ist.«
»Natürlich«, sagte Udele. »Und Medwin ist sicher darüber erfreut.«
»Wie Ihr es wohl ebenfalls seid, Madam«, entgegnete Giselle und hoffte, die Sitzung wäre für heute beendet.
»Ich hoffe, daß ihr Bauch immer dick ist. Was kann Edwina schon für ihn tun, außer ihm Kinder gebären?« Das war keine Frage, sondern eine verächtliche Feststellung. Sie hatte Edwina gewählt, weil sie keinen großen Einfluß auf Conan hatte, doch gleichzeitig verachtete sie sie dafür.
»Und was ist mit diesem Mädchen, Chandra?« frage Udele wütend.
»Lady Chandra«, sagte Giselle mit leisem Vorwurf in der Stimme. »Sie verwaltet jetzt die Besitztümer ihres Vaters, denn Medwin wird alt. Alle Last liegt auf ihren Schultern.«
Udele verzog ärgerlich das Gesicht. Diese Neuigkeit gefiel ihr überhaupt nicht. »Und ist sie noch immer in Conan verliebt?«
»Das kann ich nicht sagen, Madam. Ihr wißt, daß ich in ihren Geist nicht eindringen kann.«
»Dann rede über Conan — was fühlt er für sie? Du hast doch das Hemd, das ich dir gegeben habe, nicht wahr?«
Giselle holte das gewünschte Kleidungsstück. Sie setzte sich wieder, strich über den Stoff und las Conans Gedanken. Tränen traten ihr in die Augen, die sie nicht verbergen wollte. Sie spürte seinen Gewissenskonflikt. Er liebte bedingungslos und hoffnungslos. Oft trat er seiner Frau gleichgültig gegenüber, und diese Hal-

tung wandelte sich oft in Geringschätzung, da sie ihre Pflichten als Hausfrau nur mangelhaft erfüllte. Sie mit der nötigen Ehrerbietung zu behandeln fiel ihm oft schwer.

Und seine Leidenschaft für Chandra wurde immer heftiger. Dabei litt er unter starken Schuldgefühlen. Doch eines Tages würden sie vereint sein. In diese Lage war er allein durch die Einmischung einer Sterblichen geraten.

Udele wurde ungeduldig. Sie drängte Giselle, ihr zu sagen, was sie sah.

»Sir Conan hat dieses Kleidungsstück lange nicht getragen, Madam. Meine Vision ist getrübt.«

Giselle spürte die Intensität des Kampfes, den die Liebenden während ihres Aufenthalts in Cordell durchgemacht hatten. Sie spürte den Abschiedsschmerz, als Chandra bei ihrem Vater zurückblieb. Conans Worte waren so laut, daß Giselle sie hören konnte. »Ich muß nach Hause eilen, zu deiner Schwester. Sie sorgt sich über meine lange Abwesenheit.« Und Chandra: »Gib gut auf sie acht, Conan. Ich liebe sie über alles. Ihr Glück zählt mehr als meins.« Und er ritt fort.

»Conan schätzt Chandras Fähigkeiten, aber er bleibt seinem Schwur treu: Er ist seiner Frau ein guter Ehemann.«

»Aha!« rief Udele entzückt. »Jetzt erkennst du auch, wie weise meine Intervention war! Es spielt keine Rolle, daß er Edwina nicht liebt. Chandra wird er nie bekommen. Mein Sohn hält Wort, und sei es um den Preis seines Lebens.«

Giselle sah Udele durchdringend an. »Ich habe nie behauptet, daß Chandra die Auserwählte für Conan sei.«

»Nein, gesagt hast du es nicht, aber ich bin kein Dummkopf. Ich habe die Zusammenhänge schnell durchschaut. Aber ich glaube«, sagte sie nachdenklich, »es wäre am besten, Medwin würde sie verheiraten.«

Giselles Kontakt zu Conan war nicht abgebrochen. Sie sah, was geschehen würde. Eine dunkle Wolke lag dauernd über dem Schicksal der beiden, doch in der Ferne gab es einen Hoffnungsschimmer. Aber Conan konnte nicht wissen, daß es Hoffnung

gab. Giselle log, was ihr sehr schwerfiel. »Chandras Gedanken kann ich nicht lesen, aber ich weiß, sie ist sehr schön. Und sie wird sehr bald heiraten, Madam.«
»Nicht bald genug, damit ich den Frieden meiner Seele wiederfinde«, keifte Udele und stand auf. Sie warf ein paar Silbermünzen auf den Tisch. »Ich muß mich auf die Ankunft meines Sohnes vorbereiten.«

Die Sonne versank hinter Stoddards Mauern, als der Herold das Nahen eines Trupps verkündete. Als die Wachen das Wappen des Blauen Falken erkannten, wurde die Brücke heruntergelassen und das Tor für den heimkehrenden Ritter weit geöffnet.
Der Anblick Sir Conans mit seinem Falken auf der Schulter jagte den Leuten noch immer einen Schrecken ein. Leibeigene und Kinder starrten ihn mit weitaufgerissenen Augen an, als er in den Burghof ritt.
»Junge«, sagte er zu einem der Gaffer, »mach Mitteilung, daß die Feuer geschürt werden und Fleisch für meine Männer geröstet wird. Die Nacht wird kalt. Gehorche, Bursche!«
Edwina saß vor dem Kamin und erwartete ihn. Als er kam, sprang sie auf die Füße und eilte ihm entgegen. »Willkommen zu Hause, Milord«, sagte sie.
Conan lächelte sie an, doch dieses Lächeln spiegelte seine wahren Gefühle nicht. Er wünschte, er wäre bei ihrem Anblick von Liebe überwältigt, aber er empfand so wenig für sie.
Er küßte sie auf die Wange. »Dein Vater läßt dir liebe Grüße ausrichten. Die Nachricht hat ihm große Freude bereitet.« Er betrachtete ihren kaum geschwollenen Leib. »Geht es dir gut?«
Auch Edwina lächelte. »Mir geht es gut, Conan«, sagte sie. »Ich habe dir ein Bad bereiten lassen.«
»Meine Männer sind hungrig. Laß Fleisch, Brot und Wein auftragen. Es war kalt. Und diesmal bin ich eher hungrig als schmutzig.«
»Conan, der Verwalter traf erst heute nachmittag ein. Ich fürchte, wir haben nur noch wenige Vorräte.«

Er sah sie überrascht an. »Was haben wir?« fragte er.
»Während deiner Abwesenheit mußten viele Mäuler gestopft werden. Du ließt mehr Männer hier, als du mitnahmst.« Sie zuckte hilflos die Schultern, und Tränen traten in ihre Augen. »Ich konnte nur wenig tun. Komm in unser Zimmer, damit ich es dir erklären kann.«
Er erkannte, wie betrübt sie war. Irgend etwas in der Burg stimmte nicht. »Was ist hier passiert? Sag es mir.«
»Ich war krank, doch jetzt geht es mir besser. Als ich im Bett lag, konnte ich die Küche nicht überwachen. Und als ich wieder aufstand, fand ich heraus, daß die Vorräte geschwunden waren. Außerdem erklärten die Jäger, es gäbe kein jagbares Wild mehr. Ich fürchte, ich habe meine Pflichten nicht erfüllt.«
»Das stimmt nicht. Mach dir keine Sorgen, Edwina«, entgegnete Conan. Doch er fühlte Zorn in sich aufsteigen. Er warf einen Blick in die Runde. Seine Männer kamen müde und hungrig in die Halle. Die Dienstboten huschten nervös umher. Sie wagten nicht, ihn anzusehen.
»Das Gesinde hat keinen Respekt vor mir«, klagte sie.
Er sah sie prüfend an. Sie schien nicht ganz gesund. Sie war schlanker geworden, anstatt an Gewicht zuzunehmen. »Edwina, fühlst du dich wirklich wohl?«
Ihre Augen waren trübe, doch sie lächelte. »Conan, ich wollte, daß du dich bei deiner Rückkehr freust. Jetzt kann ich deine Männer nur ärmlich bewirten. Und mir geht es wirklich gut.«
»Was für Gerüchte gibt es hier in der Burg? Trauern die Leute um Rolfe?«
»Mir kommen keine Gerüchte zu Ohren. Mir vertraut man nichts an.«
»Das wird sich ändern«, sagte er leise.
»Ich fürchte, das liegt an mir. Ich bin so still und müßte mich mehr durchsetzen ...«
»Dies ist meine Burg, und du bist die Herrin von Stoddard«, sagte er tröstend, trotz seines wachsenden Zorns. »Dein Wort ist wäh-

rend meiner Abwesenheit Gesetz, und die Dienstboten müssen dir ohne Ausnahme gehorchen.«
Edwina berührte zaghaft seine bärtige Wange. »Zweifellos wirst du ihnen Beine machen, Conan. Manchmal glaube ich, du wärst mit einer resoluteren Frau glücklicher.«
»Ich habe die Frau an meiner Seite gewählt, Chérie«, sagte er liebevoll. »Ich habe dich nicht gebeten, dich zu ändern. An dem, was hier geschieht, trägst du keine Schuld. Diese Leibeigenen müssen lernen zu gehorchen. Und sie werden es lernen.«
Dann wandte sich Conan an seine Leute. »Heute abend fällt die Mahlzeit ziemlich kärglich aus. Doch morgen gehen wir auf die Jagd. Dann veranstalten wir ein Fest zur Belohnung für eure treuen Dienste.«
»Conan«, fragte Edwina leise, »was gedenkst du jetzt zu tun?«
»Ich werde ihnen sehr genau erklären, welche Aufgaben sie zu erfüllen haben. Und wenn sie sich nicht an meine Instruktionen halten, bekommen sie die Peitsche zu spüren.«
»Dann werden sie dich hassen«, sagte Edwina.
»Das ist gut möglich«, entgegnete er. »Komm, du brauchst jetzt Ruhe. Mach dir keine Sorgen mehr.«
Dann gingen sie gemeinsam in ihr Zimmer. Ein mit heißem Wasser gefüllter Zuber stand bereit, und Conan begann sich auszukleiden. Edwina legte frische Sachen für ihn heraus.
Eigentlich ist sie sehr liebenswert, dachte er. Sie ist loyal, sanft und freundlich, und sie liebt mich. Sie kam ihm nicht mit der Leidenschaft entgegen, wie er es erhofft hatte, aber ihrem ganzen Wesen fehlte jede Leidenschaft. Sie war wie eine zarte Blume, die in der Brise schwankte. Sie war eine Frau, die man zärtlich beschützen mußte.
Und da war ihre jüngere Schwester, an die er ständig denken mußte. Sie erregte ihn, ließ sein Blut schneller strömen, und nicht nur das: Sie berührte ihn zutiefst in seiner Seele. Chandra konnte sehr feminin sein, aber männlichen Schutz brauchte sie nicht. Sie besaß eine innere Stärke, die jeder anerkannte. Chandra hätte Stoddard während seiner Abwesenheit effektiver verwaltet, das

wußte Conan. Sie hätte die Dienstboten zur Arbeit angehalten und gleichzeitig ihr Vertrauen gewonnen.
Er sank dankbar in das heiße Wasser und sagte sich wohl zum hundertstenmal, daß dieser Vergleich unfair war. Er lehnte sich zurück und schloß die Augen. Er wünschte, Edwina wäre auch so fröhlich und emsig wie...
»Conan?«
Er öffnete die Augen. Seine Frau kniete vor dem Zuber. Warum tat sie das? Spürte sie, daß er an ihre Schwester dachte?
»Ich habe dir ein Tablett mit Fleisch, Brot und Wein gebracht«, sagte sie.
Er nickte. »Sehr gut. Unterwegs gab es wenig zu essen.«
Edwina nahm ihm den Schwamm aus der Hand und wusch seinen Rücken. Dann trocknete er sich ab.
Conan hätte es vorgezogen, einen ruhigen Abend zu verbringen, doch als Burgherr hatte er Verpflichtungen. Er aß schnell, kleidete sich an und machte dann seine Runde. Er sprach mit nahezu jedem Diener, Stallknecht, Dienstmädchen oder Jäger. Er sprach leise und lächelte oft, doch wenn er seine Bediensteten ansah, schraken die meisten vor ihm zurück. Sie wußten alle, welche Strafe Sir Rolfe erlitten hatte, und würden sich seine Befehle zu Herzen nehmen.
Als er in sein Gemach zurückkehrte, war Edwina bereit, ins Bett zu gehen. Ihr Anblick wärmte ihm das Herz. Während seiner Reise hatte er keinen Appetit auf irgendeine Frau gehabt, obwohl seine Männer weniger zurückhaltend gewesen waren. Er schickte Edwinas Zofe weg und zog sie an sich. Doch ehe er sie küssen konnte, wandte sie den Kopf ab, und seine Lippen trafen ihre Wange. Sie entzog sich seiner Umarmung und kletterte ins Bett.
Er entkleidete sich hastig und verstreute seine Kleider im Raum. die Unordnung kümmerte ihn nicht, auch sein Zorn war verflogen. Er wollte nur noch seine Frau besitzen, einen anderen Gedanken hatte er nicht. Daß sie ihm nicht entgegengekommen war, bremste seinen Elan keineswegs, denn so verhielt sie sich

meistens. Er küßte sie auf Augen, Nacken und Stirn, und als er sie für bereit hielt, bat er sie, ihr leinenes Nachthemd abzustreifen.
»Bitte, heute nicht«, flüsterte sie. »Ich fühle mich nicht wohl.«
Conan stützte sich auf einen Ellbogen und blickte auf sie hinunter. »Was fehlt dir?« fragte er so sanft er konnte.
»Ich bitte dich um Verzeihung, Conan. Ich will dich nicht quälen, aber ich fühle mich krank.«
Sorge um ihre Gesundheit erfüllte ihn, und er runzelte die Stirn.
»Was ist es, Liebes?« fragte er. »Was hat dich krank gemacht?«
»Mich überfällt oft Übelkeit, wenn sich das Kind bewegt. Doch die Frauen sagten mir, daß das vorbeigeht. Ich habe keine Angst. Aber ich kann dir nicht zu Willen sein.«
»Kann ich dir helfen? Ich lasse dir gewürzten Wein bringen oder ...«
»Ach, nein«, wimmerte sie. »An Essen und Trinken darf ich gar nicht denken.«
Conan zog sich zurück. Er tätschelte ihre Hand, obwohl er jetzt vollkommen frustriert war. Er legte sich in die Kissen zurück und wußte, daß Edwina ebensowenig schlief wie er. Er konnte ihr keine Schuld geben, aber am liebsten hätte er wie ein zorniges Kind mit den Füßen auf den Boden gestampft.
Nur mit Mühe gelang es ihm, einen lauten Fluch zu unterdrücken. Doch er durfte Edwina wegen dieser unglücklichen Ehe keine Schuld geben. Schließlich trug sie sein Kind, und an diese Hoffnung klammerte er sich. Und sie litt wegen des Kindes.
Er stand leise auf, weil er sie nicht stören wollte.
»Conan?« flüsterte sie.
»Bleib liegen, Geliebte«, murmelte er.
»Wohin gehst du?«
Er küßte sie schuldbewußt auf die Stirn. »Es ist schwer für mich, neben dir zu liegen und dich nicht in die Arme nehmen zu dürfen. Ich vertrete mir nur ein wenig die Füße.«
»Conan, ich weiß, ich genüge dir nicht«, flüsterte sie. »Ich will dir keine Fragen stellen. Geh, wohin du willst.«

»Edwina, ich verlasse dich nicht, um eine andere Frau aufzusuchen.«
»Ich könnte dir nicht böse sein ...«
»Hast du so wenig Vertrauen zu mir? Habe ich dir Grund gegeben zu denken, daß ich mein Eheversprechen nicht halte?«
»Niemals, Conan. Aber du bist früher auch nicht so enttäuscht worden. Ich verstehe dich. Das sollst du wissen.«
»Dann mußt du auch eins verstehen. Ich möchte, daß du ruhst und das Leben schützt, das in dir wächst. Mit meinen anderen Problemen komme ich schon zurecht. Ich will dich nicht verletzen.« Noch während er die Worte sprach, wußte er, daß es stimmte. Nie könnte er sie verletzen. Aus uneigennütziger Liebe gestand sie ihm sogar ein Verhältnis mit einer anderen Frau zu, die seine Bedürfnisse befriedigen konnte. Ich wünschte, ich könnte ihr dasselbe geben, dachte er mit Unbehagen. »Ich werde dich niemals entehren, Edwina. Mach dir keine Sorgen.«
»Du bist ein guter Mann, Conan«, sagte sie schläfrig. »Ich wußte nicht, wie glücklich ich werden würde.«

Müde machte sich Conan tastend auf den Weg in die Halle, denn er hatte keine Kerze mitgenommen. Nur ein Mann war noch wach und saß vor dem Kamin: Mallory.
»Das Feuer ist fast erloschen«, sagte Mallory. Er schien sich über Conans Gesellschaft nicht besonders zu freuen.
»Bald schon graut der Morgen. Kommst du mit auf die Jagd?«
»Hab ich dich jemals im Stich gelassen?« fragte er leicht ärgerlich.
»Niemals«, entgegnete Conan und starrte in die glimmende Glut. »Das Wild ist sicher tief im Wald, und der Tag wird lang — noch länger für einen Mann, der verliebt ist.«
Mallory hob überrascht den Kopf. Er sah seinen Freund argwöhnisch an. »Wieso glaubst du, ich sei verliebt?«
Conan lachte und stand auf. Er fand zwei Becher und füllte sie aus einem Krug. Einen reichte er seinem Freund. »Warum sitzt du hier allein und grübelst? Thurwell läßt sich sicher das Bett

von einem schönen Mädchen aus dem Dorf wärmen, doch du hast in letzter Zeit für Frauen keinen Blick gehabt. Wer ist die schöne Dame?«

»Sei unbesorgt, Conan. Ich habe das Mädchen nicht angerührt.«

Conan pfiff durch die Zähne. »So ernst ist's also? Erhört sie dich nicht?«

Mallory vertraute Conan als Freund, aber er würde wahrscheinlich seinen Zorn erregen, wenn er erführe, daß es sich um Edythe handelte. Er seufzte und sagte nur: »Ihre Familie ist reich.«

»Ah«, entgegnete Conan. »Und ihre Familie weiß es nicht zu schätzen, wenn sie einen Ritter des Königs zum Mann nähme?«

»Auf dieser Ebene verkehre ich nicht mit der Familie«, entgegnete Mallory dumpf. »Ich habe es auch nicht vor. Ich bin keine passende Partie für das Mädchen.«

»Und das Mädchen? Wie steht es zu dir?«

»Sie liebt mich, und sie würde eher den Schleier nehmen, als auf mich zu verzichten.«

»Dann muß sie in der Tat eine Göttin sein.«

»Conan, es ist jetzt nicht die Zeit für Scherze ...«

»Scherze? Nein. Ich denke, das Mädchen besitzt mehr Entschlußkraft als du. Wenn du sie liebst, findest du einen Weg. Was kannst du mehr riskieren, als dein Leben in die Hand deines Königs zu legen? Für eine solch ehrenwerte Dame würde ich alles riskieren.«

Mallory sah Conan eindringlich an. Er konnte Conans Probleme leicht erraten. »Was würdest du riskieren, Conan?«

Conan schwieg eine Weile. »Ich bin an meine Frau gebunden«, sagte er schließlich, »aber ich würde alles für sie riskieren außer meine Ehre.«

Mallory antwortete nicht. Beide Männer starrten lange ins Feuer. Dann brach Conan das Schweigen. »Wir reiten beim ersten Morgengrauen.«

»Ich bin zur Stelle«, entgegnete Mallory und wandte sich zum Gehen.

Erst als die Jäger tief in den Wald eingedrungen waren, stießen sie auf Wild. Die Jagdbeute war reich und bestand aus Rehwild und Wildschweinen. Drei Tage blieb Conan im Wald, denn er brauchte Zeit, um seine Gedanken zu ordnen, und er wollte seinen Bediensteten Zeit geben, sich ihrer Herrin würdig zu erweisen.
Als er zur Burg zurückkehrte, fand er die große Halle verlassen vor. Kein Feuer brannte im Kamin. Er wartete nicht auf den Verwalter, sondern bellte wütend Befehle. Sofort eilten Bedienstete herbei, und eine Frau kam schüchtern auf ihn zu. »Milord, Eure Gemahlin ist krank.«
Furcht überkam ihn. Erst jetzt merkte er, daß Edwina nicht dagewesen war, um ihn zu begrüßen. Er starrte die Frau an.
»Milord, sie verlangt nach Euch.«
»Woran ist sie erkrankt?« fragte er.
»Sie hatte eine Fehlgeburt, Milord.«
»Und das Kind? Ist tot?«
»Ja, Milord. Es kam viel zu früh zur Welt. Es war ein Sohn.«
Conan fühlte einen Schmerz in der Kehle. Er hatte nie geweint, nicht einmal als Kind. Ein Knabe wurde angehalten, seinen Schmerz unter einer undurchdringlichen Maske zu verbergen.
Die Halle hatte sich inzwischen gefüllt. Seine Männer starrten ihn schweigend an.
Er wandte sich abrupt ab, damit niemand das verräterische Glänzen seiner Augen sehen konnte. Dann ging er schnell ins Zimmer seiner Frau.
Edwina lag bleich und erschöpft in den Kissen. Der Priester und ihre Zofen machten sich dort zu schaffen. Mit einer Armbewegung verscheuchte er sie und kniete neben dem Bett.
Ihre Augen blickten dumpf und waren gerötet. Ihr Haar hing in glanzlosen Strähnen herab. Ihre Lippen waren blaß und aufgesprungen. Er sah sie voller Mitleid und Schmerz an.
»Vergib mir«, sagte sie leise.
»Vergeben?« stöhnte er. »Du mußt mir vergeben, Geliebte. Ich hätte dich nicht verlassen dürfen.«

»Conan«, weinte sie. »Conan, ich habe dir keinen Sohn schenken können ...«
»Edwina, Liebes. Dafür kannst du nichts.«
»Du darfst mich nicht hassen, Conan.«
»Dich hassen? Niemals! Du bist meine Frau! Ich liebe dich!«
»Meine Schwester, Conan. Bitte schick nach meiner Schwester. Ich möchte sie an meiner Seite haben.«
Sein Schmerz wurde noch größer. Sie wußte nicht, worum sie ihn bat. Dann quälten ihn wieder Schuldgefühle, da er sie nicht so liebte, wie sie es verdiente. Sie litt unsäglich, da sie ihr Kind verloren hatte.
»Meine Schwester, Conan«, wiederholte Edwina flehend. »Chandra ...«
Er küßte ihre fiebrige Stirn. »Ja, Geliebte«, flüsterte er. »Ich schicke sofort nach ihr. Sie wird dich gesund pflegen.«

8

Edwina war schwerkrank und lag in ihrem abgedunkelten Schlafgemach. Eine Reihe von Frauen umsorgte sie ständig, auch der Dorfpriester kam mehrmals am Tag, und Conan leistete ihr oft Gesellschaft. Dann saß er geduldig an ihrem Bett. Das Fieber war gesunken und die Blutungen gestillt, doch ihr ging es noch immer sehr schlecht. Keine Besserung trat ein.

Von Zeit zu Zeit wachte Edwina auf. Dann lächelte sie schwach und drückte seine Hand. Conan kam sich hilflos vor: Gegen die Krankheit konnte er nicht wie gegen einen mächtigen Feind kämpfen.

Er hatte Mallory und Thurwell nach Phalen geschickt, um Chandra zu holen. Er wußte, daß sie schnell mit seiner Schwägerin zurückkommen würden. Als die kleine Gruppe eintraf, erwartete er sie in der Halle. Er hatte Angst vor der Begegnung mit Chandra, Angst vor der brennenden Begierde nach ihr.

Sie stürmte aufgeregt zur Tür herein. Sie trug einen grünen Mantel, der bis zum Boden reichte. Ihr goldenes Haar war unter einer Kapuze verborgen. Ihre Wangen waren gerötet, und trotz des langen Ritts wirkte sie überhaupt nicht müde.

Sie verneigte sich stumm vor dem Herrn der Burg. Dann schlug sie die Kapuze zurück, und das goldene gelockte Haar fiel ihr über die Schultern.

Als Conan ihr in die Augen sah, fühlte er dieselbe schmerzliche Liebe, die ihn zu verzehren drohte.

»Wo ist sie, Conan?« fragte Chandra.

»In ihrem Zimmer, oben, am Ende der Treppe«, antwortete er. Er wagte es nicht, sie zu begleiten.

Sie lächelte ihn an und berührte seine Hand. »Mach dir jetzt keine Sorgen mehr, Conan. Ich bin nun hier, und sie wird genesen.«

»Chandra, ich ...« Er sah zur Seite und kämpfte um seine Worte. »Ich habe sie allein gelassen, obwohl ich wußte, daß es ihr nicht gutging. Ich hätte mich mehr um sie kümmern müssen.«

»Conan, dich trifft keine Schuld. Du hast nicht wissen können, daß sie eine Fehlgeburt haben würde. Niemand hat Schuld an Edwinas Zustand. Sie ähnelt unserer Mutter so sehr. Auch sie hatte mehrere Fehlgeburten, ehe sie uns das Leben schenkte.«

»Ich habe Angst, daß sie stirbt.«

»Nein, Conan. Edwina ist zwar nicht kräftig, aber zäh. Sie wird gesund, glaube mir. Deswegen bin ich hier.«

»Sie trauert um das Kind.«

»Wie du sicherlich auch«, entgegnete Chandra mitfühlend. »Aber ihr seid beide jung. Sie wird dir noch viele Söhne gebären.«

Dann lief sie die Treppe hinauf und befahl ihren beiden Zofen, die kaum mit ihr Schritt halten konnten: »Beeilt euch!«, und stürmte weiter, zwei Stufen auf einmal nehmend.

Schon am Tag nach ihrer Ankunft wurde es wieder fröhlicher in Stoddard. Die dumpfe Verzweiflung, die vorher geherrscht hatte, machte der gewohnten Geschäftigkeit Platz, denn Chandra pflegte nicht nur ihre Schwester, sie hatte auch deren Aufgaben als Burgherrin übernommen. Alles lief wie am Schnürchen.

Conan hielt sich meistens draußen bei seinen Pferden auf. Er mied die Gesellschaft seiner Schwägerin. Nicht einmal zu den Mahlzeiten sahen sie sich, denn Chandra nahm ihre im Zimmer von Edwina ein, wo sie auch schlief.

Edwina ging es nun von Tag zu Tag besser. Die beiden Schwestern plauderten über gemeinsame Kindheitserinnerungen und stellten Vermutungen an, wie Laine wohl im Kloster lebte.

An einem Abend, als Chandra im Kaminfeuer herumstocherte und Edwina aufrecht im Bett saß und mit einer Handarbeit beschäftigt war, erzählte Chandra: »Ich habe Vater eine Nachricht geschickt, daß es dir bessergeht und du bald wieder auf den Beinen sein wirst. Er wollte mich begleiten«, sagte sie und verdrehte die Augen, »aber mit Vater zu reisen ist zu einer wahren Plage geworden. Er wird alt, Edwina. Ich fürchte, er lebt nicht mehr lange. Und ständig möchte er mit mir über Politik und die Lage in Frankreich reden.«

Sie setzte sich auf die Bettkante und lachte. »Als Belohnung hätte ich dir eigentlich Vater mitbringen sollen! Dann würdest du dich nicht mehr darüber beklagen, bettlägrig zu sein. Er würde ...«

Sie verstummte plötzlich, da Edwina zu weinen angefangen hatte. Edwina war oft krank gewesen, aber noch nie hatte Chandra sie weinen sehen.

Chandra war bestürzt. Tränen rannen über die Wangen ihrer Schwester, und sie hielt den Kopf gesenkt. Dann schluckte sie krampfhaft und deutete auf ihre Handarbeit. »Es sollte eine Puppe werden«, sagte sie. »Eine Puppe für mein Kind.«

»Oh, Edwina«, sagte Chandra und wußte nicht, wie sie sie trösten sollte.

»Vater wird alt, und ich wollte, daß er das Kind sieht, das eines Tages Phalen erbt. Es war ein Sohn ...«

»Du hast noch Zeit, Edwina. Du wirst Conan bald einen Sohn schenken.«

»Ich *muß* ihm einen Sohn schenken. Er ist so ein guter Mann, stark und liebenswert. Und ich habe ihn enttäuscht. Ich kann ihm nicht einmal ein gesundes Kind gebären ...«

»Das wirst du«, sagte Chandra bestimmt. Es klang wie ein Versprechen. »Er leidet nicht, weil er mit dir verheiratet ist. Du bist ihm eine gute Frau, Edwina!« Chandra spürte, daß auch sie gleich zu weinen anfangen würde. Sie umarmte Edwina und sagte: »Du brauchst jetzt Ruhe. Leg dich hin. Ich komme gleich wieder.«

»Wohin gehst du?«

»Du hast den ganzen Tag keinen Augenblick für dich gehabt, Edwina. Ständig bist du von Zofen und Dienerinnen umgeben. Wenn ich allein sein will, laufe ich einfach fort. Aber das kannst du nicht. Ich überlasse dich jetzt deinen Gedanken, und wenn du mich brauchst, schick nach mir.«

»Du bist so klug, Chandra. Klüger, als dein Alter vermuten läßt. Und ich liebe dich so.«

»Und ich liebe dich, Edwina«, sagte Chandra kaum hörbar.

Chandra ging. Vor der Tür blieb sie kurz stehen, um ihre Fassung wiederzugewinnen. Das Schuldgefühl ihrer Schwester gegenüber, weil sie Conan liebte, war vorher schon groß gewesen, doch jetzt, da sie Edwinas liebende Hingabe an ihren Mann sah, wurde ihre Scham noch größer, schier unerträglich. Und sie konnte nur hoffen, daß Conan diese Liebe Edwinas erwiderte.

In der Halle war es ruhig. Conan saß dort vor dem Feuer und starrte in die Flammen. Er drehte sich um und sah sie an, als hätte er ihre Anwesenheit gespürt. Sie hoffte, er würde nicht merken, daß sie geweint hatte.

»Alles ist so still«, sagte er rauh.

»Du mußt zu deiner Frau gehen, Conan. Sie braucht dich.«

Schnell stand er auf. »Geht es ihr schlechter?« fragte er ängstlich.

»Nein, es geht ihr immer besser. Ich glaube, ich kann bald die Heimreise antreten.«

»Hat sie nach mir verlangt?« fragte er.

Chandra schüttelte den Kopf. »Sie weint um das Kind. Ich kann sie nicht trösten. Das mußt du tun. Dein Platz ist jetzt an ihrer Seite.«

Conan ging, und sie nahm seinen Platz vor dem Feuer ein. Leidenschaft empfand er nicht für seine Frau, das wußte Chandra. Trotzdem waren sie durch starke Bande miteinander verbunden: Verantwortungsgefühl, Pflicht und Ehre.

Eifersucht, eine unerträgliche Eifersucht zehrte an Chandra, doch jetzt allein, ließ sie ungehemmt ihren Tränen den Lauf. Ich bin böse, dachte sie verzweifelt, aber bin ich denn *so* böse, daß ich keine Belohnung für meine Arbeit und meine Gebete verdient habe?

Niemand war auf den Troß vorbereitet, der kurz darauf aus Anselm eintraf. Überrascht und auch ein wenig ungehalten ging Conan in den Burghof, um Mutter und Schwester zu begrüßen.

»Madam«, sagte er, »was führt Euch hierher?«
»Meine Schwiegertochter, deine Frau, ist krank. Gibt es einen besseren Grund?«
»Ich habe ihre Schwester holen lassen, die sie pflegt. Es ist aufmerksam von Euch, daß Ihr gekommen seid. Aber es ist nicht nötig.«
»Nicht nötig?« entgegnete sie lachend. »Conan, Chandra ist ein junges Mädchen, das daheim bei ihrem Vater sein und ihre Hochzeit vorbereiten sollte. Es ist nicht recht, sie ans Krankenlager ihrer Schwester zu fesseln, wenn sie auf Phalen die Bewerber, die um ihre Hand anhalten, empfangen könnte.«
Der Gedanke löste in Conan Mißbehagen aus. Von Bewerbern um ihre Hand hatte er jedoch bisher nichts gehört. »Sie ist glücklich, daß ich sie rufen ließ.«
»Natürlich, Conan. Sie ist ein gutes Mädchen und würde sich um Edwina ihr ganzes Leben lang kümmern, aber wir müssen an Chandra denken. Ich bin um sie besorgt und möchte nicht, daß sie zur Sklavin ihrer Schwester wird. Jetzt bin ich hier, und sie kann zu ihrem Vater zurückkehren.«
Mit diesen Worten ließ Udele ihren Sohn auf eine Weise, die sehr Chandra glich, stehen und trat in Aktion. Arbeit war für sie kein Fremdwort. Sofort wurde für sie ein Zimmer hergerichtet und eins für Edythe.
Als nächstes ging sie zu Edwina und entband Chandra mit zuckersüßem Lächeln von ihren Pflichten. Doch Udele kümmerte sich keineswegs persönlich um das Wohlergehen ihrer Schwiegertochter, wie Chandra das getan hatte. Sie ließ sie von einer ihrer Frauen pflegen.
Innerhalb von Stunden änderte sich der Rhythmus auf Stoddard. Chandra war, als lebe sie in einem Traum. Zum Abendessen erschien Udele exquisit gekleidet in der großen Halle. Sie saß zur Rechten ihres Sohnes, während Chandra sich neben Edythe setzte — weit von Conan entfernt. Udele beherrschte alle und alles, außerdem war sie ungewöhnlich fröhlich, gemessen am Anlaß ihrer Reise.

Sie dankte Chandra für deren Hilfe überschwenglich. »Aber jetzt bist du lange genug hier aufgehalten worden. Dein Vater erwartet sicher schon sehnsüchtig deine Rückkehr. Ich kümmere mich um Edwina.«

Als Chandra in Edwinas Gemach ging, mußte sie feststellen, daß man all ihre persönlichen Dinge in ein anderes Zimmer gebracht hatte, das sie mit Edythe teilen würde. Auch Chandras Dienstmädchen wurde durch Udeles ersetzt. Chandra war empört.

»Edythe, was soll ich jetzt nur tun?«

Edythe zuckte verlegen die Schultern und sagte entschuldigend: »Mutter ist es gewöhnt zu befehlen.«

»Ich glaube nicht, daß sie mich haßt, trotzdem drängt sie mich von der Seite meiner Schwester weg. Ich weiß, daß Conan sie benachrichtigen ließ. Aber ich bin schon zehn Tage hier. Wenn sie wirklich helfen will, warum ist sie dann nicht eher gekommen?«

Edythe schüttelte den Kopf. »Wegen der Fehlgeburt ist sie nicht gekommen, erst, als sie die zweite Nachricht erhielt.«

»Die zweite Nachricht?« fragte Chandra.

»Conan schrieb, daß du dich um Edwina kümmerst und sie pflegst und daß es ihr schon wesentlich bessergehe und sie sich keine Sorgen zu machen brauche.«

»So ist das also. Sie glaubt, ich wäre mit der Pflege meiner Schwester überlastet?«

»Das ist wohl nur einer der Gründe, nehme ich an, denn ich habe bemerkt, auf welche Weise mein Bruder dich ansieht. Vielleicht hat Mutter das auch gemerkt.«

Chandra errötete. »Aber sie weiß doch, daß er mich niemals entehren würde! Er ist ein guter Ehemann und verehrt Edwina.«

»Das fürchtet sie nicht«, entgegnete Edythe. »Sie fürchtet, du könntest Einfluß auf Conan haben, einen größeren als sie. Nicht einmal Vater hat sie diese Position zugestanden. Sie möchte an jeder von Conans Entscheidungen teilhaben.«

»Wie kann ich ihn denn beeinflussen? Bin ich etwa seine Ratge-

berin? Ich bin jung und unverheiratet und habe wenig Erfahrung.«
»Wenn das stimmt, was ich in seinen Augen gelesen habe, wird er auf dich hören. Und in dieser Burg hast du nicht den Ruf eines jungen unerfahrenen Mädchens. Du arbeitest ebenso effektiv wie meine Mutter.«
»Wenn ich gut gearbeitet habe, müßte ihr das doch gefallen. Warum tut es das nicht?«
Edythe lachte leise. »Madam hat keine Freunde, Chandra. Sie hat nie welche gehabt. Höhergestellte Frauen behandelt sie mit Zuvorkommenheit, aber hinter ihrem Rücken spricht sie Böses. Madam glaubt, allen Menschen überlegen zu sein, und die, die ihr ebenbürtig sind, verfolgt sie mit Haß und behandelt sie mit Verachtung. Ich glaube, sie hat Angst vor dir.«
»Das kann nicht sein. Ich habe nichts getan, daß Udele mich fürchten müßte.«
»Du könntest meinem Bruder deine Liebe schenken. Du könntest ihn eidbrüchig werden lassen.«
»Würde ich jemals so etwas tun?« fragte Chandra ungläubig. »Würde ich jemals meine Familie entehren, meiner Schwester den Mann nehmen und Conan dazu bewegen, sich selbst und seine Familie zu entehren? Edythe, wenn ich ihn lieben würde, würde ich ihm das antun?«
Edythe zuckte nur mit den Schultern, denn sie wußte um die Verzweiflung unglücklicher Liebe. »Meine Mutter neidet dir deine Jugend, deine Schönheit und deine Stärke. Nimm dich vor ihr in acht, Chandra. Sie hütet mit Eifersucht das, von dem sie glaubt, es gehöre ihr allein.«
Chandra dachte nach, rief sich jede kurze Begegnung mit Udele ins Gedächtnis zurück. Sie hatte die Lady von weitem bewundert und gehofft, eines Tages dieselben Fähigkeiten zu besitzen. Doch selbst wenn das, was Edythe sagte, stimmte, konnte sie nicht verstehen, warum Udele sie mit ihrem Zorn verfolgte und wollte, daß sie sich von Conan fernhielt.
»Was willst du jetzt tun?« fragte Edythe.

»Ich reise nach Hause. Und ich werde meine Schwester nicht mehr besuchen. Hier ist nicht mein Platz.«

Die Nacht brach herein, und ein leuchtender Mond stand am Himmel. Chandra fragte, wo sie Conan finden könne, und bekam zur Antwort, er sei in den Stallungen.

Im Licht einer Laterne bürstete er Orion und sprach leise mit seinem Pferd. Mars saß auf einer Stange in der Nähe und wurde von Zeit zu Zeit von seinem Herrn gestreichelt.

Einige Knappen machten sich an Zaumzeug oder Rüstungen zu schaffen. Da drehte sich Conan plötzlich um – er fühlte wohl ihre Gegenwart – und sah sie an. Es war ein liebevoller Blick, den er ihr schenkte, wie schon seit langem nicht mehr. Ihr Herz tat einen Sprung.

Conan schickte die Knappen fort und schloß die Tür hinter ihnen. Er wirkte älter und entschlossener.

»Du solltest die Tür offenlassen, Conan«, sagte sie. »Es gibt Neugierige, die sich in unser Privatleben einmischen.«

»Das tun sie immer. Weißt du nicht, was hier geredet wird? Müßige Hände haben überall Augen. Es heißt, daß ich die Schwester meiner Frau liebe.«

Chandra erschrak, ließ sich aber nichts anmerken. Sie wurden verdächtigt und hatten nichts getan. »Jetzt, da Lady Udele hier ist, reise ich ab. Ich habe wenig Vorbereitungen zu treffen, schon morgen kann ich mich auf den Weg machen.«

»Du mußt nicht abreisen«, sagte er mit rauher Stimme. »Wenn du lieber bleiben möchtest, spreche ich mit meiner Mutter.«

»Es ist besser, wenn ich reise«, sagte sie und starrte zu Boden.

»Natürlich. Wenn das dein Wunsch ist, lasse ich alles vorbereiten.«

Sie drehte sich um und wollte gehen, aber er griff nach ihrem Arm und zog sie an sich.

»Conan, nein. Du darfst mich nicht umarmen. Wenn jemand ...«

»Ich höre es, wenn jemand kommt.«

»Wir dürfen das nicht tun! Du darfst mich nicht so berühren!«

»Chandra«, murmelte er und strich ihr das Haar aus dem Gesicht. »Ich muß wissen, ob es wirklich etwas zwischen uns gibt. Sag mir ...«

»Nein, Conan.«

»Ein Kuß nur. Ich bitte dich. Im Namen Gottes, nie werde ich dich entehren. Ein Kuß, das ist alles, was ich von dir ersehne.«

Sie schüttelte den Kopf, doch er hielt sie fest. Dann preßte er seinen Mund auf ihre Lippen, und sein Herz raste. Dieser Kuß war die Bestätigung dessen, was er vermutet hatte.

Nur mit großem Widerstreben ließ er sie los. Und sie trat schnell zurück, damit er nicht wieder in Versuchung geriet. Sie wußten beide, daß dieser Kuß nicht nur ihre Liebe besiegelte, sondern daß sie sich davor hüten mußten, einander zu nahe zu kommen.

»Das darf nie wieder geschehen«, sagte sie mit zitternder Stimme. »Du darfst mich nie wieder auf diese Weise berühren.«

»Ich gebe dir mein Wort. Ich werde dich nicht entehren. Meine Liebe darf dich nie verletzen.«

»Mit deiner Erlaubnis reite ich dann morgen früh.«

»Ja.«

Chandra ging zur Stalltür. Gegen ihren Willen traten ihr Tränen in die Augen. »Verabschiede dich nicht von mir, Conan. Und träume nicht von Dingen, die nicht sein können.« Mit diesen Worten eilte sie in die Nacht hinaus.

Früh am nächsten Morgen, als das Dorf gerade zum Leben erwachte, versammelten sich die Männer, die Chandra nach Hause begleiten würden, im Burghof.

Conan blieb in seinem Zimmer und schwor sich, ihr nicht mehr zu begegnen. Doch es sollte anders kommen. Mallory und Thurwell klopften an seine Tür und baten um eine Unterredung im Hof.

»Ich habe über unser Gespräch neulich am Kamin nachgedacht«, sagte Mallory. »Ich glaube, jetzt einen Weg gefunden zu haben, wie ich den Vater meiner Angebeteten für mich einnehmen könnte.«

»Und wie sieht dein Plan aus?« fragte Conan.
»Ich weiß nicht, ob er deine Zustimmung findet. Vielleicht sollte ich dir auch gar nicht davon erzählen, aber Thurwell und ich haben uns entschlossen, nicht mehr für den König, sondern seinen Sohn, Richard, zu reiten. Der König liegt in Frankreich schwerkrank darnieder, und dann fällt die Krone an Richard. Richard ist ein Kämpfer und streitet für die Gerechtigkeit. Wenn ich also an seiner Seite bin, wird er mich sicherlich belohnen, und ich kann um die Hand meiner Lady anhalten.«
»Aber das ist doch Verrat«, sagte Conan.
Mallory zuckte die Schultern. »Es ist leicht, lieber Freund, ehrbar zu sein, wenn man vermögend ist. Vielleicht ist es Verrat — doch nur, solange Henry lebt, einen Monat, ein Jahr. Wer weiß das schon? Aber wenn Richard König ist, nennt man es Weisheit.«
»Und wenn es zum Krieg kommt?«
»Den Krieg hat es schon gegeben«, sagte Thurwell. »Und es wird wieder Krieg geben. Und wieder.«
»Und wenn *ich* zu den Waffen gerufen werde? Mein Vater und mein Schwiegervater haben Henry den Treueid geleistet. Sollen wir etwa im Feld die Waffen gegeneinander richten?«
Mallory lachte und sah Conan an, wie er einen jüngeren Bruder anschauen würde. »Mein lieber Freund, du tust, was du tun mußt. Auch wenn das bedeutet, daß du das Schwert gegen einen Freund erheben mußt. Du kämpfst, um zu gewinnen. Und ich werde tun, was ich tun muß.
Doch es ist viel wahrscheinlicher, daß wir unter einem neuen König wieder vereint sind«, fuhr Mallory fort, »denn Henry kann Richard noch immer als Thronfolger anerkennen. Wenn nicht, und Richard erkämpft sich dieses Recht, wird er kaum jene bestrafen, die ihm dabei geholfen haben.«
»Gibt es keinen anderen Weg?« fragte Conan. »Mein Vater drängt mich, in Stoddard einen Burgvogt einzusetzen. Wenn du dieses Amt übernehmen würdest, wäre er hocherfreut.«
»Ich soll Länder verwalten, die mir nicht gehören? Conan, das meinst du nicht im Ernst.«

»Was ist mit den Ländereien, die Edythe als Mitgift bekommt?« fragte Conan und merkte nicht, daß Mallory beim Klang ihres Namens zusammenzuckte. »Vater würde einen Mann, der diesen Besitz verwaltet und beschützt, reich belohnen. Er wurde immer wegen der walisischen Nachbarn vernachlässigt.«
Mallory lächelte nachsichtig. »Wenn ich ein Vermögen mache, muß es mit Stolz geschehen, oder es bedeutet mir nichts. Und wenn ich mich damit nicht beeile, ist das Mädchen für mich verloren.«
Conan lachte. »Ich erinnere mich an eine Zeit, als Frauen in deinem Leben keine Rolle spielten.«
»Andere Frauen spielen keine Rolle«, entgegnete Mallory ernst. »Nur eine zählt noch.«
In seinem Herzen stimmte Conan ihm zu. Für jeden Mann gab es irgendwann in seinem Leben nur noch eine Frau. Er mußte seinem Freund diese Chance lassen. »Darf ich die Lady kennenlernen, die dir so zusetzt?« Er kicherte. »Wenn ich dir doch ebenso zusetzen könnte.«
»Für Mallorys Geschmack bewegst du dich nicht anmutig genug«, sagte Thurwell lachend. Er drückte Conan fest die Hand. »Leb wohl, Freund.«
Conan blickte Mallory mit leichtem Unbehagen an. »Sag meinen Leuten nichts davon. Sie sind mir treu ergeben und deshalb auch Henry. Sie brauchen nicht zu wissen, wohin du dich wendest.«
»So soll es sein«, entgegnete Mallory. »Gott behüte dich, Conan.«
»Viel Glück, mein Freund«, sagte Conan und reichte ihm die Hand. Er wollte in die Halle zurückkehren, doch im selben Augenblick kam Chandra mit ihrem Gefolge in den Burghof.
»Ich habe mich von den anderen in der Halle verabschiedet«, sagte sie.
»Ich danke dir für deine Dienste, Chandra. Ich werde sie dir niemals vergelten können.«
»Ich möchte keinen Dank, Conan, nur daß du freundlich von mir denkst.«

Hinter Conan entdeckte sie plötzlich Edythe. Sie ging an ihm vorbei und umarmte sie, wobei sie etwas in Edythes Ohr murmelte. Edythe nickte und flüsterte Chandra ebenfalls etwas zu. Dann reichte Conan Chandra seinen Arm und geleitete sie zu ihrem Pferd. Er half ihr in den Sattel.

Ihre Augen trafen sich, als er kurz zu ihr hochblickte. Er berührte ihre Hand. »Ich danke dir.«

»Auf Wiedersehen, Conan«, sagte sie bewegt.

Er reichte ihr die Zügel. Sie blickte mit starren Augen geradeaus. Er kannte ihren Schmerz und wollte ihn nicht verlängern. Er trat zurück und gab dem Pförtner ein Zeichen mit der Hand. Die Zugbrücke senkte sich rasselnd nieder. Er winkte seinen Freunden zu. Die drei Menschen, die er am meisten liebte, verließen ihn. Er stand neben seiner Schwester, bis das Burgtor wieder geschlossen wurde.

»Sie werden in Sicherheit reiten«, sagte er. »Bei dieser Kälte wagen sich keine Räuber auf die Straße.«

»Ja, Bruder«, sagte Edythe mit tränenerstickter Stimme. Dann drehte sie sich schnell um und eilte zurück in die Burg.

Conan wunderte sich. Edythe? fragte er sich. War etwa Edythe das Mädchen, das Mallory gewinnen wollte?

Mein Kopf verblödet vor lauter Liebesschmerz, dachte er. Er fuhr sich mit den Fingern durch das dichte Haar. Wenn es keinen Krieg mehr gibt, sollte ich lieber Troubadour als Ritter sein. Dann ging er mit langen, entschlossenen Schritten in die Burg zum Zimmer seiner Frau.

TEIL

II

9

Im Licht der frühen Morgendämmerung erwachte der Wald zu neuem Leben. Vögel zwitscherten, Mäuse und Kaninchen huschten durchs Unterholz, und der Fuchs kroch in seinen Bau. Sir Conan stand auf einer Wiese am Rand des Waldes, den Falken auf der behandschuhten Linken. Noch hatte er Mars die Kappe nicht abgenommen, und der kühne Vogel drängte nach Freiheit: Er schlug heftig mit den Schwingen.

»Hast du keine Geduld heute früh, wie? Nun denn, mach dich fertig ...«

Conan nahm ihm die Kappe ab. Mars öffnete den Schnabel und schwang sich in die Lüfte empor. Schnell erspähte er eine Beute und stürzte sich auf einen braunen Punkt inmitten der Heugarben.

Conan lief zu der Stelle, wo der Vogel gelandet war, hob ihn auf und fütterte ihn mit einem Stück Fleisch, das er bei sich hatte. »Ein schöner Fang«, lobte er Mars.

Da ertönte plötzlich die Stimme seiner Frau hinter ihm. »Conan?«

»Edwina, was machst du hier?«

»Verzeih bitte, aber ich möchte mit dir allein reden.«

Er stülpte Mars wieder die Kappe über und sah sie liebevoll an. »Komm, Liebes. Was hast du auf dem Herzen?«

»Nie kann ich mit dir allein reden. Ich bin zwar deine Frau, aber hier, auf Anselm, habe ich nichts zu sagen.«

Conan lachte. »Ja, ich weiß. Noch nie hat jemand meiner Mutter Vorschriften machen können.«

Edwina verzog das Gesicht, weil er mit derart heiterer Gelassenheit die Fehler seiner Mutter überging. In den mehr als zwei Jah-

ren ihrer Ehe war es ihr nicht gelungen, die Zuneigung ihrer Schwiegermutter zu erringen.
Edwina hatte eine zweite Fehlgeburt gehabt und diesmal nur unter dem Verlust des Kindes gelitten, weil Conans Enttäuschung so groß gewesen war.
Wieder hatte Lady Udele die Zügel in Stoddard in die Hand genommen. Sie hatte Conan geraten, sich vom Bett seiner Frau fernzuhalten, mit der Begründung, er setze sonst ihr Leben aufs Spiel, und vorgeschlagen, Edwina solle eine Weile auf Anselm leben, damit ihre Gesundheit wiederhergestellt werde.
Seitdem wohnte Edwina bei ihren Schwiegereltern. Sie sah ihren Mann nur wenig, bei kurzen Besuchen, wenn er sich von seinen Pflichten freimachen konnte. Und selbst dann teilte er nicht ihr Bett.
»Conan, wirst du nach Richards Krönung nach Stoddard zurückkehren?«
»Ja. Das muß ich doch, wie du weißt.«
»Früher fürchtete ich mich in Stoddard«, sagte sie ruhig. »Es war so finster und einsam. Und dann die Erinnerungen — die Kinder, die ich dir nicht schenken konnte ...« Ihre Stimme verlor sich. Dann tat sie einen tiefen, entschlossenen Atemzug. »Mein Platz ist nicht hier, Conan. Ich möchte bei dir sein und mit dir in Stoddard leben.«
»Und du fürchtest dich dort nicht mehr?«
»Nein.«
»Dann soll es so sein. Ich hole dich nach Stoddard zurück.«
»Danke. Ich möchte dich um noch etwas bitten. Wenn wir aus London abreisen, möchte ich gern eine Wallfahrt nach Bury Saint Edmunds machen und um ein gesundes Kind beten.«
Dieser Ort, nördlich von Cordell gelegen, galt als ein Ort der Wunder. Unfruchtbare Frauen beteten dort und legten Gelübde ab.
»Ich werde dich selbst dorthin bringen«, versprach er.
»Und dann nach Stoddard«, sagte sie lächelnd. Sie war hübsch, wenn sie lächelte.

»Stoddard bekommt seine Herrin wieder.« Er strich ihr zart über die Wange.
Edwina hielt seine Hand fest. »Conan, ich weiß, daß ich dir nicht ebenbürtig bin. Ich bin keine sinnliche Frau und kann deine Leidenschaft nicht so erwidern, wie du es gern hättest. Aber du bist so gut zu mir. Ich möchte dir einen Sohn schenken.«
»Edwina, quäle dich nicht — ich habe mich nie beklagt. Wir werden Söhne haben.«
Edwina sah ihren Mann voller Liebe an. Sie führte seine Hand an ihre Lippen und küßte die Innenfläche. »Ich liebe dich, Conan.«
Er legte ihr einen Arm um die Schultern und ging mit ihr zu seinem Pferd. »Wir hatten gar keine Zeit mehr, um über die Liebe nachzudenken«, sagte er. »Du lebtest hier, und ich habe nicht einmal gemerkt, daß du dich auf Anselm nicht wohl fühlst. Das wird sich jetzt ändern.«
Orion wartete und wieherte freudig, als sein Herr kam. Conan stieg auf, dann reichte er Edwina die Hand und zog sie vor sich in den Sattel. Fürsorglich hüllte er sie in seinen Mantel ein.
Edwina lehnte sich gegen ihn und seufzte zufrieden. Sie fühlte sich sicher und geborgen. Conan hielt sie fest mit seinem starken Arm umfangen. So ritten sie zur Burg zurück. Und wenn es in ihrer Ehe auch keine Leidenschaft gab, so verband sie doch ein tiefes Verständnis und eine große Zuneigung.
Am nächsten Morgen jagte Conan wieder mit Mars, und als er die große Halle betrat, fand er die Familie am Frühstückstisch vereint.
»Ich wollte dich heute morgen in deinem Zimmer besuchen, aber du warst nicht da«, sagte Udele. Edwina errötete, sie konzentrierte sich auf ihren Teller. Edythe blickte auf und hörte interessiert zu. Alaric sah seine Frau an.
»Ich war bei meiner Frau«, sagte Conan ohne Verlegenheit. »Dort werdet Ihr mich in Zukunft immer finden.«
»Glaubst du, klug zu handeln?« fragte Udele spitz.

Conan richtete den Blick auf seine Mutter und mußte lächeln. »Ja, Madam. Ich halte das für klug.«
»Edwina ist nicht kräftig, Conan. Du solltest sie nicht drängen.«
Alaric räusperte sich und sah seine Frau stirnrunzelnd an. Sie merkte es nicht.
»Und wenn sie nun schwanger wird?« fragte Udele.
»Genau das ist unser Wunsch, Madam. Und obwohl ich Euch heute morgen nicht über meine Pläne informieren wollte, ist es vielleicht von Interesse für Euch zu erfahren, daß wir nach Richards Krönung eine Wallfahrt nach Bury Saint Edmunds unternehmen. Wir wollen dort um ein gesundes Kind beten.«
»Beten allein genügt wohl nicht«, sagte Udele verächtlich. »Da mußt du schon eine großzügige Spende machen. Ich lasse Edwinas Zimmer herrichten, wenn sie zurückkommt.«
»Wir werden wieder auf Stoddard leben«, entgegnete Conan.
»Stoddard? Und wer soll sich da um Edwina kümmern? Willst du etwa deine Pflichten vernachlässigen, wenn sie wieder krank wird? Du wirst anderswo gebraucht. Wie willst du es je zu Ruhm, Ehre und Wohlstand bringen?«
Edythe beugte sich seufzend über ihren Teller. Alaric stellte wütend seinen Becher auf den Tisch. Er hoffte, Conan würde Udele zurechtweisen, so wie sie es verdient hatte.
»Es ist Edwinas Wunsch, mit mir auf Stoddard zu leben. Und seid versichert, Madam, für sie wird gesorgt. Es ist Zeit, daß wir wieder wie Mann und Frau zusammenleben. Meine Pflichten vernachlässige ich deswegen nicht.«
Udele preßte ihren Mund zu einem schmalen Strich zusammen. Sie sah Edwina an, bis ihre Schwiegertochter voller Unbehagen den Blick abwandte. Dann starrte sie ihren Sohn an. »Ich hatte nicht gedacht, daß du ein solcher Narr bist und wieder zu ihr ins Bett steigst, da dir daraus nur Unbill erwächst ...«
»Madam!« rief Alaric. »Hütet Eure Zunge, oder ich werde Euch zum Schweigen bringen!«
Udele verstummte und stocherte auf ihrem Teller herum. Die-

sem Befehl mußte sie gehorchen. Sie schwieg geraume Zeit, bis sich die Unterhaltung anderen Themen zuwandte, dann sagte sie leichthin — eine Entschuldigung für ihr schlechtes Benehmen wäre ihr nicht im Traum eingefallen —: »Medwin schickte gestern eine Nachricht, das hatte ich ganz vergessen.« Alle sahen sie neugierig an. »Nach der Krönung wird eine Hochzeit stattfinden. Tedric vermählt sich mit Chandra, und wir alle sind zu den Feierlichkeiten eingeladen.«

Edwina lächelte, doch die anderen sahen Udele fassungslos an. Udele lachte mit künstlicher Verlegenheit. »Stimmt der Gedanke an eine Eheschließung euch alle traurig?«

»Chandra verdient einen wohlhabenderen Mann als Tedric«, sagte Alaric schließlich. »Ich habe Theodoric und seine Söhne immer gemocht, aber der jüngste ist eine Enttäuschung für seinen Vater.«

»Tedric war doch sehr erfolgreich. Er harrte an König Henrys Seite bis zu dessen Tod aus und diente ihm treu. Ich habe erfahren, daß er beträchtlichen Reichtum angehäuft hat«, gab Udele zu bedenken. »Chandras Erbe ist nur ärmlich, und sie sollte dankbar sein, diesen Ritter heiraten zu dürfen.«

»Tedric war beim König als Spion für John«, sagte Conan unwirsch. »Er hoffte, John würde unrechtmäßigerweise den Thron besteigen. Und er harrte nicht an der Seite des sterbenden Königs aus, sondern floh mit diesem Feigling, John, zu König Philip. Tedric war kein loyaler Ritter, Madam, sondern der elende Blutsauger, der er immer gewesen ist. Ihr könnt sicher sein, daß diese Ehe nicht aus Liebe geschlossen wird.«

Udele entgegnete bestimmt: »Ich weiß, daß du Tedric nicht leiden kannst, aber ich wußte nicht, daß du ihn haßt.«

»Ihn hassen?« fragte Conan. »Er ist es nicht wert, daß man ein solches Gefühl an ihn verschwendet. Doch wenn er da ist, halte ich immer meinen Rücken bedeckt. Man kann ihm nicht trauen. Er ist ehrlos und schändet den Kodex aller aufrechten Ritter. Ich habe für Chandra einen besseren Mann erhofft.«

»Wirst du zu seiner Hochzeit gehen?« fragte Udele.

Conan sah seine Frau an, die mit gesenktem Blick dasaß. Während der schonungslosen Enthüllung von Tedrics Charakter hatte er vergessen, daß Edwina ihn fast geheiratet hätte und nicht wußte, daß er ein solcher Abschaum war. Vielleicht war sie sogar glücklich wegen Chandra gewesen, da ihre Schwester nun ebenfalls einen Ritter heiratete. »Edwina möchte sicher gern anläßlich der Hochzeit ihren Vater und ihre Schwester wiedersehen. Ich werde meine Familie nicht durch ungebührliches Verhalten beschämen, aber Freude kann ich keine empfinden.«

Conan war der Appetit vergangen. Er stand vom Tisch auf und ging nach draußen, auf der Suche nach einem ruhigen Ort, wo er seine Gedanken ordnen und seine gute Laune wiederfinden konnte.

Medwin hatte nicht das Gefühl, seine Tochter zu verkaufen. Er hielt Tedric für einen ehrenwerten Mann, den ihm der Himmel in Zeiten großer Not geschickt hatte. Der Schildpfennig, den er an Richard zur Finanzierung des Kreuzzuges gegen Saladin entrichten mußte, hatte Phalen nahezu ruiniert. Männer konnte er nicht entbehren und sich auf diese Weise von seiner Verpflichtung befreien. Und Tedric hatte sich erboten, bei der Eheschließung mit Chandra eine beträchtliche Summe zu bezahlen.

Chandra saß in ihrem Zimmer, das für eine Dame nur spärlich möbliert war. Sie strebte nicht nach Reichtümern, aber gewisse Wünsche hatte sie doch. Aber im Moment reichte es nicht einmal für eine angemessene Garderobe anläßlich der bevorstehenden Hochzeit.

Sie erinnerte sich an die Unterhaltung, die sie mit ihrem Vater vor Monaten geführt hatte.

»Aber ich liebe ihn nicht.«

»Das ist das geringste aller Probleme«, hatte Medwin geantwortet. »Viele Mädchen heiraten einen Mann, der ihnen fremd ist. Du wirst lernen, ihn zu lieben, denn er liebt dich.«

»Er liebt mich nicht!« hatte sie voller Haß entgegnet. »Er liebt das Land, das ich erbe. Und ich brauche niemanden, der mir hilft, es zu verwalten ...«

»Du hast nichts als Flausen im Kopf und dünkst dich besser als andere Frauen, wenn du glaubst, allein leben zu können. Eine Frau braucht den Schutz eines Mannes. Und ich bin alt, mir bleibt nicht mehr viel Zeit.«

»Conan hat mir sein Wort gegeben, daß er mich beschützt. Und ich wäre glücklich, seinen Nachkommen alles vererben zu können ...«

Medwin war bei diesen Worten rot angelaufen. Er war zornig wie nie zuvor geworden. »Besitzt du denn überhaupt keine Scham? Der Mann deiner Schwester! Wann wirst du je aufhören, diesem Mann nachzustellen?«

»Nein, Vater! Nein! Ich begehre ihn nicht, das schwöre ich beim Grab meiner Mutter! Nur möchte ich lieber allein leben, als Tedrics Frau zu sein. Ich verabscheue ihn!«

»Du verabscheust ihn? Und warum? Er ist nur großzügig dir gegenüber gewesen und macht dir den Hof, als wärst du eine Königin. Dabei bist du nichts anderes als die Tochter eines armen Ritters! Die eines alten Mannes, der wenig zu geben hat! Das Geld, das er mir gab, ist viel mehr als dein kostbares Cordell wert. Soll ich denn diesen Besitz verkaufen und dich ohne einen Penny im Kloster unterbringen?«

Sie konnte nur weinend den Kopf schütteln, denn sie wußte, wie sehr es ihn schmerzte, in diesem Ton mit ihr zu reden.

»Meine älteste Tochter lebt bei ihrer Schwiegermutter, und wahrscheinlich schenkt sie mir nie ein Enkelkind. Die zweite nahm den Schleier und nützt mir nichts, denn sie dient dem Herrn. Aber das akzeptiere ich, denn ich habe herzlich wenig für die Kirche getan. Und du, meine letzte Hoffnung, willst, daß ich mein Heim an die Krone verkaufe, damit du allein auf Cordell leben kannst. Und weswegen? Damit du den Mann nicht heiraten mußt, der dich besser behandelt, als du es verdienst.«

»Vater, ich glaube, Tedric mißbraucht dich. Er spielt die Rolle des verliebten Galans, aber in Wahrheit ist er ein ganz anderer Mann. Er hat unter den Rittern keinen guten Ruf...«

»Mißt man einen Mann denn immer nur an seiner Vergangenheit? Er ist jetzt älter geworden und reifer. Chandra! Ich bin deiner ewigen Klagen überdrüssig! Du wirst den Mann heiraten, den ich für dich ausgesucht habe, oder du bekommst meine Hand zu spüren. In deinem Ehevertrag überlasse ich dir das Recht, über deinen Besitz zu herrschen. Doch wenn du mir weiterhin Widerstand leistest, geht dieses Recht an deinen Gemahl.«

»Nein, Vater! Das darf nicht sein.«

»Erzürne mich nicht noch einmal. Auch will ich kein böses Wort mehr über Tedric hören!«

Diese Drohung hatte sie nach außen hin gefügig gemacht. Seitdem schwieg sie. Die Hochzeit sollte nach Richards Krönung in London stattfinden, wenn alle Freunde und Verwandten ebenfalls in der Stadt waren. Einen einzigen Lichtblick gab es: Sie würde Conan treffen. Seit über einem Jahr hatten sie sich nicht mehr gesehen. Damals war er nach Phalen gekommen und hatte gefragt, ob er ihrem Vater irgendwelche Dienste erweisen könne. Er war nur ein paar Tage geblieben, und sie hatten wenig allein miteinander gesprochen, aber sie vermutete, daß er genauso litt wie sie.

Medwin lobte Tedric in den höchsten Tönen, auch Conan gegenüber. Doch Conan war zu seinem Schwiegervater ehrlich und erklärte, daß er Tedric für einen unpassenden Bräutigam halte. Es gebe andere Ritter und Lords, die Medwins Familie besser dienen würden.

Conan konnte damals nicht wissen, daß Tedric Medwin aus einer großen finanziellen Verlegenheit geholfen hatte und der alte Lord im Hinblick auf seinen zukünftigen Schwiegersohn seine Meinung nicht ändern würde.

Eines Morgens war Chandra Conan in Phalens Gärten begegnet. Sie eilte auf ihn zu und sagte: »Ich danke dir, daß du mich unterstützt hast, Conan. Vater ist so starrköpfig.«

»Ich habe nur die Wahrheit gesagt, Chandra. Ich mag Tedric

nicht und habe kein Interesse daran, daß er in eure Familie einheiratet. Medwin ist mein Schwiegervater. Ich möchte nicht, daß Tedric mein Schwager wird.«
»Und wenn ein anderer Ritter um meine Hand anhielte, welchen Rat würdest du dann geben?«
»Wenn er dir würdig wäre, würde ich Medwin drängen einzuwilligen.« Sie blickte zu Boden, als er das sagte. »An meinen Gefühlen würde das nichts ändern.«
Sie entgegnete zornig: »Wenn das so ist, warum bist du denn dafür, daß ich überhaupt heirate?«
Er reagierte nicht auf ihren Zorn. »Ach, Chandra, wenn du wüßtest, wie lange ich schon bedaure, deine Schwester geheiratet zu haben. Wenn es eine Chance gibt, daß du eine neue Liebe findest, mußt du sie nutzen. Ich wünsche es dir von ganzem Herzen. Aber ich bin böse und selbstsüchtig, denn mir wäre es lieber, du bliebst allein, als daß du dein Bett mit Tedric teilst.«
»Es tut mir leid, Conan. Es war grausam von mir, nicht an dich zu denken. Ich bin ja nicht die einzige, die leidet.«
Er wandte sich von ihr ab und starrte in den blühenden Garten. »Medwin wird dich nicht unverheiratet lassen. Du stellst seine letzte Hoffnung auf Nachkommen dar. Wenn du Tedric nicht heiraten willst, wird dich dein Vater zur Ehe mit einem anderen Mann zwingen.«
»Aber es gibt niemand anderen«, murmelte sie.
Er sah sie an und merkte, wie verloren sie war. »Chandra, du bist von seltener Schönheit, und es gibt viele junge Ritter, die dich begehren. Doch ich kann dich nicht haben, und ich kann dir nicht helfen.«
Chandra ließ ihn allein, denn sie konnte die Traurigkeit in seinen Augen nicht mehr ertragen.
Doch nun setzte sie sich ins Unrecht, denn sie befolgte Conans Ratschlag nicht. Viele junge Männer machten ihre Aufwartung, aber sie schenkte keinem von ihnen auch nur einen Blick. Und als Medwins Geduld erschöpft war, zog Tedric triumphierend in

Phalen ein. Medwin brauchte das Geld, und so wurde der Heiratsvertrag aufgesetzt.

In ihrem Zimmer auf Burg Phalen stand Chandra vor dem Spiegel. Sie war voller Ungeduld. Ihr Hochzeitskleid mußte gekürzt werden, und sie haßte diese Anprobe.
»Bitte, Lady«, sagte Wynne. »Wenn Ihr nicht still steht, wird der Saum nicht gerade.«
»Ach, wirf doch das Kleid auf den Müll! Es gefällt mir nicht!« sagte Chandra unwirsch.
»Oh, Lady«, entgegnete Wynne. »Ihr tut Sir Tedric unrecht. Er ist ein so edler Ritter.«
»Ich wünschte, du würdest ihn an meiner Statt heiraten!« sagte Chandra bissig und schaute auf ihre Zofe hinunter.
Wynne seufzte nur. Chandra wußte, daß Wynne allein bei dem Gedanken schwindlig wurde. Wynne war die Tochter von William, dem Anführer der Waldhüter in Cordell, und jetzt, mit dreizehn, hatte sie sich zur perfekten Zofe gemausert. Sie war ein fröhliches und sehr hübsches Mädchen.
»Du darfst Sir Tedric nicht immer schöne Augen machen«, schalt Chandra. »Du kennst ihn nicht. Vielleicht mißbraucht er eines Tages dein Entgegenkommen.«
»Ja, Lady.«
Chandra wußte, daß Wynne Tedric für einen großzügigen und aufrechten Mann hielt. Er schickte oft Geschenke nach Phalen und benahm sich bei seinen Besuchen immer außerordentlich höflich.
Da klopfte es an der Tür, und Wynne stand auf, um zu öffnen. Medwin betrat das Gemach und ging lächelnd auf seine Tochter zu. Er streckte ihr beide Hände entgegen, und sie lächelte ihn — wenn auch etwas mühsam — an.
»Du wirst eine strahlende Braut sein. Sogar die Königin wird auf dich eifersüchtig sein.«
»Danke, Vater«, entgegnete sie. Doch dieses Strahlen war nur äußerlich, in ihrem Herzen herrschte Nacht.

»Ich hoffe, du bist bald fertig. Wir müssen nach London aufbrechen, wenn wir noch eine angemessene Unterkunft haben wollen. London wird anläßlich der Krönungsfeierlichkeiten überfüllt sein.«

»Ich bin bald soweit, dann können wir abreisen«, versprach sie.

Medwin sah seiner Tochter in die Augen und war über ihre Traurigkeit bestürzt. Sie gehorchte ihm, aber sie konnte ihr Unglück nicht verbergen. Das schmerzte ihn zutiefst, denn er liebte sie aus ganzem Herzen.

Er schüttelte resigniert den Kopf und ging.

10

Die ständigen Reisen zwischen Stoddard und Anselm hatten Sir Conan ermüdet. Er war froh, daß seine Frau jetzt wieder unter seinem Dach leben würde. Aber eine Freude hatte er bei diesen häufigen Besuchen: Er erlebte, wie sein Bruder und seine Schwester heranwuchsen.
Galen war jetzt ein stattlicher Knappe von vierzehn Jahren und erst vor kurzem aus Nordfrankreich zurückgekehrt. Er diente dem starken und ehrenwerten Ritter Sir Boswell von Tarringwood. Er war stark und gewandt im Kampf; schon sproß ein zarter Flaum an seinem Kinn, und eines Tages würde er einen ebenso dunklen Bart wie sein Bruder haben.
Edythe war ebenfalls groß geworden. Sie war biegsam wie eine Weide und so graziös wie eine Katze. Ihre strahlenden grünen Augen bildeten einen lebhaften Kontrast zu ihrem vollen schwarzen Haar, und mit sechzehn versprach sie zu einer Schönheit zu werden.
Schon viele junge Ritter waren wegen Edythe nach Anselm gekommen, aber sie wies sie alle ab. Udele wurde wegen ihrer Tochter immer ungehaltener.
»Und unter all denen, die über unsere Zugbrücke geritten sind, hat keiner dein Herz berührt?« fragte Conan sie.
»Es sind doch alles nur Ritter«, antwortete sie schnippisch.
»Manche haben Geld«, sagte er.
»Brauche ich denn Geld? Wenn einer unter ihnen ist, der dich im Zweikampf schlägt, nehme ich ihn sofort. Geld zählt für mich nicht, noch Jugend oder Schönheit. Ich warte auf einen Mann, den ich lieben und respektieren kann.«
»Und du hast niemandem dein Herz geschenkt?«

»Das habe ich nicht gesagt, Bruder«, entgegnete sie lächelnd. »Doch, ich kenne einen solchen Mann.«
»Dann laß ihn nach Anselm kommen, und wir richten bald die Hochzeit aus.«
»Aber Conan«, entgegnete sie kokett, »ich weiß doch nicht, wo er sich aufhält. In meinen Träumen sehe ich ihn jede Nacht. Ich möchte ihn so gern rufen, aber das kann ich nicht. Und was soll ich mit diesen Galanen anfangen, die Vater hierher holt?«
Conan sah in ihre Augen, die um Verständnis flehten. Und er verstand sie. Seine Liebe war verloren, Edythes nicht.
»Dann nenn mir den Namen des Mannes, ich nehme ihn gefangen und bringe ihn dir, wenn er ein ehrbarer Ritter ist und einen guten Ruf hat.«
»Das ist er. Und ich liebe ihn. Ich liebe ihn mehr als mein Leben. Und wenn ich ihn nicht haben kann, will ich keinen anderen haben. Wirst du mir helfen?«
»Ja.«
Edythe küßte ihren Bruder auf die Wange. »Du bist ein guter Mensch, Conan. Wenn die Zeit gekommen ist, wende ich mich an dich.«
In Augenblicken wie diesen — wenn er allein mit Edythe sprach oder mit Galen auf die Falkenjagd ging — war er glücklich. Beiden Geschwistern versprach er seine Unterstützung, und er entdeckte, daß ihn diese Fürsorge keine Kraft kostete, sondern stärker machte. Das waren Aufgaben, die den Durst seiner hungrigen Seele stillten.
Nie hätte er vermutet, daß diese Verbundenheit zu Edythe den Unwillen seiner Mutter erregen könnte. Udele argwöhnte, daß ihre Tochter nun noch einen Befürworter für die Ehe mit Mallory gefunden hatte. Sie verfluchte ihre Tochter. Töchter brachten einer Familie keinen Gewinn, das war ihre Meinung.
Udele war gerade mit Alaric vor dem Kaminfeuer in eine Unterhaltung vertieft, als Conan in die Halle kam. Kurz davor hatte er mit Edythe gesprochen.
»Es ist höchste Zeit. Was kümmern Euch ihre Wünsche, Ihr seid

der Vater. Sucht den passendsten Bewerber aus. Die Hochzeit kann dann nach der Krönung stattfinden.«

Conan setzte sich zu seinen Eltern. »Spracht Ihr von Edythe, Madam?«

»Ja. Sie ist alt genug und muß jetzt heiraten.«

»Muß, Madam? Wozu diese Eile?« fragte Conan, dann wandte er sich an Alaric. »Vater, Edythe hat mit mir gesprochen. Sie sucht bei einem Mann weder Macht noch Geld, sondern Ehre. Und wenn die Zeit gekommen ist, wird sie die richtige Wahl treffen.«

»Ja«, stimmte Alaric zu. »Edythe ist ein intelligentes Mädchen. Sie wird mich nicht enttäuschen.«

»Ihr verhätschelt Eure Kinder, Milord«, sagte Udele voller Verachtung. »Sie sind verwöhnt. Nichts als Undank wird Euer Lohn dafür sein.«

Alaric lachte ihr ins Gesicht. »Wie recht Ihr doch habt, Madam«, sagte er. »Das beste Beispiel sitzt neben Euch.« Damit schlug er Conan liebevoll auf den Rücken.

Er musterte seine Frau und fragte sich, warum Udele immer an allem etwas auszusetzen hatte. Sie besaß alles, was das Herz begehrte: gesunde, wohlerzogene Kinder, Geld und Macht, und sie war schön. »Ich mache mir um meine Kinder keine Sorgen. Ich habe Freude an ihnen. Mir wurde im Leben mehr als den meisten Menschen geschenkt.«

Er streichelte Mars' Gefieder. Der Vogel saß, wie immer, auf Conans Schulter. »Ich reite heute in den Wald, um einen Damm zu inspizieren, den meine Waldarbeiter gebaut haben. Kommst du mit?«

Vater und Sohn ließen ihre Pferde satteln.

Udele saß noch eine Weile vor dem Feuer und dachte nach. Dann winkte sie ihrem ergebenen Diener, Pierce.

»Du mußt mir einen Dienst erweisen, der keinen Aufschub duldet. Reite nach London und bring einer bestimmten Person Geld, das ich schulde. Alaric weiß nichts davon. Also muß diese Mission geheim bleiben.«

Pierce stellte keine Fragen. Er war seiner Herrin blindlings ergeben und würde auch einen unehrenhaften Befehl von ihr ausführen.

Conan und sein Vater ritten aus dem Wald zurück. Der Damm war zu Alarics Zufriedenheit fertiggestellt worden, und er war ruhig und gelöst. Conan nützte die Gelegenheit, um mit seinem Vater über etwas zu reden, das ihm am Herzen lag.

»Edwina hat einen Brief von ihrer Schwester bekommen. Wie schon vermutet, muß Chandra jetzt Tedric gegen ihren Willen heiraten.«

»Sehr bedauerlich«, meinte Alaric mit einem Achselzucken.

»Er hat einen sehr hohen Preis für die Braut bezahlt. Vater, wußtet Ihr, daß Tedric eigenes Geld besitzt?«

»Vielleicht hat er es in Frankreich zu Wohlstand gebracht.«

»Würde Theodoric seinen Sohn unterstützen?«

»Ich kenne Theodoric schon lange. Er hält nicht viel von seinem Jüngsten. Meiner Meinung nach würde er ihm kein Geld geben.«

»Tedric prahlt mit seinem Reichtum. Mehr noch: Er hat Medwin eine beträchtliche Summe gegeben. Könnte dieses Geld gar nicht sein eigenes sein?«

»Wer würde ihm denn Geld geben?«

»Jüdische Geldverleiher.«

»Und auf welche Garantien?«

»Nun, Medwin hat viel Grundbesitz.«

Alaric runzelte die Stirn. »Wenn das der Fall ist, wurde Medwin betrogen. Entweder verliert er Cordell, oder er hat Phalen zweimal vergeben. Es ist nicht seine Art, bei Juden Geld zu leihen. Er hat mit ihnen Handel getrieben, aber nie von ihnen geliehen.«

»Werdet Ihr ihn daraufhin ansprechen, Vater?«

Alaric nickte. Sie ritten schweigend eine Weile weiter, dann sagte Alaric: »Du bist an dieser Angelegenheit sehr interessiert. Ist das so, weil du Tedric verabscheust?«

»Ich verabscheue ihn, Vater. Ja, das stimmt. Aber aus diesem

Grund habe ich nicht mit Euch gesprochen. Tedric wird Chandra heiraten, und sie liebt ihn nicht.«
»Das geht dich nichts an.«
»Soll ich diese Ungerechtigkeit dulden? Soll ich zusehen, wie Medwin Tedric in die Falle geht?«
»Nein. Aber ich glaube, du hast noch andere Gründe. Du hast dich für Edythe eingesetzt. Und jetzt setzt du dich für Chandra ein. Immer aus demselben Grund: Liebe. Weißt du denn, was Liebe ist?«
»Nein, Milord«, entgegnete Conan. »Aber ich weiß, was sie nicht ist.«

11

In der zweiten Augustwoche des Jahres 1189 waren die Straßen Londons voller Menschen. Von nah und fern waren alle herbeigeströmt, um an den Krönungsfeierlichkeiten Richards teilzunehmen.

Medwin hatte für sich und Chandra das Haus eines Kaufmanns gemietet, in dem sie mit ihren Bediensteten bequem wohnen konnten. Auch Alaric und Theodoric hatten für sich und ihre Familien ähnliche Unterkünfte gefunden, und eines Abends lud Alaric Freunde und Verwandte zu sich ein.

Medwin kam als erster und umarmte seine Tochter Edwina, die er lange nicht gesehen hatte. Auch Mallory und Thurwell waren da — sie waren seit kurzem Kreuzritter und wollten mit Richard ins Heilige Land ziehen.

Alaric plagte die beiden mit ständigen Fragen über Frankreich, wo sie sich in den vergangenen Monaten aufgehalten hatten. Mallorys wachsende Nervosität bemerkte er nicht, und Conan wechselte amüsierte Blicke mit Chandra, denn beide wußten, was Mallory auf dem Herzen hatte. Galt nicht jeder seiner schmachtenden Blicke Edythe?

Sie war es auch, die schließlich ungeduldig wurde und ihren Vater unterbrach. »Es gibt noch andere Dinge, die zu bereden sind«, sagte sie kühn. Alaric sah seine Tochter verwundert an. »Sir Mallory möchte gern allein mit dir sprechen.«

»Allein?« fragte Alaric.

»Nein, das ist nicht nötig«, entgegnete Mallory mit dem Mut der Verzweiflung — Kämpfen war er gewöhnt, doch Reden fiel ihm schwer —, »wir sind ja hier unter Freunden.« Dann stand er auf und verneigte sich respektvoll vor Sir Alaric. »Milord«, begann er zögernd und mußte sich zweimal räuspern, ehe er fortfahren konnte. »Es geht um Eure Tochter. Meine Familie ist unbedeutend, und ich habe keinen Grundbesitz, aber ich ziehe mit Richard in den Kreuzzug und überlasse Euch gern jedwede Kriegsbeute, wenn Ihr mir Edythe zur Frau gebt.«

»Ihr?« fragte Alaric.

Mallory räusperte sich wieder — er kam sich hilflos und verlassen vor, obwohl seine Freunde bei ihm waren. »Natürlich wird ihre Mitgift an ihre Kinder gehen, dagegen habe ich nichts einzuwenden. Und ebenso gehört jedes Hochzeitsgeschenk Edythe. Ich wäre gern Euer Vasall und könnte Eure Ländereien verwalten, wenn Euch das recht wäre.«

»Vasall?« fragte Alaric amüsiert.

»Ja, Vasall. Falls es Euch genehm ist.«

»Und diese Reichtümer, die Ihr nach Hause zu bringen gedenkt?« fragte Alaric lächelnd.

»Betrachtet sie als ein Geschenk für die Hand Eurer Tochter. Ich möchte mich gern mit ihr verloben.«

»Jetzt?«

Mallory räusperte sich noch einmal. Er fühlte sich immer unwohler. »Bis Weihnachten werde ich nicht gebraucht, Milord. Erst nach Osten reisen wir von Vézelay, in Frankreich, ab. Ich würde Edythe gern vorher heiraten, und ich gebe Euch mein Wort, daß Ihr nach meiner Rückkehr über meine Kriegsbeute verfügen könnt.«

Alaric kratzte sich den Bart und sah den Ritter fragend an. »Und wenn es keine Kriegsbeute gibt?«

Mallory warf sich in die Brust. »Die wird es geben, Milord.«

Alaric kicherte. »Ja. Natürlich wird es die geben.«

»Ihr werdet sehen, daß ich keinen Unsinn rede. Ich komme als wohlhabender Mann zurück.«

»Ich glaube Euch«, sagte Alaric und stand auf. Er sah Mallory in die Augen. »Sie ist sehr jung«, fuhr er fort. »Ich habe Euch kämpfen sehen, und da habt Ihr weniger gezittert als jetzt.«

Mallory lächelte erleichtert. Er hatte sein Selbstvertrauen wie-

dergewonnen, denn Alaric zwinkerte ihm zu. »Sie ist zwar jung, Milord, Ihr kennt aber ihre scharfe Zunge nicht. Sie drohte mir Fürchterliches an, solltet Ihr meine Bewerbung abweisen.«
Alaric beugte sich vor und flüsterte in Mallorys Ohr: »Schon seit langem wünsche ich mir einen Schwiegersohn, wie Ihr es seid. Ich bin stolz darauf.«
Mallorys Herz machte vor Freude einen Sprung. Dankbar ergriff er die ausgestreckte Rechte des alten Lords. Als Edythe das sah, lief sie mit einem Freudenschrei zu den beiden Männern und umarmte erst ihren Vater, dann Mallory. Ein Toast wurde ausgebracht, und alle riefen durcheinander und gratulierten den Verlobten.
Da öffnete sich die Tür. Lady Udele betrat den Raum und begrüßte ihre Gäste.
»Bringt meiner Gemahlin einen Becher!« rief Alaric einem der Diener zu. »Sie wird sicher mit uns anstoßen wollen.«
»Anstoßen? Worauf?« fragte Udele.
»Sir Mallory und Edythe haben sich heute verlobt und wollen bald heiraten«, verkündete Alaric.
»Sir Mallory?« fragte Udele entsetzt. »Aber so viele andere Ritter haben um Edythes Hand angehalten.«
»Für Edythe, Madam, hat es nie einen anderen gegeben.«
»Aber er zieht mit Richard in den Krieg!« Sie wandte sich an Mallory. »Ihr wollt das Mädchen jetzt heiraten und es dann in der Obhut seines Vaters lassen? Vielleicht ist sie dann schwanger, und vielleicht werdet Ihr auf diesem Kreuzzug sogar getötet.«
Es war offensichtlich, daß Udele die einzige in diesem Raum war, die sich gegen die Verbindung der beiden stellte. Sie hatte doch alles so sorgfältig geplant, und nun zerplatzten ihre schönen Pläne wie Seifenblasen.
Conan konnte sich nicht länger zurückhalten. »Madam, ich kann diese Ehe für unsere Familie nur positiv sehen. Wir brauchen viele treue Vasallen zur Verwaltung unserer Ländereien. Mehr Vasallen, als Ihr Söhne habt. Wäre Edythe mit einem Ritter verheiratet, der eigenen Grundbesitz hat, könnten wir nicht

auf seine Unterstützung zählen. Aber so steht uns ein weiterer starker Arm zur Verfügung.«

Udele merkte, daß sie diesen Kampf verloren hatte. So, dachte sie wütend und sah ihren Sohn an, du hast dich gegen mich verschworen! Du denkst immer nur an die anderen, und was bleibt dann für mich übrig?

Alaric legte beschwichtigend einen Arm um die Schultern seiner Frau. »Macht Euch um Edythe keine Sorgen«, sagte er freundlich. »Sie wird glücklich, und das ist alles, was ich mir immer für sie gewünscht habe.«

Udele nickte nur, eine Diskussion war nun zwecklos. Aber insgeheim rechnete sie, was für sie übrigbleiben würde, wenn Conan alles, was er einmal erbte, unter anderen aufteilen sollte.

Bis zur Krönung waren es noch ein paar Tage. Nachts war es auf den Straßen Londons gefährlich. Udele ging in Richtung Westminster, dicht gefolgt von ihrem Diener Pierce, den sie zu ihrem Schutz mitgenommen hatte. Es dämmerte schon. Udele schritt schnell aus; die Kapuze ihres Mantels hatte sie tief in die Stirn gezogen. Sie trug schwer an dem Beutel mit den Silbermünzen.

An der Schloßmauer lehnte eine einsame Gestalt. Tedric straffte sich, als er sie kommen sah.

»Was soll das heißen?« zischte Udele, als sie vor ihm stand. Pierce war außer Hörweite geblieben.

»Ich wollte, daß Ihr mir den Rest des Geldes selbst gebt«, sagte Tedric gleichgültig. »Ich verhandele nicht mehr mit Euren Dienstboten.«

»Ihr verdient diesen Rest nicht! Euer Schweigen hat mir nichts genutzt, denn Edythe ist jetzt mit Mallory verlobt.«

»Ach! Aber ich habe Chandra für Conan unerreichbar gemacht. Hätte ihr Vater sie unverheiratet gelassen, würde Conan ständig ihre Gesellschaft suchen. Doch mein Haus wird er nie betreten. Und einen Skandal wird er auch nicht heraufbeschwören.«

»Ihr habt nur halbe Arbeit geleistet, deshalb gehört Euch auch nur die Hälfte der Summe, die wir vereinbart haben.«

»Ich habe meinen Vertrag erfüllt, Lady. Ihr konntet Euren Plan bezüglich Edythe nicht verwirklichen. Euer Einfluß auf Alaric war zu schwach. Außerdem heißt es, daß Alaric schon lange von der Romanze zwischen den beiden wußte. Und damit einverstanden war.«

Udele starrte Tedric überrascht an. »Das wußte ich nicht. Seit wann war Alaric darüber informiert?«

»Schon lange, ehe ich ihr Zwiegespräch im Garten belauschte, wie Sir Mallory behauptet«, entgegnete Tedric hämisch.

Udele brannte vor Zorn. »Und Ihr habt es gewagt, mich zu erpressen ...«

»Lady! Ich habe Euch nicht erpreßt! Ich konnte nicht wissen, wie Alaric reagieren würde! Ihr tragt die Schuld. Als wir die Summe vereinbarten, versprach ich dieselbe Medwin — die Hälfte bei der Verlobung, die andere Hälfte bei der Hochzeit zu zahlen.«

»Und nun, da Edythe einen armen Ritter heiratet, der nichts zahlt, kann ich meine Schuld nicht begleichen.«

Jetzt war Tedric überrascht. »Das Geld gehört nicht Euch?«

»Nein. Ich habe mich an einen jüdischen Geldverleiher wenden müssen.«

Tedric lachte aus vollem Hals. »Pardon, Lady«, sagte er. »Eure Situation ist delikat genug. Ich dachte, daß Euer Mann schon ärgerlich ist, weil Ihr mein Schweigen bezahlt. Aber ich möchte nicht seinen Zorn erleben, sollte er erfahren, daß Ihr bei einem Juden in der Kreide steht.«

»Der Jude kennt mich nicht«, entgegnete sie. »Glaubt Ihr, ich bin so töricht und gehe selbst zu einem Geldverleiher?«

»Ach? Das hat wohl der gute Pierce für Euch erledigt. Welches Problem habt Ihr denn noch?«

»Ich brauchte lange, um das Vertrauen des Juden zu gewinnen, und nun will er mir kein Geld mehr geben. Ich muß mich nach einem anderen Geldverleiher umsehen. Und es besteht immer noch die Gefahr, daß der Jude Aaron Pierce zufällig in Anselm sieht. Dann wüßte er, wem er das Geld geliehen hat,

und könnte sich an Alaric wenden. Das darf auf keinen Fall geschehen.«
Tedric schnalzte in gespieltem Mitleid mit der Zunge. »Arme Udele! Ich hatte keine Ahnung, daß Alaric so geizig ist.«
»Er billigt nicht alle meine Handlungen.«
»Das ist mir klar«, entgegnete Tedric lachend. »Ich kann Euch das Geld nicht lassen, denn ich brauche es. Und ich werde wahrscheinlich noch mehr brauchen.«
»Ich habe keins mehr!«
»Ihr werdet schon einen Weg finden!«
»Ich gebe Euch nichts mehr. Es war das letztemal, daß ich Euch bezahlt habe.« Sie reichte ihm widerstrebend den Geldbeutel.
»Soll ich Alaric erzählen, daß Ihr von dem Juden geliehen habt, um mich zu bezahlen? Madam, ich will Euch eins sagen: Viele fragen sich, woher ich die Mittel habe, um für Chandras Hand zu bezahlen. Diese Leute sind neugierig und schwer zufriedenzustellen. Sie wollen mir einfach nicht glauben, daß ich hart dafür gearbeitet habe.«
»Ihr seid ein Schurke!«
Er schüttelte den Beutel. Der Klang der Silbermünzen ließ ihn lächeln. »Ein reicher Schurke«, verbesserte er sie. »Für eine Weile werde ich Euch nicht belästigen, Lady. Aber denkt darüber nach, wie Ihr mehr Geld beschafft!«
»Treibt mich nicht zu weit, Tedric!« drohte sie ihm. »Wenn ich die Möglichkeit habe, Geld zu beschaffen, habe ich vielleicht auch die Möglichkeit, Euch umbringen zu lassen.«
»Nun, dann muß ich eben auf der Hut sein. Ich will Eure Gutmütigkeit nicht ausnutzen, denn ich möchte wieder mit Euch Geschäfte machen.«
Er verbeugte sich knapp und sagte ironisch lächelnd: »Danke, Milady.«
Sie starrte ihn haßerfüllt an. Er zuckte gleichgültig die Schultern und ging. Mit dem Geschäft heute nacht war er sehr zufrieden.

12

Am dritten September des Jahres 1189 führte eine Anzahl Geistlicher, in Chorröcke aus purpurner Seide gekleidet, die Prozession zur Westminster Abbey an. Sie trugen Weihwasser, Kruzifix, Kerzen und Weihrauch. Ihnen folgten die Äbte und Bischöfe, dann die Edelleute mit der Schirmhaube, den Sporen, dem mit einer Taube verzierten Amtsstab, dem Staatsschwert und dem Zepter.

Danach kam eine Abordnung von sechs Baronen — unter ihnen Lord Alaric —, die das Krönungsornat und die königlichen Insignien trugen; dann der Graf von Essex mit der Krone, und schließlich Richard selbst, der Herzog der Normandie. Er wurde von den Bischöfen von Bath und Durham flankiert. Unter einem seidenen Baldachin, der von den vier Baronen von Cinque Ports getragen wurde, schritten sie über einen weißen Leinenteppich.

Richards Anblick ließ die Herzen mancher Zuschauer höher schlagen, da er mit würdevoller Anmut zur Krönung schritt, denn er überragte die meisten Männer um wenigstens Haupteslänge, und sein rotgoldenes Haar und der durchdringende Blick seiner blauen Augen unterstrichen noch seine königliche Haltung.

Nie zuvor hatte London eine derart prachtvolle Krönung erlebt. Denn Henry II., sein Vater, hatte jeden Pomp und Prunk gehaßt, während Richard großartige Zurschaustellungen liebte.

In der Abbey, wo nur die ranghöchsten Ehrengäste zugelassen waren, wurde das *Firmetur Manus Tua* gesungen, und Richard kniete vor dem Altar. Es folgten die vorgeschriebenen liturgischen Gesänge, und der König legte den Eid ab. Der Bischof setzte ihm die Krone aufs Haupt und überreichte ihm die Insignien. Beim Anblick dieser Prachtentfaltung blieben keine Zweifel mehr, wer jetzt König war. Diese Krönungszeremonie war derart dramatisch inszeniert worden, daß es schien, als habe der Herr selbst ihn gekrönt. Dann wurde der König in würdevoller Prozession zu seinen Privatgemächern zurückgeleitet.

Man hätte meinen können, daß die Krönung nicht mehr an Pracht übertroffen werden konnte, doch die Vorbereitungen für das folgende Bankett gestalteten sich noch pompöser. Beinahe zweitausend Krüge, neunhundert Becher und über fünftausend Teller waren für das Fest gekauft worden.

In dem großartig geschmückten Festsaal feierte Richard inmitten seiner Getreuen: den Bischöfen und Geistlichen, den Rittern und Edelleuten. Frauen wurde der Zutritt zum Saal verwehrt; sie durften an der Krönungsfeier nicht teilnehmen. Niemanden verwunderte es, daß Richard das weibliche Geschlecht ausschloß. Frauen, mit Ausnahme seiner Mutter, hatten im Leben dieses kriegerischen Königs nie eine bedeutende Rolle gespielt.

Die Edelfrauen von London standen daher am Tag der Krönungsfeierlichkeiten nur unter dem Schutz der Wachen, während die Ritter und Edelleute Richard in Westminster Hall ihre Reverenz erwiesen.

Obwohl Medwin in einem angesehenen Haus Quartier bezogen hatte, brachte er Chandra an diesem Abend in Alarics Haus, damit sie in der Gesellschaft der anderen Frauen sein konnte, während die Männer ihren Verpflichtungen nachkamen. Da Tedric nicht zur Delegation zählte, die Theodoric nach Westminster begleitete, erwartete doch niemand von ihm, daß er den Abend bei den Frauen und Dienstboten verbrachte.

Bei Sonnenuntergang wurde in der Halle ein Feuer angezündet. Die vier Frauen saßen im Halbkreis um den Kamin und stickten. In dem großen Haus waren nur noch vier Wachen, Pierce und der Hausherr — ein kleiner Mann —, den die Anwesenheit der vornehmen Gäste derart einschüchterte, daß er ständig und auf irritierende Weise fragte, ob er irgendwie zu Diensten sein könnte.

»Und wohin reist du, wenn du in Bury Saint Edmunds gewesen bist?« fragte Chandra ihre Schwester.
Edythe blickte von ihrer Stickerei auf und lauschte dem Gespräch der Schwestern.
»Wir kehren nach Stoddard zurück«, antwortete Edwina.
»Bury Saint Edmunds liegt in der Nähe von Cordell«, sagte Chandra.
Edwina errötete leicht vor Verlegenheit, denn sie wollte Chandra nicht weh tun. »Auf Conan warten in Stoddard Verpflichtungen. Vielleicht können wir ein andermal Cordell einen Besuch abstatten.«
»Vielleicht.«
Udele lachte spöttisch. »Chandra, wie töricht du doch bist! Kannst du dir wirklich vorstellen, daß Conan Edwina nach Cordell bringt? Oder vielleicht glaubst du, daß Tedric mit dir Stoddard besucht?« Sie lachte wieder. »Ich jedenfalls sehe Conan und Tedric nicht das Glas erheben und auf Freundschaft trinken!«
Chandra versteifte sich empört, und Edwina senkte den Blick wieder auf ihre Stickerei.
»Tedric hat mir versprochen, daß ich Phalen besuchen darf«, sagte Chandra zu Edwina. »Wir könnten zur selben Zeit hinreisen.«
Edwina nahm Chandras Hand. Sie wagte nur zu flüstern: »Es ist wahr, daß unsere Männer nie Freunde sein werden, aber ich glaube, keiner von beiden wird es uns verwehren, von Zeit zu Zeit zusammenzusein.«
»Stimmt es, daß du wieder in anderen Umständen bist?« fragte Chandra leise.
»Ich bin mir noch nicht sicher«, entgegnete Edwina.
»Diesmal wirst du mehr Glück haben«, meinte Chandra hoffnungsvoll. »Ich bete für dich. Auch Laine müssen wir in Thetford eine Nachricht zukommen lassen, damit sie gemeinsam mit den Schwestern für dich betet. Ich bin sicher, das nächste Kind wird gesund und kräftig.«
»Ich hoffe, du hast recht, Chandra«, sagte Udele, ohne von ihrer

Stickerei aufzusehen. »Conan wird sich wohl kaum mit einer weiteren Fehlgeburt abfinden.«

Chandra starrte Udele kalt an. Sie wunderte sich nicht länger über die Taktlosigkeit dieser Frau. Während der vergangenen Tage und Abende, die sie gemeinsam verbracht hatten, war ihr klargeworden, daß Udele nur in Gegenwart von Männern ihre Zunge hütete und mit ihren boshaften Bemerkungen allein Frauen traktierte.

»Beim Verlust eines Kindes trifft die Enttäuschung nicht Sir Conan allein, Madam«, sagte Chandra bissig. »Edwina leidet darunter ebensosehr. Ich denke, wir alle sollten das Beste erhoffen. Laßt uns nicht in vergangenem Leid verweilen.«

»Keinesfalls!« erwiderte Udele. »Selbstverständlich müssen wir das Beste erhoffen.« Sie wandte sich wieder ihrer Stickerei zu, und es verstrichen einige Minuten, ehe sie weitersprach. »Edwina, ich hielte es für klug, wenn du Conan dazu überreden könntest, dich nach Anselm zu bringen, wenn du wieder in anderen Umständen bist. Ich habe keine Ruhe, da ich weiß, daß du nicht die richtige Pflege bekommst.«

»Macht Euch keine Sorgen um mich, Madam«, sagte Edwina. »Es wird alles gutgehen.«

»Mein Liebes, es widerstrebt meinem Sohn so sehr, dich allein zu lassen, wenn du seiner Fürsorge bedarfst. Wie soll Conan es je zu etwas bringen, wenn er ständig an deinem Rockzipfel hängt?«

Chandras Gesicht wurde rot und ihre Lippen weiß. »Conan ist ein reicher Mann und braucht dafür keinen Finger zu rühren«, entgegnete sie frech. »Ein paar Monate in Stoddard an der Seite seiner Frau werden ihn nicht arm machen.«

»Keineswegs«, antwortete Udele obenhin. »Wenn es bei ein paar Monaten bleibt. Aber ein Leben lang eine kränkliche Frau zu pflegen wird weder seinen Besitz vergrößern noch zu seinem Ruhme als Ritter beitragen.« Sie seufzte schwer. »Dein Vater war ein glücklicher Mann. Er konnte trotz der vielen Stunden, die er Millicent in ihrer Krankheit beistand, seinen Wohlstand vergrößern.«

Chandra lächelte verstohlen. Allmählich begann sie, Udeles hinterhältige Art zu verstehen. »Vater hat sich nie durch physische Stärke täuschen lassen. Alle Menschen besitzen Stärken und Schwächen. Es ist besser, eine Frau mit schwacher Gesundheit zu haben, die freundlich und klug und liebevoll ist, als eine Frau mit kräftigem Körper und einem boshaften Herzen.«

Udeles Kopf schnellte vor Zorn empor, und sie wollte heftig antworten, als Edwina plötzlich aufstand.

»Chandra, ich bin müde. Begleitest du mich in mein Gemach?«

»Natürlich«, sagte Chandra und erhob sich. Sie sah Udele an und deutete einen Knicks an. »Wenn Ihr erlaubt, Madam«, sagte sie.

Udeles Blick war kalt. »Hüte deine Zunge, Chandra. Sieh dich vor, sonst könntest du mich verärgern.«

»Ach, Madam«, entgegnete Chandra mit vorgetäuschter Betroffenheit in der Stimme. »Vergebt mir, falls ich es an der gebührenden Freundlichkeit habe fehlen lassen. Ich könnte es mir nie verzeihen, wenn meine Worte Euch gekränkt hätten!«

Udele starrte sie unbarmherzig an. Sie hatte die Fähigkeiten dieses Mädchens unterschätzt. Chandra war so schlagfertig und eigensinnig, wie Udele es immer hatte sein wollen. Wäre sie die Frau meines Sohnes, dachte Udele, würde sie mich in Lumpen stecken und mich um mein Brot betteln lassen.

Chandra und Edwina gingen allein nach oben. Als sie das Gemach erreicht hatten, kochte Chandra vor Wut.

»Wie kannst du diese Frau ertragen?« zischte sie atemlos.

Edwina lachte sanft. »Obwohl es sicher ein Vergnügen wäre, dich an meiner Seite zu haben, um mich vor ihr zu schützen, könnte ich doch die Anspannung nicht ertragen. Großer Gott, solltet ihr beide je unter einem Dach hausen, wüßte ich nicht, wer überleben würde.«

»Darüber besteht gar kein Zweifel, Edwina. Ihre boshaften Stacheln können mich gar nicht berühren. Warum sprichst du nicht mit Conan über die üble Weise, wie sie dich behandelt?«

»Conan liebt seine Mutter.« Sie zuckte mit den Schultern. »Es würde ihn verletzen, wenn er erführe, daß sie nicht immer in seinem Interesse handelt.«

»Und du hast die ganze Zeit ihre Boshaftigkeit ertragen, ohne Conan je zu erzählen, wie sehr sie dich beleidigt?«

Wieder hob Edwina hilflos die Schultern. »Erst kürzlich habe ich ihm gesagt, daß ich in Anselm nicht glücklich bin und mit ihm in seinem Heim leben will.«

»Oh, Edwina, du darfst es nicht zulassen, daß sie dich so schlecht behandelt.«

»Aber was gewinne ich, wenn ich gegen sie kämpfe? Das wird nichts an dem Bild ändern, das Conan von seiner Mutter hat, denn ihm zeigt sie nur ihr schönstes Gesicht. Es würde in ihm Zweifel an mir wecken. Nein, ich beklage mich nicht und will Conan das Leben nicht noch schwerer machen. Es ist für ihn schon schwer genug. Ich halte es für besser, Udeles Boshaftigkeiten möglichst gelassen zu ertragen.«

Die vernünftigen Worte ihrer Schwester beruhigten Chandra sichtlich, denn sie erkannte die Wahrheit darin. Es *wäre* eine Katastrophe, wenn Udele Chandras Schwiegermutter wäre. Sie wußte, sie würde die boshaften Bemerkungen dieser Frau nie demütig und widerspruchslos hinnehmen. Dafür war Chandra viel zu kämpferisch. Hatte Udele das damals schon erkannt, als Chandra Conan verliebte Augen machte? Hatte Udele befürchtet, daß sich Chandra nicht wie Edwina von ihr einschüchtern lassen würde? Chandra verdrängte den Gedanken — für solche Überlegungen war es jetzt zu spät. Ganz gleich, aus welchen Motiven Udele gehandelt hatte, die Situation war nicht mehr zu retten.

»Er kann sich glücklich schätzen, dich zu haben, Edwina. Du bist ihm eine gute Frau.«

»Glücklich?« antwortete sie mit einem freudlosen Lachen. »Als mein Mann hat er so viele Enttäuschungen zu ertragen. Aber er ist zu edel, um mich je spüren zu lassen, wieviel Kummer ich ihm bereite. Hätte ich gewußt, wie sehr ich ihn lieben würde, hätte ich ihn nicht geheiratet. Ich hätte ihn angefleht, sich eine stärkere Frau zu suchen, die ihm Söhne gebären und sie zu starken Männern heranziehen kann. *Du* wärst ihm eine bessere Frau als ich gewesen.«

Chandra fühlte Tränen in ihren Augen brennen. Wieder einmal quälten sie angesichts Edwinas duldsamer Hingabe und Selbstlosigkeit Schuldgefühle.

»Edwina, das darfst du nicht sagen. Es stimmt einfach nicht!«

Die Unterhaltung der beiden Schwestern wurde von Geräuschen vor dem Fenster unterbrochen. Beide wandten lauschend den Kopf. Zuerst hörten sie einen Schrei und dann lauten Tumult unten auf den Straßen. Sie sahen sich an und gingen schnell zum Fenster.

Männer liefen schreiend davon, verfolgt von anderen Männern, die drohend Knüppel und Schwerter schwangen. Die Gejagten wehrten sich nicht, sie ließen sich widerstandslos zusammenschlagen. Ein Mann suchte Zuflucht in einem Torbogen, drückte sich mit dem Rücken flach gegen die Mauer und versuchte sich in den Schatten zu verbergen. Sein Verfolger, der das Wappenschild eines Lords oder Ritters trug, entdeckte den Mann und schlug ihn so lange brutal auf den Kopf, bis er blutüberströmt niedersank und reglos liegenblieb.

Edwina erbleichte, bedeckte mit den Händen ihren Mund, lief in eine Ecke der Kammer, lehnte sich gegen die Wand und erbrach sich. Doch Chandra konnte sich nicht abwenden.

Die Brutalität, die sie sah, ergab keinen Sinn. Ein weiterer Mann fiel unter dem Schwerthieb eines Reiters. Zwei Männer lagen jetzt blutend unter ihrem Fenster. Weitere flohen in panischer Angst. Soweit Chandra erkennen konnte, waren es Bürgerliche; unbewaffnete Bürger, die von gutgekleideten Männer gejagt wurden, die aus Richtung Westminster kamen.

»Wir haben die Tür verriegelt«, rief Edythe und stürzte in das Zimmer. Sie lief zu Chandra und stellte sich neben sie ans Fenster, um das schreckliche Geschehen in den Straßen zu beobachten.

Ein berittener Krieger trieb einen weiteren Mann mit der Lanze

vor sich her und stach ihn vor ihren Augen nieder. Chandra schluckte krampfhaft. Nie in ihrem Leben hatte sie etwas derartig Entsetzliches gesehen. Sie konnte sich dieses grausige Gemetzel nicht erklären.
»Es sind Juden«, sagte Edythe erschaudernd, als sie die Kleider der Gejagten sah.
Den Juden wurden in den englischen Burgflecken und Dörfern nur wenige Rechte eingeräumt. Auf Anordnung der Kirche mußten sie sich durch ihre Kleidung von den Christen unterscheiden, damit kein Christ versehentlich für einen Juden gehalten werden konnte. Sie waren ständigen Belästigungen ausgesetzt und wurden als Ungläubige beschimpft. Für Gesetzesübertretungen wurden sie weitaus härter bestraft als Christen. Aber sie lebten unter dem besonderen Schutz des Königs und wurden deshalb gezwungenermaßen geduldet.
»Sie müssen die anderen angegriffen haben«, flüsterte Edythe.
»Nein«, widersprach Chandra kopfschüttelnd. »Sie sind nicht bewaffnet.«
Edythe deutete zur Straße hinunter, und Chandra rief plötzlich entsetzt: »Da ist Tedric!«
Sie beobachteten, wie er einen Mann am Kragen packte, ihn zu sich umdrehte und sein Schwert zog. Chandra schrie auf, aber ihr Schrei wurden von dem Tumult übertönt. Neben dem Fenster, auf einer Kommode, stand eine Waschschüssel. Hastig griff sie danach und warf sie zum Fenster hinaus. Das Wasser ergoß sich über Tedric, und als er hochblickte, um zu sehen, woher die kalte Dusche gekommen war, sank der Mann zu Boden. Tedric hielt sein blutiges Schwert in der Hand.
Chandra starrte entsetzt zu ihm hinunter. Dann drehte er sich um und verschwand in der Dunkelheit.

Im Festsaal näherte sich ein Page nervös dem König, wurde aber von einem Erzbischof an dessen Seite abgefangen. Der Page flüsterte dem Geistlichen etwas ins Ohr. Sofort bekreuzigte sich der Bischof, wandte sich dem König zu und sprach eindringlich auf ihn ein. Richard setzte seinen Becher mit solchen Wucht nieder, daß im Saal sofort Schweigen eintrat. Alle Blicke wandten sich dem König zu, dessen Gesicht vor Zorn rot angelaufen war. Der Bischof sprach weiter auf ihn ein. Dann stand Richard auf und war mit wenigen Schritten am Tischende, wo er mit den Grafen von Pembroke, Essex und Gloucester sprach. Die Nachricht verbreitete sich wie ein Lauffeuer unter den Hunderten von Rittern und Adeligen, und die Männer fragten sich beunruhigt, ob sie fliehen oder bei Richard bleiben sollten.

Alaric erhob sich von seinem Platz, um die Ursache der Aufregung, die das Krönungsfest störte, ausfindig zu machen. »London steht in Flammen«, hörte er. »Kämpfe in den Straßen«, sagte ein anderer. Bis er schließlich die richtige Erklärung erfuhr. Eine Gruppe Londoner Juden, die dem König Geschenke hatten bringen wollen, waren am Palasttor von Christen überfallen worden. Die ganze Stadt war in Aufruhr.

»Geh rasch, ehe man dich vermißt«, sagte Alaric zu Conan. »Geh durch den Hinterausgang und vergewissere dich, ob die Frauen in Sicherheit sind. Der Zorn des Königs wird die Aufrührer treffen. Wende deinen Mantel mit der Innenseite nach außen, damit man dich nicht mit dem Aufruhr in Verbindung bringt, und zieh dein Schwert weder gegen einen Juden noch einen Christen.«

Mallory und Thurwell stießen an der Tür zu Conan. Ihr Bestreben war einzig und allein, ohne Aufsehen zu ihrem Quartier zu gelangen.

Es war nicht weit bis zu diesem Haus, aber in dieser Nacht herrschte ein derartiger Tumult in den Straßen, daß sie für den kurzen Weg über eine Stunde brauchten. Und als sie schließlich vor der Tür standen, konnte ihr Klopfen die Männer, die das Haus bewachten, nicht dazu bewegen, die Tür zu öffnen.

»Ich bin Sir Conan von Anselm«, rief Conan, bis er heiser war.

»Schlagt die Tür ein«, drängte Mallory, denn er fürchtete um die Sicherheit der Frauen.

Die Leichen neben dem Hauseingang zeigten, wie berechtigt es war, die Tür verriegelt zu lassen. Dann hörte Conan, wie die Riegel zurückgeschoben wurden. Vorsichtig öffnete sich die Tür einen Spaltbreit, und ein ängstliches Gesicht spähte heraus, um zu sehen, wer Einlaß begehrte. Conan stieß sofort die Tür auf und stürmte ins Haus.

»Conan«, rief Chandra atemlos und flog die Treppe herunter, direkt in seine Arme.

»Bist du unverletzt?« fragte er hastig.

»Ja, wir sind in Sicherheit, haben aber schreckliche Angst. Welch ein Wahnsinn tobt da durch die Stadt?«

»Was ist mit Edythe?« fragte Mallory.

Chandra deutete zur Treppe, denn mittlerweile hatten alle Frauen, Zofen und Bedienstete in einem Zimmer Zuflucht gesucht.

»Ein Mißverständnis«, hörte sich Conan sagen. »Von größter Bedeutung.«

»Conan«, hauchte sie. »Tedric war einer von ihnen. Ich habe gesehen, wie er einen Mann ermordete...«

»Bist du uns zu Hilfe gekommen?« fragte eine Stimme von oben.

Gemeinsam wandten sie sich um und sahen Udele, völlig unberührt von den Ereignissen der vergangenen Stunde, am Treppenabsatz stehen. Conan ließ Chandra los. »Ja, Madam«, sagte er. »Sind die Frauen in Sicherheit?«

»Deine Frau erwartet dich. Sie braucht deinen Schutz«, entgegnete Udele.

Conan schritt rasch die Treppe hinauf, ging an seiner Mutter vorbei zu Edwina, die verschreckt und weinend auf ihrem Bett lag. Chandra folgte ihm. Als sie an Udele vorbeigehen wollte, packte diese ihren Arm und sah sie mit böse glitzernden Augen an. Die beiden Frauen war gleich groß. Keine von beiden würde einen Zentimeter zurückweichen oder den Blick senken. Und in diesen Augen lag ein derart intensiver Haß, daß er den Boden unter ihren Füßen hätte erbeben lassen können.

»Was würde Medwin zu dem hurenhaften Verhalten sagen, mit dem du deinem Schwager nachstellst, frage ich mich. Oder Ted-

ric?« zischte Udele, und ihr heißer Atem streifte Chandras Gesicht.
Udeles Hand umklammerte mit brutalem Griff Chandras Arm, aber sie zuckte mit keiner Wimper und versuchte nicht, sich zu befreien. »Ihr könnt mich weder einschüchtern noch bedrohen wie die arme Edwina, Madam«, entgegnete sie giftig. »Ich kenne Eure gehässigen Methoden und kann Euch in Eurem eigenen Spiel schlagen.«
»Du bist eine Schlampe«, spuckte ihr Udele ins Gesicht.
»Ich?« sagte Chandra und sah Udele lächelnd in die Augen. »Und was würde Conan von Euren grausamen Spielen halten? Seine Loyalität Euch gegenüber ist unerschütterlich, aber ich glaube, Ihr solltet Euch vor dem Tag fürchten, an dem er erfährt, wie Ihr sein Vertrauen mißbraucht habt.«
»Du kannst mich bei meinem Sohn nicht in Mißkredit bringen. Er würde dir nicht glauben ...«
Udele verstummte, als sie Chandras Lächeln sah: Es war ebenso überlegen und gerissen wie ihr eigenes. »Wem würde er glauben, Madam?« fragte Chandra. »Nach wessen Liebe hungert er?«
»Du wirst für deine sündhafte Lust büßen«, sagte Udele mit zusammengepreßten Zähnen und nahm ihre Hand von Chandras Arm.
Mit hocherhobenem Kopf und würdevoll trat Chandra ein paar Schritte zurück und schleuderte Udele ihre letzten Worte ins Gesicht. »Wenn der Tag der Sühne kommt, Madam, wird jene, die die sündhafte Lust am besten kennt, am tiefsten fallen. Ich glaube, mein Verbrechen ist von geringerer Schwere.«
Ohne Conans Mutter eines weiteren Blickes zu würdigen, ging Chandra in Edwinas Zimmer. Ich bin schlecht, dachte sie. Ich bin von seiner Liebe abhängig — einer Liebe, auf die ich keinen Anspruch habe, selbst wenn es mir das Herz bricht.
In dem Zimmer standen die Frauen ängstlich beieinander, während die Männer aus dem Fenster sahen. Edwina lag auf ihrem Bett, ihr Gesicht war blaß und eingefallen. Conan beugte sich über sie und versuchte, sie zu beruhigen.

Wenn ich willensstärker wäre, dachte Chandra hoffnungslos, würde ich einen Weg finden, damit er mich hassen kann, um sein Herz freizumachen für die Frau, die ein Anrecht auf seine Liebe hat. Tränen traten ihr in die Augen. Aber das bißchen Liebe, das ich von ihm bekommen habe, ist mein kostbarster Schatz ... und ich brauche ... seine ... Liebe ...

Im Morgenlicht zeigte sich die verheerende Verwüstung, die im jüdischen Viertel angerichtet worden war. Die Häuser bestanden nur noch aus glimmenden Ruinen. Furcht und Schrecken beherrschten die ganze Stadt, und die Frauen wagten nicht, ihre Häuser zu verlassen.

König Richard hatte den Juden seinen Schutz angeboten, denn er war wegen seines Kreuzzugs auf ihren Reichtum angewiesen. Die Reise ins Heilige Land, um die Grabstätte zu retten, war seine Obsession — denn er sah sich als der größte Ritter aller Zeiten. Er wollte der Mann sein, der das Heilige Land endgültig von den Ungläubigen befreien würde.

Gerüchte über den Zorn des Königs verbreiteten sich in ganz London. Die Nachricht, daß adlige Christen überreagiert und die Juden angegriffen hatten, verärgerte den König, und er hatte strikte Order erteilt, die Missetäter zu bestrafen. Ihnen drohte die Verbannung oder sogar der Tod durch Hängen. Es war allgemein bekannt, daß sein Zorn über die zu Unrecht Niedergemetzelten auch durch die Tatsache entfacht wurde, daß ihr Geld seine Börse hätte füllen können. Richard befahl, daß alles Geld, das den jüdischen Wucherern geschuldet wurde, an ihn gezahlt werden mußte.

Conan und sein Vater, gefolgt von Mallory und Thurwell, waren auf dem Weg nach Westminster.

»Bist du dir sicher, daß du den richtigen Weg gewählt hast?« fragte Alaric.

»Wenn ich dem Schwur, die Gerechtigkeit zu verteidigen, Bedeutung beimesse, dann muß ich Richard die Wahrheit sagen. Chandra hat gesehen, wie Tedric einen Mann getötet hat, einen

Mann, der hier und im Norden wohlbekannt als Geldverleiher ist.«
»Wir könnten Sir Theodoric davon in Kenntnis setzen ...«
Conan blieb abrupt stehen. Verärgert sah er seinen Vater an. »Ich liebe Theodoric, aber was Tedric betrifft, ist er verblendet. Er betrachtet Tedrics heimtückische Machenschaften als jungenhafte Streiche. Nein, wenn ich ihm die Bestrafung Tedrics überließe, würde er sich auf die Seite seines Sohnes stellen!«
»Es wäre besser, wenn du Richard mit mehr Beweisen aufwarten könntest«, riet Alaric und ging weiter.
»Welch besseren Beweis gibt es als einen Zeugen? Tedric hat Medwin für Chandra eine große Summe Geld gegeben und weigert sich, den Geldgeber zu nennen. Ich bin überzeugt, daß er das Geld von dem Mann bekam, den er ermordet hat. Wenn Richard in den Besitz der Schuldscheine kommt, wird er wissen, daß ich recht habe.«
»Deine Zeugen werden dir keine Hilfe sein. Denn obwohl Chandra und Edythe Tedric gesehen haben, wird Richard den Aussagen von Frauen keinen Glauben schenken.«
»Und dafür bin ich dankbar. Der Gedanke, die beiden Frauen dieser Konfrontation auszusetzen, ist mir verhaßt. Dabei geht es mir vor allem um Chandra, denn schließlich beschuldige ich den Mann, den sie heiraten soll.«
»Deswegen tust du es ja wohl«, sagte Alaric.
Conan antwortete nicht. Schweigend ging er weiter und hielt den Blick starr geradeaus gerichtet.
»Geht es dir um die Gerechtigkeit und daß Tedric bestraft wird, oder willst du Chandra vor einer Ehe bewahren, die sie nicht wünscht?«
»Beides«, sagte er einfach.
»Deine Motive könnten in Frage gestellt werden. Bist du darauf vorbereitet?«
»Sie ist die Schwester meiner Frau. Wenn Tedric ein ehrenhafter und ritterlicher Mann wäre, würde es mir wenig ausmachen, daß Chandra ihn nicht liebt. Aber wenn ich meiner Frau und Med-

win dienen will, wie ich es versprochen habe, kann ich nicht untätig zusehen, daß sie einem Dieb und Mörder zur Frau gegeben wird. Eines Tages, Vater, wird Tedric sein Schwert gegen mich richten. Es wird mir weh tun, Theodorics Sohn töten zu müssen.«

»Das wird sich ändern«, sagte Alaric. »Nachdem du deine Anklage vorgebracht hast, wird es keine Liebe mehr zwischen unseren Familien geben.«

»Das mag der Wahrheit entsprechen, aber es wird meine Liebe zu Theodoric nicht beeinflussen. Er hat mich Gerechtigkeit und Ehre gelehrt.«

Als Conan und sein Vater schließlich in des Königs Gemächer geführt wurden, erkannten sie, daß Richard noch immer zornig war. Seine Augen funkelten vor Rage, und sein Körper schien vor unterdrückter Wut zu beben. Wieder war er von Geistlichen umgeben.

Vor Jahren, ehe er zum Ritter geschlagen wurde, war Conan Richard zweimal in Frankreich begegnet. Seitdem hatte sich Conan wenig verändert, nur sein Bart war dichter und dunkler geworden, aber es überraschte ihn zutiefst, daß Richard ihn sofort wiedererkannte.

»Sir Conan«, sagte Richard. »Was habt Ihr für eine Beschwerde?«

»Keine, Sire. Ihr verlangt gerechte Strafe für jene, die die Juden ermordet haben. Ich kenne einen Mann, der dabei beobachtet wurde, wie er in dem Aufruhr einen Geldverleiher tötete.«

Obwohl Richards Zorn nicht zu übersehen war, behandelte er die Affäre mit angemessener Förmlichkeit und Ernsthaftigkeit. Conan erzählte seine Geschichte, die von einem Schreiber aufgezeichnet wurde. Nachdem er geendet hatte, sprach Richard.

»Teil der Gerechtigkeit ist, dem Angeschuldigten die Möglichkeit zu geben, sich zu verteidigen. Ihr könnt jetzt gehen und werdet wieder gerufen, wenn Sir Tedric zu mir gebracht wird und ich die Schuldscheine des Geldverleihers gesehen habe. Ich hoffe, Sir Conan, daß Ihr nicht im Unrecht seid.«

»Auf meinen Eid, Sire, ich wäre heute nicht vor Euch getreten, wenn ich den geringsten Zweifel an der Richtigkeit meiner Anschuldigung hätte. Tedric war im Besitz einer großen Summe Geldes, für das er keine Rechenschaft ablegen will. Und er hat einen Geldverleiher unter dem Fenster seiner Braut ermordet. Sie ist die Schwester meiner Frau und hat Angst vor der Heirat mit diesem Mann.«

»Und Ihr übernehmt die Funktion eines Kupplers? Für einen Ritter des Königs kann ich mir bessere Aufgaben vorstellen.«

»Die Frauen zu beschützen, ist Teil des Ehrenkodex', Sire.«

Richard nickte, obwohl er höhnisch lächelte. Mit einer ungeduldigen Handbewegung entließ er Conan, und der nächste Bittsteller trat ins Gemach.

Zwei Tage vergingen, ehe Conan wieder nach Westminster gerufen wurde, aber in dieser Zeit waren sie nicht untätig geblieben. Mallory und Thurwell hatten herausgefunden, daß der Ermordete Aaron hieß und sowohl in London als auch in York wohlbekannt war. Er war im ganzen Land umhergereist und hatte vielen Adeligen Geld geliehen. Sein Haus in York lag nicht weit entfernt von Theodorics Besitz. Seine Schuldscheine würden einen Skandal auslösen und die Namen der Schuldner Richard in Erstaunen versetzen. Die meisten Adeligen versuchten ihre Schulden geheimzuhalten und zeigten daher wenig Neigung, einen Kreuzzug zu finanzieren.

Tedric und Theodoric waren bereits anwesend, als Conan und Alaric in Westminster eintrafen. Theodoric sah Conan weder an, noch richtete er das Wort an ihn. Sein Gesicht war vor Empörung wie versteinert. Tedric fuhr ihn zur Begrüßung nur böse an:

»Schreckst du vor gar nichts zurück, um meinen Ruf zu schädigen?«

»An meinen Händen klebt kein Blut, Tedric«, antwortete Conan.

»Du hättest mit deiner Anschuldigung zu mir kommen können, anstatt den König damit zu belästigen! Du bist im Unrecht, Conan!«

Dann wurden sie in die Gemächer des Königs geführt, und der Bischof an Richards rechter Seite verlas die Anklage.

»Sir Tedric wird beschuldigt, an dem Aufruhr teilgenommen und einen Juden ermordet zu haben. Der Mann, den er getötet hat, hieß Aaron und war Geldverleiher. Als Zeuginnen wurden Lady Chandra, die Verlobte des Beschuldigten, und Lady Edythe, die Tochter von Lord Alaric de Corbney, genannt.«

Tedric hörte sich die Anklage bewegungslos an.

»Was habt Ihr zu dieser Anklage zu sagen, Sir Tedric?« fragte Richard.

»Ich habe in der Tat in jener Nacht einen Mann getötet, Sire«, sagte Tedric gelassen. »Ich habe an den Krönungsfeierlichkeiten nicht teilgenommen, und als der Aufruhr begann, bin ich sofort zum Quartier von Lord Alaric gegangen, da meine Braut dort weilte. Vor der Tür stieß ich auf einen Mann, der sich gewaltsam Zutritt zum Haus verschaffen wollte, aber ich wußte nicht, ob er Jude oder Ritter war. Als ich ihn beiseite stieß, zog er ein Messer, bedrohte mich, und ich habe ihn getötet. Ich hatte ihn nie zuvor gesehen und kannte seinen Namen nicht.«

Richard runzelte die Stirn und musterte den jungen Mann. In den Tagen nach dem Aufruhr hatte er sich ähnliche Anklagen und Rechtfertigungen angehört. Er war sich durchaus bewußt, daß unter diesem Vorwand alte Fehden ausgetragen worden waren.

»Warum bist du geflohen, wenn du im Recht warst?« fragte Conan. »Du bist nicht ins Haus gegangen, um nach dem Wohlergehen deiner Braut zu sehen. Du bist davongelaufen.«

»Eine berechtigte Frage«, antwortete Tedric gelassen. Er berührte beiläufig seinen Kopf, teilte sein goldfarbenes Haar mit den Fingern und entblößte eine blutverkrustete Wunde. »Der Pöbel hat mich mitgerissen, bis ich in einem Torbogen Zuflucht gefunden habe.« Richard lächelte amüsiert. »Erst in der Abenddämmerung wagte ich mich zum Haus meiner Verlobten. Aber du warst doch da, Conan. Hast du die Lady wohlbehalten vorgefunden?«

Conan lächelte gequält und wandte sich an den König. »Sire, Sir Tedric hat sich eine schöne Geschichte ausgedacht, die wohl auch glaubwürdig klingt. Aber ich halte meine Anklage aufrecht, da er dem Vater seiner Braut eine große Summe Geld gegeben hat, dessen Herkunft er nicht bekanntgibt. Und der Geldverleiher, den er getötet hat, lebte in der Nähe von Tedrics Haus. Ich glaube, daß der Mord geplant war und Tedric hoffte, ihn in diesem Aufruhr unentdeckt begehen zu können.«

Richard sah Tedric an, der sich in diesem Augenblick ziemlich unbehaglich zu fühlen schien. »Sire«, sagte er sanft. »Ich habe mir nie von einem Geldverleiher Geld geliehen, und ich möchte weder meiner noch der Familie meiner Braut Rechenschaft darüber ablegen, woher ich die besagte Summe habe. Um die Wahrheit zu sagen, Sire, ich wage nicht, Euch die Herkunft zu enthüllen. Ich habe lange nach einer Möglichkeit gesucht, um das Geld zusammenzubekommen, damit ich Chandras Hand gewinnen kann, denn ihr Besitz ist meine einzige Hoffnung, es zu Wohlstand zu bringen — ich bin der letztgeborene von sieben Söhnen. Pfalzgraf John zahlte mir eine große Summe für meine Unterstützung, während er in Frankreich war. Obwohl ich meinen Fehler eingesehen und mich Eurer Sache angeschlossen habe, ist die Schande, die ein Ritter dadurch über seine Familie brachte, unerträglich.«

»Dann habt Ihr wenigstens etwas aus Eurem Fehlverhalten gelernt, Tedric. Jetzt wißt Ihr, wem Ihr Loyalität schuldig seid. Ich will vergessen, daß Ihr Euch gegen den rechtmäßigen König gestellt habt, und kann verstehen, warum Ihr Eure Geldquelle nicht nennen wolltet.«

»Ich akzeptiere jede Strafe, die Ihr mir auferlegt, Sire. Aber ich habe weder Geld von diesem Juden geliehen, noch habe ich ihn vorsätzlich getötet. Es war Notwehr.«

»Ein Teil von Aarons Aufzeichnungen wurde in London gefunden. Kein Mitglied von Theodorics Familie ist darin verzeichnet. Aber die Schuldscheine, die er in York aufbewahrte, müssen erst noch überprüft werden.«

»Sire«, antwortete Tedric. »Ich schwöre, daß ich mir nie Geld geliehen habe. Sir Conan beschuldigt mich in der Hoffnung, daß ich aus England verbannt werde, damit die Hochzeit nicht stattfindet. Er liebt Lady Chandra, Sire.«

Richard warf Conan einen scharfen Blick zu und verlangte eine Erklärung. Conan fiel es selbst in dieser Zwangslage schwer zu lügen.

»Die Verlobte von Sir Tedric ist die Schwester meiner Frau. Sie hat Angst vor dieser Ehe, denn sie weiß, daß Tedric unaufrichtig ist. Sie hat gesehen, wie er diesen Mann tötete. Er hat ihrem Vater eine Summe angeboten, die Medwin nicht ablehnen konnte, um den Zehnten und den Schildpfennig für Saladin aufbringen zu können. Ich spreche zu ihrer Verteidigung, so wie ich jede Frau in Gefahr verteidigen würde.«

»Aber Ihr seid mit einer Anklage vor mich getreten, die Ihr nicht beweisen könnt. Und das klingt sehr nach Rache«, sagte der König aufgebracht. »Ich habe Euch angehört, um der Gerechtigkeit Genüge zu tun und nicht, damit Ihr vor mir Eure Feindseligkeiten austragt.«

»Sire, Tedric hat mich des öfteren unfair angegriffen, und es gibt Zeugen für seine Untat. Ich mußte Euch sein Vergehen offenbaren, damit er die gerechte Strafe dafür erhält. Sire, er ist kein vertrauenswürdiger Ritter ...«

»Hättet Ihr Euch Sir Tedrics Rechtfertigung auf Eure Anklage angehört, hättet Ihr mich nicht damit zu belästigen brauchen.«

»Hätte ich gewußt, was für eine hübsche Geschichte er vorträgt, wäre ich wohl nicht mit meiner Anklage zu Euch gekommen. Tedric ist im Lügen sehr geübt.«

»Und doch sehe ich keinen Beweis dafür, daß Ihr die Wahrheit sagt«, antwortete Richard.

»Ihr hattet nie einen Grund, an meiner Treue zu Euch zu zweifeln, Sire.«

»Und reist Ihr mit mir ins Heilige Land?«

Conans Gesicht lief dunkelrot an. »Nein, Sire. Aber ich habe bereitwillig den Schildpfennig bezahlt. Ich bin der einzige Beschützer meiner Familie und meiner Frau.«

»Und Ihr?« fragte er Tedric.

»Nein, Sire. Mein Vater hat dafür vier seiner in ritterlichen Tugenden bewandertsten Söhne ausgesucht. Ich wurde nicht für den Kreuzzug auserwählt, aber der Schildpfennig wurde für mich bezahlt.«
»Sire«, warf jetzt Theodoric ein. »Mein jüngster Sohn hat darum gebeten, Euch auf dem Kreuzzug begleiten zu dürfen, aber ich habe ihm meine Einwilligung versagt. Er hat mehr geistige als kämpferische Fähigkeiten. Meine anderen Söhne werden Euch bessere Dienste leisten.«
Richard sah Alaric an. »Und werden Eure Söhne mich auf dem Kreuzzug begleiten?«
»Nein, Sire. Ich habe nur zwei — Conan und Galen, einen vierzehnjährigen Knaben.«
»Damit ist für mich diese Angelegenheit geregelt«, sagte Richard. »Belästigt mich erst wieder, wenn Ihr Gottes Werk mehr Bedeutung beimeßt als den Liebesnöten eines Mädchens.«
»Sire«, protestierte Conan.
»Genug! Ich habe wichtigere Dinge zu tun, als mich um die Wahl eines passenden Ehemannes für die Schwester Eurer Frau zu kümmern!«
Damit war die Audienz beendet. Conan verneigte sich und verließ das Gemach, gefolgt von Alaric. Tedric und sein Vater folgten in einer angemessenen Distanz. Conans Haltung drückte Wut über die erfahrene Demütigung aus. In der Galerie beim Ausgang warteten Mallory und Thurwell. Der Ausdruck auf Conans Gesicht sagte ihnen alles.
»Ist er dir also wieder entkommen?« fragte Mallory.
»Noch schlimmer«, erklärte Conan und warf einen Blick über die Schulter, wo sich ein triumphierender Tedric näherte. »Er hat es geschafft, mich vor Richard zum Narren zu machen. Diesem Fuchs gelang es, des Königs Verständnis für seine Verbindung mit John zu gewinnen, und er hatte auch eine passende Ausrede parat, warum er nicht am Kreuzzug teilnimmt.«
»Er würde in keinen Krieg ziehen, auch wenn Richard es von ihm verlangte«, entgegnete Thurwell. »Hat Theodoric für ihn gelogen?«

»Das glaube ich nicht. Tedric hat ihn wohl um Erlaubnis gebeten, weil er wußte, daß Theodoric ablehnen würde.«
Wortlos gingen Theodoric und Tedric an Conan und seinen Freunden vorbei zum Portal hinaus. Ihrer Haltung war deutlich zu entnehmen, daß keine freundschaftlichen Bande mehr zwischen den beiden Familien bestanden.
»Beim Kreuze Christi«, sagte Conan, »ich weiß, daß Tedric schuldig ist! Darauf gehe ich jede Wette ein!«
»Lieber nicht«, sagte Alaric. »Auf Tedrics Niederlage würde ich keine Wette abschließen. Du hast bereits deinen guten Ruf aufs Spiel gesetzt — und verloren.«

13

Hätte Medwin seiner Tochter Chandra eine Hochzeit in großem Rahmen ausrichten können, wäre das Ereignis wohl peinlich gewesen. Deswegen war es für alle Beteiligten besser, daß ihm die nötigen Mittel dafür fehlten.

Das Haus, in dem Medwin in London residierte, war festlich geschmückt, in der Halle wurde ein üppiges Mahl serviert, und Unterhaltung wurde geboten. Jene Freunde, die zur Krönung nach London gereist waren, nahmen am Hochzeitsfest teil. Aber der ganze Aufwand konnte nicht darüber hinwegtäuschen, daß diese Ehe unter einem ungünstigen Stern stand. Es war allgemein bekannt, daß die Braut von ihrem Vater zu dieser Heirat gezwungen wurde. Sie hatte Tedric des Mordes beschuldigt, und ihre Anklage war von Sir Conan, dem Ehemann ihrer Schwester, vertreten worden. Und Tedric hatte Conan öffentlich beschuldigt, seine Eheschließung verhindern zu wollen, weil er Chandra liebte.

Chandra kniete mit gesenktem Blick neben Tedric. Ein mit Juwelen bestickter Gürtel schmückte ihr hellblaues Kleid. Theodoric hatte ihn ihr zur Hochzeit geschenkt, aber sie fand keine Freude an diesem kostbaren Geschenk, denn heute war der schwärzeste Tag ihres Lebens. Chandra wußte, daß viele sie beneideten, aber sie brachte das Ehegelöbnis nur voller Verzweiflung über ihre Lippen. Die Erinnerung an Conans und Edwinas Hochzeit war zu schmerzhaft für sie. Die Worte, die sie jetzt zu Tedric sprach, waren eigentlich für Conan bestimmt.

Während des Hochzeitsbanketts war sie schweigsam und bedrückt, während Tedric seinen Becher zu jedem Toast erhob, der auf das Brautpaar ausgebracht wurde. Chandra glaubte, daß seine

Fröhlichkeit mehr seinem Triumph über Conan galt als der Tatsache, daß sie jetzt seine Frau war.

Trotz der feindseligen Haltung, die aufgrund von Conans Anklage zwischen den beiden Familien herrschte, und der allgemeinen Respektlosigkeit, mit der er beim Fest behandelt wurde, nahm Conan zusammen mit Edwina an Chandras Hochzeitsfeier teil. Ein Fernbleiben hätte bedeutet, daß er Tedric zu Unrecht beschuldigt hatte.

Es war für viele ein merkwürdiger Tag. In der Vergangenheit war stets Conan der gepriesene Held gewesen, und Alaric, sein Vater, hatte mit Stolz die Komplimente gehört, die man ihm über seinen Sohn machte. Nun wurde er von Tedric verhöhnt, hatte durch ihn eine Niederlage erlitten, und Theodoric sonnte sich im Glanz des Triumphes, denn er konnte mit sieben Söhnen prahlen, von denen vier am Kreuzzug teilnehmen würden. Alaric und Theodoric sprachen kein Wort miteinander, und Medwins Position war mehr als unangenehm. Seine beiden Schwiegersöhne waren miteinander verfeindet und konnten es kaum ertragen, gemeinsam in einem Raum zu sitzen.

Ein lahmer Falke, der lange Zeit als Symbol für das Glück einer Ehe galt, schien heute eine doppelsinnige Bedeutung zu haben, als er gut sichtbar für alle Anwesenden zur Schau gestellt wurde. Irgendwann konnte Chandra die höhnischen Bemerkungen und die Feindseligkeiten nicht mehr ertragen, da wandte sie sich mit Tränen in den Augen an ihren Gemahl.

»Milord, ich bitte um Eure Nachsicht. Sprecht keine bösen Worte mehr über Sir Conan. Er ist der Gemahl meiner Schwester.«

Tedric grinste tückisch. »Aber, Chérie, er hat mich vor dem König angeklagt! Kann ich ihn da wie einen Bruder behandeln?«

»Tedric, das war doch ich«, murmelte sie bedrückt. »Ich konnte nicht glauben, daß ich mich in dem, was ich sah, getäuscht habe, und Conan wollte mir nur helfen. Ich bitte Euch, laßt mich die Strafe dafür tragen, denn ich kann es nicht ertragen, daß Conan dafür büßen muß.«

»Ach, der stolze Gockel hat sein großspuriges Gehabe verloren!

Wie lange hat er sich im Glanz des Ruhmes gesonnt, ohne ihn verdient zu haben? Ich habe auf den Tag gewartet, an dem sich der stolze Falke als der lahme Feigling entpuppt, der er wirklich ist«

»Tedric, bitte …«

Er legte einen Finger unter ihr Kinn und zwang sie, ihn anzusehen. »Wenn Ihr Euch nicht in Sehnsucht nach seiner Liebe verzehren würdet, würdet Ihr mich nicht bitten, ihn zu schonen«, beschuldigte er Chandra.

Wieder erhob Tedric seinen Becher zum Lob jener tapferen Ritter, die Richard auf den Kreuzzug begleiten würden, denn dazu zählten neben seinen vier Brüdern, die an seiner Hochzeitsfeier teilnahmen, viele andere Adelige, auch Mallory und Thurwell. Doch Tedric wollte mit diesem Trinkspruch nur Conan provozieren.

Auch Chandra beobachtete Conans Reaktion darauf. Er zeigte keine Spur von Beschämung, sondern stimmte im Gegenteil in den Toast, der den Kreuzrittern entgegengebracht wurde, ein. Alaric nahm die Kränkung nicht so gelassen hin. Obwohl es noch früh am Abend war, verabschiedete er sich von Medwin und Chandra und verließ in Begleitung von Udele und Edythe das Haus. Mallory und Thurwell, denen es zutiefst widerstrebte, Tedric weiterhin zu huldigen, folgten ihnen. Chandra fragte sich, welche Eigensinnigkeit Conan dazu bewog, ohne die Unterstützung seiner Freunde auszuharren. Es hätte sie nicht gewundert, wenn er bereits vor Stunden verärgert das Fest verlassen hätte. Dann fiel ihr plötzlich ein, daß es Edwinas Aufgabe war, sie in ihr Brautgemach zu geleiten.

Diesen Augenblick fürchtete sie mehr als jede der schrecklichen Stunden dieses Tages, aber sie wollte Conan weitere Demütigungen von ihrem Gemahl und dessen Familie ersparen. Sie wandte sich an Tedric.

»Milord, bitte entschuldigt mich. Ich bin müde und möchte mich zurückziehen.«

»Habt Ihr es so eilig, Chérie?« spottete er mit einem wissenden

Glitzern in den Augen. »Wenn Ihr es nicht mehr erwarten könnt, dann geht! Ich folge Euch bald!«
Chandra schauderte bei dem Gedanken, erhob sich aber voller Würde und entfernte sich vom Tisch. Edwina eilte sofort an ihre Seite, und sie gingen gemeinsam nach oben ins Brautgemach.
Niemand war in dem Zimmer. Chandra ließ sich erschöpft auf einen Hocker vor dem Kamin sinken und starrte in die Flammen. Sie faltete die Hände in ihrem Schoß, und Tränen liefen ihr über die Wangen. Edwina wartete, bis sie sich beruhigt hatte, denn sie konnte nichts tun, um Chandras Schmerz zu lindern.
Edwina breitete ein feingesponnenes weißes Nachthemd auf dem Bett aus, strich die Falten glatt und dachte an ihre eigene Hochzeitsnacht. Sie war nervös und befangen gewesen, doch ihr Mann hatte sich ihr mit Sanftheit und Mitgefühl genähert. Nach ihrer unglückseligen Fehlgeburt waren diese Augenblicke der Wonne seltener geworden, doch wenn Conan nachts bei ihr lag, zehrte sie von diesen Zärtlichkeiten eine lange Zeit. Sie machten die Wochen und Monate, die sie getrennt waren, erträglicher. Mit einem verstohlenen Blick auf ihre Schwester fragte sich Edwina, was Chandra wohl in ihrer Hochzeitsnacht erwarten würde.
»Komm, meine Liebe, wir wollen deinen Mann nicht verärgern. Es gibt kein Entrinnen.«
Chandra sah ihre Schwester an. »Du mußt mich doch hassen«, sagte sie traurig.
Edwina eilte zu ihr, kniete sich vor sie, nahm Chandras Hand und drückte sie gegen ihre Lippen. »Dich hassen? Ach, meine Liebe, meine süße Chandra, warum sollte ich dich hassen?«
»Wegen der Dinge, die sie über Conan sagen. Daß er mir geholfen hat, weil er ...«
»Ach, meine Liebe! Dieses boshafte, eifersüchtige Geschwätz berührt mich nicht. Chandra, ich bat Conan, dir zu helfen! Sollte ich nach allem, was du für mich getan, meinetwegen ertragen hast, diesen grausamen Lügen Gehör schenken?
»Aber Edwina ...« warf Chandra ein.

»Nein! Ich schätze und liebe dich. Und der Gedanke an das, was du meinetwegen durchgemacht hast, quält mein Herz.«
»Du hast mir nie ein Leid zugefügt«, sagte Chandra verwirrt.
Edwina berührte mit einer Hand Chandras goldenes Haar und sah ihr liebevoll in die Augen. »Ich weiß sehr gut, welches Opfer du für mich gebracht hast, meine Liebe. Damals, als ich bereit war, Tedric zum Gemahl zu nehmen, hast du dich schon nach einem freundlichen Wort von Conan gesehnt. Es war das Werk seiner Mutter, daß er mich überhaupt bemerkt hat. Und es hat lange gedauert, bis mir bewußt wurde, daß dir unsere Ehe das Herz gebrochen hat. Und du hast mir nie mein Glück mißgönnt! Nie hast du dich über dein Schicksal beklagt!«
Edwinas großherziges Mitgefühl beschämte Chandra. Sie senkte den Blick.
»Ich erfahre nur Freundlichkeit von meinem Gemahl«, sprach Edwina weiter. »Er überschüttet mich mit Güte und Liebe, obwohl ich es nicht verdiene, denn ich habe ihn enttäuscht. Ich habe ihm keinen Sohn geschenkt, und ich weiß, daß er meinetwegen Richard nicht auf den Kreuzzug begleitet. Oh, Chandra, erst jetzt weiß ich, was für ein Schurke Tedric ist. Ich hätte als seine Frau nicht überlebt.«
Chandra hob den Blick und sah ihre Schwester an.
»Du warst immer die Stärkere und hast meine Last getragen. Und jetzt wirst du dein Leben dem Willen des Mannes unterordnen, der für mich bestimmt gewesen war. Bitte, verzeih mir.«
Chandra seufzte. Sie fühlte sich mehr denn je vom Glück betrogen und blickte in eine hoffnungslose Zukunft. Dann stand sie auf, um sich für ihren Gemahl zurechtzumachen. Über ihren Kummer zu sprechen verschlimmerte ihre Situation nur. Das Unvermeidliche würde geschehen.
»Ich werde dich lange nicht sehen«, sagte Chandra. »Ich weiß, daß Tedric sein Versprechen, mich Vater besuchen zu lassen, längst vergessen hat.«
»Chandra, mach dir keine Sorgen. Wir werden uns wiedersehen.

Und ich bete darum, daß Tedric lernt, sein Glück zu schätzen, und sich zum Besseren ändern wird.«
Dieser Gedanke verlieh Chandra einen Hoffnungsschimmer. Wie sollte er sich ändern, wenn sie ihm nicht entgegenkam? Wenn sie ihm zeigte, daß sie eine gefügige und willige Frau war, die ihn in jeder Hinsicht unterstützte, könnten sie vielleicht zu einem gegenseitigen Verständnis finden.
Vielleicht empfindet er doch ein wenig Liebe für mich, und meine Ablehnung hat ihn verletzt, dachte sie verzweifelt. Obwohl ich ihn nicht liebe, bin ich doch stark genug, ihm eine getreue Ehefrau zu sein. Ich hoffe, daß es uns gelingt, Frieden miteinander zu schließen.
Mit diesem Vorsatz im Herzen sah sie den kommenden Stunden etwas gelassener entgegen.
Und als Tedric später zu ihr kam, zwang sie sich zu einem Lächeln. Er beugte sich übers Bett, zog sie an sich und küßte sanft ihre Lippen. Chandra ließ ihn gewähren und versuchte sogar, die liebevolle Berührung zu erwidern. Als er sich lächelnd von ihr löste, glaubte sie für einen kurzen Augenblick, daß es ihr gelungen war, ihn zu täuschen.
»Die wunderschöne Chandra«, sagte er leise. »Das Mädchen, das alle Männer besitzen wollen. Du bist daran gewöhnt, begehrt zu werden, meine Liebe. Du wirst lernen müssen, darauf zu verzichten.«
»Tedric, bitte verzeih mir, wenn ich dir weh getan habe, und laß uns von vorn beginnen. Wir sollten zumindest versuchen, freundlich miteinander umzugehen.«
Er lachte laut. »Du bist also bereit, die Rolle meiner Frau zu spielen?«
»Ich werde mein Bestes dazu beitragen«, murmelte sie, verwirrt durch den Ausdruck in seinen Augen.
»Aber Chérie«, protestierte er. »Ich erwarte kein Entgegenkommen von dir. Ob es dir gefällt oder nicht, du gehörst jetzt mir.«
Dann streckte er eine Hand aus und riß ihr das Nachthemd vom Körper. Mit einem erstickten Aufschrei drückte sie das zerfetzte Hemd an sich.

»Wage nicht zu schreien, Chérie!« warnte er sie. »Es wäre die Krönung von Conans Schande, würde er in das Brautgemach stürmen, um dich vor deinem Gemahl zu retten.«
Der entsetzte Ausdruck in ihren Augen wandelte sich in Zorn, als sie ihn anstarrte. »Warum benutzt du immer mich, um ihn zu demütigen?«
»Warum? Weil er dich haben will, Chérie. Endlich konnte ich ihm etwas nehmen, was ihm wertvoll ist. Und er muß hilflos zusehen und kann mich nicht daran hindern.«
Chandra drückte das Nachthemd gegen ihre Brust. »Du bist unverbesserlich, Tedric! Während ich mir Vorwürfe mache, daß ich dich durch meine falsche Anschuldigung verletzt habe, behandelst du mich mit noch größerer Grausamkeit!«
»Falsche Anschuldigung? Nein, meine Liebe, die Anklage war berechtigt. Ich habe den Juden getötet. Ich bin ihm über eine Stunde lang gefolgt, und es war eine reine Ironie des Schicksals, daß ich ihn ausgerechnet unter deinem Fenster niederstreckte. Das hat dich zumindest gelehrt, mich zu fürchten.«
Entsetzt wich sie vor ihm zurück. Wie hatte sie je daran zweifeln können, was sie mit eigenen Augen gesehen hatte?
»Du bist abscheulich!«
»Schweig, Chérie! Conan würde zwar in seiner Ritterlichkeit vor keiner zweiten Anklage zurückschrecken, aber Richard würde ihn abweisen. Und diese Schande wäre für den armen verkrüppelten Falken unerträglich.«
»Und du *hast* dir Geld von dem Juden geliehen?«
Tedric kicherte, aber in seinen Augen lag eine Härte, die eine weniger starke Frau eingeschüchtert hätte. »Gewissermaßen, Chérie, aber das kann mir niemand nachweisen.«
Er wandte sich ab und begann sich auszuziehen. Seine Kleidungsstücke verstreute er nachlässig im Zimmer. Chandras Gedanken rasten vor Zorn und Angst. Sie suchte verzweifelt nach einer Möglichkeit, ihm zu entfliehen.
Mit einem boshaften Glitzern in den Augen befahl er: »Zieh das Nachthemd aus, oder ich reiße es dir vom Leib!«

Sie drückte das Hemd mit beiden Händen an sich und durchbohrte ihn mit ihren Blicken. Er kam näher. Seine gehässigen Worte ließen sie erschaudern.

»Ich werde dir heute nacht zeigen, wer dein Herr ist. Und ich schrecke auch nicht davor zurück, Gewalt anzuwenden. Sobald wir in Cordell sind, kann niemand mich mehr daran hindern, dich zu verprügeln, damit du dich fügst. Wir werden die Ehe heute vollziehen. Ich spreche keine leeren Drohungen aus.«

Chandra zögerte den Bruchteil einer Sekunde und ließ dann mit hochmütiger Miene das Nachthemd fallen.

»Ich hatte den besten Vorsatz, dir halbwegs entgegenzukommen, Tedric«, spuckte sie ihm ins Gesicht. »Ich werde mich dir nicht verweigern, aber ich fürchte nicht die Strafe, die du mir androhst, sondern ich will verhindern, daß du andere benutzt, um mich leiden zu sehen.«

Er warf sie aufs Bett und legte sich mit seinem ganzen Gewicht auf sie. Das Entsetzen, das sie jetzt empfand, übertraf bei weitem ihre schlimmsten Befürchtungen. Ohne auch nur eine einzige zärtliche Berührung an sie zu verschwenden, nahm er sie. Chandra erduldete es mit geschlossenen Augen, zwang sich dazu, schlaff und regungslos dazuliegen, um ihm weder Widerstand noch Ermutigung zu zeigen.

»Dies ist die einzige eheliche Pflicht, die ich nicht verschmähen werde«, keuchte Tedric heiser.

Mit zusammengepreßten Zähnen höhnte Chandra: »Und mein Abscheu vor dieser Pflicht wird für uns beide reichen.«

Tedric sah sie kurz voller Haß an. »Du bist ein Miststück, Chandra, aber ich werde deinen Widerstand brechen.«

Ein schmerzhafter Stich durchfuhr ihren Leib, als er brutal in sie eindrang. Sie konnte ein Aufstöhnen nicht unterdrücken. Tränen liefen ihr über die Wangen.

»Du wirst es schon noch lernen«, lachte er gehässig, denn ihre Qual steigerte seine Lust.

»Jetzt gehörst du mir, Chandra«, sagte er schließlich und wälzte sich von ihr. »Du gehörst mir, vergiß das nicht!«

Mit vor Scham und Demütigung brennenden Wangen sagte Chandra: »Du hast mich kraft des Gesetzes und deiner Stärke genommen, Tedric, aber wir beide wissen, daß ich dir nie gehören werde! Nie!«

Am Hochzeitstag von Edythe und Sir Mallory weilten nur noch wenige Familienmitglieder in London. Doch Edythe war zu ungeduldig, um eine Hochzeit in feierlicherem Rahmen in Anselm vorzubereiten. Sie zog eine Trauung in kleinem Kreis vor, und diese Zeremonie wurde bei weitem die freudigste und glücklichste Eheschließung, die seit Jahren in ihrer Familie stattgefunden hatte.

Trotz der heiteren und gelösten Stimmung blieb Conan mißmutig und trübsinnig. Alaric machte sich Sorgen um ihn, und später, als Conan in den Stall ging, um nach Orion zu sehen, bot sich ihm eine Gelegenheit, allein mit seinem Sohn zu sprechen.

»Sir Mallory und deine Schwester werden nicht mit uns nach Anselm zurückreisen. Mallory hat ein einfaches Haus in der Stadt gemietet und wird Edythe zu mir bringen, wenn er aufbricht, um zu Richard in Frankreich zu stoßen.«

»Was ist mit Thurwell?« fragte Conan und zeigte wenig Anteilnahme. »Bleibt er bei Mallory und Edythe in London?«

»Das hoffe ich nicht«, antwortete Alaric lachend. »Ich glaube, er will dir für eine Weile seine Dienste anbieten.«

»Gut«, entgegnete Conan. »Ich kann jeden Mann gebrauchen.«

Alaric beobachtete seinen Sohn, wie er im Stall umherging, einen Futtersack füllte, Stroh in die Box warf und Orions glänzendes Fell striegelte. Beide schwiegen lange.

»Du hast nicht viel Freude an deinen Aufgaben«, stellte Alaric schließlich fest.

»Darin liegt keine Herausforderung«, erwiderte Conan.

»Ich habe dich nicht gebeten, dem Kreuzzug fernzubleiben«, sagte Alaric.

»Aber Ihr habt König Richard in dem Glauben gelassen, daß Ihr meine Anwesenheit hier in England nicht entbehren könnt«, antwortete Conan und sah seinen Vater an.

»Ich hätte dich zu dieser Reise überreden können, tat es aber nicht«, entgegnete Alaric.
»Und wenn ich gehe, was ist dann? Wer wird sich um Stoddard kümmern? Es bleibt keine Zeit, um einen tüchtigen Lehnsmann zu finden. Dann ist da noch Phalen — Medwin ist der Aufgabe kaum noch gewachsen. Und Edwina — sie erwartet wieder ein Kind, vielleicht wird es ein Sohn. Wie würde sie meine Abwesenheit ertragen?«
»Sie würde es überleben. Und Medwin hat noch einen Schwiegersohn, der ihm eine Hilfe sein kann.«
»Ich soll Tedric das Land anvertrauen, das eines Tages mir gehören wird?«
»Würdest du es mir anvertrauen?« fragte Alaric.
»Milord, Euch vertraue ich in allen Dingen, aber auf Euren Schultern lasten schon zu viele Pflichten.«
»Weder mein Geist noch mein Körper sind schwach und hinfällig«, protestierte Alaric empört. »Wenn du mir einreden willst, daß ich allein die Schuld daran trage, dann werde ich dir mit meinen Fäusten beweisen, daß ich weder alt noch schwach bin.«
»Ihr allein? Nein, Vater, aber eine Menge anderer Verpflichtungen binden mich an England, und das sind starke Bande. Ich bezweifle, daß Edwina eine Trennung ertragen könnte. Sie ist nicht kräftig ...«
»Ich könnte mich um ihr Wohlergehen kümmern. Ich muß auf jeden Fall für ein Haus voller klagender Frauen sorgen, auf eine mehr oder weniger kommt es nicht an.«
Conan sah seinem Vater in die Augen. »Ich habe meiner Mutter das Versprechen gegeben, nicht in den Krieg zu ziehen. Sie fürchtet um mein Leben und den Besitz, der eines Tages an mich fallen wird.«
Alaric stand hochaufgerichtet und schweigend eine Weile da. »Hat sie das als Begründung angegeben?« fragte er dann.
»Und daß es Güter geben wird, deren Besitzer nicht vom Kreuzzug zurückkehren werden. Sie hat recht: Ich könnte unsere Ländereien um ein Beträchtliches vergrößern.«

»Spricht daraus Weisheit — oder Gier?« fragte Alaric sanft.
»Ihre Motive sind nicht selbstsüchtig. Ich trage für zu viele Menschen die Verantwortung, um meine eigenen Wünsche zu befriedigen. Es wird noch genügend Kriege geben, in denen ich meine Fähigkeiten als Ritter unter Beweis stellen kann.«
Alaric wußte nicht, welchen Rat er seinem Sohn geben sollte. Conans Ehre würde nicht darunter leiden, wenn er an dem Kreuzzug nicht teilnahm. Seine Zeit als mächtiger Lord stand ihm noch bevor, und das Kriegshandwerk würde er nicht vergessen. Aber ein gebrochener Geist würde seiner Zukunft hinderlich sein, und das befürchtete Alaric.
»Du bist ein ehrenhafter Mann, Conan«, sagte er. »Es gibt nur eins, das ich dich nicht lehren konnte.«
Conan sah Alaric fragend an.
»Im Leben eines jeden Mannes kommt die Zeit, wo er nicht mehr allen Verpflichtungen nachkommen kann und er Prioritäten setzen muß. Es ist wie eine Gratwanderung zwischen der Befriedigung eigener Wünsche und den Bedürfnissen anderer. Er schwankt hin und her und versucht, sein Gleichgewicht zu halten.«
»Bis er fällt?« fragte Conan freudlos.
»Du stehst jetzt auf diesem Grat. Die *Wünsche* derer, für die du Verantwortung trägst, könntest du irrtümlich für deren *Bedürfnisse* halten.«
»Natürlich könnte ich die Menschen im Stich lassen, die von mir abhängig sind, und auf Jagd nach Abenteuern gehen. Aber wäre ich glücklich, wenn ich mein Wort brechen würde?« fragte Conan bedrückt.
Alaric lächelte. Obwohl Conan noch keine fünfundzwanzig war und schon viel Verantwortung übernommen hatte, war das nicht der Grund für sein Elend. Es widerstrebte ihm, seine eigenen Wünsche durchzusetzen und den richtigen Weg für sein Leben zu wählen.
»Wenn keiner da wäre, für den du sorgen mußt, wem würdest du dann dienen?« fragte Alaric.

»Dann trüge ich Verantwortung für andere«, entgegnete Conan gereizt und verärgert darüber, daß sein Vater wieder einmal in Rätseln sprach. Es zählte zu Alarics Angewohnheiten, diese kleinen Netze zu spinnen und seinen Sohn nach den richtigen Antworten suchen zu lassen. Er gab ihm nie einen direkten Rat.
»Ja, natürlich wird es andere geben«, bestätigte Alaric. »Solange du so bereitwillig auf die Forderungen anderer eingehst, wird sich immer jemand finden, dem du dienen kannst. Aber ich glaube, es gibt nur einen Mann, der dir den gerechten Lohn für deine Loyalität geben kann.«
»Der König? Er hält mich doch für einen Feigling und Narren!«
»Nicht der König«, antwortete Alaric.
»Wer dann?« wollte Conan ungeduldig wissen.
»Wenn du ihm begegnest und ihm aufrichtig dienst, wirst du die Last, die dir andere aufbürden, leichter tragen können.«

Am Tag vor ihrer Abreise aus der Stadt brachte Tedric Chandra in Alarics Haus, damit sie Edwina einen Besuch abstatten konnte. Diese freundliche Geste überraschte alle.
Dort sprach er mit Alaric: »Milord«, sagte er demütig, »es bedrückt mich, daß ich Euch verärgert habe. Bitte verzeiht mir mein schlechtes Benehmen.«
Alaric hörte sprachlos diese entschuldigenden Worte und sah Tedric skeptisch an. »Unsere Freundschaft wurde zerstört«, sagte er. »Die Tür zwischen Eurem Vater und mir bleibt geschlossen.«
»Daran trage ich keine Schuld«, sagte Tedric. »Ihr hättet die Tür ebenso geschlossen, hätte ich Conan fälschlicherweise beschuldigt. Aber unsere Gemahlinnen sind Schwestern. Sollte zwischen unseren Familien nicht wenigstens Frieden herrschen?«
Alaric nickte. »Mein Haus steht Euch offen, wenn Ihr in friedlicher Absicht kommt. Aber ich werde nicht versuchen, den Bruch mit Theodoric zu kitten. Und ich kann bei Conan kein gutes Wort für Euch einlegen.«
Tedric verneigte sich lächelnd, und der alte Herr zog sich zurück.

Conan verabschiedete sich nur höflich von Chandra und würdigte Tedric keines Blickes.
Auch Udele hätte gern eine Begegnung mit Tedric vermieden, denn ihr lag von allen am wenigsten daran, ihn zu sehen. Aber als er darum bat, ein paar Worte mit ihr sprechen zu dürfen, konnte sie ihn nicht abweisen, ohne Aufsehen zu erregen.
»Ihr seid von Euren Schulden befreit, Lady«, flüsterte er ihr zu.
»Ihr bekennt also Farbe«, fauchte sie. »Ich wußte, daß Ihr nicht aus freundlichen Beweggründen gekommen seid!«
»Richard erhebt Anspruch auf die Schuldscheine der Geldverleiher«, drohte er. »Eurer wird darunter sein, fürchte ich. Obwohl es für den König nicht leicht sein wird, den Mittelsmann ausfindig zu machen, der das Geld für Euch auslieh, würde ein kleiner Hinweis von mir die wahren Hintergründe aufdecken. Mit einem kleinen Geschenk könnt Ihr mein Schweigen erkaufen«, flüsterte Tedric.
»Ich habe nichts!« protestierte sie.
»Wie steht es dann um Eure Zukunft, wenn Alaric und Conan von Euren Machenschaften erfahren?«
Udeles Augen funkelten vor Haß.
»Verlangt nicht zuviel von mir, Tedric«, warnte sie. »Mich dem Unmut meines Gemahls und meines Sohnes auszusetzen könnte für mich der bessere Handel sein.«
Udele sah Tedric mit kalten Augen nach. Sie war eine der wenigen, die wußten, in welcher Falle Chandra wirklich gefangen war.

14

Sir Tedric verwendete das Geld, das er besaß, für die Aufstellung eines kleinen Söldnertrupps. Es gab genügend junge Männer, die lieber in die Dienste eines Ritters in England traten, als in den Krieg zu ziehen. Er bezahlte Richard den Schildpfennig und hielt mit zwanzig Männern im Gefolge Einzug in Cordell. Chandra ritt mit starrem Gesicht hinter ihm. Aber Wynne freute sich, wieder nach Hause zu kommen, und winkte mit strahlendem Lächeln jenen Dorfbewohnern zu, die am Straßenrand ihre Heimkehr beobachteten.
Tedric war äußerst gespannt, seinen Besitz in Augenschein zu nehmen, und ritt gleich nach der Ankunft mit ein paar Männern ins Dorf. Chandra sagte zu Wynne: »Wenn du Sir Tedric etwas über unsere Waldhüter sagst, verprügele ich dich mit eigenen Händen!«
»Aber Lady, er ist ...«
»Hier bin ich die Herrin, und er ist nur mein Gemahl. Ich regiere diese Burg. Und du wirst meine Anordnungen befolgen.«
»Ja, Lady, aber ich denke ...«
»Überlaß das Denken mir, Wynne. Ich muß sofort deinen Vater sprechen. Bring ihn zu mir, ehe Tedric zurückkommt.«
Wynne schüttelte verwirrt den Kopf und eilte zu dem kleinen Haus, in dem ihr Vater, Sir William, lebte.
Chandra sah sich in der Halle um. Agnes, Williams Frau und loyale Verwalterin von Cordell, hatte zusätzliche Bänke und Tische aufstellen lassen.
»Die Eigentümer dieser Burg waren stets mit deinen Diensten zufrieden, Agnes. Und ich bezweifle nicht, daß auch ich mit dir zufrieden sein werde. Wenn Master William kommt, dann schick ihn in mein Gemach.«

Chandra ging in die Vorratskammer, holte das dort verwahrte Geld und steckte es in einen Beutel. Sie hoffte zwar, daß sich diese Vorsichtsmaßnahme als unnötig erweisen würde, aber sie wollte Tedric den Zugriff zu allen Einkünften von Cordell verwehren.

Kurz darauf trat Master William in ihre Kammer. »Wir haben nicht viel Zeit«, sagte sie und deutete auf einen Stuhl vor ihrem Schreibtisch. »Mein Gemahl, Sir Tedric, hat einen Söldnertrupp mitgebracht.«

»Ich habe ihn gesehen, Lady.«

»Ich glaube, er will die Männer als Aufseher einsetzen«, sprach Chandra weiter.

»Und was wird mit den Waldhütern? Und den Männern an der Küste?«

Chandra seufzte. »Wir wollen meinem Gemahl nicht die kleinen Geheimnisse von Cordell enthüllen. Achte darauf, daß deine Leute sich möglichst unbemerkt im Wald bewegen. Und das hier«, sie schob ihm den Beutel mit Münzen zu, »verwahre als Reserve für Notfälle.«

William sagte überrascht: »Ihr vertraut Eurem Gemahl nicht? Eure Ehe ...«

»... wurde mir gegen meinen Willen aufgezwungen«, vollendete Chandra den Satz und wich Williams Blick aus. »Aber ich hoffe, daß er sich als guter Burgherr erweisen wird. Trotzdem möchte ich Vorkehrungen treffen, damit wir auf alle Eventualitäten vorbereitet sind.«

William sah sie besorgt an.

»Vielleicht tue ich Sir Tedric unrecht, William. Ihm gehört nun diese Burg ebenso wie mir. Er hat mir zwar zugesichert, daß ich meine Mitgift nach eigenem Gutdünken verwalten kann, aber ich weiß, daß er grausam und hinterhältig sein kann. Weißt du, warum ich dich warne?« fragte sie.

»Ich glaube, ich habe Euch verstanden, Lady«, antwortete er.

»Natürlich könnte ein aus dem Hinterhalt abgeschossener Pfeil meine Probleme, so wie ich sie sehe, lösen, aber damit würden wir die Bewohner von Cordell in Gefahr bringen.«

»Ja, Lady«, sagte William und stand auf. »Und im Fall eines Aufruhrs, können wir da mit Unterstützung rechnen?«
»Medwin ist alt. Er braucht die Männer unter seinem Kommando für den Schutz von Phalen. Ich kann nicht auf seine Hilfe zählen.«
»Und Sir Conan?« fragte William.
Ihre Augen bekamen einen verschwommenen Ausdruck, sie richtete ihren Blick in die Ferne. Dann griff sie nach einem Federkiel und kritzelte etwas auf das vor ihr liegenden Pergament. »Mit dieser Bürde könnte ich Sir Conan nicht belasten. Du ahnst nicht, welche Ausmaße ein Krieg zwischen Lehnsgütern annehmen könnte.«
»Ja, Lady«, entgegnete William, verstand aber nicht den Sinn ihrer Worte. Ein Aufruhr würde nicht auf die Grenzen von Cordell beschränkt bleiben, sondern könnte leicht zu einer Familienfehde zwischen Alaric und Theodoric führen. Auch bestand die Gefahr, daß Conan seinen gesamten Besitz verlor. Und Chandra wollte nicht, daß er dieses Risiko für sie einging.
William steckte den Beutel in seinen Gürtel. Er verneigte sich und wollte gerade gehen, als die Tür aufgestoßen wurde und Tedric eintrat.
Chandra erhob sich. »Milord«, sagte sie widerstrebend, denn sie konnte sich nur schwer an den Titel gewöhnen, mit dem sie Tedric nun anreden mußte. »Master William ist unser oberster Jagdaufseher. Er versorgt unsere Tafel mit allem, was Wald und Wiesen an Beute zu liefern haben.«
»Nahrung interessiert mich nicht«, sagte Tedric und warf seine Handschuhe auf ihren Tisch. »Ich verstehe jetzt, warum dein Vater so auf deine Verheiratung drängte. Diese Stadt ist wie ein schlafendes Raubtier. Meine Männer werden hier für Ordnung sorgen.«
»Danke, Master William. Du kannst gehen.« Chandra wandte sich ihrem Mann zu. »Es ist mir eine Beruhigung, daß Ihr den Schutz dieser Burg übernommen habt«, sagte sie.
»Es ist nur ein kleines Gut, wird mir aber genügen«, antwortete er.

»Wir könnten es vergrößern«, schlug sie vor. »Ländereien hinzukaufen ...«
»Ich gedenke nicht, meine Zeit mit der Verwaltung dieses unbedeutenden Landsitzes zu vertrödeln. Es gibt andere Besitztümer ...«
»Tedric, deine Träume sind größer als deine Fähigkeiten ...«
»Die wunderschöne Chandra«, sagte er sarkastisch und streichelte ihre Wange. »Du bist daran gewöhnt, daß man deine Schönheit und Stärke preist, nicht wahr? Du hast dich in den bewundernden Blicken der jungen Männer gesonnt. Bald wird es dir vergehen, dich wie eine Prinzessin zu fühlen.« Er ging zu der Verbindungstür zwischen den beiden Gemächern. »Schick Wynne zu mir«, sagte er. »Ich brauche sie.«
»Tedric, sie ist ein junges Mädchen und weiß nichts von ...«
»Sei unbesorgt, Chandra. Das Mädchen weiß mehr, als du ihr zutraust. Sie würde dir deine Einmischung nicht danken.«
»Du darfst ihre Naivität nicht ausnutzen. Sie weiß nicht ...«
»Nun gut, dann suche ich sie selbst«, sagte er und verließ den Raum.
Von Panik erfüllt lief Chandra in die Halle hinunter und traf Wynne bei ihrer Mutter an. Sie nahm das Mädchen mit in ihr Gemach und ließ es in den folgenden Tagen nicht aus den Augen. Tedric beobachtete amüsiert, wie Chandra das Mädchen unter ihre schützenden Fittiche nahm und sogar ein Bett für sie in ihrem Schlafgemach aufstellen ließ. Doch eines Nachts kam Tedric herein und schickte das Mädchen hinaus. Er benutzte Chandras Körper zur Befriedigung seiner Lust, so wie er ihre Ländereien benutzte, um Geld für einträglichere Unternehmen zu gewinnen.
Chandra riet Wynne eindringlich, ihrem Herrn aus dem Weg zu gehen und jedes Alleinsein mit ihm zu vermeiden. »Er sieht dich auf eine Weise an, die mir Angst einjagt«, sagte sie warnend.
Aber Wynne entgegnete vorwurfsvoll: »Ihr tut Sir Tedric unrecht, Lady. Er war immer nur freundlich zu mir.«
Chandra versuchte vergeblich, dem Mädchen die Augen zu öff-

nen, denn Tedric verhielt sich den Burgbewohnern gegenüber tatsächlich wie ein ehrenhafter und ritterlicher Herr, der danach trachtete, das Vertrauen und die Zuneigung seiner Untertanen zu gewinnen.
Aber es verging kaum eine Woche, da kam Wynne eines Morgens mit verheulten Augen in Chandras Gemach.
Chandra saß auf dem Bett, während Wynne vor ihr kniete und ihr die Schuhe überzog. Sie legte einen Finger unter das Kinn des Mädchens und hob ihr Gesicht zu sich empor. »Wynne?« fragte sie sanft und unterdrückte einen Aufschrei, als sie den blauen Fleck auf Wynnes Wange sah.
Wynne barg schluchzend ihr Gesicht in Chandras Schoß, die zart über ihr Haar streichelte.
»Hat er dir sehr weh getan?« fragte sie schließlich.
Wynne wagte nicht, ihrer Herrin in die Augen zu sehen, und sagte mit erstickter Stimme: »Er hat mich nur einmal geschlagen.«
»Sieh mich an, Wynne.«
»Lady«, sagte das Mädchen gepreßt. »Ich kann nicht.«
»Sieh mich an. Dich trifft keine Schuld.«
»Lady, Ihr müßt mich hassen. Wie töricht ich gewesen bin.«
»Ich hasse dich nicht«, tröstete Chandra sie. »Sir Tedric weiß sehr geschickt seine Grausamkeit zu verbergen.«
»Ihr habt mich gewarnt«, schluchzte Wynne.
»Ich hätte dich fortschicken sollen, als ich die ersten Anzeichen bemerkte. Doch ich dachte, er wollte dich in sein Bett locken, und konnte nicht ahnen, daß er dich vergewaltigen würde.«
»Ich schäme mich so.«
»Dafür gibt es keinen Grund. Du kannst nichts dafür, was er dir angetan hat. Bleib in Zukunft in meiner Nähe und geh ihm aus dem Weg.«
»Jetzt spielt es doch keine Rolle mehr«, sagte Wynne kläglich. »Für die Ehe bin ich verdorben, er kann mir nichts mehr antun.«
»Du bist nicht seine Leibeigene«, sagte Chandra streng. »Du

stehst in meinen Diensten und bist Sir Tedric keinen Gehorsam schuldig. Wissen deine Eltern davon, Wynne?«

Das Mädchen schüttelte den Kopf.

»Ich werde mich darum kümmern«, sagte Chandra entschlossen.

Sie begegnete Tedric später in der Halle. Träge lächelnd lehnte er am Kamin. Er hatte ein perverses Vergnügen daran, daß seine Schandtat aufgedeckt worden war. Chandras zorniger Blick gab ihm recht.

»Wohin des Wegs so früh am Morgen, Milady?« fragte er unverschämt.

»Ich werde Master William ersuchen, wegen der Vergewaltigung seiner Tochter keine Rache an Euch zu üben. Ich hoffe, er schenkt meiner Bitte Gehör.«

Tedric warf den Kopf zurück und lachte schallend. »Rache? Von einem Leibeigenen?«

»Ihr seid ein größerer Narr, als ich angenommen hatte, Milord«, sagte Chandra mit verkniffenem Mund. »Fürchtet Ihr nicht den Pfeil, der aus dem Hinterhalt abgeschossen wird, wenn Ihr durch den Wald reitet? Oder das Messer, das Euch während der Messe in den Rücken gestoßen wird? Tedric, Eure Wachen bieten Euch wenig Schutz vor den einfachen Dorfleuten, denen Ihr täglich, sogar hier in der Burg, begegnet.«

»Sollte mir ein Leid geschehen, so werden mein Vater und meine Brüder Vergeltung üben. Ein Leibeigener würde es niemals wagen, seinen Herrn heimtückisch zu ermorden.«

Chandra sah ihm in die kalten grauen Augen und sagte warnend: »Doch, Tedric, wenn Ihr ihm alles nehmt. Dann wird er sein Leben der Rache opfern.«

Zur Weihnachtszeit stürmten eisige Winde übers Land. Das Dorf Stoddard versank im Schnee, und die Bewohner froren in ihren Hütten. Auch in der Burghalle war es kalt, denn das lodernde Kaminfeuer wärmte kaum die kalten Gemäuer. Viele Dorfbe-

wohner suchten Schutz vor der Kälte in der Burg, denn in ihren ärmlichen Behausungen wären sie erfroren.
Lady Edwina verteilte heiße Suppe an die auf dem Boden zusammengekauerten Leute und gab ihnen Decken und Umhänge, damit sie sich warm einhüllen konnten.
Es geschah nicht oft, daß die Burg Gäste beherbergte, denn es wurden keine Feste auf Stoddard gefeiert, und nur gelegentlich bat ein Reisender um Unterkunft, denn im Dorf gab es kein Gasthaus.
Die Tür zur Halle öffnete sich, und kalter Wind fegte herein. Conan schüttelte den Schnee von seinem Umhang. In seinem dunklen Bart hingen Eiskristalle. Ein Dienstbote nahm ihm den Umhang ab und legte ihn vor den Kamin zum Trocknen. Edwina eilte sofort zu Conan.
»Im Frühjahr müssen wir als erstes dafür sorgen, daß diese armen Leute anständige Unterkünfte bekommen. Ihre Hütten bieten keinen Schutz vor dem kalten Wetter«, sagte sie. »Das Kind dort«, sie deutete auf einen Jungen, der auf einem Strohballen vor dem Feuer lag, »ist halb erfroren. Warum sind die Leute nicht früher in die Burg gekommen?«
Conan lächelte seine Frau liebevoll an. Ihre Sorge um die Dorfbewohner wärmte sein Herz.
»Ich habe ihnen oft genug gesagt, daß sie jederzeit hier Zuflucht suchen können.«
»Schick doch einige Männer vor Einbruch der Nacht ins Dorf, um jene zu holen, die es nicht wagten hierherzukommen.«
»Wie du befiehlst, Madam«, sagte er mit glänzenden Augen.
»Conan, du frierst sicher«, sagte sie und legte eine Hand auf seinen Arm. »Komm ans Feuer.«
Während er sich am Kamin aufwärmte, kniete sie neben dem Jungen auf dem Strohsack und sprach mit seiner Mutter. Dann kümmerte sie sich um das Wohlergehen anderer. Conan beobachtete sie dabei. Der Sturm würde nicht lange anhalten, daher gab es keinen Grund zur Sorge. Aber es erfüllte ihn mit Stolz, daß sich seine Frau so um die Leute kümmerte. Erst allmählich

begann er zu begreifen, wie sehr ihm Edwina gefehlt hatte, als sie in Anselm war.

Als die Dunkelheit hereinbrach, ließ sich Edwina in einen Sessel vor dem Feuer sinken und trank einen Becher heißen Wein. In ihrem leicht gewölbten Leib spürte sie leise Bewegungen. Ein Lächeln erhellte ihr Gesicht. Es wird ein gesundes, kräftiges Kind, versicherte sie sich. Es bewegt sich und ist bestimmt ein Knabe. Das Unwohlsein der ersten Wochen ihrer Schwangerschaft war vergangen, und jetzt freute sie sich über jeden Stoß, den sie in ihrem Leib verspürte.

»Du bist sicher müde von der anstrengenden Arbeit«, sagte Conan.

»Ja. Es war ein langer Tag.«

Er kniete sich neben ihren Stuhl und strich ihr eine Haarlocke aus der Stirn. Sie nahm seine Hand und legte sie auf ihren Leib, damit er die Bewegungen des Kindes fühlen konnte.

»Den ganzen Tag hat es sich ruhig verhalten«, sagte sie. »Aber kaum gönne ich mir etwas Ruhe, fängt es an zu strampeln. Es wird ein sehr lebhafter Sohn werden, denk an meine Worte.«

»Ich bin sehr stolz auf dich, Edwina. Du hast dich aufopferungsvoll um die Dorfbewohner gekümmert.«

Sie lachte zufrieden und küßte die Innenfläche seiner Hand. Mit einem Funkeln in den Augen, das er noch nie an ihr gesehen hatte, sah sie ihn an. »Ich wußte gar nicht, welche Kräfte in mir schlummern. Es macht mir Freude, deine Sorgen und Pflichten zu teilen.« Sie lächelte ihn an und sagte zärtlich: »Ich war noch nie so glücklich, Conan.«

»Überanstreng dich nicht. Komm, ich bringe dich ins Bett. Denk daran, du mußt vor allem um das Wohlbefinden unseres Sohnes besorgt sein.«

In ihrem Schlafgemach war es bitterkalt. Edwina schlüpfte rasch in ihr warmes Nachtgewand aus schwerem Musselin und schmiegte sich eng an Conan, der sie liebevoll umarmte. Obwohl er sie immer freundlich und zuvorkommend behandelt hatte, schien er ihr während der vergangenen zwei Monate mehr Zu-

neigung entgegenzubringen. Er suchte oft ihre Nähe und freute sich, daß ihr keine Anstrengung, die die Führung des Haushaltes mit sich brachte, zuviel war. Durch die Schwangerschaft war ihr sonst schmales Gesicht etwas runder geworden und hatte Farbe bekommen. Die Erleichterung, hier bei Conan sein zu dürfen und nicht mehr Udeles Schikanen ausgesetzt zu sein, hatte sie fröhlicher gestimmt, und es machte ihr Freude, Conan liebevoll zu umsorgen. Endlich hatte sie das Gefühl, ein wertvoller Bestandteil seines Lebens zu sein.
Als sie neben ihrem Mann im Bett lag — ihr Kopf ruhte an seiner Schulter —, fühlte sie die Sicherheit und Geborgenheit ihrer Liebe. Wenn unser Sohn geboren ist, dachte sie kurz vor dem Einschlafen, wird Conan ihn Ehrgefühl und Tapferkeit lehren. Und ich die Liebe.

Der Sturm hatte nachgelassen. Ein von dunklen Wolken verhangener Himmel wölbte sich jetzt über dem zugeschneiten Dorf und der Burg von Stoddard. Die Leute kehrten in ihre Häuser zurück. Es wurden emsig Vorbereitungen für das Weihnachtsfest getroffen. Brot wurde gebacken und Ale gebraut. Die Fürsorge, die Conan und Edwina während des stürmischen Wetters für ihre Untertanen gezeigt hatten, zerstreute das anfängliche Mißtrauen dem neuen Herrn und der neuen Herrin gegenüber und war unerschütterlichem Respekt und Zuneigung gewichen.
Lady Edwinas Anwesenheit, ihre freundliche Art und ihr stilles Glück über die bevorstehende Mutterschaft weckten das Mitgefühl der Frauen. Sir Conan strahlte ebenso eine ungewohnte Zufriedenheit und Ruhe aus, die seine Untergebenen vorher nicht an ihm gekannt hatten. Seine nervöse Energie und rastlose Art hatten sich in Gelassenheit verwandelt. Er arbeitete nicht mehr bis spät in die Nacht, sondern zog sich früh in sein Schlafgemach zurück, wo ihm Edwinas liebevolle Zuneigung Ruhe schenkte.
Ein Reiter brachte Conan die Nachricht, daß seine Mutter und Schwester nach Stoddard kommen würden, um Edwina bei den Weihnachtsvorbereitungen zu helfen. Sir Mallory war kurz nach

König Richard im Dezember abgereist, und Edythe, die sich einsam fühlte, wollte die Feiertage bei ihnen verbringen.

»Conan, du mußt ihnen schreiben, daß ich keine Hilfe brauche. Ich komme gut allein zurecht«, sagte Edwina mit zitternder Stimme. Allein der Gedanke an Udeles Anwesenheit verursachte ihr Übelkeit.

Conan lachte leicht und berührte ihre Wange. »Mit ihrem Besuch will sich Mutter wohl eher über die Umstände hier auf Stoddard ein Bild machen. In ihren Augen besitzt diese Burg nicht viel Wert.«

»Ich glaube, sie kommt nur deinetwegen«, sagte Edwina.

»Ganz recht«, antwortete er lachend. »Ihr größtes Vergnügen liegt darin, mein Leben regeln zu wollen. Und solange ich lebe, wird sie mir gute Ratschläge erteilen.«

»Und das stört dich nicht?« fragte Edwina.

»Ihre Einmischung hat mehr als einmal mein Leben durcheinandergebracht«, sagte er mit einem Schulterzucken. »Es macht ihr Spaß, und ich kann es ertragen.«

Aber ich nicht, dachte Edwina verzweifelt. »In Lady Udeles Gegenwart fühle ich mich unfrei und befangen«, seufzte sie. »Ich glaube, sie mag mich nicht.«

»Unsinn«, entgegnete er. »Sie würde sich nicht um dein Wohlergehen sorgen, wenn sie dich nicht gern hätte.«

»Aber deswegen kommt sie doch nicht«, platzte Edwina heraus.

Conan sah seine Frau verwirrt an, die nervös die Hände rang und nach passenden Worten suchte. Er hob fragend die Brauen und fragte: »Warum dann?«

»Sie war nicht immer freundlich zu mir, Conan«, gestand sie zögernd.

Er verschränkte die Arme vor der Brust und wartete geduldig auf eine nähere Erklärung.

»Sie hat grausame Dinge zu mir gesagt, wegen meiner ständigen Krankheiten, dabei bestand sie dauernd darauf, daß ich das Bett hüte — vor allem, wenn du in der Nähe warst. Wie hat sie mich verachtet, weil ich dir kein Kind geboren habe, und gleichzeitig paßte es ihr nicht, wenn wir das Bett teilten. Und jeden Morgen hat sie mich über die intimsten Dinge ausgefragt. Conan, nur in deiner Gegenwart war sie freundlich zu mir, aber sobald du uns den Rücken kehrtest, traf mich ihre ganze Grausamkeit. Sie haßt mich. Ich kann ihr nichts recht machen ...«

Nach diesen anklagenden Worten schwieg Conan eine Weile, und fragte dann skeptisch: »Übertreibst du nicht etwas?«

»O nein, Conan. Edythe war oft Zeugin ihres feindseligen Verhaltens mir gegenüber.«

»Und warum hast du dich mir nicht früher anvertraut?«

»Ach, Conan, weil du sie liebst. Und ich hatte Angst.« Sie ließ den Kopf sinken und fügte leise hinzu: »Ich hatte Angst, du würdest mir nicht glauben.«

Er hob ihr Gesicht empor. »Du hast mich nie belogen. Warum sollte ich dir nicht glauben?«

»Weil du in deiner Mutter immer nur die große Dame gesehen hast«, sagte Edwina traurig. »Und sie ist eine große Dame — in ihrer Burg, für ihre Familie. Anscheinend gelingt es nur mir nicht, ihre Gunst zu gewinnen.«

Er lächelte. »Sie spielt ihre Rolle sehr gut«, sagte er gelassen. »Aber ich habe oft erlebt, wie sie ihre Autorität mißbraucht hat, und kenne auch ihre üblen Charaktereigenschaften.«

»Wirst du sie bitten, nicht zu kommen?« fragte Edwina kläglich.

Er küßte sie zärtlich auf die Wange. »Nein, das kann ich nicht. Es wäre für sie eine zu schlimme Beleidigung. Und mein Vater würde mir deswegen Vorhaltungen machen. Aber du bist hier die Herrin, Edwina. Ich verspreche dir, Madam wird dich gut behandeln, oder ich schicke sie wieder nach Hause.«

Die ersten Tage von Udeles und Edythe Besuch verliefen recht harmonisch. Doch plötzlich passierte etwas äußerst Merkwürdiges. Edwina fühlte sich eines Morgens unwohl und setzte sich auf einen Stuhl, um auszuruhen. Ihr war heiß. Schweiß bedeckte ihre Stirn. Um sich abzukühlen, trat sie ans Fenster, dann sank sie ohnmächtig zu Boden.

Conan trug seine Frau in ihr Schlafgemach zurück und wartete an ihrem Bett, bis ein feuchtes Tuch geholt wurde, womit man ihr die Stirn kühlte. Edwina hatte kein Fieber. Sie erholte sich rasch.

Conan fragte sie besorgt: »Bist du krank?«

»Ich glaube nicht«, antwortete Edwina. »Es geht mir wieder gut.«

»Du bleibst heute im Bett«, befahl er. »Ich erlaube dir erst aufzustehen, wenn ich davon überzeugt bin, daß dir nichts fehlt.«

Er blieb bei ihr, während die Frauen sie auszogen und ihr ein Nachthemd überstreiften. Ihre Unterkleider waren mit Blut befleckt. Beide starrten angsterfüllt und entsetzt darauf.

»Es darf nicht sein. Nicht schon wieder!« flüsterte Edwina verzweifelt. »Dieses Kind werde ich *nicht* verlieren! Und wenn ich bis Ostern das Bett hüten muß, dieses Kind werde ich gebären!«

Edwina bestand darauf, daß auch ohne sie das Weihnachtsfest gefeiert wurde. Sie blieb vorsichtshalber im Bett, obwohl es ihr gutging. Das Kind bewegte sich in ihrem Leib, und das stimmte sie froh. Sie war fest entschlossen, dieses Kind gesund zu gebären.

»Wie gut, daß ich hier bin«, sagte Lady Udele. »Habe ich doch geahnt, daß sie mich brauchen wird.«

»Ich vertraue darauf, daß Ihr Edwina mit größter Fürsorge behandelt«, sagte Conan streng. »Sagt nichts, was sie aufregen könnte.«

Während zwölf Tagen blieb Edwina die meiste Zeit im Bett. Conan trug sie gelegentlich in die Halle hinunter, damit sie etwas Gesellschaft hatte. Trotz dieser mißlichen Umstände war Edwina heiter und gelöst.

»Es geht mir gut«, versicherte sie immer wieder. »Auch meine Mutter hatte während ihrer Schwangerschaften Schwierigkeiten und mußte viel liegen. Es macht mir nichts aus.«

»Deine Mutter hat keine Söhne geboren«, bemerkte Udele.

Conan warf ihr einen mißbilligenden Blick zu. »Und wenn mir keine Söhne geboren werden, Madam, so werden meine Töchter anderen Familien eine stolze Mitgift bringen«, sagte er ungehalten. »Und Galen wird dafür sorgen, daß unser Name weiterbesteht.«

Udele versteifte sich bei dieser schroffen Zurechtweisung durch ihren Sohn. Ihr war nicht entgangen, daß das Band zwischen dem Ehepaar stärker geworden war. Mit dieser Möglichkeit hatte sie nicht gerechnet.
»Ich habe keine Angst, Madam«, sagte Edwina voller Vertrauen. »Ich werde Conan einen Sohn schenken. Ihr werdet sehen, zu Ostern seid Ihr Großmutter.« Udele richtete sich kerzengerade auf und preßte die Lippen grimmig zusammen. Sie starrte Edwina eine Weile schweigend an. Dann sagte sie: »Ich hoffe, du hast recht, Liebes. Ich hoffe, daß alles gutgeht.«
Edwina antwortete zuversichtlich. »Macht Euch keine Sorgen. Ich werde dieses Kind gebären.« Dann berührte sie Conans Arm und sagte lachend: »Ich habe gelernt, den Haushalt vom Bett aus zu führen, so wie es meine Mutter jahrelang tat.«
»Ja, Millicent war eine starke Frau«, bestätigte Conan. »Ihr mangelte es zwar an körperlichen Kräften, aber sie war Phalen trotzdem eine gute Herrin. Und Edwina ist ihren Aufgaben ebenso gewachsen.«
Udele lächelte dem Paar zu, aber innerlich wurde sie von Haß zerrissen. Sie konnte sich noch gut an Millicent erinnern. Medwin hatte sie angebetet. Es gehörte keineswegs zu ihrem Plan, daß Edwina immer mehr wie ihre Mutter wurde. Und sie konnte es nicht ertragen, Conan als fürsorglichen und liebevollen Ehemann zu sehen. Sie hatte von ihm mehr Ehrgeiz erwartet, hatte gehofft, er würde seine ganze Kraft für die Vergrößerung des Besitzes einsetzen, anstatt hier in dieser ärmlichen Burg seine Zeit zu vergeuden. Er war beeinflußbar, aber nur, wenn sie in seiner Nähe weilte. Allein sie konnte ihn davon überzeugen, was für sein Leben und seine Zukunft am besten war.
»Mallory ist seit über einem Monat fort«, sagte Conan zu seiner Schwester. »Wie geht es dir ohne ihn?«
»Ich fühle mich einsam«, sagte Edythe sanft. »Aber ich bin für die Zeit dankbar, die wir zusammen verbringen durften. Und ich freue mich darauf, wenn er wieder bei mir ist.«
»Du bist hier jederzeit willkommen«, sagte Conan. »Und Ihr,

Madam«, fügte er hinzu und wandte sich an seine Mutter, »solltet an Vater denken, der allein in Anselm weilt. Wahrscheinlich sehnt Ihr den Tag herbei, an dem Ihr nach Hause zurückkehren könnt.«

Udele sah ihn entgeistert an. »Wie kann ich abreisen, solange Edwina bettlägerig ist?« fragte sie fassungslos.

»Ihr könnt nicht mehr tun für sie als die Dienstboten«, entgegnete Conan. »Und sollte ich Stoddard für eine Weile verlassen müssen — was ich bezweifle, denn es ist Winter —, kann sich Edythe um meine Frau kümmern.«

»Conan, wäre es nicht besser, du würdest Edwina nach Anselm bringen, damit ich ihr jede erdenkliche Pflege zuteil werden lassen kann?« fragte Udele protestierend.

»Das kommt überhaupt nicht in Frage, Madam. Sie möchte nicht getrennt von mir leben, und mein Zuhause ist jetzt hier.«

»In dieser armseligen Burg? Ich habe dich für größere Aufgaben erzogen. Anselm ist dein Zuhause! Setz einen Burgvogt hier ein, damit du deinen Vater entlasten kannst. Er braucht deine Hilfe.«

Conan lachte seine Mutter an. »Madam, über ein Jahr bin ich dauernd zwischen Stoddard und Anselm hin- und hergeritten, und Vater hat nie meiner Hilfe bedurft. Er verwaltet seine Besitztümer so gut wie eh und je. Aber wenn Ihr Euch solche Sorgen um ihn macht, müßt Ihr nach Hause eilen und Euch um ihn kümmern.«

Udeles Gesicht lief vor Zorn rot an. »Bald wirst du nach Hause kommen müssen, Conan. Dein Vater altert, obwohl du das nicht zur Kenntnis nehmen willst.«

»In ein paar Jahren ist Galen erwachsen genug, um Anselm zu verwalten«, antwortete Conan gleichgültig.

»Galen?« fragte sie.

»Ich habe nicht gesagt, daß ich ihm mein Erbe abtreten will, aber mir gehört auch noch Phalen, und Medwin braucht meine Hilfe dringender als Vater. Vergeßt nicht, Madam, Ihr habt zwei Söhne und Medwin keinen.«

In Udeles grünen Augen funkelte ein merkwürdiges Licht. »Ich habe Angst, deinem Vater diese Nachricht zu überbringen. Es könnte ihn töten.«
Conan lächelte träge. »Ihr macht Euch unnötige Sorgen. Vater kennt meine Pläne und ist damit einverstanden.«
Ihre Augen schossen Blitze. »Und ihr habt diese Abmachung vor mir verheimlicht? Anselm ist schließlich auch mein Zuhause und wird es wohl für den Rest meines Lebens bleiben. Meine Meinung darüber interessiert euch beide wohl gar nicht?«
»Doch, Madam. Wir haben Eure Position sorgfältig überdacht. Wärt Ihr alt und weniger fähig, würde ich persönlich die Verwaltung von Anselm übernehmen. Aber Ihr werdet Galen eine große Hilfe sein. Ihr seid nicht auf die Hilfe eines Mannes angewiesen, das habe ich oft genug bemerkt.«
»Aber Conan«, wandte sie ein, »denk doch an die großartigen Möglichkeiten, die sich dir bieten, wenn du hier in Stoddard einen Burgvogt einsetzen würdest! Du wärst frei von lästigen Pflichten und könntest deine ganze Kraft dafür einsetzen, deine Besitztümer zu vermehren. Und Anselm ist dein ansehnlichster und bedeutendster Besitz und sollte deshalb nur von dir verwaltet werden. Schick Galen nach Phalen und verwende deine Fähigkeiten ...«
Mit einem Schulterzucken gab ihr Conan zu verstehen, wie wenig ihn diese Vorschläge interessierten. »Mir reichen die Aufgaben, die ich zu bewältigen habe. Und sollte ich eines Tages Langeweile haben, kann ich mich immer noch nach weiteren Ländereien umsehen.« Er lachte. »Aber ich bezweifle, daß dieser Tag je kommen wird.«
»Du denkst nicht an mein Wohl«, warf ihm Udele bitter vor.
»Doch, Madam, Ihr werdet stets gut versorgt sein. Darauf gebe ich Euch mein Wort. Aber Eure Vorliebe, mich ständig in Eurer Nähe haben zu wollen, damit Ihr mit Euren Ratschlägen mein Leben beeinflussen könnt und ich Euer ehrgeiziges Vorhaben, noch mehr Reichtum anzuhäufen, befriedige, ist nicht Teil dieser Abmachung. Ich habe meine Entscheidung getroffen.«

Nach dem Abendessen trug Conan Edwina nach oben in ihr Schlafgemach, und Edythe begleitete sie, um ihr Gesellschaft zu leisten. Udele blieb allein in der Halle zurück.

Womit habe ich das verdient, dachte sie wütend. Er behandelt mich wie eine wertlose, alte Frau, obwohl ich in den besten Jahren stehe! Der große und ehrenhafte Ritter hat kein Interesse an Landbesitz, Macht und Reichtum, nachdem ich meine ganze Kraft dafür eingesetzt habe, ihn für eine einflußreiche und mächtige Position zu erziehen. Anstatt ein eigenes Reich zu gründen, verkriecht er sich zusammen mit seiner kränklichen Frau in Medwins ärmlicher Burg und besitzt keinen Ehrgeiz, es zu Ruhm und Ansehen zu bringen...

Sie ging in ihr Gemach hinauf und traf Conan vor Edwinas Schlafgemach. »Mutter«, sagte er ruhig, »Ihr werdet Euch keine Sorgen mehr um Vaters Gesundheit machen, wenn Ihr wieder bei ihm seid. Ihr werdet sicher nicht lange brauchen, um Eure Vorbereitungen für die Rückreise zu treffen.«

Udele sah ihren Sohn eindringlich an. In ihren Augen zeigte sich ihr innerer Aufruhr. Sie gab ihm keine Antwort, drehte sich um und ging in ihr Zimmer. Sie hatte ihre ganze Kraft und Hoffnung in Conan gesetzt und nie auch nur einen Gedanken daran verschwendet, daß er ihre Pläne und Ziele durchkreuzen könnte.

15

Das neue Jahr begann mit frostigem, kaltem Wetter, doch Sturmwolken bedeckten den Himmel nicht. Lady Udeles Heimkehr nach Anselm konnte nicht länger verschoben werden.
Als sie ihr Reisegepäck in ihrem Gemach betrachtete, krampfte sich ihr Magen zusammen, obwohl ihr Zorn etwas abgekühlt war.
Sie ging zu dem schmalen Fenster, schob den schweren Vorhang zur Seite und schaute in den Burghof hinunter. Conan half Edythe in den Sattel einer grauen Stute, bestieg dann seinen Hengst, um mit seiner Schwester an diesem kalten Wintertag auszureiten. Es war erst das zweite Mal während ihres Aufenthalts hier, daß Conan sich Zeit für Edythe nahm, aber für Udele war das ein ungeheurer Affront. Wie fürsorglich er diese jungen Frauen behandelte! Edwina lag wohlversorgt in ihrem Bett, und Edythe tröstete er über ihre einsamen Stunden hinweg. Verschwendete er je einen Gedanken an Geschäfte, an die Politik oder den Erwerb neuer Besitztümer?
Udele drückte eine Hand gegen ihre Brust, um ihr leidendes Herz zu besänftigen. Wenn ihr nur etwas mehr Zeit mit ihm bliebe, könnte sie ihm bewußt machen, was für eine großartige Zukunft ihm bevorstand.
Sie riß sich vom Fenster los und ging mit langen, entschlossenen Schritten in Edwinas Zimmer. Ihre Schwiegertochter saß aufrecht gegen die Kissen gelehnt in ihrem Bett, trug einen dunkelgrünen Morgenrock aus Samt und sah weder müde noch erschöpft aus. Ihre Wangen waren leicht gerötet, und ihr golden schimmerndes Haar fiel ihr auf die Schultern. Lächelnd sah

sie Conans Mutter entgegen. Ihre Augen glitzerten vor Lebenslust.

Trotz ihrer Enttäuschung und trübsinnigen Stimmung wußte Udele ihre Vernunft zu gebrauchen. Nur über Edwina würde sie jetzt noch etwas bei Conan erreichen können. Sie mußte sie zu ihrer Verbündeten machen. Sie erwiderte Edwinas Lächeln und küßte ihr die Stirn.

»Du siehst gut aus, meine Liebe«, säuselte sie.

»Es geht mir auch gut, Madam, aber ich möchte Conan nicht beunruhigen, deshalb bleibe ich noch ein paar Tage im Bett.«

Udele wandte sich mit einem Lächeln an Edwinas Zofe. »Es ist kalt«, sagte sie freundlich. »Ich hätte gern einen Becher heiße Milch.«

Die Zofe knickste und ließ beide allein. Udele setzte sich zu Edwina aufs Bett und nahm ihre Hand. »Edwina, meine Liebe, ich habe dir in der Vergangenheit stets geholfen, und jetzt ist es an dir, etwas für mich zu tun. Überrede Conan dazu, nach Anselm, zu seinem Vater und mir, zurückzukehren.«

»Madam, er weiß, was sein Vater von ihm erwartet, und würde keine Minute zögern, wenn Lord Alaric seiner Hilfe bedürfte. Ich würde ihn nicht hier zurückhalten. Natürlich würde ich darauf bestehen, daß er den Verpflichtungen seinem Vater gegenüber nachkommt.«

»Edwina, hör mir zu«, sagte Udele in einem ungewohnt demütigen Ton. »Nur wenn Conan nach Anselm zurückkehrt, wird er sehen, daß Galen nicht stark genug ist, um diesen Besitz zu verwalten. Wir müssen ihm klarmachen, daß Anselm, die größte und reichste seiner Liegenschaften, nur von ihm allein verwaltet werden kann. Dabei mußt du mir helfen.«

»Madam«, antwortete Edwina mit einer Strenge, die Udele nicht von ihr erwartet hätte. »Diese Angelegenheit können allein Conan und sein Vater entscheiden.«

»Aber seine Absicht, Phalen anstelle von Anselm, das ihm gehört, zu übernehmen, ist töricht!«

»Phalen bedarf seiner Hilfe«, sagte Edwina ruhig. »Lord Alaric ist einverstanden.«

»Alaric, dieser alte Narr!« fauchte Udele wütend und vergaß für einen Augenblick ihr Vorhaben, Edwina als Verbündete zu gewinnen. »Er hätte Conan im Namen des Kreuzes in irgendein heidnisches Land ziehen lassen, damit er durch das Schwert eines Ungläubigen stirbt! Du schuldest mir Dank dafür, daß Conan in England bleibt. Ich habe ihn dazu gedrängt, seine Frau nicht wegen eines törichten Krieges zu verlassen!«

Udele erhob sich vom Bett und schritt rastlos auf und ab. Als sie Edwina wieder ansah, antwortete diese lächelnd: »Ein törichter Krieg, Madam? Für Christus?« Traurig schüttelte sie den Kopf. »Ihr habt Conan nicht meinetwegen dazu überredet hierzubleiben, denn ich hätte ihn gehen lassen und für ihn gebetet. Ihr habt ihn um Euretwillen zurückgehalten.«

»Du undankbares Miststück«, zischte Udele. »Ich habe es dir ermöglicht, diese reiche Verbindung einzugehen. Du wärst jetzt die Frau dieses Idioten Tedric, wenn ich Conan nicht dazu ermutigt hätte, um dich zu werben!«

»Das weiß ich«, sagte Edwina. »Und ich frage mich heute noch, warum Ihr das getan habt.«

»Wegen Phalen! Ich konnte nicht untätig zusehen, wie Conan ein armes Mädchen heiratet, während Tedric die an unseren Besitz angrenzenden Ländereien zufallen. Welch eine Zukunft hätte mein Sohn dann gehabt?«

»Hättet Ihr die Entscheidung Conan überlassen, hätte er vielleicht eine reichere Frau geheiratet ...« entgegnete Edwina.

»Reicher? Pah! Welchen Reichtum bietet denn Cordell?« Udele warf Edwina einen erschreckten Blick zu, denn dieses Argument war ihr unbedacht entschlüpft.

»Cordell?« fragte Edwina. Ein Lächeln umspielte ihre Lippen, als sie die aufgebrachte Frau ansah. »Ach, Madam, habt Ihr befürchtet, Conan würde Chandra heiraten und Eurer Familie damit nur diesen armseligen Besitz einbringen?« Edwina lachte plötzlich. »Sie war in ihn verliebt, das stimmt, und Ihr glaubtet, er würde sie deswegen heiraten?«

»Ach, du dummes Frauenzimmer! Er liebt sie noch immer!«

»Milady«, sagte Edwina und schüttelte amüsiert den Kopf. »Conan mag Chandra – er hat immer viel von ihr gehalten. Aber habt keine Angst! Wir *alle* lieben sie sehr.«
»Du bist ein törichtes Kind!« sagte Udele hitzig. »Diese Liebe ist nicht so unschuldig, wie du annimmst! Tedric hat die beiden am Abend vor eurer Hochzeit belauscht. Conan schüttete ihr sein Herz aus. Er sagte, daß er seine Wahl zutiefst bereue und wünschte, er könnte es rückgängig machen, aber seine Ehre verbiete es ihm, das gegebene Wort zu brechen. Edwina, ich habe uns alle vor einer großen Schande bewahrt! Irgendwann hätte Conan sicher seiner Leidenschaft nachgegeben.«
Edwina runzelte leicht die Stirn und sah ihre Schwiegermutter eindringlich an.
»Edwina«, sagte Udele. »Merkst du denn nicht, wie er sie ansieht? Überall geht das Gerücht: Conan liebt deine Schwester!«
»Madam, und wie habt Ihr mich vor dieser Schande bewahrt?« fragte sie argwöhnisch.
»Ich habe Tedric zur Ehe mit deiner Schwester verholfen! Allein hätte er es nicht geschafft. Du brauchst also keine Angst mehr zu haben. Tedric wird sie nicht mehr aus den Augen lassen.«
»Das Geld, das er meinem Vater für Chandra bezahlte«, überlegte Edwina laut. »Ich hätte nicht gedacht, daß Ihr über eine derart große Summe verfügt.«
»Es war nicht schwierig, das Geld zu beschaffen. Ich habe es für dich und für Conan getan.«
»Für mich? Aber Madam, ich habe nie befürchtet, daß Conan mich verläßt. Doch es war edel von Euch, an mich zu denken, Milady. Wie ist es Euch nur gelungen, diese große Summe aufzubringen, mit der Tedric meinen Vater dazu gebracht hat, ihm Chandra zur Frau zu geben?«
»Ach, ich mache gelegentlich Geschäfte mit den Juden«, sagte Udele unbefangen. »Aber das darfst du Conan nicht erzählen. Er würde nicht verstehen, daß ich dabei nur an ihn gedacht habe.«
»An ihn? Natürlich, Madam, Ihr habt Euch Sorgen um ihn ge-

macht. Und wie wollt Ihr das Geld je zurückzahlen? Kann ich Euch dabei irgendwie helfen?«
Udele tappte in Edwinas Falle. »Die Schuld ist gelöscht. Der Geldverleiher wurde in dem Aufruhr getötet.«
Udele verschränkte die Arme vor der Brust und sah erstaunt, daß Edwina die Bettdecke zurückschlug und sich aufsetzte. »Es war wohl nicht zufällig derselbe Jude, den Tedric getötet hat?«
Udeles Augen wurden groß vor Entsetzen, als sie ihren Fehler merkte. Sie befürchtete das Schlimmste — Edwina würde dieses Geheimnis nicht für sich behalten. »Sei nicht töricht, Edwina! Conan hat Chandra geliebt. Ich wollte verhindern, daß er dich verläßt. Chandra wollte Tedric nicht heiraten, weil sie Conan noch immer liebt!«
»Madam«, sagte Edwina, stand auf und schlüpfte in ihre Hausschuhe, »Ihr seid betrogen worden. Tedric hat die Geschichte erfunden, um Geld von Euch zu erpressen. Und Ihr habt ihm geglaubt! Jetzt habt Ihr nicht nur das Geld, das Ihr ihm gegeben habt, verloren, sondern außerdem klebt auch noch das Blut des Geldverleihers an Euren Händen. Zweifelsohne hat Tedric den Mann getötet, um Euch von Euren Schulden zu befreien.«
»Belogen? Nein«, protestierte Udele. »Nein, er hat mich nicht belogen! Ich habe gesehen, mit welch einem Ausdruck in den Augen Conan deine Schwester anschaut. Edwina, bist du wirklich so verblendet?«
Edwina schüttelte den Kopf. »Ihr seid hereingelegt worden, Madam. Und das Schlimmste daran ist, daß Ihr meine Schwester zu einer Ehe mit einem Mörder gezwungen habt. Ich hoffe nur, es ist nicht zu spät, der Armen zu helfen.«
Edwina ging zur Tür, drehte sich aber noch einmal um, als sie Udeles schrilles und unheimliches Gelächter hörte. Ihre Schwiegermutter streckte ihr beide Hände entgegen. In ihrem Gesicht lag ein Flehen.
»Aber, liebste Edwina, mit dem Tod des Juden habe ich nichts zu tun«, sagte Udele beschwörend. »Mein Name steht in keinem Verzeichnis. Versteh doch, es trifft mich keine Schuld in dieser

Sache. Du kannst mir nur vorwerfen, daß ich Tedric Geld gegeben habe. Aber warum willst du Conan damit belasten? Er kann nichts mehr daran ändern. Und was den Mord betrifft, willst du, daß Conan Tedric ein zweitesmal ohne triftige Beweise anklagt? Wozu die ganze Aufregung?«

Mitleidig betrachtete Edwina ihre Schwiegermutter. »Nach all dem Unheil, das Ihr angerichtet habt, denkt Ihr nur an die Aufregung, die ich verursachen werde ... ach, Madam!« Edwina legte eine Hand auf den Türgriff.

»Edwina, meine Liebe ...« flehte Udele, hoffte auf eine letzte Chance, sich zu retten.

»Bemüht Euch nicht, Madam. Vielleicht findet sich eine Möglichkeit, das Unheil, das Ihr angerichtet habt, wiedergutzumachen.«

Edwina verließ die Kammer und ging zur Treppe. Udele folgte ihr. Ihre Gedanken rasten. Edwina würde Conan die ganze Geschichte erzählen! Was würde er dann tun? Sofort zu Theodoric reiten? Oder zu Alaric?

Auf der ersten Stufe schwankte Edwina leicht und lehnte sich haltsuchend gegen die Wand. Ein Schwindelanfall? Eine plötzliche Schwäche wegen der Aufregung über das Gespräch mit ihrer Schwiegermutter? Udele blickte den Korridor hinunter. Sie waren beide allein. Niemand stand am unteren Treppenabsatz. Ihre Hände schossen vor und gaben Edwina einen Stoß in den Rücken. Edwina schrie auf, verlor das Gleichgewicht und fiel kopfüber die Treppe hinunter.

Udele stieß unwillkürlich einen Entsetzensschrei aus, der allerdings mehr ihrer unüberlegten Tat als dem Sturz ihrer Schwiegertochter galt. Ihre Hände zitterten, und in ihre Augen schossen Tränen der Angst und der Verzweiflung. Laut um Hilfe rufend, lief sie die Steintreppe hinunter. Edwina lag reglos, mit blutendem Kopf und unnatürlich verrenkten Beinen da.

Die Dienstboten kamen herbeigeeilt und fanden Udele über die stille Gestalt ihrer Herrin gebeugt. Udele legte Edwinas Kopf in ihren Schoß und strich ihr schluchzend das Haar aus der blut-

überströmten Stirn. »Sie wurde auf der Treppe ohnmächtig!« rief sie immer wieder, aber ihre Tränen und ihre Verzweiflung galten nur der Tatsache, daß sie Edwina die Treppe hinuntergestoßen hatte — eine unüberlegte, instinktive Handlung, um ihr eigenes Leben zu retten.
Sie legte ihre Wange an Edwinas Gesicht. Edwina atmete nicht mehr. Sie war tot. Udele überlief ein Schauder: Sie hatte gemordet. Mit lautem Wehklagen legte sie ihren Kopf auf Edwinas Brust, umklammerte ihren Körper, als wäre sie ihr geliebtes Kind.
Lady Udele mußte mit Gewalt von Edwina weggezogen werden. Die leblose Gestalt wurde in ihr Schlafgemach getragen und aufs Bett gelegt. Udele sank daneben zu Boden und legte ihre Stirn auf Edwinas kalte Hand.
Von Angst und Abscheu erfüllt, kniete sie vor dem Bett, blickte in Edwinas von Entsetzen verzerrtes Gesicht. Ihre weit aufgerissenen Augen starrten blicklos zur Decke, und ihr Mund war noch immer in einem stummen Schrei geöffnet. Sanft, mit zitternden Fingern, schloß ihr Udele Augen und Mund. Jetzt sah Edwinas Gesicht beinahe friedlich aus. *Ich wollte sie nicht töten*, versuchte Udele in Gedanken, ein Gericht zu überzeugen, das sie vielleicht eines Tages zur Rechenschaft ziehen und ihrem Leben so plötzlich und unüberlegt ein Ende setzen würde, wie es mit Edwina geschehen war.
Udele war sich der Gegenwart der Dienstboten nicht bewußt und merkte auch nicht, daß alle leise die Kammer verließen, als Conan eintrat. Udele sah mit verweinten Augen zu ihm auf. Conan starrte wie versteinert die stille Gestalt auf dem Bett an. Seine blauen Augen glitzerten eiskalt, sein Mund war vor Zorn und Entsetzen nur noch eine schmale Linie, und an seiner Schläfe pochte eine Ader.
»Conan«, flüsterte Udele und stand auf.
»Laß mich allein«, flüsterte er heiser, ohne den Blick vom Gesicht seiner Frau abzuwenden.
»Conan, laß mich dich trösten ...«

»Laß mich allein!«

Udele stand zitternd neben ihm. Sie sah die Kälte in seinen Augen. »Conan, sie wurde ohnmächtig ...«

Er riß den Kopf herum und brachte sie zum Schweigen. Der Haß in seinem Blick verwandelte ihre Schuldgefühle in Angst, daß er ahnte, was geschehen war. Langsam wandte sie sich ab und verließ das Gemach. Draußen lehnte sie sich gegen die geschlossene Tür, um Kraft zu sammeln.

Als sie allmählich wieder Ordnung in ihren verwirrten Geist brachte, schwanden Schuldgefühle und Angst rasch. Niemand hatte gesehen, was passiert war. Edwina hatte tatsächlich auf der ersten Stufe leicht geschwankt. Vielleicht wäre sie von selbst gefallen. Und Conan würde sie jetzt brauchen – er würde ihren Trost und ihre Unterstützung brauchen. Er würde unter der bitteren Enttäuschung, das Kind verloren zu haben, leiden. Für eine Weile würde er sich einsam fühlen und sie brauchen ...

Ein lauter, qualvoller Aufschrei kam aus Edwinas Zimmer und ließ Udele erstaunt zusammenzucken. Die Pein und Verzweiflung, die in diesem Schrei lagen, ließen leichte Panik in ihr aufkommen.

Schließlich ging sie wie benommen in ihr Zimmer. Trauert er um Edwina? fragte sie sich. Hat er sie etwa doch geliebt und die andere Frau vergessen? Giselle hatte ihm eine hübsche blonde Frau voll Stärke und Leidenschaft prophezeit ... Edwina war das nicht gewesen! Aber war sie vielleicht allmählich in die ihr vorherbestimmte Rolle hineingewachsen? War sie doch die Frau gewesen?

Bedrücktes Schweigen herrschte den ganzen Abend über in Stoddard. Kaum jemand rührte die Mahlzeiten an, die aufgetragen wurden. Conan verbrachte die Nacht im Gemach seiner toten Frau.

Am frühen Morgen kam er abgehärmt und erschöpft in die Halle. Aber in seinen blauen Augen lag dieser klare und entschlossene Ausdruck, den seine Gegner im Turnier oder Kampf fürchten gelernt hatten. Udele betrat kurz nach Conan die Halle. Es

war offenkundig, daß sie ihre Aufgabe darin sah, Conan davon zu überzeugen, daß sie ihm in dieser schweren Stunde beistehen mußte.
»Richtet Lady Edwinas Leichnam her«, befahl er einer Dienerin. »Ich werde sie nach Hause bringen und an der Seite ihrer Mutter beerdigen.«
»Ich werde dich begleiten …« sagte Udele.
»Madam! Um der Liebe Christi willen! Ihr werdet in Phalen nicht gebraucht! Begebt Euch mitsamt Eurer Gefolgschaft zu meinem Vater und überbringt ihm die traurige Nachricht!«
Er machte auf dem Absatz kehrt und verließ die Halle. Ich muß mich beeilen, dachte Udele. Ich muß rasch nach Anselm zurückkehren. Wenn Edwina beerdigt ist, wird er zu mir kommen und meinen Trost suchen. Er wird bald erkennen, daß nur ich ihm helfen kann.
Noch ehe die Sonne hoch am Himmel stand, ritten Udele und Edythe mit ihrer Gefolgschaft nach Anselm.

Lady Edwina de Corbney von Phalen, Stoddard und Anselm wurde in die von der Januarkälte hart wie Stein gefrorene Erde gesenkt. Tränen liefen über Medwins Gesicht, aber er verbarg seinen Kummer tapfer. Neben ihm stand Sir Conan und an seiner anderen Seite Lady Chandra mit ihrem Gemahl.
Später saßen die vier, in ihrem Kummer und Leid gefangen, beim Abendessen an dem großen Tisch in der Halle. Nur Tedric widmete sich mit Appetit den aufgetragenen Speisen.
»Ihr habt also den Zehnten aufgebracht, ohne diesen Besitz zu verschulden«, sagte Conan zu Medwin. »Das habt Ihr Tedric zu verdanken.«
»Du brauchst dir um Phalen keine Sorgen zu machen, mein Sohn«, sagte Medwin müde.
»Das tue ich auch nicht. Ihr habt das Geld gebraucht. Solltet Ihr je wieder in finanzielle Schwierigkeiten geraten, dann wendet Euch bitte an meinen Vater. Ich habe bei ihm eine erhebliche Summe für Notfälle hinterlegt.«

Tedric sah von seinem Teller auf und starrte Conan an. Conan erwiderte den Blick.
»Ich werde diese Ländereien, diese Burg erben«, fuhr Conan fort. »Für die Erhaltung meines Besitzes seid Ihr nicht auf die Hilfe anderer angewiesen.«
»Du mißtraust mir noch immer«, sagte Tedric. »Du rätst Medwin, nichts von mir anzunehmen!«
Conan sah Tedric durchdringend an. »Nein, Tedric, ich traue dir nicht. Und ich will nicht, daß Medwin deine Hilfe annimmt, denn es geht hier um meinen Besitz.«
Tedric preßte wütend die Lippen aufeinander, und Chandra schien ängstlich zurückzuweichen. Sogar Medwin fühlte sich unbehaglich in der Gegenwart dieser beiden verfeindeten Männer, die gezwungenermaßen an einem Tisch saßen.
»Milord«, sprach Conan weiter. »Ich habe nur eine Bitte an Euch. Wendet Euch bitte an meinen Vater oder Galen, wenn Ihr in Schwierigkeiten seid. Beide werden alles tun, um meinen Besitz zu erhalten.«
Chandra richtete sich etwas in ihrem Stuhl auf. Ein Ausdruck der Überraschung huschte über ihr Gesicht.
»Und warum soll ich mich an sie wenden, wenn du der Erbe bist?«
»Weil ich Richard auf seinem Kreuzzug begleiten werde.«
»Jetzt?« stammelte Medwin. »Jetzt, wo du so viel Verantwortung zu tragen hast?«
»Ja, jetzt. Mein Vater wird zwar alt, aber er befehligt noch immer eine starke Armee. Und Stoddard habe ich so weit in Ordnung gebracht, daß Galen dort lernen kann, seine Aufgaben zu erfüllen. Und was Phalen betrifft — auch Ihr verfügt über getreue und tüchtige Männer und könnt die Burg schützen.«
»Aber es ist deine Anwesenheit hier in England, die mir Ruhe und Frieden gibt!«
»Meine Anwesenheit?« fragte Conan und runzelte die Stirn. »Adelige, die einst meine Fähigkeiten rühmten, nennen mich heute einen Feigling. Mein starker Arm wird hier nicht ge-

braucht. Während ich mich sehne, in die Dienste des Königs zu treten, finde ich mich plötzlich in der Position eines Botenjungen für zwei alternde Lords wieder und werde von den Rittern als lahmer Vogel verspottet. Solange Edwina lebte und ein Kind von mir erwartete, konnte ich England nicht verlassen. Und ich muß mit mir ins reine kommen — sonst verliere ich meine Selbstachtung.«

Medwin sah Conan mit müdem Blick an und nickte. »Hier gibt es nichts mehr, was dich hält, nicht wahr, mein Sohn?«

Conan ließ seinen Blick von Chandra zu Tedric gleiten. Dann sagte er zu Medwin: »Ich nehme die Verantwortung für mein Erbe nicht auf die leichte Schulter, Milord, aber Reichtum hat mir nie viel bedeutet. Ich will nicht leugnen, daß ich einen Teil meines Herzens hier zurücklasse. Aber was sich meiner Liebe würdig erweist, wird auch nach meiner Rückkehr noch bestehen.«

Chandra hob ihre blauen Augen und erwiderte seinen Blick. Ein leichtes, kaum wahrnehmbares Lächeln umspielte ihre Lippen. Conan verstand ihr stummes Versprechen. Ihre Liebe würde wegen seiner Abwesenheit nicht zerbrechen.

Medwin stand seufzend auf. »Auch ich war einmal ein junger Mann und kann deine Sehnsucht gut verstehen, Conan. Ich hoffe, du findest, was du suchst.«

»Ich würde lieber Euren Segen mit in den Kampf nehmen als Euer Widerstreben, mich gehen zu lassen, Milord.«

Der alte Mann legte Conan eine Hand auf die Schulter. »Ich kann dir keine Männer mitgeben, aber ich habe andere Dinge, die dir von Nutzen sein können. Komm und sieh dir das Zaumzeug und die Sättel an. Deine Gefolgsleute brauchen eine gute Ausrüstung.«

Die beiden gingen zu den Ställen. Chandra hielt ihren Blick auf ihre Hände gesenkt, damit Tedric die Tränen in ihren Augen nicht sehen konnte. Sie sehnte sich danach, Conan ihre besten Wünsche mit auf den Weg zu geben und ihm zu sagen, daß sie ihn in ihre Gebete einschließen würde.

Tedric lachte kurz auf und sah sie an. »Dein Held verläßt dich.«

Chandra versteifte sich. »Überzeugt Euch das nicht endlich davon, daß er keine Sehnsucht nach mir hat?«

Tedric lachte schallend. »Verbirg nur deinen Kummer über seine Abreise, Chérie. Er geht, weil er dich nicht haben kann. Aber Conan wird sicher bald neue Pläne schmieden. Vielleicht glaubt er, daß der Ruhm und das Ansehen, die er in diesem Kreuzzug zu gewinnen hofft, ihm eine bessere Chance geben, dich mir bei seiner Rückkehr zu entreißen — falls er zurückkommt.«

»Ihr werdet von Eifersucht und Gier zerfressen, Tedric. Er sucht nicht den Kampf mit Euch; Ihr werdet an Eurer eigenen Schlechtigkeit zugrunde gehen ...«

Er umfaßte mit schmerzhaftem Griff ihren Arm und brachte sie mit dem Blick seiner eiskalten grauen Augen zum Schweigen. »Du hast niemanden mehr, der dich beschützen wird, Chérie«, sagte er drohend. »Also achte auf deine Worte.«

Galen ritt nach Canterbury, weil er dort seinen Bruder in einem Gasthof treffen wollte. Conan hatte eine Nachricht an Sir Boswell geschickt und darum gebeten, Galen vorzeitig aus seinen Diensten zu entlassen. Mit hocherhobenem Haupt und stolzem Schritt betrat er die Gaststube. Er war unverkennbar ein de Corbney. Conan beobachtete ihn, während sich Galen suchend umsah. Conan trat auf ihn zu und legte ihm eine Hand auf die Schulter.

»Du bist jung, Galen. Noch nicht einmal fünfzehn. Aber du bist stark und tüchtig. Sir Boswell spricht lobend über dich.«

Galen lächelte verlegen.

»Du bist noch zu jung, um zum Ritter geschlagen zu werden«, sagte Conan.

»Ich werde alles daransetzen, mich dieser Ehre mit achtzehn würdig zu erweisen. So wie du.«

Conan lachte. »Aber dafür bleibt keine Zeit. Bist du bereit, Richard, deinem König, mir und unserem Vater als Ritter zu dienen?«

Galens öffnete vor Überraschung den Mund und konnte nur stumm nicken.

»Du wirst in Kürze meinen Platz auf Stoddard einnehmen, bis ein tüchtiger Burgvogt gefunden wird. Außerdem unterstehst du Lord Alaric und wirst ihm bei der Verwaltung von Anselm helfen. Auch Sir Medwin wird deine Unterstützung brauchen. Ich habe ihn gebeten, sich an dich oder unseren Vater zu wenden, wenn er in Schwierigkeiten geraten sollte. Wie du siehst, Galen, wirst du lernen, während du herrschst. Das ist keine leichte Aufgabe, aber ich glaube, du wirst sie bewältigen.«

»Conan, hast du mich deswegen von meinem Dienst befreien lassen, damit ich dir bei der Verwaltung unserer Besitztümer helfe?«

»Du wirst mir helfen, Galen, aber ich werde nicht an deiner Seite sein. Sobald ich dich in deine Aufgaben eingewiesen habe, werde ich nach Frankreich reisen. Dann begleite ich König Richard ins Heilige Land.« Conan lächelte stolz. »Und bei meiner Rückkehr wirst du dein Reich mit mir teilen müssen.«

Galen sah ihn mit großen Augen an. Er würde unter Einsatz seines Lebens ihre Ländereien verwalten und beschützen.

Vom Erzbischof von Canterbury wurde Galen zum Ritter geschlagen. Dann leistete Conan seinen Treueid auf das Kreuz. Ehe sie nach Anselm zurückritten, legte Conan seine Farben ab und zog das graue Gewand der Kreuzritter an.

In den Diensten von Anselm und Stoddard standen insgesamt dreihundert bewaffnete Männer. Davon würden Conan zwanzig der stärksten und kampferprobtesten begleiten.

Der kleine Trupp ritt unter dem Banner des Kreuzes in Anselm ein. Lord Alaric und Lady Udele standen im Burghof, um die Kreuzritter zu begrüßen.

Als Conan und Galen von ihren Pferden stiegen, umspielte ein stolzes Lächeln Alarics Lippen. Hochaufgerichtet sah er den beiden Rittern entgegen. Einer trug die blau-roten Farben von Anselm, der andere das Grau des Kreuzes.

Udeles Gesicht war wie versteinert, sie schüttelte nur leicht den Kopf. Es war ein stummer Vorwurf. Conan hatte alle ihre Hoffnungen enttäuscht. Und wenn er den Kreuzzug nicht überlebte, verlor ihr Leben jeden Sinn! Bei diesem Gedanken wurde sie kreidebleich und sank ohnmächtig zu Boden.

Innerhalb von zwei Wochen waren Conan und seine zwanzig Ritter zur Abreise bereit.

Während dieser Zeit alterte Udele um Jahre. Sie weigerte sich, Conan zum Abschied zu empfangen, um ihm ihren Segen für den Kreuzzug zu geben.

»Hab Verständnis für sie«, sagte Alaric zu seinem Sohn. »Wie jede Mutter fürchtet sie um dein Leben, und noch ehe die Sonne untergeht, wird sie für dich beten.«

»Edwina hätte mehr Haltung gezeigt und mir ihren Segen mit auf den Weg gegeben«, sagte Conan.

»Also war es Edwinas Tod, der dich diese Entscheidung treffen ließ?« fragte Alaric.

»Der Schmerz über ihr Dahinscheiden war größer, als ich mir hätte vorstellen können«, antwortete Conan. »Und sie starb in dem Wissen, daß mein Name und meine Ehre beschmutzt wurden — von meinesgleichen. Als Ausdruck meiner Liebe zu ihr will ich meinen guten Ruf wiederherstellen. Ich kann meinen Besitz nicht verteidigen, wenn man keine Achtung vor mir hat. Nach meiner Rückkehr werde ich mich um die unerledigten Angelegenheiten kümmern.«

Kleine Fältchen bildeten sich um Alarics müde Augen, als er lächelnd sagte: »Du hast den Mann gefunden, dem du mit größter Loyalität dienen mußt«, sagte er. »Du hast dich selbst gefunden.«

Alaric legte Conan die Hände auf die Schultern. »Geh mit Gott! Und kehre siegreich zurück!«

TEIL

III

16

Der Regen wusch die letzten Erinnerungen an den Winter fort, aber für jene, die mehr Entbehrungen als andere zu ertragen gehabt hatten, brachte das Frühlingswetter weder Erleichterung noch Zuversicht. Freudlos und verängstigt verrichteten die Dorfbewohner ihre Arbeiten. Sir Tedric hatte sich als hartherziger und rücksichtsloser Despot erwiesen. Während des kalten Winters hatte er von seinen Untertanen eine zusätzliche Steuer eintreiben lassen, um damit den Schildpfennig für die Nichtteilnahme am Kreuzzug zu bezahlen. Zur Verköstigung seiner Söldner hatte er die Vorräte der Bauern geplündert und ihnen kaum das Nötigste zum Überleben gelassen.

Chandra fühlte ihre Kraft schwinden, raffte aber immer wieder ihre letzten Reserven zusammen, um ihre Untergebenen zu ermutigen, damit sie gemeinsam mit ihr auf bessere Tage hofften.

Sie beugte sich über den kleinen Teich im Burggarten und sah ihr Gesicht im Wasser. Es hatte sich verändert. Der blaue Fleck, Zeugnis des letzten Wutanfalls ihres Mannes, war zwar verschwunden, aber das Leid hatte unsichtbare Wunden hinterlassen, die nicht heilen würden. Und in den Tiefen ihrer blauen Augen sah sie die Trauer um den Geliebten, der in den Krieg gezogen war.

»Lady«, sagte Wynne leise.

Chandra blickte auf. Vor ihr stand das Dienstmädchen mit gesenktem Kopf. Chandra stand auf, hob Wynnes Gesicht empor und sah ihr in die unschuldigen braunen Augen. »Du brauchst dich nicht zu schämen, Wynne, für das, was dir angetan wurde.«

»Es fällt mir schwer, Lady«, antwortete sie bedrückt.

»Bewahr dir deine Würde und geh mit hocherhobenem Kopf durchs Leben.«

»Ja, Lady«, murmelte sie.

»Wynne«, sagte Chandra eindringlich, »ich fühle mich nicht ganz schuldlos an dem, was Sir Tedric dir angetan hat. Ich hätte dich fortschicken sollen.«

»Euch trifft keine Schuld, Lady. Ihr habt mich vor ihm gewarnt.«

»Ist er fort?« fragte Chandra.

»Ja. Er ist eben fortgeritten.«

»Hat er viele Männer mitgenommen?«

»Ein gutes Dutzend.«

»Dafür können wir nur dankbar sein. Theodoric braucht seine Unterstützung, da so viele seiner Brüder in den Krieg gezogen sind.«

»Er reitet nicht zu Theodoric«, entgegnete Wynne. »Ich hörte, wie er einem seiner Männer sagte, die Nachricht käme nicht von seinem Vater.«

Chandra sah sie erstaunt an. »Weißt du, wohin sie geritten sind?«

»Nein. Lady ...« sprach Wynne unsicher weiter.

»Hab keine Angst vor ihm«, tröstete Chandra das Mädchen. »Wenn er merkt, daß du ihn fürchtest, wird er ein perverses Vergnügen darin finden, dich zu quälen.«

»Vor ihm fürchte ich mich nicht, Lady. Ich fürchte Gott.«

Chandra streichelte beruhigend Wynnes Arm. »Selbst Gott würde dich nicht dafür bestrafen, daß du Sir Tedric haßt.«

Tränenumflorte braune Augen sahen zu ihr auf. »Auch wenn ich sein Kind trage?«

Chandras Entsetzen war offensichtlich. Daran hätte sie eigentlich denken müssen. Aber ihre Verbitterung über Tedrics Schandtat war so belastend für sie gewesen, daß sie keinen Gedanken an mögliche Folgen verschwendet hatte.

Sie nahm Wynnes Hand und lächelte sie freundlich an. »Ein Kind lebt durch die Liebe der Mutter, ganz gleich, wer der Erzeuger ist. Verzweifle nicht«, sagte sie mit wehem Herzen. »Dein Kind braucht jetzt deine ganze Kraft.«

Wynne sah Chandra in die Augen. »Mein Vater, Lady. Ich habe Angst vor seinem Zorn, wenn er es erfährt.«

Chandra seufzte. »Ich habe ihn einmal davon abgehalten, Vergeltung für erlittenes Unrecht zu üben. Ich werde mit ihm sprechen.«

Am Nachmittag hüllte sich Chandra in ihren Umhang, bedeckte ihre goldenen Locken mit der Kapuze und ging ins Dorf. Zu dieser Jahreszeit waren mehr wehrhafte Männer als gewöhnlich auf den Straßen anzutreffen, denn der winterliche Wald bot den Waldhütern wenig Schutz. Sobald das warme Frühlingswetter die ersten grünen Blätter austreiben ließ, würden die Wachen in den Wald zurückkehren und nur die kampfuntauglichen Männer für die Bestellung der Gärten und Äcker im Dorf zurückbleiben.

Wynnes Vater, William, war der Anführer der Waldhüter und wurde deswegen von den Dorfbewohnern respektvoll mit »Sir William« angesprochen. Seine Hütte stand am entgegengesetzten Ende des Dorfes. Chandra traf ihn bei der Bestellung seines kleinen Stück Landes an. Als er sie näher kommen sah, richtete er sich auf und verneigte sich.

»Ihr hättet mich rufen lassen sollen, Milady«, sagte er.

»Das weiß ich, William.« Chandra lächelte. »Aber ich zog es vor, dich aufzusuchen.« Sie sah sich um. Die Hütte war ärmlich, aber gut erhalten. Im Garten hatte er Beete für die Frühjahrspflanzung angelegt, und eine Ziege graste am Zaun. »Willst du mir etwas zu trinken anbieten und mich hineinbitten?«

»In mein bescheidenes Heim, Milady?«

»Es ist dein Haus, und ich würde mich geehrt fühlen, William.«

Er verbarg sein Unbehagen und führte Chandra in seine bescheidene Hütte. Er wischte die Brotkrumen vom Tisch, bot ihr den einzigen Stuhl an, den es in der Kate gab, und setzte sich auf einen Hocker. Auf dem Tisch stand ein Krug mit Ale, das einzige Getränk, das er seiner Herrin anbieten konnte.

Er füllte einen irdenen Becher und reichte ihn Chandra. Während sie trank, warf er ihr einen verstohlenen Blick zu und fragte sich, welche dringende Angelegenheit sie wohl zu ihm geführt hatte.
Chandra ließ ihren Blick durch den Raum schweifen und sagte höflich: »Du hast deiner Familie ein behagliches Heim geschaffen, William. Sicher bist du stolz darauf.«
»Wie Ihr wißt, Lady, hat mir Eure Mutter nur Gutes zukommen lassen. Ohne ihre Hilfe wäre ich noch heute ein armer Bauer. Dafür schulde ich Eurer Familie großen Dank.«
Chandra berührte leicht seine Hand. Er fühlte eine ungewohnte Röte in seine Wangen steigen. Nie zuvor hatte ihn eine adelige Dame auch nur mit den Fingerspitzen berührt. »Es gibt keine Schuld, William. Deine Loyalität und Stärke haben mir in den Zeiten größter Not immer Kraft gegeben. Du warst stets mein getreuester Vasall.« Sie holte tief Luft und sah ihm in die Augen. Er wußte, daß sie mit einem ernsthaften Anliegen zu ihm gekommen war. »Ich bringe dir eine Nachricht, für deren Bewältigung du deine ganze Kraft brauchst.«
Er kniff die Augen zusammen und nickte nur.
»Deine Tochter Wynne ist schwanger.«
Die Falten in seinem Gesicht vertieften sich, als er fest die Lippen aufeinanderpreßte.
»Ihr kommt in Freundschaft zu mir«, sagte er langsam, »und hofft, daß mein Zorn durch Eure ...«
»Ja, ich komme in Freundschaft, aber ich hoffe nicht, deinen Zorn um meinetwillen abzuwenden, sondern es geht mir um dich und die Bewohner von Cordell.«
»Wollt Ihr etwa leugnen, daß es diesem Dorf ohne Sir Tedric weitaus besserginge?« rief er und hieb mit der Faust auf den Tisch.
Rasch legte Chandra ihre schmale Hand auf seine Faust und blickte ihm flehend in die funkelnden Augen.
»Ein aus dem Hinterhalt abgeschossener Pfeil könnte Tedric töten und die Burg von ihm erlösen«, sprach sie seine Gedanken aus. »Aber der Pfeil würde weder die Schandtat an Wynne noch

deren Folgen ungeschehen machen. Er würde nur den Bösewicht vernichten, uns aber am schlimmsten treffen — denn dann wären wir Mörder.«
»Cordell war einmal ein friedfertiger Ort«, sagte er.
»Das wird er wieder werden. Mit Gottes Hilfe.«
William sah seine Herrin an. Sie war kaum älter als seine Tochter, doch welch eine Stärke verbarg sich in dieser zierlichen, vom Leid gezeichneten Frau. Ohne zu klagen hatte sie bisher Tedrics Grausamkeit ertragen und dabei immer noch aufmunternde Worte für ihre Untertanen gefunden.
»Fürchtet Ihr etwa, ich würde Sir Tedric noch vor Sonnenuntergang töten, um mich für seine Missetat zu rächen?«
»Nein, William, er ist fortgeritten.«
»Also hofft Ihr, daß mein Zorn abgekühlt ist, bis er wieder zurückkommt?«
Sie nickte. »Aber vor allem wollte ich keine Geheimnisse vor dir haben, William. Wynne hat es mir erst heute morgen erzählt.«
Chandra wußte, daß dieser getreue Mann jetzt Zeit brauchte, um mit der Nachricht fertig zu werden, denn sein Stolz war zutiefst verletzt worden. Sie stand auf. William öffnete ihr schweigend die Tür. Innerlich bewunderte er die Haltung seiner Herrin, ihre Kraft und Stärke, die sie auch in diesen schwierigen Zeiten nicht verließen.
Er sah ihr nach. Am Gartentor drehte sie sich noch einmal um, und sie sahen einander in stummem Verständnis an. William würde sich nie gegen ihre Befehle oder Bitten stellen. Er war ihr und Cordell für immer treu ergeben.
»Du hast ebenso wie ich gelernt, deine Pflicht zu erfüllen, William«, sagte sie. »Aber ich werde das Unrecht nicht vergessen, das dir und deiner Familie angetan wurde.«
William blickt ihr nach, wie sie die Straße entlangging. Plötzlich blieb sie stehen und blickte zum Himmel empor. Er folgte ihrem Blick und sah einen Falken über dem Dorf kreisen. Es konnte der Vogel eines Bauern oder ein Vogel aus Cordells eigener Falknerei sein, aber in Chandra weckte sein Anblick gewiß andere Er-

innerungen. Sie sah ihm nach, bis er hinter den Burgmauern verschwand. Dann bekreuzigte sie sich und ging weiter.
»Ja, Lady«, flüsterte William. »Auch ich bete für ihn. Der Blaue Falke ist die einzige Hoffnung für Cordell.«

Nach der Fastenzeit, dachte Chandra kurz vor dem Einschlafen, werde ich Edythe bitten, mich zu besuchen. Doch sie verwarf diesen Gedanken schnell wieder. Edythe durfte nicht nach Cordell kommen. Tedric könnte ein perverses Vergnügen daran finden, Conans Schwester ebenso zu mißbrauchen, wie er Wynne mißbraucht hatte. Tedric haßte alles, was Conan lieb und wert war, und würde sich die Gelegenheit sicher nicht entgehen lassen, sich an ihm zu rächen. Außerdem würde Lady Udele ihrer Tochter nicht erlauben, Chandra zu besuchen.
Vielleicht konnte sie eine Wallfahrt nach Thetford machen und Laine im Kloster besuchen? Aber auch diesen Gedanken verwarf sie sofort wieder, denn Tedric ließ sie nicht einmal in die nächstliegende Stadt ohne seinen Schutz reisen, so sehr fürchtete er, sie würde fliehen.
Ein friedlicher und entspannter Seufzer kam über Chandras Lippen. In Tedrics Abwesenheit brauchte sie sich weder Sorgen um die Dorfbewohner noch um Wynne zu machen und konnte ruhig schlafen. Sie schloß die Augen und betete.
»Herr, vergib mir meine Sünden und gib meinem Vater Kraft. Verzeih ihm seinen Fehler und schenke ihm Frieden. Er wollte weder mir noch meinen Untertanen Böses antun. Schenk auch Edwina den ewigen Frieden. O Herr, verzeih mir meine Schwäche und beschütze den Falken. Schärfe seine Augen und führe seine Hand. Gib ihm Kraft und Deinen Segen ...« Ihr Gebet verwandelte sich in Träume, als sie einschlief.

Von den Klippen löste sich ein Stein und polterte ins Wasser hinunter.
Ein Wachposten im Bergfried schreckte auf. »Was war das?«
»Ich habe nichts gehört«, erwiderte der andere.

Angespannt lauschten beide auf ein weiteres verräterisches Geräusch, aber es blieb still. Beim Rauschen der Meeresbrandung schliefen die Wachposten ungestört bis zum Morgen weiter.

Eine kühle Brise strich durch das Schlafgemach der Burgherrin. Chandra zog die Bettdecke höher. Sie wachte nicht auf. Sie fror nicht. Dann ließ sie ein merkwürdiges Gefühl die Augen öffnen. Sie blickte in die brennenden Augen einer Erinnerung, die sie nicht aus ihren Gedanken vertreiben konnte — sie sah sein dichtes, dunkles Haar, seinen Bart, die lächelnden Lippen. Sie streckte die Hand aus, um ihn zu berühren, und sie fühlte die Umrisse des Kreuzes auf seinem Waffenrock.
»Es ist grausam von dir, mich so oft in meinen Träumen heimzusuchen, Geliebter«, murmelte sie schlaftrunken.
Bald würde aus der Vision wieder ein Phantasiegebilde werden, in dem sie sich ihr Leben mit ihrem Geliebten vorstellte ...
Aber ihre Finger wurden von einer großen, warmen Hand gegen seine breite Brust gedrückt. Dann küßte er ihre Hand. Das Kratzen seines Bartes, die Wärme seiner Lippen konnten keine Einbildung sein.
Chandra riß die Augen auf. Sie wagte nicht zu sprechen, um die Vision nicht zu vertreiben, denn es konnte nicht Wirklichkeit sein.
Er nahm sie in die Arme und preßte seine Lippen auf ihren Mund. Gierig erwiderte sie diesen Kuß, drängte ihren Körper gegen seinen. Sie streichelte seinen Brustpanzer und vergrub die Finger in seinem Nackenhaar. Sein Geruch hüllte sie ein: Er roch nach Wolle, Leder und Pferden. Sein warmer Atem strich über ihr Gesicht.
Tränen liefen über ihre Wangen. Das Gewicht seiner schweren Rüstung lastete auf ihrer Brust. Mit zitternden Fingern berührte sie sein Gesicht. »Du bist es wirklich«, stöhnte sie leise.
»Ja, leibhaftig«, murmelte er.
»Halt mich fest«, flehte sie und schmiegte sich in seine beschützenden Arme. Aber sie überließ sich nur kurz diesem tröstlichen Gefühl. »Du bist in Gefahr«, flüsterte sie.

»Ich habe deine Tür verriegelt.«
»Wenn man dich hier findet ...« sagte sie.
»... kämpfe ich. Ich konnte nicht abreisen, ohne dir Lebewohl zu sagen.«
»Tedric ist fort«, sagte sie.
»Das weiß ich. Wie schade. Ich wünschte mir, er würde mich hier antreffen. Es wäre mir ein Vergnügen, ihn zu töten.«
Traurig schüttelte sie den Kopf. »Wenn er erfährt, daß du hier warst, wird er mich töten.«
»Das würde er nicht wagen. Er fürchtet meine Rache.«
»Wer weiß, daß du hier bist?« fragte sie.
»Nur Sir William. Und er würde eher sterben als mich verraten.«
Er berührte zärtlich ihre Wange. »Ich kann dir nicht widerstehen, Conan«, hauchte sie.
»Das weiß ich«, antwortete er sanft.
»Ich bin völlig willenlos. Ich kann dir nichts verweigern.«
»Tu es nicht. Wir haben jahrelang unsere Gefühle unterdrückt und verleugnet. Was hat es uns gebracht? Du bist mit einem Mann verheiratet, der dich nicht liebt, sondern nur gebraucht. Meine Frau ist gestorben, und ich ziehe in den Krieg. Schlimmeres kann uns doch gar nicht geschehen. Chandra«, stöhnte er und drückte sie an sich. »Was ist uns widerfahren? Wir haben uns vom ersten Augenblick an geliebt und hatten nie eine Chance! Wir haben gelitten und jeder Versuchung widerstanden. Wurden wir je dafür belohnt?« Er sah ihr in die Augen und küßte sie leicht auf die Lippen. »Wehre dich nicht mehr«, flüsterte er heiser.
Ein Zittern durchlief ihren Körper. Völlig entspannt ließ sie sich in die Kissen zurücksinken. Ein zärtliches, liebevolles Lächeln umspielte ihre Lippen. Er löste sich von ihr, legte seine Rüstung ab und zog die Stiefel aus. Nackt stand er vor ihrem Bett.
Freudig öffnete sie ihre Arme und zog ihn an sich. Ein leidenschaftliches Verlangen durchströmte sie, das sie nie vorher gekannt hatte. Seine Hände weckten Gefühle in ihr, von denen sie

nur in den tiefsten Winkeln ihres Herzens zu träumen gewagt hatte. Vereint in Körper und Seele liebten sie sich mit einer Intensität, bis ihnen die Sinne schwanden.
Nachdem ihr größter Hunger gestillt war, lagen sie eng aneinander geschmiegt da. Ihre Träume hatten sich erfüllt.
Conan stützte sich auf einen Ellbogen und sah sie an. »Liebes, du weinst ja. Die Schuld …«
»Schuld? Ich weine nicht, weil ich etwas verloren, sondern weil ich etwas gefunden habe. Könnte mir die Hand, nach deren Berührung ich mich sehne, Schmerzen zufügen? Könnte ich Tränen über die einzige Wonne vergießen, die ich je gefühlt habe? Ach, Geliebter, ich weine vor Freude — und Trauer über unsere Trennung.«
»Dann mußt du diesen Augenblick festhalten«, sagte er. »Du mußt die Erinnerung daran in deinem Herzen verwahren, bis ich wiederkomme. Vertraue mir, Chandra, ich werde einen Weg finden.«
Traurig schüttelte sie den Kopf. »Ich wage nicht, darauf zu hoffen.«
Er küßte sie sanft und fuhr ihr mit den Fingern durchs Haar. »Uns bleibt nur wenig Zeit«, flüsterte er an ihrem Mund, »aber jetzt sind wir für immer vereint. Dieses Band kann niemand durchtrennen. Halte fest an dem wenigen, was wir haben: unserer Liebe und unserer Hoffnung.«
»Soviel steht zwischen uns …«
Mit einem Kuß brachte er sie zum Schweigen. Dann weckte das Streicheln seiner Hand neue Leidenschaft in ihr.
»Du zitterst ja, Geliebte«, flüsterte er ihr ins Ohr.
»Conan«, stöhnte sie. »Verlaß mich nicht … bleib bei mir.«
Rückhaltlos erwiderte sie seine Zärtlichkeiten, genoß mit ihm eine Ekstase, deren Intensität sie nicht für möglich gehalten hatte. Conan hatte in ihr Gefühle geweckt, die ihr nicht bewußt gewesen waren.
»Bald wird es hell«, sagte er leise, nachdem sie sich voneinander gelöst hatten.

»Wie bist du in mein Zimmer gekommen?« fragte sie träge.
»Ganz leicht, durch Tedrics Schlafgemach.«
»Tedric hat überall in der Burg Wachen postiert.«
»Ich kam nicht über den Burghof. Ich bin über die Klippen auf Tedrics Balkon geklettert.«
Chandras riß bei dem Gedanken an die Gefährlichkeit dieser Kletterpartie entsetzt die Augen auf. Diese Seite der Burg war direkt auf den steil abfallenden Klippen errichtet, und es gab keine Möglichkeit, zwischen den Felsen mit einem Boot zu landen. Erst weiter oben an der Küste war eine flache Bucht, die aber von den Fischern gegen jeden Eindringling verteidigt wurde.
Conan war sich der Gefahr bewußt, der er sich aussetzte. »Ich bleibe ein paar Tage. Kannst du zu mir kommen?«
»Wie soll ich dich finden?«
»Geh durch den Wald. Ich werde nach dir Ausschau halten.«
»Jeder meiner Schritte wird überwacht, ganz gleich, ob ich in den Wald oder an die Küste gehe. Aber ich werde es schon schaffen. Es hieß, du wärst bereits in Frankreich?«
»Ja, und es wird schwierig sein, Richard meine Abwesenheit zu erklären, falls er mich vermißt. Aber meine Männer decken mich.«
»Conan«, fragte sie verwirrt. »Du sagst, du liebst mich und suchst eine Möglichkeit, mich von Tedric zu befreien. Warum ziehst du dann in den Krieg?«
»Was würde Tedric tun, wenn ich in England bliebe, um meine Ansprüche durchzusetzen und meinen Besitz zu verteidigen? Er würde dich wie eine Gefangene bewachen und sich an meiner Eifersucht ergötzen. Aber wenn er mich in der Ferne wähnt, wird seine Vorsicht bald nachlassen. Bei meiner Rückkehr werde ich mit ihm abrechnen.«
»Du wirst doch zurückkehren, Conan?«
»Nicht einmal der Teufel könnte mich von dir fernhalten.«
»Bitte«, flehte sie. »Du mußt jetzt gehen.«
Er stand auf, schlüpfte in Kleider und Rüstung und küßte sie noch einmal zärtlich. »Im Wald«, flüsterte er.

»Im Wald«, murmelte sie.
Er verschwand durch die Tür zu Tedrics Gemach und trat auf den Balkon hinaus. Rasch eilte sie auf ihren eigenen Balkon. Sie fröstelte in der frischen Brise. Sie beobachtete, wie er über das Geländer kletterte und wie eine Spinne an den Fugen der Burgmauer hing. Über eine schmale Felsrampe verschwand er zwischen den Klippen. Sie wagte nicht daran zu denken, was ein Fehltritt bewirken könnte. Mit einem tiefen Seufzer ging sie ins Bett zurück.
Chandra war sorgfältig darauf bedacht, mit keiner Miene zu verraten, welch tiefe Glut in ihr brannte und ihre Lebensgeister neu geweckt hatte. Wenn sie sich nachts heimlich in den Wald, zu dem mit Zweigen bedeckten Zelt schlich, wo Conan auf sie wartete, war Wynne ihre Komplizin. Die Zofe schloß am Abend die Tür zum Gemach ihrer Herrin und legte sich in ihrem Bett in der Vorkammer schlafen. Und im Morgengrauen, noch ehe die Burgbewohner auf waren, kehrte Chandra unbemerkt in ihre Gemächer zurück.
Ihr Lager war der Waldboden. Beim ersten Zwitschern der Vögel wachte Chandra auf, und oft sah sie, daß Conan sie betrachtete.
»Schläfst du nie?« fragte sie.
»Nein. Ich habe keine Zeit zum Schlafen. Ich präge mir deinen Anblick ein, damit ich in der Ferne daran denken kann, wie deine Augen aussehen, wenn du aufwachst. Wie deine Haut im Dämmerlicht schimmert und wie du sogar im Schlaf noch deine Arme nach mir ausstreckst.«
»Ich kann den Gedanken nicht ertragen, daß diese Tage enden«, sagte sie. »Reichtum und Grundbesitz bedeuten mir nichts. Hier mit dir auf dem Waldboden zu schlafen hat mir mehr Freuden beschert als die Geborgenheit meines Schlafgemachs. Conan, ohne diese Nächte mit dir hätte ich jede Hoffnung verloren.«
Chandra warf einen wehmütigen Blick auf ihre ärmliche Unterkunft, in der sie soviel Glück erfahren hatte.

Wenige Tage danach, an einem kühlen Morgen, ging Chandra in den Burggarten, um nach den Beeten zu sehen, die für die neue Aussaat und Bepflanzung im Frühling hergerichtet wurden. Die Freude auf den bevorstehenden Abend ließ ihr Herz höher schlagen. Bei jedem heimlichen Ausflug in den Wald fürchtete sie, es könnte der letzte sein. In drei Tagen war Ostern. Tedric würde sicher zum Fest zurückkehren, und dann mußte Conan gehen.
Das Zusammensein mit ihm, dachte sie, hat mir die Kraft gegeben, die kommenden Jahre zu überleben. Er hat mir die Liebe geschenkt, die ich mir erhofft hatte, und sein Leben für die wenigen Stunden riskiert, die wir beisammensein können. Dafür bin ich ihm dankbar. Er war die einzige Freude, die mir das Leben bisher beschert hat. Und obwohl es mir weh tun wird, muß ich ihm sagen, daß er sich durch das, was zwischen uns geschehen ist, nicht an mich gebunden zu fühlen braucht. Er hat mir nicht versprochen, mich aus der Ehe mit Tedric zu befreien, und sollte ich für den Rest meiner Tage an diesen Schurken gebunden sein, so muß mir das genügen, was mir vergönnt gewesen ist.
Ich werde mich nicht weinend an Conan klammern. Er muß die Aufgaben erfüllen, für die er bestimmt ist. Er wird Richard auf diesem Kreuzzug begleiten, und ich werde für ihn beten. Selbst wenn er nicht zurückkehrt, hat er mir gegeben, wonach ich mich sehnte, und mein Leben dadurch reich gemacht.
»Milady«, sagte Wynne leise.
Chandra sah auf und fragte sich, ob sie laut vor sich hin gespochen hatte.
»Sir Tedric kommt, Milady. Er nähert sich der Burg. Ich habe sein Banner gesehen.«
Chandra sprang auf und lief in die Burg. Vom Burgtor aus sah sie seine Reiter heranpreschen. Unwillkürlich blickte sie in Richtung Wald, aber natürlich war von Conan keine Spur zu entdecken. In einem Anflug von Panik verspürte sie den Wunsch, zu Conan zu fliehen. Sie würde ihm bis ans Ende der Welt folgen, sein Lager teilen — mit ihm in den Krieg zu ziehen, schien ihr erträglicher, als weiter mit Tedric zu leben und wieder sein Bett tei-

len zu müssen. Vielleicht könnte sie in Frankreich auf Conans Rückkehr warten ...

Doch Chandra unterdrückte diesen Impuls. Ohne ihren Schutz waren die Dorfbewohner völlig Tedrics Willkür ausgesetzt. Er würde ihr Land verwüsten und ihre Untertanen mit seinem Haß verfolgen. Cordell brauchte seine Herrin.

Mühsam bewahrte sie Haltung. Mit starrem Gesicht sah sie Tedric entgegen. Seine Miene verriet, daß ihn ihr Anblick nicht erfreute.

»Habt Ihr Euren Vater besucht?«

Mit verdrießlicher Miene antwortete er gereizt: »Kümmert Euch nicht um meine Angelegenheiten, Milady. Freut Euch einfach nur über meine Heimkehr.«

»Jedenfalls scheint es ein unangenehmes Unternehmen gewesen zu sein«, wagte sie noch hinzufügen. Er ignorierte ihre Bemerkung und ritt an ihr vorbei.

Chandra spähte die Straße hinunter zum Waldrand, hoffte einen flüchtigen Blick auf einen Reiter zu erhaschen. Und dann entdeckte sie das Zeichen, nach dem sie Ausschau hielt: Ein Falke kreiste hoch in den Lüften, und ein schriller Pfiff gellte aus dem Wald. Der majestätische Vogel faltete seine breiten Schwingen und schoß im Sturzflug auf die Bäume nieder. So wie Mars ihr Conans Ankunft verkündet hatte, gab er ihr jetzt das Zeichen seiner Abreise.

Tränen stiegen ihr in die Augen. »Möge Gott dich behüten«, hauchte sie, und der Schmerz in ihrem Herzen ließ ihr kaum die Kraft, ihr Zuhause zu betreten.

17

Der Duft von Osterblumen hing in der Luft. Die Ostermesse wurde gesungen, und die Dorfbewohner brachten, wie es der Sitte entsprach, ihrer Herrschaft Eier. In der Woche nach Ostern ruhten die Arbeiten auf den Feldern, und kein Fischer fuhr aufs Meer hinaus. In den Nächten jedoch trafen sich die Männer heimlich in ihren Hütten, und Sir William unterbreitete der Burgherrin ihre Pläne.

»Die Männer ziehen wieder in den Wald, Lady. Auch die jüngeren, deren Dienst erst nächstes Jahr beginnen sollte.«

»Solange die Felder bestellt werden können, überlasse ich dir die Entscheidung, wen du mitnimmst, William.«

»Ihr braucht Schutz in der Burg...«

»Das ist nicht nötig. Sorge nur dafür, daß genügend Leute im Wald sind, um das Dorf von dieser Seite zu beschützen.«

»Wenn er die Hand gegen Euch erhebt...«

»Sollte ich nicht hiersein, um dir Befehle zu erteilen«, unterbrach Chandra ihn schroff, »dann handle nach deinem Gutdünken, um Cordell zu verteidigen. In der Zwischenzeit wollen wir möglichst einen Familienkrieg vermeiden.«

William senkte die Augen und sagte warnend: »Tedric wird Euer Leben nicht schonen.«

»Ich muß mich vor ihm in acht nehmen. Aber ich habe keine Angst vor ihm.«

»Wißt Ihr, wohin ihn seine letzte Reise führte?«

»Nein, er hat es mir nicht gesagt. Gewiß hatte er nichts Gutes im Sinn.«

»Ich weiß nicht, ob Sir Tedric daran beteiligt war, aber man spricht von Tumulten in Bury Saint Edmunds. Am Palmsonntag wurden dort viele Juden getötet und ihre Häuser zerstört.«

Chandra war über diese Nachricht entsetzt. Tedric würde weder vor Mord noch vor Brandschatzung zurückschrecken, um sich mit den Adeligen zu verbünden, die er für mächtig hielt. Sollte Theodoric von seinen Machenschaften erfahren, würde er ihm wohl die Unterstützung der Familie verweigern. Aber Chandra hatte keine Beweise für Tedrics Schuld.

»Tedric ist sehr verärgert darüber, daß die Bewohner von Cordell ausschließlich Befehle von mir annehmen. Behalte deine Vermutungen für dich. Triff deine Vorbereitungen und berichte mir, wenn Tedric nicht in der Burg ist.«

Als William gegangen war, trat Chandra ans Fenster ihres Schlafgemachs und blickte aufs Meer hinaus. Plötzlich wurde die Tür aufgestoßen, und Tedric kam herein.

Gelassen sah sie ihm entgegen. »Was führt Euch zu mir, Milord?« fragte sie.

»Kannst du mir verraten, warum diese Faulpelze nicht arbeiten? Überall im Dorf lungern Männer herum und aalen sich in der Sonne.«

Chandra blickte wieder zum Fenster hinaus. Sie war zwar Tedrics Willkür ausgeliefert, aber wenigstens war sie seine Gefangene hier in Cordell, ihrem eigenen Besitz.

»Willst du mir nicht antworten?«

»Ihr kennt die Antwort, Tedric. Die Dorfbewohner haben ein Anrecht auf ihre Feiertage. Sie arbeiten hart genug.«

»Sie leben wie die Könige ...«

Sie drehte sich wütend zu ihm um. »Ihnen bleibt kaum genug zum Überleben. Cordell war einmal eine reiche Burg, und die Leute hatten ihr Auskommen. Aber Ihr nehmt ihnen alles ...«

»Man kann mir nicht die Schuld an den hohen Steuern geben ...«

»Steuern? Es sind wohl eher die Abgaben, die Ihr dafür bezahlen müßt, damit Ihr wohlbehalten hierbleiben könnt, während andere Ritter in den Krieg ziehen ...«

Er schlug sie so hart ins Gesicht, daß sie gegen die Wand taumelte.

»Dann sag mir doch, mein kluges Kind, was aus England werden würde, wenn alle Ritter in einen sinnlosen Krieg ziehen würden? Und ist ein Mann nur ein Mann, wenn er den Krieg liebt? Keiner von diesen Dummköpfen wird zurückkommen. Die meisten werden nicht einmal die weite Reise überleben.«

Chandra starrte ihn haßerfüllt an.

Er lachte grausam, als er ihren Blick sah. »Sei unbesorgt, meine Liebe, sobald ich von Sir Conans Tod erfahre, werde ich dir schleunigst die Nachricht überbringen.«

Chandra ließ sich ihre Betroffenheit nicht anmerken.

»Leider muß ich dich bald wieder allein lassen«, fügte er hinzu. Ihre Miene hellte sich unbewußt auf. »Das scheint dich zu freuen, Chandra. Findest du so viel Gefallen an meiner Abwesenheit?«

»Wohin geht ihr diesmal, Tedric?«

»In die Normandie, zu Graf John.«

Ihr Herz machte einen Sprung. In England gab es Gerüchte, daß John, dieser machthungrige Lügner und Opportunist, versuchen würde, während der Abwesenheit seines königlichen Bruders den Thron an sich zu reißen.

»Haltet Ihr es für klug ...«

»Mich mit John zu verbünden?« fragte Tedric. »Mit dem Thronerben? Ja, ich halte es für klug und vielversprechend, Madam. Richard könnte während des Kreuzzugs ums Leben kommen, und dann an der Seite des zukünftigen Königs zu stehen kann mir nur Vorteile einbringen.« Er lachte über ihren entsetzten Gesichtsausdruck. »Glaubst du etwa, ich begnüge mich mit Cordell? Wenn Richards Armee geschlagen ist, wird manche Burg ohne Herrscher sein, und Johns Verbündeten winkt eine hohe Belohnung. Eines Tages werde ich Lord sein.«

»Für Geld und Macht ist Euch wohl kein Preis zu hoch, Tedric«, sagte sie leise.

Er hob nur spöttisch die Brauen und blieb ihr die Antwort schuldig. Chandra wußte schon zuviel von seinen Machenschaften. Er hatte gemordet. Er bestrafte die Dorfbewohner, wenn sie sich

weigerten, die überhöhten Abgaben zu bezahlen, stellte sich gegen die Kirche und verbündete sich gegen Richard.
»Eines Tages werdet Ihr Euren Meister finden, Tedric.«
»Wen?« fragte er spöttisch.
Chandra überlief ein leises Frösteln. Ja, wen? Die Dorfbewohner würden es nicht wagen, sich gegen ihn aufzulehnen. Für seine kriminellen Taten gab es keine Beweise. Und sie war seine Frau — kein Gesetz schützte sie davor, von ihm geschlagen und mißbraucht zu werden. Niemand konnte ihn daran hindern, willkürlich über seine Burg und seine Frau zu herrschen.
»Wo ist Wynne?« fragte er barsch. »Ich möchte mich noch ein bißchen vergnügen, ehe ich wieder abreise.«
Chandra drehte sich zu ihm um. »Wynne erwartet ein Kind von Euch. Verschont sie doch wenigstens jetzt.«
»Vielleicht ist sie gefügiger, wenn es ihr nicht so gutgeht«, sagte er und ging zur Tür.
»Sie hat vier Brüder, Tedric. Ihr Vater ist der Jagdaufseher und treuester Gefolgsmann der Herrinnen von Cordell seit vielen Jahren. Seine Familie genießt hier hohes Ansehen, und ich habe bereits zweimal zu Euren Gunsten interveniert. Ihr seid hier nicht beliebt, Tedric. Ich konnte bisher einen Aufstand gegen Euch verhindern, weil die Leute mir treu ergeben sind und auf mich hören. Ein Kampf gegen Euch würde zu viele Tote fordern. Aber täuscht Euch nicht, Ihr würdet keinen leichten Sieg davontragen.«
»Du warnst mich vor einer Handvoll Bauern?«
»Es sind vierhundert kräftige Männer, geübt im Umgang mit Pfeil und Bogen und dem Jagdmesser. Sie kennen jeden Fußbreit des Waldes und werden nicht davor zurückschrecken, gegen einen gewalttätigen Herrn zu kämpfen, wenn er die Tyrannei übertreibt. Tedric«, sagte sie kalt, »Ihr seid hier nur der Herr, solange ich die Burgherrin bin. Ein Wort von mir würde genügen, um Euch töten zu lassen.«
»Das würde kein Bewohner überleben, und Cordell würde dem Erdboden gleichgemacht. Und auch du würdest sterben!«

Sie sah ihm lächelnd in die Augen. »Keiner von uns beiden würde überleben, Tedric. Meine Untertanen würden meinen Tod rächen!«
Mit einem verächtlichen Schnauben wandte er sich von ihr ab.
Chandra sprach weiter. »Wir beide, du und ich, stehen auf einem schmalen Grat. Dein Tod würde meinen Tod bedeuten. Und umgekehrt. Wer von uns beiden wird zuerst fallen?«
Sein Zorn verflog. »Eines Tages, meine liebe Chandra, wird dein Hochmut dein Verderben sein. Noch besitzt du Macht über mich, aber nicht mehr lange.«
Er verneigte sich mit einem höhnischen Lächeln vor ihr. »Diese Schlacht habt Ihr gewonnen, holde Herrin. Ich werde Wynne diesmal verschonen, aber ich habe Geschmack an ihr gefunden, also versteck sie nicht zu lange unter deinen Fittichen.« Er ging rastlos in dem Zimmer auf und ab. »Ich habe keine Lust, mich nach einer Hure umzusehen. Schick mir ein Mädchen, damit ich meine Begierde stillen kann.«
Chandra senkte den Blick. »Ihr habt eine Frau«, flüsterte sie.
Sie sah nicht seinen überraschten Gesichtsausdruck. »Ach, tatsächlich?« fragte er hämisch. »Du bietest dich an, Chandra?«
Sie knirschte mit den Zähnen und fragte sich, wie sie je wieder seine Berührung würde ertragen können. Es war lange her, seit er das letztemal in ihr Bett gekommen war. »Wenn Ihr mich nicht haben wollt, dann gehe ich, Tedric. Ich werde keines der Mädchen zu Euch schicken.«
Er lehnte sich gegen die Wand und verschränkte die Arme vor der Brust. »Dann laß mich sehen, was du zu bieten hast. Zieh dich aus.«
Ihre Augen schossen Blitze, aber es gab kein Entrinnen. Um sich selbst — und andere — zu schützen, mußte sie ihm zu Willen sein.
Als sie nackt vor ihm stand, berührte er leicht ihre Brust. Sie zuckte zusammen und wich unwillkürlich vor ihm zurück. Er nahm eine ihrer goldenen Locken in die Hand und sagte: »Ja, Chandra, du bist schön. Kein Wunder, daß du zwischen Männern Kriege entfachen kannst.«

Sie sah ihm in die Augen. »Könntest du dir nur deine Liebe eingestehen, Tedric...«
»Ich liebe dich nicht, habe dich nie geliebt. Es ist mir ein Vergnügen, dich zu besitzen, weil andere Männer dich begehren.«
Mit einer Handbewegung wies er aufs Bett, und sie ging mit zitternden Knien darauf zu. Als sie ergeben auf dem Laken lag und er sich über sie beugte, hob sie instinktiv die Hände, um ihn abzuwehren. Aber diese Geste steigerte noch seine Begierde. Rasch entledigte er sich seiner Kleider und zwang sie, ihm zu Willen zu sein. Es gefiel ihm, ihr weh zu tun, und jedes schmerzvolle Stöhnen ließ ihn zufrieden lächeln. Seine Lust war schnell gestillt, und ohne einen flüchtigen Kuß oder eine zärtliche Berührung verließ er sie.
Chandra drückte ihr Gesicht in die Kissen und weinte. Obwohl sie mit Tedric verheiratet war, fühlte sie sich geschändet. Zwischen ihnen wurden nur Machtkämpfe ausgetragen. Aber jetzt fiel es ihr leichter, die Demütigung zu ertragen. Die Erinnerung an die zärtlichen Berührungen eines anderen Mannes ließ sie weinen. Und die Vermutung, daß sie Conans Kind unterm Herzen trug, verstärkte das Band zu ihrem Geliebten.

In Richards Camp in Frankreich hatte sich eine stattliche Armee, bestehend aus französischen, englischen und deutschen Truppen, versammelt. Doch die unterschiedlichen Nationalitäten führten ständig zu Reibereien zwischen den Söldnern.
Und in Richards eigener Armee kam es durch die Rivalität zwischen Conan und Tedrics Brüdern immer wieder zu Feindseligkeiten.
In einer heißen Sommernacht ereignete sich ein verhängnisvoller Zwischenfall. Conan war auf dem Weg von den behelfsmäßigen Ställen zu seinem Zelt. Im Schatten von Blairs Zelt, Theodorics zweitgeborenem und mächtigstem Sohn, entdeckte er eine Gestalt. Conan blieb stehen und hörte, wie die Zeltleinwand mit einem Messer aufgeschlitzt wurde.
Conan schlich sich leise hinter den Mann, packte ihn am Kragen

und warf ihn zu Boden. Der Mann schrie entsetzt auf, als Conans Knie ihn schmerzhaft in die Brust traf. Als Conan dem Übeltäter ins Gesicht sah, erkannte er einen seiner eigenen Männer.
»Was tust du hier?« fragte er zornig.
Der Mann antwortete nicht, sondern sah nur völlig verängstigt zu Conan hoch. Schließlich stammelte er: »Sir Conan. Er ist Euer *Feind*!«
»*Du* bist mein Feind! Du säst Zwietracht zwischen den Truppen. In diesem Feldzug kämpfen wir alle nur für ein Ziel, und alte Feindschaften werden hier nicht ausgetragen.« Er stand auf und zerrte den Söldner auf die Füße.
»Sir Conan, laßt mich gehen«, flehte der Mann.
»Du wirst deine Strafe bekommen«, sagte er und zerrte den Söldner vor den Eingang von Blairs Zelt.
Dort rief er: »Sir Blair!«
Gleich darauf stand Blair, nur mit der Unterwäsche bekleidet, im Fackellicht vor seinem Zelt. Verwirrt sah er Conan und den Söldner an.
»Dieser Mann wollte Euch bestehlen, Sir Blair. Er gehört zu meinem Trupp, aber er wollte diese Missetat ohne mein Wissen begehen.« Er stieß den Mann auf Blair zu. »Bestraft ihn, denn er gehört ab sofort nicht mehr zu meinen Männern.«
Der Mann fiel vor Blair auf die Knie. »Wie kann ich wissen, daß er nicht doch auf Euren Befehl hin gehandelt hat?« fragte Blair.
»Ich habe meinen Männern strikte Order erteilt, keinen Streit mit Euren oder den Rittern Eurer Brüder zu suchen.«
»Es ist eine allgemein bekannte Tatsache, daß unsere Familien miteinander verfeindet sind«, sagte Blair zornig. »Diese Fehde wird uns wohl auch auf dem Kreuzzug begleiten.«
»Ich suche keinen Streit mit Euch«, sagte Conan.
»Wie wollt Ihr beweisen, daß dieser Anschlag nicht von Euch angeordnet wurde?«
Conan verneigte sich steif. »Ich stehe Euch zur Verfügung«, antwortete er.

Blair lachte plötzlich. Er war ein starker, kriegserprobter Mann. »Ihr hattet keine Schwierigkeiten, Tedric im Kampf zu besiegen, aber wir sind nie gegeneinander geritten, Conan. Glaubt Ihr, Ihr könntet mich ebenso leicht schlagen?«
»Nein«, entgegnete Conan gelassen. »Es wäre schwieriger.«
»Ja«, antwortete Blair lachend. »Ich kann nicht leugnen, daß es mir ein Vergnügen wäre, Euch im Kampf zu besiegen.«
Conan hob eine Braue. Seit seiner Ankunft in Richards Lager in Vézelay war er Theodorics Söhnen ausgewichen, um es nicht zu einem offenen Konflikt kommen zu lassen. Aber Blairs Reaktion zeigte ihm, daß dieser ungeduldig darauf wartete, die Familienfehde auszutragen.
»Wäre es Euch ein Vergnügen, weil ich gegen Euren Bruder Anklage erhoben habe?«
»Nein.«
Conan verneigte sich wieder. »Ich stehe Euch zur Verfügung.«
»Wir wollen die Herausforderung auf einen anderen Zeitpunkt verschieben. Wenn wir jetzt gegeneinander kämpfen, würde das nur den Aufruhr in unseren Truppen schüren und zu weiteren Streitereien führen. Ihr habt mit Eurer Anklage Schande über Tedric gebracht, und weder ich noch meine Brüder werden Euch das verzeihen.«
Conan holte tief Luft. »Ich halte meine Anklage aufrecht, obwohl ich sie nicht beweisen kann.«
»Darüber wollen wir jetzt nicht rechten«, sagte Blair. »Wir sind hier, um für ein gemeinsames Ziel zu kämpfen. Unsere Auseinandersetzung muß warten, bis wir wieder auf englischem Boden sind. Laßt diesen Mann auspeitschen und verstoßt ihn aus Eurem Trupp. Das sollte irgendwelche Übeltäter abschrecken.«
»Und Ihr haltet Tedric für unschuldig? Ihr steht zu ihm?«
»Er ist mein Bruder.«
»Aber Ihr kämpft nicht gegen mich?« fragte Conan.
»Ich habe Euch schon als kleinen Jungen gekannt, Conan«, sagte Blair. »Und ich bedaure, daß Ihr mit Tedric im Streit liegt. Da ich Euch als ehrenhaften Mann und Ritter kenne, müßt Ihr von Ted-

rics Schuld überzeugt sein, sonst hättet Ihr keine Anklage erhoben. Aber Ihr irrt Euch. Ihr beschuldigt Tedric zu Unrecht. Ja, ich bin bereit, diese Fehde ruhen zu lassen, und spreche auch im Namen meiner Brüder.«
Conan nickte. »Der Mann wird bei Sonnenaufgang bestraft werden.« Dann drehte er sich um und ging. »Conan«, rief ihm Blair hinterher, »ich kann Euch nicht versprechen, daß wir bei unserer Heimkehr nach England nicht irgendwann die Schwerter gegeneinander erheben werden.«
Conan sah den Ritter durchdringend an und erinnerte sich an die Zeiten, die er in Theodorics Haus verbracht hatte. Sein Streit mit Tedric hatte die Freundschaft zwischen ihren beiden Familien zerstört, aber die Erinnerung an diese schönen Jahre war ihm geblieben.
»Möge der Bessere siegen«, sagte er und ging weiter, den Missetäter am Arm hinter sich herzerrend.

Edythe wußte, daß man der Spitzenklöpplerin im Dorf das Zweite Gesicht nachsagte und daß ihre Mutter oft zu Giselle ging, um sich die Zukunft vorhersagen zu lassen. Wie die meisten Dorfbewohner hielt Edythe das für eine harmlose Spielerei.
Früh an einem Sommermorgen, als sich Udele auf einen weiteren Besuch bei der Klöpplerin vorbereitete, kam Edythe der Gedanke, ihrer Mutter zu folgen. Da der Dorfpriester den Umgang mit Wahrsagerinnen als Sünde bezeichnete, hatte Edythe seit ihrer Kindheit nicht mehr gewagt, Giselle aufzusuchen. Und aus Angst vor Gottes Strafe hatte sie jeden Impuls unterdrückt, von Giselle etwas über Mallory zu erfahren, obwohl sie in ständiger Sorge um ihn lebte. Edythe war sich sicher, daß Udele die Klöpplerin aufsuchte, um sie über Conan zu befragen.
Edythe schlich in sicherer Distanz hinter ihrer Mutter her. Wäre Udele in etwas zugänglicherer Stimmung gewesen, hätte Edythe sie um Erlaubnis gebeten, sie begleiten zu dürfen. Aber die Launen ihrer Mutter waren unberechenbar. Einen Augenblick gab sie sich sanft und zugänglich, und im nächsten konnte sie schon

vor Wut toben. Und deshalb ging Edythe iher Mutter so weit wie möglich aus dem Weg.
Hinter Giselles Kate versteckte sie sich neben einem Stapel Feuerholz. Durch das einen Spaltbreit geöffnete Fenster konnte sie die Stimme ihrer Mutter hören.
»Ich möchte wissen, wie es Conan geht. Widersprich mir diesmal nicht, sonst bekommst du meinen Zorn zu spüren.«
»Ihr tut mir unrecht, Madam«, sagte Giselle sanft und zeigte keine Angst vor Udeles Feindseligkeit.
»Du hättest mich warnen sollen. Du hast gewußt, was passieren wird.«
»Das konnte ich nicht«, widersprach Giselle. »Ich konnte nicht vorhersehen, was Ihr tun würdet.«
»Du hast mir gesagt, daß dieses Miststück nicht lange leben würde! Aber du hast mir nicht gesagt, daß Conan nach ihrem Tod am Kreuzzug teilnehmen würde!«
»Ich habe Euch die Wahrheit gesagt. Sir Conan wäre nicht von Edwinas Seite gewichen, solange sie lebte. Ihr habt ihr Leben verkürzt.«
Udele schwieg. Eine Weile herrschte Stille in der Kate.
»Ich habe zu lange Euer Leben geteilt und Euch die Zukunft vorhergesagt, Madam. Eure Tat konnte mir nicht verborgen bleiben. Ich habe Euch gewarnt, Milady. Ihr habt die Frau Eures Sohnes getötet und damit Eure Macht mißbraucht.«
»Was macht das für einen Unterschied?« fragte Udele kalt. »Sie wäre sowieso gestorben.«
»Sie hätte länger gelebt.«
»Edwina war boshaft und eifersüchtig auf mich. Sie drohte damit, meinem Sohn die Wahrheit über mich zu sagen, und hätte mein Leben ruiniert.«
»Edwina war warmherzig und ehrlich. Sie hat Euch allein mit der Wahrheit gedroht«, antwortete Giselle. Das dumpfe Klatschen einer Ohrfeige war zu hören. Edythe zuckte zusammen. Sie war mehr als einmal das Opfer der Unbeherrschtheit ihrer Mutter gewesen. Edythes Herz raste, und ihre Hände waren kalt.

Das eben Gehörte ließ sie zittern. Ihre Mutter hatte Edwina getötet.
»Wenn du ein Wort darüber verlauten läßt — mich einer Tat beschuldigst, die du nicht beweisen kannst —, sind deine Tage gezählt.«
»Ich werde nicht aus Loyalität zu Euch schweigen, Madam, noch weil ich um mein Leben fürchte. Nur weil ich noch eine Aufgabe zu erfüllen habe.«
»Dann sprich nie mehr darüber. Wird Conan diesen Kreuzzug überleben?«
»Er wird nach England zurückkehren.«
»Wird er Reichtümer ansammeln? Wird er Anselm zu seinem Wohnsitz machen?«
»Erst wenn Ihr fort seid«, antwortete Giselle.
»Wie meinst du das?« fragte Udele.
»Ihr habt ihn verloren, Madam. Ihr habt seine Treue mißbraucht. Euer ständiges Einmischen in seine Angelegenheiten hat genau das bewirkt, wovor ich Euch gewarnt habe. Er wird seine Pflicht Euch gegenüber erfüllen, aber im Augenblick seines größten Triumphes wird er nicht an Euch denken.«
»Du lügst!« schrie Udele wütend. »Er wird mich nie beiseite stoßen noch anderen den Vorzug vor mir geben.«
»Lady«, sagte Giselle sanft und geduldig, »das hat er bereits getan.«
Dann hörte Edythe, wie die Haustür mit einem lauten Knall zugeschlagen wurde. Vor Entsetzen wie gelähmt, blieb sie noch eine Weile in ihrem Versteck und machte sich dann vorsichtig auf den Heimweg.
Für den Rest des Tages blieb sie in ihren Gemächern, wagte nicht, ihrer Mutter unter die Augen zu treten, bis Alaric abends in die Burg zurückkehren würde. Sie betete darum, daß ihre Mutter keine Möglichkeit finden würde, ihre Anklage als Verleumdung abzutun. Denn dann wäre sie ihres Lebens nicht mehr sicher.
Als die Sonne unterging, saß Edythe am Fenster. Sie hörte, wie

sich die Tür öffnete. Udele, gefolgt von Pierce, betrat ihr Zimmer. Ihr Herz pochte schmerzhaft, obwohl ihre Mutter freundlich lächelnd ein Tablett mit zwei Bechern hereintrug.

»Da bist du ja, meine Liebe«, sagte Udele einschmeichelnd. »Ich habe dich den ganzen Tag nicht gesehen.«

»Ich habe mein Zimmer nicht verlassen«, antwortete Edythe.

»Was, du warst den ganzen Tag nicht draußen? Aber, meine Liebe, du hast heute doch gewiß etwas Interessantes erfahren.«

»Nein, Madam«, widersprach Edythe, drehte sich um und sah zum Fenster hinaus, in der verzweifelten Hoffnung, Alaric endlich heimkommen zu sehen. »Mein Tag verlief wie gewöhnlich.«

»Ach, wirklich?« fragte Udele scheinheilig und stellte das Tablett auf den Tisch. »Hattest du kein abenteuerliches Erlebnis vor dem Fenster der Klöpplerin?«

Edythe fuhr herum und sah ihre Mutter entsetzt an. Udele zog einen Stoffstreifen aus ihrer Tasche und hielt ihn Edythe hin. Es war ein Stück ihres Kleides.

»Das hat man neben dem Holzstoß hinter Giselles Kate gefunden. Ich fürchte, du hast dir dein Kleid zerrissen«, sagte Udele.

Edythe sah ihre Mutter entgeistert an und wandte sich dann wortlos ab. Udele zog einen Beutel mit Pulver aus ihrer Rocktasche.

»Willst du mir nicht verraten, warum du mir gefolgt bist, Edythe?« fragte Udele und schüttete den Inhalt des Beutels in einen Becher.

Edythe wagte nicht, ihrer Mutter in die Augen zu sehen, als sie antwortete: »Ich dachte, Ihr wolltet etwas über Conan erfahren.«

»Dann hast du also meine Unterhaltung mit Giselle gehört?«

»Nein«, antwortete Edythe zu schnell. »Ich konnte kein Wort verstehen.«

»Doch, du hast alles gehört«, widersprach Udele, »sonst hättest du jetzt keine Angst vor mir.«

Edythe fuhr herum. In ihren Augen standen Tränen. »Ich wünschte, ich hätte nichts gehört«, sagte sie mit bebender Stimme. »Madam, ich kann es einfach nicht glauben!«

»Ach, dann kennst du also mein Geheimnis. Und was wirst du tun, meine liebe Edythe?«
»Ich muß es Vater sagen«, antwortete Edythe zögernd.
Udele nickte mit betrübter Miene. »Das habe ich vermutet.« Dann sah sie Edythe lächelnd in die Augen. »Damit ist mein Schicksal wohl besiegelt. Alaric wird mich zumindest verbannen.«
Edythe sah ihre Mutter verwirrt an. »Habt Ihr denn keine Angst?«
»Nein, denn ich habe die Strafe verdient. Diese Todsünde quält mich seit Edwinas Tod. Ich werde mich der gerechten Strafe nicht entziehen.«
Edythe ließ sich auf einen Stuhl neben dem Fenster sinken und starrte ihre Mutter voller Verwunderung an. Sie verstand deren gefaßte und ruhige Haltung nicht. Um Udeles Lippen lag ein trauriges Lächeln.
»Madam«, sagte Edythe bekümmert »vielleicht kann er Euch vergeben ...«
»Nein, das glaube ich nicht.« Udele reichte Edythe einen der Becher. »Es ist das letztemal, das wir gemeinsam einen Schluck Wein trinken, meine Tochter.«
Edythe griff nach dem Becher, hob ihn an ihre zitternden Lippen und nahm einen Schluck, während Udele aus ihrem Becher trank. Der Wein schmeckte bitter, aber sie erhoffte sich davon eine beruhigende Wirkung.
»Du hättest den ganzen Tag in deinen Gemächern bleiben sollen, Edythe«, sagte Udele jetzt mit schneidender Stimme. »Du hättest nicht hinter deiner Mutter herspionieren dürfen.«
Edythe wurde schwindlig. Sie ahnte, daß ihre Mutter sie vergiftet hatte. »Der Wein ...« stammelte sie fassungslos.
»Ja, der Wein«, sagte Udele mit hämischem Gelächter. »Du warst immer ein törichtes Mädchen, Edythe. Hast du wirklich geglaubt, ich würde es zulassen, daß du Alaric die Wahrheit sagst?«
»Vater ...« flüsterte Edythe.

»Alaric ist nach Stoddard geritten, meine Liebe. Er wird nie deine Geschichte erfahren.« Der Becher fiel aus Edythes Hand. Wieder lachte Udele, hob ihren Becher an die Lippen und trank ihn in einem Zug leer. Dabei tropfte etwas Wein auf ihr Kleid und färbte es blutrot. »Du hast gehört, daß ich einmal getötet habe, Edythe. Wie konntest du daran zweifeln, daß ich es wieder tun würde?«

»Madam ...« hauchte Edythe. »Mutter ...«

Leblos sank sie zu Boden.

Udele wandte sich an Pierce, der schweigend neben der Tür gestanden hatte. »Bring sie heute nacht noch von hier fort.«

Pierce sah seine Herrin mit qualvollem Blick an. »Ja, Madam.«

»Ich konnte nicht zulassen, daß sie mein Leben zerstört. Soll ich etwa, von Mann und Sohn geächtet und verschmäht, den Rest meiner Tage bei Brot und Wasser in meiner eigenen Burg verbringen?«

Mit diesen Worten verließ sie Edythes Zimmer.

Chandra litt sehr unter der Hitze. Vor Erschöpfung und Trauer war sie den Tränen nahe. Letzte Nacht hatte sie kein Auge zugetan, denn sie hatte Wynne bei ihrer Niederkunft beigestanden.

Leise klopfte sie an Tedrics Tür und trat ein. Er stand über seine Waschschüssel gebeugt und drehte sich nicht um. Ihre Hand lag auf ihrem gewölbten Leib, als sie sagte: »Euer Sohn, Milord — er wurde tot geboren.«

Er blieb einen Augenblick reglos stehen und drehte sich dann zu ihr um, während er sich das Gesicht mit einem Handtuch abtrocknete.

»Und wann können *wir* mit dem freudigen Ereignis rechnen?« fragte er.

Chandra streichelte ihren Bauch. Es war schrecklich gewesen, Wynnes Qualen mitzuerleben und dann das leblose Kind in den Armen zu halten.

»Wird mein Erbe gesund und kräftig sein, Madam?« fragte Tedric.

Chandra nickte und wandte den Kopf ab.
»Wann ist die Niederkunft?«
»Ich bin mir nicht sicher«, antwortete sie mit erzwungener Leichtigkeit. »Anfang des Jahres, nehme ich an.«
»Du bist dir nicht sicher? Aber du weißt, wer der Vater ist?«
Ihr kalter, durchdringender Blick ließ Tedric auflachen. »Wer außer Euch könnte der Vater sein?«
»Wäre Conan nicht im Ausland, würde ich mich das fragen.«
»Wie lange wollt Ihr mich noch verdächtigen?«
»Bis er tot ist«, antwortete Tedric. »Am Kreuzzug wird er wohl weniger Vergnügen finden als an der Verführung junger Mädchen.«
Tedrics grausame Worte ließen Chandra zusammenzucken.
»Ich reise heute morgen ab«, sagte Tedric.
Sie nickte schweigend, drehte sich um und floh in ihr Gemach. Dort lehnte sie sich voller Verzweiflung gegen den Türrahmen. Conan muß zurückkommen, dachte sie hoffnungslos. Das Kind. Es wird ein starkes, gesundes Kind.

Später am Vormittag wurde sie aus dem Webzimmer in die Halle hinuntergebeten, wo eine Abordnung von Männern aus Anselm den Burgherrn oder die Herrin zu sprechen wünschte. Mit ängstlich klopfendem Herzen begrüßte sie die Männer und fragte nach dem Grund ihrer Anwesenheit.
»Wir suchen Lady Edythe, Madam«, sagte der Anführer. »Ist sie vielleicht bei Euch?«
Chandras Angst schwand. Erschreckt fragte sie: »Edythe? Nein, Edythe ist nicht hier.«
»Verzeiht, Milady, Euer Wort genügt uns zwar, aber ich wage nicht, allein damit zu Lord Alaric zurückzukehren. Er hat uns befohlen, jeden Winkel Englands nach ihr abzusuchen.«
»Ist sie denn nicht bei ihrem Vater?«
Der junge Mann zuckte die Schultern. »Sie ist aus Anselm verschwunden, Milady. Niemand weiß, warum sie ihren Vater verließ und wohin sie ging. Wir haben jedes Dorf, jedes Haus durchsucht — niemand hat sie gesehen.«

»Und was sagt Sir Mallory dazu? Ist sie vielleicht bei ihm?«
»Nein, Madam. Sir Mallory weiß nicht, daß seine Frau vermißt wird. Lord Alaric hat unter einem anderen Vorwand Reiter nach Vézelay geschickt, aber Lady Edythe wurde dort nicht gesehen. Er wollte Sir Mallory nicht beunruhigen und hat ihm das Verschwinden seiner Tochter verheimlicht. Lord Alaric fürchtet, Sir Mallory könnte ohne Erlaubnis des Königs die Armee verlassen.«
»Dann weiß auch Sir Conan nichts davon?« fragte Chandra.
»Nein, Madam. Dürfen wir die Burg und das Dorf durchsuchen?«
»Natürlich«, entgegnete sie beunruhigt.
Die Männer befragten die Bediensteten und durchsuchten sorgfältig jeden Winkel der Burg. Chandra wurde es plötzlich zu eng in der Halle, sie glaubte keine Luft mehr zu bekommen. Sie eilte in den Burghof hinaus.
Edythe würde nie fliehen. Dafür gab es keinen Grund. Warum sollte sie allein die schützenden Mauern von Anselm verlassen? Jemand mußte sie mit Gewalt dazu gezwungen haben. Aber wer sollte ein Interesse daran haben, Edythe weh zu tun?
Chandra überlief plötzlich ein eisiger Schauder. Conan hatte England verlassen, weil selbst seine Anwesenheit denen, die er liebte, keinen Schutz bot. Er hatte Edwina nicht vor dem Tod und Chandra nicht vor der erzwungenen Ehe retten können. Und jetzt wurde Edythe vermißt. Chandra hatte Tedric in Verdacht.
»Oh, mein Geliebter«, flüsterte sie kläglich, »welche Tragödien erwarten dich bei deiner Heimkehr?«

18

Zum erstenmal nach ihrer Hochzeit sah Chandra ihr Elternhaus bei der Beerdigung ihres Vaters wieder. Sir Medwin von Phalen war lange Zeit krank gewesen. Einsamkeit und Trauer um die Menschen, die er geliebt hatte, hatten ihn zusehends geschwächt. Er hatte seine geliebte Frau Millicent verloren und dann Edwina, die auf so tragische Weise ums Leben gekommen war. Laine hatte sich von der Welt ins Kloster zurückgezogen, und Chandra war seine letzte Hoffnung gewesen. Medwin hatte geglaubt, seine jüngste Tochter einer angesehenen Familie anzuvertrauen, aber bald war ihm sein schrecklicher Irrtum bewußt geworden.
Bald nach der Eheschließung hatte Sir Tedric sein wahres Gesicht gezeigt. Er hielt Chandra wie eine Gefangene auf ihrem eigenen Besitz und mißhandelte sie und ihre Untergebenen. Trotz seines Versprechens hatte er Chandra nicht erlaubt, ihren Vater auf Phalen zu besuchen. Medwin war zweimal bei seiner Tochter in Cordell gewesen: einmal während ihrer Schwangerschaft und das zweitemal nach der Geburt ihres Sohnes.
Chandra hatte ihrem Vater nicht verheimlichen können, daß sie einen Mann hatte heiraten müssen, dessen brutaler Willkür sie hilflos ausgeliefert war. Auch Medwin gegenüber wurden Tedrics Forderungen immer unverschämter. »Mein Sohn ist Euer einziger Enkel«, hatte Tedric den alten Mann zu erpressen versucht. »Wollt Ihr Conan noch immer Phalen überlassen, damit eines Tages eine Fremde Herrin hier wird, oder wollt Ihr endlich einsehen, daß er nach dem Ableben Eurer Tochter keinen Anspruch mehr darauf hat?«
Medwin jedoch hielt an seinem Versprechen fest, daß Conan einmal Phalen erben würde. Aber Tedric setzte ihm während sei-

nes letzten Besuchs in Phalen erbarmungslos zu. Als er nach Cordell zurückkehrte, brachte er Chandra die Nachricht, daß Medwin in einer kalten Frühlingsnacht im Jahr 1192 im Schlaf gestorben war.

Es nahmen nicht viele Trauergäste an der Beerdigung teil. Obwohl Medwin ein geachteter Mann gewesen war, wurden Adelige und Ritter durch das kalte Wetter oder ihre Teilnahme am Kreuzzug von der Reise nach Phalen abgehalten. Auch Sir Theodric blieb der Beerdigung fern. Lord Alaric kam in Begleitung von Galen. Ob sie dabei allerdings ihrem alten Freund das letzte Geleit geben oder Conans Anspruch auf Phalen manifestieren wollten, blieb offen.

Chandra trug schwer am Verlust ihres Vaters. Während seines letzten Besuchs in Cordell, als er Hugh, seinen einzigen Enkel, sehen wollte, hatte er seine jüngste Tochter um Verzeihung gebeten. Doch Chandra hatte ihm nicht den erhofften Seelenfrieden geben können.

Jetzt, da Medwin nicht mehr lebte, fürchtete sie, daß Tedric mit aller Gewalt versuchen würde, Phalen in seinen Besitz zu bringen.

Jetzt, anläßlich der Beerdigung, wartete sie auf eine günstige Gelegenheit, um mit Lord Alaric allein ein paar Worte wechseln zu können. Sie hoffte, daß er sie nicht verächtlich abweisen und ihr die Information verweigern würde, die sie erhoffte. Früh am Morgen, als Alaric seine Abreise vorbereitete, ergab sich im Burghof die Möglichkeit zu einem Gespräch. Mit Hugh auf dem Arm ging sie zu ihm.

»Milord«, fragte sie, »habt Ihr Nachricht von Sir Conan?«

Alaric lächelte ihr freundlich zu. »Hast du nichts von ihm gehört?«

»Nein, Milord. Tedric erzählt mir manchmal etwas über den Kreuzzug, aber kein Wort über Sir Conan. Ich weiß, er würde es mir sofort sagen, wenn ...« Sie verstummte und senkte den Kopf.

Alaric berührte leicht ihre Wange. »Ja, Mädchen, er würde dir so-

fort von Conans Tod berichten.« Chandra blickte auf und sah das Mitgefühl in Alarics Augen. »Leider kann ich dir nicht helfen.« Chandra hob stolz den Kopf und sagte: »Ich komme gut zurecht, Milord.«
»Was du nicht sagst!« schnaubte Alaric. »Durftest du nicht zum erstenmal seit deiner Hochzeit Cordell verlassen?«
»Ja, aber dort bin ich in Sicherheit. Er bewacht mich zwar, aber er behandelt mich nicht allzu schlecht.«
Alaric schüttelte traurig den Kopf. »Es tut meinem alten Herzen weh zu sehen, wie du leidest, Chandra.«
»Wie geht es Sir Conan, Milord?«
»Dieser Krieg ist entsetzlich, Chandra. Conan wird sich sehr verändert haben, wenn er zurückkehrt. Aber er wird zurückkehren; es geht ihm gut.« Alaric betrachtete Chandras Kind eindringlich. Er war ein stämmiger kleiner Knabe mit bronzefarbenem Teint und einem dunklen Haarbüschel auf dem Kopf. »Tedric hat einen kräftigen Sohn«, meinte Alaric.
»Dieses Kind ist meine einzige Freude«, sagte Chandra.
»Er hat eine dunklere Hautfarbe als du und schwarzes Haar.«
»Er schlägt mehr meinem Vater als mir nach«, antwortete sie.
Alaric überging diese Bemerkung. »Du mußt darauf vorbereitet sein, in Conan einen veränderten Mann zu sehen, wenn er zurückkehrt.«
»Hauptsache, er überlebt diesen Kreuzzug, Milord«, sagte sie ruhig.
Alaric blickte zur Burg. »Geh hinein, Mädchen, ehe Tedric deine Abwesenheit bemerkt.«
»Milord? Wenn Ihr an Conan schreibt, würdet Ihr ihm bitte mitteilen ...« Sie verstummte und schüttelte dann den Kopf.
»Was soll ich ihm schreiben?« drängte Alaric.
»Nichts.«
Chandra spürte seine Hand unter ihrem Kinn und sah ihn mit Tränen in den Augen an. »Gib mir eine Nachricht für ihn mit, Chandra«, sagte Alaric.
»Es ist zu grausam. Ihm sind die Hände gebunden. Er kann nicht

hoffen ...« Chandra konnte Alaric nicht mehr ins Gesicht sehen. Sie wollte Conan mitteilen, daß sie ihn liebte, daß er einen Sohn hatte ... aber diese Nachricht würde Conan nur eine unerträgliche Bürde sein. Wenn er sie noch liebte, sollte er aus freiem Willen zu ihr zurückkehren — nicht aus Pflichtgefühl. Sie konnte ihn nicht um seine Hilfe bitten.

»Chandra? Was soll ich ihm schreiben?«

»Teilt ihm mit, daß es mir gutgeht und daß ich für ihn bete.«

»Ist das alles?«

»Ja«, sagte sie mit tränenerstickter Stimme. »Das ist alles.« Sie preßte Hugh fest an sich und lief in die Burg. Zwei Jahre waren vergangen, seit Conan heimlich in ihr Schlafgemach gekommen war — zwei lange Jahre, seit er ihr versprochen hatte, zurückzukehren und sie von Tedric zu befreien. Er wußte nicht, daß er einen Sohn hatte — niemand wußte es, obwohl Wynne es vielleicht vermutete.

Conan würde bei seiner Rückkehr ein stark verändertes England vorfinden. Die hohen Abgaben, die den Menschen für die Finanzierung des Kreuzzugs abgepreßt worden waren, hatten das Land ruiniert. John war aus seinem Exil zurückgekehrt und von seinem Bruder, König Richard, mit der Verwaltung großer Ländereien im Zentrum Englands betraut worden. Die Menschen unter seiner Herrschaft hatten ein schweres Schicksal zu ertragen, denn John war vom Machthunger besessen und nutzte Richards Abwesenheit, um immer mehr Land an sich zu raffen.

Zu Johns Gefolgsleuten, die sich erhebliche Vorteile von ihrer Unterstützung versprachen, zählte natürlich auch Tedric. Tedric hatte jetzt mächtige Freunde.

Chandra wischte sich die Tränen ab und ging in ihr Zimmer, um die Vorbereitungen für ihre Rückreise nach Cordell zu treffen. Wynne hatte bereits ihre Kleider in die Truhen gepackt. »Hat Sir Tedric dir gesagt, wann wir abreisen?«

»Nein, Lady, nur daß wir packen sollen.«

Chandra griff nach einem kleinen Schmuckkästchen, das ein paar Dinge enthielt, die ihrer Mutter gehört hatten. Sie hoffte, daß Tedric ihr nicht auch noch diese wenigen Schmuckstücke wegnehmen und verkaufen würde. Für Chandra hatten sie eher sentimentalen Wert, denn die Edelsteine waren nicht sehr kostbar. Sie öffnete das Kästchen und entdeckte darin eine Pergamentrolle. Verwirrt zog sie sie heraus und sah, daß es ein Brief war, der mit der Anrede »Vater« begann und mit einem »C« unterzeichnet war. Chandra begriff sofort, daß es ein Brief Conans an seinen Vater war. Lord Alaric hatte also einen Weg gefunden, ihr die Informationen zukommen zu lassen, um die sie ihn gebeten hatte. Er hatte sich wohl heimlich in ihr Zimmer geschlichen, als niemand anwesend war.

Schnell steckte sie die Pergemantrolle wieder in das Kästchen, schloß den Deckel, warf sich ihren Mantel über die Schulter und versteckte ihren Schatz in den Stoffalten.

»Wynne, paß auf Hugh auf. Ich komme gleich wieder.«

Chandra eilte rasch die Treppe hinunter und wäre in der Halle beinahe mit Tedric zusammengestoßen.

»Verzeiht, Milord«, murmelte sie und drängte sich an ihm vorbei.

»Wohin geht Ihr?« fragte er barsch.

»Zum Grab meiner Eltern, Tedric, wenn Ihr es erlaubt«, sagte sie abweisend.

»Übertreibst du nicht ein wenig mit deiner Trauer?« fragte Tedric boshaft. »Morgen früh reisen wir ab.«

»Ist Lord Alaric bereits fort?« fragte sie.

»Ja, aber er hat Galen zum Schutz der Burg hiergelassen.« Tedric lachte plötzlich. »Niemand würde es *wagen*, den *Ritter* anzugreifen!« Tedric ging lachend weiter, und Chandra eilte in den Garten, ans Grab ihrer Eltern.

Sie sah sich vorsichtig um. Der kleine Friedhof war durch Büsche von der Burg abgeschirmt. Tedric würde ihr hierher nicht folgen. Sie kniete auf der feuchten Erde, öffnete das Kästchen und nahm den Brief heraus. Conans Handschrift ließ ihr Herz höher schlagen.

Er schrieb von den verheerenden Stürmen in Jaffa, die ihr Vor-

wärtskommen beträchtlich behindert hatten. Während der Überfahrt waren viele Männer Krankheiten und Hunger zum Opfer gefallen. Auch Richard litt unter den Entbehrungen und Strapazen dieses Kreuzzugs. Seine Gefolgsleute bangten oft um seine Gesundheit.
Es gab keinen besseren Feldherrn und Strategen, aber die heimtückischen Angriffe der Ungläubigen brachten den Kreuzrittern große Verluste bei. In der Schlacht von Arsuf blieben die Christen zwar Sieger, aber es grenzte an ein Wunder, daß es überhaupt Überlebende in ihren Reihen gab. Die unbarmherzige Hitze und der Mangel an Wasser raubten dem Söldnerheer die Kampfkraft.
Conan schrieb seinem Vater, daß er die Greueltaten dieses Krieges kaum ertragen könne. Die Schmerzensschreie der Verwundeten, das Hinschlachten von Hunderten von Kriegsgefangenen, der Verlust vieler seiner Freunde ließen ihn am Sinn dieses Kreuzzugs zweifeln. Auch er sei am Fieber erkrankt und von Mallory gesund gepflegt worden.
»Als ich ihm deswegen Vorhaltungen machte«, schrieb Conan, »sagte mir der Mann meiner Schwester, daß ich im Delirium einen Namen gerufen habe, der unter meinen Gefolgsleuten wohl einiges Befremden ausgelöst hätte.«
Chandras Herz machte einen Sprung, als sie diese Zeilen las. Hatte Conan im Delirium nach ihr gerufen? Hatte Mallory befürchtet, Tedrics Brüder könnten es hören?
»Ich mache mir Sorgen um meine Lieben daheim«, schrieb er. »Es quält mich zutiefst, daß sie ohne meine Hilfe auskommen müssen. Aber nach meiner Rückkehr werde ich meine Angelegenheiten in Ordnung bringen, dessen seid versichert, Milord. Sollte sich die Gelegenheit ergeben, dann laßt meine Lieben wissen, daß ich gesund bin, wenn dieser entsetzliche Krieg mich auch geistig und seelisch zermürbt. Aber ich werde überleben und nach Hause zurückkehren.«
Tränen liefen über Chandras Wangen. »Könnte ich nur deinem Vater danken, daß er mir diesen Brief zukommen ließ«, flüsterte

sie. »Könnte ich dein Schreiben nur bei mir behalten, mein Geliebter, und es an meine Brust drücken, während ich für dich bete.«
Chandra grub ein Loch in die weiche Erde von Medwins Grabhügel, legte das Kästchen hinein und bedeckte es mit Erde. »Mein Vater würde sich geehrt fühlen, daß er deine Worte hüten darf«, sagte sie leise.
Langsam stand sie auf, drehte sich um und sah in Tedrics kalte graue Augen. Mit einem Aufschrei wich sie zurück, aber er packte sie am Handgelenk. »Was für ein kleines Geschenk von Sir Conan hast du denn da zusammen mit deinem Vater begraben, meine Liebe?«

Kurz nach Medwins Beerdigung bat Tedric seinen Vater um Unterstützung bei der Einnahme von Phalen. Ein Brief, den Medwin am Abend vor seinem Tod geschrieben hatte, überzeugte Theodoric von der Rechtmäßigkeit des Anspruchs, den Tedric auf Phalen erhob. Sir Conan, so lautete Medwins Niederschrift, hatte nach Edwinas Tod seine Pflichten Phalen gegenüber vernachlässigt, und alle Schulden waren von Sir Tedric beglichen worden. Da Tedrics Sohn der einzige direkte Nachfahre von Medwins Geschlecht sei, sei er auch der einzige berechtigte Erbe.
Galen konnte Tedrics und Theodorics Männer nicht lange Widerstand leisten. Medwins Gefolgsleute verweigerten ihm den Gehorsam und beugten sich den mächtigeren Herren. Galen wurde aus Phalen vertrieben, denn im Beisein von Theodoric wagte Tedric nicht, ihn zu töten.
Galen kehrte zusammen mit Alaric und einem Trupp Männer eine Woche später nach Phalen zurück, aber Alaric verzichtete darauf, die Burg anzugreifen. Vor dem Burgtor trafen die beiden Lords, die einst Freunde gewesen waren, aufeinander.
»Der Kampf ist noch nicht zu Ende«, sagte Alaric zu Theodoric und Tedric. »Conan wird seinen rechtmäßigen Besitz zurückerobern.«

»Und wenn Conan nicht zurückkommt, alter Mann?« spottete Tedric.
»Er würde sogar aus der Hölle fliehen, um dich zu vernichten!«
Während die Armee von Richard Löwenherz im Heiligen Land kämpfte, wurde England von Machtkämpfen zerrissen. Der Blaue Falke würde bei seiner Rückkehr ein völlig verändertes Land vorfinden.
In Cordell prahlte Tedric mit seinem Sieg über Alaric und Galen.
»Wie habt Ihr meinen Vater dazu gebracht, diesen Brief zu schreiben?« fragte Chandra.
»Es war ganz leicht, ihn zu überreden«, entgegnete Tedric. »Ich habe ihm gesagt, ich würde dich töten, sollte er sich weigern.«
»Davon kann Euch jetzt wohl nichts mehr abhalten«, höhnte sie.
»Doch, meine Liebe. Solange Conan dich haben will, wird er vorsichtig sein. Dein Leben liegt in meiner Hand.«
»Seine Gefühle zu mir spielen keine Rolle mehr, Tedric«, sagte sie gelassen. »Mit der Übernahme von Phalen seid Ihr einen Schritt zu weit gegangen. Conan wird Euch töten, ganz gleich, was er für mich empfindet.«
Im November 1192 kamen Richards Soldaten nach über zweijähriger Abwesenheit nach England zurück.

19

Tedric hatte für den Schutz von Phalen ein Söldnerheer angeworben und die Burg befestigt. Alaric und Theodoric befanden sich in einer Art Waffenstillstand und warteten auf die Rückkehr ihrer Söhne.

Nachdem Tedric ein paar Monate auf Phalen verbracht hatte, um seinen Herrschaftsanspruch dort zu manifestieren, war er nach Cordell zurückgekehrt. Er war sicher, daß Conan hier, in dem kleinen Fischerdorf, die Auseinandersetzung mit ihm suchen würde. Chandra verstand nicht, warum Tedric nicht seinen gesamten Haushalt nach Phalen — der größeren und bedeutenderen Burg —, verlegt hatte. Doch wahrscheinlich hatte er die Vorteile von Cordell erkannt, das durch seine Lage kaum einnehmbar war. Außerdem rechnete Tedric wohl damit, daß Conan zunächst den Besitz zurückerobern wollte, der ihm widerrechtlich genommen worden war — Phalen —, und dort würde er Chandra nicht vorfinden.

Chandras Tage verliefen eintönig, wurden geprägt durch die tägliche Routine, und nur am Wechsel der Jahreszeiten merkte sie, daß die Zeit verging. Tedric erlaubte ihr nicht, Cordell zu verlassen, und Besucher kamen nicht.

Frühmorgens, ehe sie ihren Pflichten als Burgherrin nachkommen mußte, brachte Wynne Hugh zu ihr. Sie setzte ihn auf ihre Knie, und er kicherte fröhlich. Mit zunehmendem Alter ähnelte er mehr denn je seinem leiblichen Vater und hatte auch dessen kräftige Gestalt geerbt. Chandra wußte, daß Tedric bald Verdacht schöpfen und seine Vaterschaft anzweifeln würde. Aber da Tedric wenig Interesse an dem Kind hatte und es oft wochenlang nicht zu Gesicht bekam, drohte noch keine Gefahr.

»Lady, mein Bruder hat Hühner nach Colchester gebracht«, sagte Wynne. »Viele Ritter sind schon zurückgekehrt.«
Chandra sah ihre Zofe nicht an. Sie kitzelte Hugh unter dem Kinn.
»Lady? Wollt Ihr eine Nachricht schicken?« fragte Wynne.
»Nein. Dafür gibt es keinen Grund.« Sie drückte Hugh fest an sich und roch den frischen Geruch seiner Haut. Er entzog sich ihrer Umarmung und stapfte auf seinen stämmigen Beinen durchs Zimmer.
»Thetford«, sagte Chandra leise. »Sollte uns Gefahr drohen, dann geh mit Hugh zu meiner Schwester Laine. Im Kloster werdet ihr sicher sein. Hat dein Vater noch das Geld, das ich ihm gab?«
»Ja, Lady, und niemand weiß davon. Aber ich könnte doch gleich dorthin fliehen und ...«
»Nein«, sagte sie schroff. »Wir müssen abwarten, was uns der Winter bringt. Wir können Cordell erst verlassen, wenn Tedric auf einem Feldzug ist. Bis dahin müssen wir hier ausharren. Ich werde nicht zulassen, daß dir oder meinem Sohn ein Unheil geschieht.« Sie streichelte Hughs dunkles Haar und küßte ihn. »Tedric mißtraut mir, obwohl ich keine Nachricht von draußen erhalte. Würde er nicht befürchten, daß Conan hierherkommen und mich befreien würde, wäre er längst in Phalen.«
Wynne nickte. Seit dem Eintreffen der ersten Kreuzritter hatte Tedric die Wachen im Dorf und in der Burg verstärkt.
Chandra seufzte. Über zwei Jahre waren verstrichen, seit Conan mit Richard zum Kreuzzug aufgebrochen war.
Sie hörte im Nebenzimmer Geräusche und drückte Wynne Hugh in die Arme. »Nimm ihn«, sagte sie. »Heute abend bringst du ihn wieder zu mir.«
Wynne ging aus dem Zimmer, und Chandra kleidete sich fertig an. In ihre Rocktasche steckte sie ein paar Münzen für den Priester. Gerade als sie ihren Kopf mit einem Schleier bedeckte und nach ihrem Umhang griff, betrat Tedric den Raum.
»Gehst du wieder zum Beten?« sagte er höhnisch.
»Wie jeden Morgen, Milord«, antwortete sie.

»Betest du für die Rückkehr deines Ritters, damit er deinen Mann tötet?«

Chandra versteifte sich vor Empörung. »Ich kann Euch versichern, daß ich nie um Euren Tod gebetet habe« entgegnete sie frostig.

»Hast du eine Nachricht von ihm bekommen?« fragte Tedric.

Chandra seufzte. Lange Zeit hatte Tedric sie mit seiner Obsession verschont, doch seit ein paar Ritter zurückkehrt waren und er nichts über den Aufenthaltsort von Conan erfahren konnte, wurde Tedrics Laune unerträglich. »Und wie sollte ich diese Nachricht erhalten, Milord? Würden Eure Wachen einen Boten zu mir vorlassen?«

Tedric kicherte boshaft. »Sir Conan, der edle Ritter des Kreuzes! Hat er dir nicht versprochen, dich von deinem Gemahl zu befreien?«

Chandra machte sich an ihren Röcken zu schaffen, damit er den Ausdruck in ihren Augen nicht sehen konnte. »Sir Conan wird gewiß Euch eine Nachricht schicken, Tedric. Nicht mir.«

»Ach, meine Liebe, du kannst mich nicht täuschen«, höhnte er.

»Tedric«, sagte sie und sah ihn mit fast heiterer Gelassenheit an. Chandra war jetzt neunzehn, und obwohl ihr Gesicht in Zeiten der Fröhlichkeit noch immer den Schmelz der Jugend trug, fehlte ihrem Blick, mit dem sie jetzt ihren Mann ansah, jede Naivität. »Es ist kein Geheimnis, daß ich einst Sir Conan begehrte, aber es sind jetzt fünf Jahre vergangen, seit ich ihn zum letztenmal sah. Ich habe keinen Grund, heute noch mit seinem Schutz zu rechnen.«

»Der Falke mag zwar ein heldenhafter Ritter sein, aber Frauen gegenüber war er immer ein Narr. Ich bin mir sicher, daß er dich noch immer begehrt. Er wird mir in die Falle gehen.«

»Welch eine Enttäuschung für Euch, daß er den Kreuzzug überlebt hat.«

Sie hatte mit einer zornigen Reaktion gerechnet, doch statt dessen lachte er nur grausam. »Du bist alt geworden, meine schöne Chandra«, spottete er und berührte ihre Wange. »Du bist nicht länger die blühende Jungfrau, die du an unserem Hochzeitstag warst. Dein Haß hat dich ausgezehrt. Das wird Conan nicht gefallen.«

Wütend wich sie vor seiner Berührung zurück, denn sie wußte, daß er die Wahrheit sprach. Die Qualen, die sie als seine Frau hatte erdulden müssen, hatten Spuren hinterlassen.

»Er wird wenig Anreiz in deinen leidenschaftslosen Augen finden, mein Schätzchen«, sagte Tedric boshaft.

»Sollte er je die Chance bekommen, mir ins Gesicht zu sehen, Tedric, wird er mich wohl kaum mit leidenschaftlichen Blicken betrachten. Er wird eher Mitleid mit meinem Schicksal empfinden, das mir grausam mitgespielt hat, indem es mich Euch zur Frau gab ...«

Tedric packte sie mit schmerzhaftem Griff am Arm und starrte sie haßerfüllt an.

»Seine Pläne werden mir nicht verborgen bleiben, meine Liebe«, sagte er mit leiser, drohender Stimme. »Zeigt er kein Interesse mehr an dir, so muß er doch um seinen Besitz kämpfen. Führt ihn seine Liebe jedoch zu dir, so werde ich dafür sorgen, daß er dich nicht bekommt. In jedem Fall bin ich dem tapferen Krieger gegenüber im Vorteil. Vergiß das nicht, Chandra.«

Ohne mit der Wimper zu zucken, ertrug sie Tedrics Schmähungen, denn sie wußte, daß jeder Widerstand ihn nur zu größerer Grausamkeit verleiten würde. Schließlich ließ er sie voller Verachtung los und ging.

Als sich die Tür hinter ihm schloß, holte sie tief Luft und setzte sich erschöpft auf ihr Bett. Sie kannte ihre Position in dieser obskuren Rivalität zwischen den beiden Männern. Tedric hielt sie als Geisel.

Falls sie Conan je wiederbegegnen sollte, konnte sie ihn nicht um Hilfe bitten. Zu viele Jahre waren seit ihrer letzten Begegnung verstrichen. Vielleicht hatte ihn damals nur die Leidenschaft zu ihr getrieben — und ihr Stolz verbot es ihr, sich an ihn zu wenden. Stolz und Liebe, denn wenn er sie nicht mehr haben wollte, würde sie ihn freigeben, auch wenn es ihr das Herz brach.

Als Chandra die Burg verließ, begegneten ihr Gläubige, die von der Messe zurückkamen. Durch ihre Unterredung mit Tedric hatte sie sich verspätet, und in der Kirche waren nur noch zwei Dorfbewohner. Sie bekreuzigte sich und kniete vor dem großen Holzkreuz über dem Altar nieder. Dann versenkte sie sich in ihr Gebet.

Plötzlich legte sich eine Hand auf ihre Schulter, und sie blickte in Pater Merricks gütiges Gesicht. Sie nahm an, daß er ihr die Beichte abnehmen wollte, und stand auf. Aber der Pater führte sie nicht zum Beichtstuhl, sondern in die Sakristei. Der kleine Raum war nur mit einem Tisch und einem Stuhl ausgestattet. Als er ihr die Tür öffnete, entdeckte sie darin einen Mönch, der ihr den Rücken zuwandte. Chandra sah Pater Merrick fragend an, doch dieser schloß nur leise die Tür und ließ sie mit dem Fremden allein.

Die Gestalt in der Kutte drehte sich langsam um. Das Gesicht war dunkelhäutig und die Haut sonnenverbrannt. Von Wangen und Kinn war der Bart abrasiert, die Haut an diesen Stellen war viel heller. Eine dunkelrote Narbe verunstaltete eine Wange. Das dunkle Haar fiel ihm in die Stirn, aber die Augen — diese Augen, die sie bis in ihre Träume verfolgt hatten —, waren dieselben geblieben.

Chandra bedeckte ihren Mund mit den Händen, um einen Aufschrei zu unterdrücken. Dann lief sie auf ihn zu und warf sich in seine Arme. Sie sah ihn mit Tränen in den Augen an, erforschte mit zitternden Fingern sein Gesicht, berührte seine Lippen, seine Brauen und strich sanft über die Narbe auf seiner Wange.

»Chandra«, flüsterte er. »Endlich ...«

»Ach, Conan, wie habe ich mich nach diesem Tag gesehnt! Aber du siehst müde und krank aus. Wie gern würde ich dich pflegen, doch ich fürchte um dein Leben.«

»Dich gesund und wohlauf zu sehen gibt mir Kraft und Trost, Chandra. Endlich bin ich wieder bei dir.«

Sie berührte leicht seine Wange und sagte dann traurig: »Conan, mein Vater ist gestorben.«

»Ich weiß, was Tedric getan hat«, sagte er verbittert. »Du konntest es nicht verhindern. Ich werde ihn zur Rechenschaft ziehen.«

»Conan, er drohte meinem Vater, mich zu töten, wenn er ihm nicht Phalen überläßt. Mein Vater war schon alt und krank«, sagte sie mit tränenerstickter Stimme. »Er hätte sich weigern sollen, denn Tedric hätte seine Drohung nicht wahr gemacht.«

»Ich weiß, warum er dich am Leben läßt und dich hier gefangenhält. Medwin konnte es nicht verhindern.«

»Tedric hat jetzt starke Verbündete«, sagte sie. »Graf John zählt zu seinen Freunden, und Theodoric unterstützt alle seine Machenschaften. Er hat sich nicht verändert, Conan. Seinem Vater beteuert er, daß er ein loyaler Untertan von Richard ist, aber John gibt ihm Geld und Söldner.«

»Richard wird sich nach seiner Rückkehr um John kümmern. Er hat den Landweg dem Seeweg vorgezogen und wird erst später eintreffen.«

»Conan, es wird schwierig sein, Tedric aus Phalen zu vertreiben. Er hat die Burg mit seinen Männern besetzt.«

»Aber er wird einem offenen Kampf mit mir ausweichen,« sagte Conan mit einem freudlosen Lachen. »Er wird versuchen, mich heimtückisch zu ermorden.«

»Du wirst dir zurückholen, was dir rechtmäßig gehört«, sagte Chandra sanft. Tedric hatte mit der Rückkehr eines strahlenden Helden gerechnet, doch Conan wirkte entmutigt und erschöpft. Er ist nicht mehr derselbe Mann, dachte Chandra. »Du darfst nicht um meinetwillen den Kampf mit Tedric suchen, Conan.«

Er sah sie an. »Bitte verzeih mir«, sagte er leise. »Du mußt mich doch dafür hassen, daß ich fortgegangen bin und dich allein mit ihm gelassen habe. Aber es gab keinen anderen Weg für mich.«

»Dich hassen? Ich könnte dich niemals hassen. Ich habe immer verstanden, warum du an dem Kreuzzug teilnehmen mußtest. Du schuldest mir dafür keine Erklärung.«

»Ich hatte dir versprochen, dich zu beschützen.«

»Ich halte nicht viel von Versprechen, die in Momenten der Lei-

denschaft gegeben werden, Conan. Fühle dich dadurch nicht an mich gebunden.«
Sie sah, wie ihn ihre Worte erschreckten. »Aber ich stehe zu meinem Wort, Chandra! Hat der Krieg mich so verändert, daß du mich jetzt nicht mehr willst?«
»O nein«, flüsterte sie. »Das meinte ich nicht damit. Du bist erschöpft und darfst meinetwegen Tedric nicht überstürzt angreifen. Laß dich von niemandem zu übereilten Taten drängen.
Er ging auf sie zu und zog bei jedem Schritt ein Bein nach. Bestürzt sah sie ihn an.
»Ein Dolchstoß«, sagte er grimmig. »Chandra«, flüsterte er dann, »Chandra, sag mir, daß du mich noch immer liebst.«
Sie legte ihm die Hände auf die Brust und lächelte ihn unter Tränen an. »Conan, zweifle nie an meiner Liebe. Nur die Liebe zu dir hat mich überleben lassen. Aber die Liebe darf dich nicht zu unüberlegten Handlungen verleiten. Hüte dich vor Tedric. Er hofft darauf, daß du mich noch immer liebst, und fühlt sich dir deswegen überlegen. Er wird dir eine Falle stellen ...«
Er drückte sie fest an sich und murmelte in ihr Haar: »Die Nächte waren lang und die Tage höllisch. Ohne dein Bild vor Augen hätte ich diesen schrecklichen Krieg nicht überlebt.«
Chandra schmiegte sich nur stumm in seine Arme. Es war der einzige Trost, den er ihr geben konnte, bis die alte Familienfehde ausgetragen war.
»Als mein Vater starb«, sagte sie dann, »kam Alaric nach Phalen und hinterließ mir einen Brief von dir. Er versteckte ihn in einem Schmuckkästchen – das war die einzige Nachricht, die ich von dir bekam, Conan. Aber Tedric hat mich dabei überrascht, wie ich den Brief las. Er hat ihn mir genommen.«
»Hat er dich dafür bestraft?« fragte Conan mit gepreßter Stimme.
»Nein. Für ihn ist er ein Beweis, daß du mich noch immer liebst.«
»Und du hast es abgestritten?«
Chandra lachte verlegen. »Eine lebende Frau ist dir doch lieber als eine tote, oder? Natürlich habe ich es bestritten. Und dann beichte ich meine Sünden und lüge wieder. Das tue ich seit Jahren.«

Plötzlich klopfte es leise an die Tür. Beide wußten, daß ihnen wieder eine schwere Zeit der Trennung bevorstand.
»Doch eines hat sich nicht geändert, Conan: meine Liebe zu dir und meine Hoffnung auf bessere Tage ...«
»Unsere Zeit wird kommen«, flüsterte er.
»Ich habe viele Sünden begangen, aber ich bitte dich, Tedrics Leben zu schonen, falls das möglich ist.«
»Wirst du mich hassen, wenn ich ihn töte?«
Sie blickte ihm in die Augen, sah ihr kaltes Glitzern und wußte, daß dieser Blick Tedric treffen würde. Sie schüttelte den Kopf.
»Gott helfe mir, aber ich könnte dich nie hassen, was immer du auch tun magst.«
»Sag mir, daß du mich liebst«, bat er noch einmal.
»Ich liebe dich, Conan«, hauchte sie. »Ich liebe dich mehr als mein Leben.«
Wieder klopfte es an die Tür. Sie wußte, sie würde ihn nicht wiedersehen, bis ... würde sie ihn denn je wiedersehen? Wie würde alles enden? »Suche die Auseinandersetzung mit Tedric nicht zu bald«, flehte sie ihn an. »Du mußt erst wieder zu Kräften kommen. Und hab keine Angst um mich – ich bin in Sicherheit ...«
Mit einem Kuß brachte er sie zum Schweigen. In diesem Kuß lag nicht die Leidenschaft, an die sie sich erinnerte, aber er war voller Zärtlichkeit und Liebe. Dann löste sie sich von ihm.
»Chandra, ich liebe dich. Zweifle nicht an mir.«
»Geh jetzt«, drängte sie mit Tränen in den Augen.
Er zog sich die Kapuze der Mönchskutte tief ins Gesicht und schlüpfte durch die Tür. Draußen gab ihm Pater Merrick flüsternd Instruktionen, damit er ungesehen das Dorf verlassen konnte. Chandra sah ihm nach. In dem letzten Blick, den Conan ihr zugeworfen hatte, hatte sie wieder das alte Leuchten, einen Hoffnungsschimmer gesehen. Die Zeit würde alle Wunden des Krieges heilen.

Chandra ging zum Altar zurück und kniete davor nieder. Sie war derart aufgewühlt, daß sie kaum atmen konnte. Innerlich zitterte sie vor Aufregung und Furcht. Conan hier in unmittelbarer Nähe von Tedric zu wissen beunruhigte sie. Er war noch zu schwach für eine Auseinandersetzung mit ihrem Mann. Ein Kampf würde ihn das Leben kosten.

Sie bedeckte ihr Gesicht mit den Händen und weinte.

»Habt keine Angst, Lady«, sagte eine tröstende Stimme. »Er ist in guten Händen.«

»Wird Gott ihn beschützen, Pater?« fragte Chandra schluchzend.

»Gottes Wege sind unergründlich. Sir Conan hat für das Kreuz gekämpft, und die Gnade Gottes ist ihm sicher.«

Chandra blickte in die gütigen Augen des Priesters.

»*Ihr* habt ihm geholfen, Pater«, sagte sie und schüttelte verwundert den Kopf. »Ihr habt mich Buße tun lassen für die sündigen Gedanken, die allein ihm galten, und Ihr wußtet, wer dieser Mann ist ...«

Pater Merrick zuckte die Schultern. »Ich bin nur Gottes Werkzeug und bitte ihn um den rechten Weg.«

»Und Ihr werdet Sir Tedric nichts verraten?«

»Auch nicht, wenn ich mit meinem Leben dafür bezahlen müßte.«

»Es gibt so vieles, was ich ihm nicht erzählt habe«, sagte sie weinend. »Seine Schwester ist verschwunden; Hugh ...« Sie verstummte und sah den Priester schuldbewußt an. Dieses Geheimnis hatte sie nicht gebeichtet. Aber Pater Merrick antwortete lächelnd: »Es ist besser, wenn er eins nach dem anderen erfährt.«

»Ist er für Euch auch die einzige Hoffnung, Pater?«

Der Priester blickte auf den Altar. »Dort standen einst kostbare Leuchter, bis Sir Tedric sie durch hölzerne ersetzen ließ.« Er seufzte. »Ich bete für Sir Tedrics Seele, Lady, aber ich bringe es nicht übers Herz, für sein Leben zu beten. Gott helfe mir.«

»Wie kann Sir Conan unbemerkt das Dorf verlassen, Pater?«
»Zusammen mit anderen Mönchen, an deren Anblick die Wachen gewöhnt sind. Seine Gefolgsleute erwarten ihn am Waldrand. Seid unbesorgt«, sagte der Priester mit einem Lächeln. »Er hat mehr Schutz, als Sir Tedric jemals bekommen würde.«

20

Die Sonne stand hoch am Himmel, und auf dem Küchenherd brodelte eine Suppe. Brotteig wurde geknetet, zu Laiben geformt und in den Ofen geschoben. Um Holz für den Winter zu sparen, brannte nur das Herdfeuer. Im obersten Stockwerk der Burg saß Chandra mit ihren Frauen und webte. In einer Ecke, zu Wynnes Füßen, spielte Hugh mit einer Puppe aus Stoffresten und einem Wollknäuel.

Der Tumult, den Tedrics Rückkehr unten in der Halle verursachte, drang bis in diese oberen Zimmer herauf. Chandra hörte die aufgebrachten Rufe und den Lärm und merkte sofort, daß etwas Ungewöhnliches geschehen war.

Ein Page stürmte ins Zimmer. »Milord verlangt nach Euch, Lady. Er ist in seinem Gemach. Ihr sollt sofort zu ihm kommen. Und im Burghof sind verletzte Männer.«

»Verletzt?« fragte sie.

»Ja, Lady. Ich weiß nicht, was passiert ist.«

Chandra entließ den Pagen mit einem Wink. Den Frauen bedeutete sie mit einer Kopfbewegung, nach unten zu gehen und sich um die Verwundeten zu kümmern. Dann sah sie Wynne an und verständigte sich wortlos mit ihr. Die Zofe würde Hugh mit ihrem Leben beschützen.

Sofort eilte Chandra zum Gemach ihres Mannes und trat ein, ohne anzuklopfen. Tedric stand am Fenster und trank einen Becher Wein in einem Zug aus. Wutentbrannt blickte er sie an und füllte den Becher wieder. Dann stellte er ihn auf den Tisch und kam mit langen Schritten auf sie zu.

Chandra hatte ihn oft wütend gesehen, aber jetzt machte ihr der Ausdruck in seinen Augen angst. Der Schlag traf sie völlig unvorbereitet. Er war so heftig, daß sie zurücktaumelte. Sie preßte die Hand gegen ihre Wange und schmeckte Blut in ihrem Mund. Entsetzt starrte sie ihren Mann an.

»Du hast ihn getroffen«, schrie Tedric. »Er hat dich hier besucht!«

Der Schreck lähmte ihre Glieder. Lag Conan verwundet in der Halle? Aber sie durfte nicht nach ihm fragen. Sie wußte, welche Rolle sie zu spielen hatte — bis zum bitteren Ende. »Wer?«

»Dein Ritter Conan, dieser Bastard!«

»Conan ist hier?« hörte sie sich fragen.

»Nicht mehr, liebe Chandra«, zischte er. »Er ist geflohen, aber vorher hat er drei meiner Männer niedergestreckt.«

»Wie ist das passiert, Tedric?«

»Spielst du die Unschuldige?« schrie er sie an. »Behauptest du etwa, nichts zu wissen?«

»Ich hatte keine Ahnung, daß er hier ist«, protestierte sie. »Frag die Dienstboten, ich habe die Burg nicht verlassen seit ...«

Er packte sie am Arm. »Wage nicht, mich zum Narren zu halten, Chandra. Ich kenne deine Verschlagenheit. Du warst in der Kirche, und Sir Conan hielt sich dort als Mönch verkleidet auf.«

Er stieß sie von sich und ging wieder zum Fenster. Dann drehte er sich um und sagte zornig: »Einer meiner Männer hat die Mönche angehalten, weil er sah, daß einer etwas unter seiner Kutte verbarg. Es war ein Schwert! *Ich* habe den Teufel sofort erkannt. Wären seine Gefolgsleute ihm nicht zu Hilfe geeilt, wäre er jetzt tot.« Er sah Chandra mit einem boshaften Lächeln an. »Aber er ist nicht ungeschoren davongekommen. Er hat mindestens einen Schwerthieb abbekommen.«

Chandra stand mit hocherhobenem Kopf da und verbarg ihre Angst. »Es überrascht mich, daß Ihr ihm nicht gefolgt seid und ihn getötet habt.«

»Wir sind ihm gefolgt«, fauchte Tedric. »Aber unsere Pferde waren müde vom Morgenritt, während die ihren ausgeruht waren.«

»Vielleicht wollte er Euch angreifen«, sagte sie. »Viele der Dorfbewohner hassen Euch, Tedric, denn Ihr habt die Leute oft grausam behandelt. Er hat wohl von Euren Gewohnheiten erfahren ...«

»Woher sollte er wissen, daß ich heute morgen ausreiten würde? Er ist nicht gekommen, um gegen mich zu kämpfen. Er wollte dich sehen!«

»Aber ich habe ihn nicht gesehen«, widersprach sie ruhig.

»Du lügst! Nur du würdest es wagen, mich zu verraten.«

»Ich? Wenn ich die Leute nicht ständig davon abgehalten hätte, sich gegen Euch aufzulehnen, hätten sie sich Euch längst widersetzt. Ich habe Euch nicht verraten. Dazu hatte ich keine Gelegenheit.«

»Die wirst du auch nicht bekommen!« rief er. »Noch wird irgend jemand wagen, mich zu hintergehen. Verräter werden mit dem Tod bestraft!« Sein Zorn verflog. Ein unheilvolles Lächeln umspielte jetzt seine Lippen. Er schien Conans scheinbaren Angriff auf die Burg für den Moment vergessen zu haben. Er schmiedete bereits einen neuen Plan.

»Ich töte dich nur nicht, weil Conan dich noch immer haben will. Ja, Chérie, er wird für dich Kopf und Kragen riskieren, und ich werde Zeuge seiner Niederlage sein. Aber kein Dorfbewohner wird es in Zukunft wagen, mich zu verraten. Heute noch erfahren sie, wie ich Verräter bestrafe ... damit Sir Conan keine Helfershelfer mehr unter meinen Untergebenen findet.«

»Was habt Ihr vor, Tedric?« fragte Chandra ängstlich.

»Dir droht keine Gefahr, denn du bist mein Köder für den Falken«, sagte er und ging aus dem Zimmer.

Zutiefst erschreckt und am ganzen Körper zitternd, ging Chandra in die Halle hinunter. Mehrere Söldner lagen verwundet am Boden und wurden von den Bediensteten versorgt. Mit haßerfüllten Augen sahen ihr Tedrics Männer nach.

Ohne Mantel lief sie ins Dorf hinunter und sah von weitem die aufgebrachte Menge, die sich um Tedrics Männer und den Pater, der zum Galgen geführt wurde, scharte. Mit einem Aufschrei stürzte Chandra auf die Söldner zu und flehte sie an, den Pater freizulassen.

»Diesen Befehl Eures Herrn braucht ihr nicht auszuführen!« rief sie. »Es ist eine Todsünde, einen Priester zu töten! Laßt ihn frei!«

Aber ihr Flehen traf auf taube Ohren, und einer der Männer stieß sie so grob zur Seite, daß sie stürzte. Der Pater wurde auf die erhöhte Plattform geführt. Ehe Tedric nach Cordell kam, war nie ein Vergehen mit dem Tod bestraft worden, aber er hatte Männer auspeitschen und auch hängen lassen.

Andere Dorfbewohner strömten herbei, und eine Frau half Chandra auf. Sofort drängte sie sich durch die Menge. Tedric stand mit verschränkten Armen vor der Plattform und beobachtete, wie seine Männer dem Priester einen Strick um den Hals legten.

Chandra warf sich vor ihm auf die Knie und blickte mit tränenüberströmtem und vor Entsetzen verzerrtem Gesicht zu ihm empor. Mit schmalen Augen und boshaft lächelnd genoß er diese Demonstration seiner Macht.

»Tedric, seid Ihr wahnsinnig? Wollt Ihr einen Mann Gottes umbringen lassen?«

»Er ist der Verbündete meines Feindes«, sagte Tedric ungerührt.

»Woher wollt Ihr das wissen? Hat er es zugegeben?«

»Nein, er streitet es ab«, antwortete Tedric. »Aber das wird mich nicht daran hindern, ein Exempel zu statuieren. Die Leute werden endlich begreifen, daß ich das Recht hier vertrete und daß mein Wort gilt. Sir Conan hat sich in feindseliger Absicht in mein Dorf eingeschlichen. Er trachtet mir nach dem Leben.«

Chandra schüttelte ungläubig den Kopf. »Nein, Ihr wollt *ihn* töten! Ihr kennt doch seine Pläne nicht! Er ist erst vor kurzem vom Kreuzzug zurückgekehrt!« Sie umklammerte Tedrics Beine. »Tedric, laßt den Pater frei, ich flehe Euch an. Dafür werde ich alles tun, worum Ihr mich bittet!«

Tedric runzelte die Stirn und sah auf sie hinunter. »Wer ist dein Herr und Meister, Chandra?«

»Ihr, Sir Tedric«, antwortete sie demütig.
Tedrics Schultern bebten vor unterdrücktem Gelächter. Er genoß es, seine stolze Frau vor den Augen aller zu demütigen. »Und für die Freiheit des Paters würdest du alles tun? Würdest du sogar seinen Platz einnehmen?«
»Mit Freude«, antwortete sie und wußte auch, daß Tedric ihrem Leben noch kein Ende setzen würde. Er brauchte sie noch als Köder für Conan.
Tedric sah zu dem Pater hoch, der mit der Schlinge um den Hals auf der Falltür stand. »Hast du meinem Feind geholfen und ihn vor mir versteckt, Pater?« rief er.
Die Blicke des Paters waren zum Himmel gerichtet. Er murmelte leise Gebete vor sich hin. Er antwortete Tedric nicht. Mit einer Handbewegung befahl er einem seiner Männer, den Hebel der Falltür zu lösen. Dann wandte Tedric dem Galgen den Rücken zu und betrachtete das Gesicht seiner Frau, als der Pater den Boden unter den Füßen verlor und nur noch am Strick baumelte. Mit einem entsetzten Aufschrei sprang Chandra auf und lief auf die Plattform zu, wo sie von Söldnern zurückgehalten wurde. Tedric warf keinen Blick auf den Gehängten, sondern ließ seinen Blick über die vor Entsetzen wie gelähmten Dorfbewohner schweifen. Dann sah er seine Frau an.
»Jetzt habt Ihr Euer Schicksal besiegelt«, sagte Chandra laut. »Ich hatte gehofft, Ihr würdet Euch eines Tages ändern. Aber damit«, sie deutete mit der Hand zum Galgen, »seid Ihr zu weit gegangen. Erwartet keine Gnade mehr.«
Chandra winkte zwei Männer und eine Frau herbei, die ihr halfen, Pater Merrick vom Galgen zu holen.
Tedric gab einem seiner Männer die Anweisung: »Wenn sie damit fertig sind«, sagte er, »begleitest du Lady Chandra in die Burg und sorgst dafür, daß sie sie nicht mehr ohne meine Einwilligung verläßt. Milady wird ab heute auf ihre Messe verzichten müssen.«

Sir Conan, Sir Mallory und Sir Thurwell zogen ihre Pferde am Zügel hinter sich her. Sie hatten die Straße, die durch Colchester nach Anselm führte, gemieden und schlugen sich in südlicher Richtung quer durch den Wald, um ihren Verfolgern zu entgehen. Sie waren für eine weitere Auseinandersetzung zu geschwächt. Außerdem schmerzte Conan sein verletztes Bein und behinderte ihn beim Gehen. Aber in diesem Dickicht konnten sie nicht reiten. Erst bei Sonnenuntergang hielten sie an und schützten sich notdürftig gegen die Kälte der Nacht.

Da raschelte es plötzlich im Gebüsch. Conan sprang sofort mit gezogenem Schwert auf. Er hoffte, Tedric sei gekommen, damit er endlich mit ihm abrechnen könnte.

»Nein, Sir Conan, steckt das Schwert weg«, sagte eine ihm wohlbekannte Stimme.

»William! Wie hast du uns nur gefunden?«

Der Mann lächelte. »Das hier ist mein Wald, Sir Conan. Niemand durchstreift ihn ohne mein Wissen.« Dann wandte er sich um und winkte ein paar Männer aus den Büschen. »Macht Feuer und bereitet etwas zum Essen zu. Und versorgt die Pferde.« Dann sah er wieder Conan an. »Ihr seid ein klägliches Häuflein. Ich dachte, ich hätte Euch beigebracht, wie man im Wald überlebt.«

»Hat Tedric unsere Verfolgung aufgenommen?« fragte Conan.

»Nein.«

»Dann hätten wir auch die Straße benutzen können«, murrte Conan.

»Wir bewachen Cordell nicht mehr wie in früheren Zeiten«, sagte William. »Das tun jetzt Tedrics Männer. Wir verstecken uns im Wald und warten ab. Sir Tedric hat keine Ahnung davon, was für eine große Streitmacht wir aufstellen können.«

»Wie gut wird das Dorf bewacht? Würde es einem Angriff standhalten?«

»Von der Straße aus wäre eine Attacke schwierig. Aber wenn ein Trupp die Wachen überrumpelt und ein anderer gleichzeitig vom Wald her angreift, würde die Burg bald fallen.«

»Ich würde mit dem größten Vergnügen Tedric heute noch angreifen«, sagte Conan wütend.

»Warum zögert Ihr?«
»Während des Kreuzzugs haben wir Seite an Seite mit Theodorics Söhnen gekämpft. Wenn ich nicht wohlüberlegt vorgehe, kommt es zu einem Krieg zwischen unseren Familien. Das möchte ich vermeiden.« Er blickte ins Feuer und fügte bedrückt hinzu: »Außerdem möchte ich Chandra nicht in Gefahr bringen.«
»Noch das Kind«, warf William ein.
Conan sah William erstaunt an. »Sie hat ein Kind?«
»Hat sie Euch das nicht gesagt?«
»Wir hatten zu wenig Zeit. Sie hat mich vor Tedric gewarnt und mich nur gebeten, das Leben ihres Mannes zu schonen. Jetzt verstehe ich erst, warum sie das tat.«
»Nein, Sir Conan, Ihr wißt nicht ...«
Conan warf einen Zweig in die Flammen. »Es wird mir schwerfallen, Tedrics Kind aufzuziehen ...«
»Conan«, unterbrach ihn William, »das Kind ähnelt Tedric nicht. Es hat blaue Augen wie die Mutter, aber sein Haar ist dunkel. Und es besitzt nicht den blassen Teint Sir Tedrics oder seiner Mutter. Der Knabe ist kräftig, und ...«
Conan begriff allmählich. Er fragte zögernd. »Wann wurde das Kind geboren?«
William lachte schallend. »Ich könnte Euch eher sagen, wann es gezeugt wurde.«
»Und ihm ist nichts geschehen?«
»Tedric zeigt wenig Interesse an dem Knaben. Meine Tochter kümmert sich um ihn und hält ihn von Tedric fern.«
»Aber wenn es das Kind eines anderen Mannes ...«
»Chandra hat für den Tag Vorbereitungen getroffen, wo Wynne mit dem Knaben fliehen kann. Sollte Tedric Verdacht schöpfen oder die Burg angegriffen werden, wird sie den Knaben fortbringen.«
»Wie willst du sie aus der Burg herausbringen?« fragte Conan besorgt.
William lächelte. »Ich habe Mittel und Wege, jeden aus der Burg und dem Dorf herauszubringen. Nur Chandra kann ich nicht retten. Das ist allein Eure Aufgabe.«

21

Die Reise ins Heilige Land hatte viele Monate gedauert, war durch politische und andere Ursachen immer wieder verzögert worden, doch die Rückreise hatte nur einen Monat gedauert. Sir Conan hatte England mit zwanzig Männern verlassen und konnte sich glücklich schätzen, zehn seiner Gefolgsleute wieder mit nach Hause zu bringen. Mallory und Thurwell waren darunter. Als dieser heruntergekommene Trupp nach Anselm ritt, bemerkten die Ritter, wie sehr sich das Land in ihrer Abwesenheit verändert hatte. Die Menschen in den Dörfern wirkten bedrückt, und nur wenige hoben die Hand, um die Kreuzritter zu grüßen.

Während des Kreuzzuges hatte Conan nur ums Überleben gekämpft und nicht daran gedacht, welche Auswirkungen dieser Krieg auf sein Heimatland haben könnte. Überall waren durch den Mangel an Geld, das von der Bevölkerung zur Finanzierung des Kreuzzugs eingetrieben worden war, und durch die Abwesenheit der Männer Zeichen von Armut und Verwahrlosung zu sehen.

Der Wachposten von Anselm erkannte Conan und seine Gefolgsleute, obwohl ihr Banner zerschlissen war und der ganze Trupp einen heruntergekommenen Eindruck machte. Mars, der stolze Falke, hatte den Kreuzzug nicht überlebt.

Alaric stand im Burghof und erwartete seinen Sohn. Er war um mehr als diese drei Jahre gealtert. Conan stieg ab, ging auf seinen Vater zu und hoffte, der möge sein Hinken nicht bemerken. Doch Alaric sah sofort, daß sein Sohn verletzt war, er ließ sich aber seine Betroffenheit nicht anmerken.

Conan verneigte sich vor seinem Vater. Als er sich wieder aufrichtete, stand Alaric mit ausgebreiteten Armen vor ihm. Die beiden Männer umarmten sich. Der Gehstock, der jetzt Alarics ständiger Begleiter war, fiel zu Boden, und als Conan seinen Vater losließ, taumelte er leicht. Mit einem Seufzer hob Conan den Stock auf und reichte ihn Alaric.

Der deutete auf Conans verletztes Bein und sagte: »Wir werden uns wohl etwas langsamer bewegen müssen, aber wir gehen wieder gemeinsam.« Er räusperte sich und fügte mit einem leisen Beben in der Stimme hinzu: »Es gab Tage, da fürchtete ich, du würdest nie wiederkommen.«

»Der Kreuzzug hat mir etliche Wunden zugefügt, aber ich habe überlebt«, antwortete Conan stolz.

»Ihr habt also gesiegt«, sagte Alaric.

»Spricht man hier von einem Sieg? Ich würde es eher einen Rückzug nennen — einen Rückzug mit Würde.«

»Es gibt doch einen Vertrag mit Saladin ...«

»Ja, Milord, einen Vertrag«, sagte Conan und lachte freudlos. »Die beiden ehrenwertesten Feldherren der Geschichte unterzeichneten einen Vertrag. Ihre merkwürdige Freundschaft hätte Euch amüsiert. Während ihre Armeen gegeneinander kämpften, tauschten sie Geschenke aus. Als Richard krank war, schickte ihm Saladin Früchte und ließ gleichzeitig die Gefangenen töten. Richard schrieb Saladin Briefe und griff dann seine Städte an. Als wir schließlich vor Jerusalem standen, war unsere Armee zu geschwächt, um die befestigte und von Saladins Heer verteidigte Stadt anzugreifen. Wir hätten jeden Mann verloren. Unter diesen Bedingungen wurde der Vertrag geschlossen, und Saladin versprach den Christen freien Zugang zur Stadt. Aber wird er den Vertrag halten?«

»War denn alles umsonst?«

»Das wird die Zeit zeigen, Vater. Wenn ich meine Angelegenheiten hier geregelt habe, wird sich herausstellen, wie der Preis für meinen Kampf an Richards Seite aussehen wird. Wir werden sehen.«

Conans Gefolgsleute waren währenddessen abgestiegen. Die

Knappen führten die Pferde in die Ställe. Mallory und Thurwell wurden ebenso herzlich begrüßt wie Conan.

»Kommt in die Halle«, bat Alaric die drei. »Begrüß deine Mutter. Seit dem Tag deiner Abreise hatte sie keine ruhige Minute mehr.«

Alaric ging mit langsamen Schritten und schwer auf seinen Stock gestützt voraus. Udele saß in ihrem königlichen, aus Eichenholz geschnitzten Sessel, der einem Thron ähnelte. Ihre Hände umklammerten in ängstlicher Erwartung die Armlehnen. Falten um Augen und Mund sprachen von den Sorgen der vergangenen zweieinhalb Jahre. Mit großen Augen sah sie Conan entgegen. Stumm starrte sie ihn eine Weile an, stand dann zitternd auf und ging ihm entgegen. Sie umarmten sich liebevoll, und Udele küßte ihren Sohn. Mit den Fingerspitzen strich sie über die Narbe auf seiner Wange und sagte dann mit tränenerstickter Stimme: »Wie sehr haben wir auf dich gewartet.«

»Ich hatte keine Möglichkeit, euch eine Nachricht zu schicken«, entgegnete Conan und trat zurück. Er war im Zorn von ihr gegangen, und sie hatte ihn ohne Segen in den Krieg ziehen lassen. Jetzt fiel es ihm schwer, ihre Gefühle zu erwidern.

»Aber warum hat deine Rückreise so lange gedauert?« fragte sie leicht verärgert.

»Ich kam, so schnell ich konnte. Doch wir sind hungrig und durstig. Laßt erst eine Mahlzeit auftragen, dann werden wir reden.« Er sah Alaric an. »Ich habe gehört, was mit Phalen geschehen ist. Tedric hat meine Abwesenheit ausgenutzt und die Burg erobert.«

»Dann weißt du auch, daß ich ihn nicht daran hindern konnte«, antwortete Alaric bedrückt.

»Das habe ich nicht von Euch erwartet«, sagte Conan mit kaltem Glitzern in den Augen. »Das ist mein Kampf. Ich werde mit Tedric abrechnen. Das hätte ich schon vor Jahren tun sollen. Aus Rücksicht auf Theodoric habe ich ihn geschont, doch jetzt herrscht zwischen unseren Familien nur noch Haß.«

»Er hat nur getan, was ich auch getan hätte: Er hat seinen Sohn unterstützt. Aber er will nicht wahrhaben, daß Tedric seiner Loyalität nicht würdig ist.«

»Er hat noch andere Söhne«, warnte Conan. »Vielleicht werden sie Tedric unterstützen, aber sie werden Theodoric auch von unserer Freundschaft während des Kreuzzugs berichten.«

»Blut ist dicker als Freundschaft.«

»Ganz recht«, stimmte Conan zu. »Und Tedric wird jede Hilfe brauchen.« Er schloß kurz die Augen und sah dann seinen Vater mit einem freundlicheren Blick an. »Abgesehen davon, was ich für Theodoric empfinde ... Phalen gehört mir, und ich werde jeden Mann töten, der sich mir in den Weg stellt. Für diesen Besitz habe ich einen hohen Preis bezahlt: meine Frau und ungeborene Kinder begraben.«

»Milord«, unterbrach ihn da Mallory ungeduldig. »Wo ist Edythe, meine Frau ...«

»Bring den Männern Ale!« rief Alaric einem Dienstboten zu. »Und tragt auf, was Küche und Keller zu bieten haben. Wir hätten ein Fest vorbereitet, hätten wir gewußt, wann ihr kommt.« Dann sah er Mallory traurig an. »Nimm einen Becher, mein Sohn«, sagte er stockend. »Fühl dich in Anselm wie zu Hause und bleib, solange es dir gefällt.«

Alaric ging zu einem Stuhl und setzte sich schwerfällig. Verwirrt beobachtete Mallory den alternden Lord. Ängstlich wiederholte er: »Wo ist Edythe?«

Alaric winkte den Ritter näher zu sich heran. »Ich habe eine schlimme Nachricht für dich. Edythe ist nicht mehr hier. Kurz nach Conans Abreise ist sie aus Anselm verschwunden. Ich habe in ganz England und Frankreich nach ihr suchen lassen — vergebens. Sie ist spurlos verschwunden. Erst dachten wir, sie wäre dir nachgereist, aber kein Schiff hat sie mitgenommen. Ich glaube nicht, daß sie noch lebt.«

»Nein«, rief Mallory. »Nein, das kann nicht wahr sein.«

Alaric schüttelte traurig den Kopf. »Niemand hat sie gesehen. Niemand weiß, warum und wie sie uns verlassen hat. Natürlich war sie über deine und Conans Abreise bekümmert, aber sie wirkte nicht entmutigt. Sie hat auch nicht ihr eigenes Pferd mitgenommen, und sie hing sehr an dem Tier ...«

»Aber ich habe Briefe von Edythe bekommen!«

Alaric sah ihn erstaunt an. »Briefe? Wann?«

»Einen hat Conan mir mitgebracht, und ein weiterer wurde mir später zugestellt. In beiden versicherte sie mir, daß es ihr gutginge und sie in Sicherheit wäre.«

Der hoffnungsvolle Ausdruck schwand aus Alarics Gesicht. »Den zweiten Brief hat sie wohl vor ihrem Verschwinden geschrieben, und er hat dich erst mit Verspätung erreicht.«

»Nach über einem Jahr? Nein, Milord, das kann nicht sein. Edythe lebt — und ich werde sie finden. Wo wart Ihr, als sie Anselm verließ?«

»Ich war mit Galen nach Stoddard geritten. Als ich zurückkehrte, war meine Frau außer sich vor Sorge. Lady Udele hatte sofort Reiter ausgeschickt, um nach Edythe zu suchen, und ließ mich von Stoddard zurückholen.«

Mallory schlug zornig mit der Faust auf den Tisch. »Der Brief!« sagte er wütend. »Nein, es kann nicht so lange gedauert haben, bis er mich erreichte. Sie hat versucht, mir zu erklären ...«

»Hast du den Brief noch?«

»Nein. Aber sie hat mir darin geschrieben, daß nichts sie davon abhalten würde, auf meine Rückkehr zu warten, Milord. Sie kann ihn nicht geschrieben haben, solange sie in Anselm war. Dann hätte sie den Brief doch zusammen mit Eurem Schreiben an Conan abgeschickt.«

»Sie hat mich ohne ein Wort des Abschieds verlassen«, sagte Alaric. »Und meine Männer hätten sie gefunden, wenn sie noch lebt!«

»Sie ist nicht tot!« schrie Mallory und umfaßte den Griff seines Schwerts. »Ich habe ihren Brief nach Weihnachten erhalten.«

»Dieser Brief ist tatsächlich mysteriös. Edythe hätte doch von ihrem wenigen Geld keinen eigenen Kurier bezahlt, wo ich doch regelmäßig Nachrichten an Conan sandte. Aber warum hat sie Anselm verlassen, da es ihr hier an nichts mangelte?«

Mallory Gesicht war wie versteinert. »Dieselbe Frage stelle ich mir, Milord. Was hat sie von hier fortgetrieben?«

»Seit mehr als zwei Jahren quält mich diese Ungewißheit. Und wir konnten sie nicht finden — weder tot noch lebendig.«

Während dieser Unterhaltung war Udele kreidebleich geworden. Dieser mysteriöse Brief verwirrte sie ebenso wie Alaric. Sie konnte nur hoffen, daß Edythe ihn vor ihrem Verschwinden aus Anselm geschrieben hatte.

»Edythe muß diesen Brief geschrieben haben, nachdem sie Anselm verließ«, beharrte Mallory. »Habt Ihr die Briefe aufbewahrt, die ich ihr geschickt habe?«

»Ja. Du kannst sie haben.«

»Es kam mir merkwürdig vor, daß sie nicht erwähnte ... wann genau hat sie Anselm verlassen?«

»Im Spätsommer. Wir haben bis in den Winter hinein nach ihr gesucht.«

»Dann werde ich die Suche jetzt wieder aufnehmen«, sagte Mallory entschlossen. »Conan, du mußt mich von meinem Versprechen, mit dir gegen Tedric zu kämpfen, entbinden. In ihrem letzten Brief schrieb Edythe vom bevorstehenden Winter, also kann sie ihn nicht vor ihrem Verschwinden aus Anselm geschrieben haben.«

»Vielleicht meinte sie den Winter davor?« sagte Alaric.

»Nein. Wir haben England erst nach Ostern verlassen.« Mallory lachte plötzlich auf. »Wie habe ich mich darüber gefreut, von Edythe zu hören. Und sie schrieb von Wind und Schneetreiben, also lebte sie zu der Zeit noch!«

»Und wie willst du sie finden, falls deine Theorie stimmt?«

»Wenn es einen Grund gibt, daß sich Edythe selbst vor Euch versteckt, wird sie eine Möglichkeit finden, mir jetzt, da sie weiß, daß die Kreuzritter nach England zurückgekehrt sind, eine Nachricht zukommen zu lassen. Seid unbesorgt, Milord. Ich werde sie finden.«

»Ich helfe dir bei der Suche«, sagte Conan.

»Nein, Conan, auf dich warten andere Aufgaben.« Dann wandte

er sich wieder an Alaric. »Milord, ich gebe Euch keine Schuld, aber ich glaube fest, daß Edythe noch lebt.«
Alaric nickte. »Ich hoffe, du hast recht und Erfolg bei deiner Suche.«
»Ich werde nicht aufgeben, bis ich sie gefunden habe«, entgegnete Mallory. Thurwell legte seinem Freund die Hand auf die Schulter und zeigte ihm damit, daß er ihn begleiten würde. Mallory sah Conan fragend an. »Und was hast du für Pläne?« »Darüber haben wir schon unterwegs gesprochen«, antwortete Conan, denn er wollte in Gegenwart der Dienstboten nicht näher darauf eingehen. »Als erstes werde ich wieder einen Falken abrichten.«
»Und ein Pferd zureiten?« fragte Thurwell.
»Ja, obwohl es nie wieder einen Hengst wie Orion geben wird. Weder das Pferd noch der Falke können ersetzt werden.«
Alaric nickte. Ein stolzes Lächeln umspielte seine Lippen, als er seinen Sohn betrachtete. Conan wirkte zwar erschöpft und war verletzt, aber der alte Kampfgeist brannte noch immer in ihm. Er würde das Unrecht, das ihrer Familie angetan worden war, rächen.
Alaric erhob sich mühsam von seinem Stuhl und zog sich in seine Gemächer zurück.

Mallory und Thurwell teilten ein Zimmer. Obwohl das lodernde Feuer eine behagliche Wärme verströmte und Felldecken die Kälte abhielten, konnte Mallory nicht schlafen. Er wurde von der Sorge um Edythe gequält, auch Thurwell warf sich unruhig auf seinem Bett hin und her.
Mallory stand schließlich auf, kleidete sich an und ging ohne Umhang, aber mit umgegürtetem Schwert nach draußen. Er hoffte, die kalte Nachtluft würde seinen Kopf klären und Ordnung in seine Gedanken bringen.
Leise tastete er sich in die Halle hinunter und ging an den Wachen vorbei, die ihm kurz zunickten. Im Burghof setzte er sich auf eine Steinmauer.
Er überlegte, was in Anselm vorgefallen sein konnte, das Edythe

zur Flucht gezwungen hatte. Bei seiner Abreise war sie voller Zuversicht gewesen.

»Mach dir keine Sorgen um mich«, hatte er zu ihr gesagt.

»Ich weiß, daß du zurückkommen wirst. Geh mit Gott. Ich warte auf dich. Und zweifle nie an meiner Liebe zu dir.«

Edythe war eine starke und entschlossene Frau. Ihre Liebe zu ihm war unerschütterlich, und schon als junges Mädchen hatte sie immer ihren Willen durchgesetzt.

Sie konnte nicht tot sein. Alaric hatte zwar die Hoffnung aufgegeben, trug aber sicherlich keine Schuld an Edythes Verschwinden. Auch Tedric, der vor nichts zurückschreckte, um Conan zu verletzen, kam wohl nicht in Betracht, denn Edythes Gefangennahme oder ihr Tod hätte ihm nichts genützt. War sie irgendwelchen Räubern in die Hände gefallen? Es war sinnlos, sich in weiteren Spekulationen zu verlieren. Er würde bei Morgengrauen aufbrechen und nach ihr suchen.

Nebel hing über der Burg, und die Nachtluft war feucht. Mallory wollte nicht wieder durch die Halle gehen und tastete sich daher in der Dunkelheit zur Rückseite der Burg, um über die Turmtreppe in sein Gemach zu gelangen. Eine Fackel wies ihm den Weg. Plötzlich wurde er von hinten gepackt und gegen die im Dunkeln liegende Turmmauer gedrückt. Er griff hastig nach seinem Schwert, aber seine Hand erstarrte mitten in der Bewegung, als er eine Messerklinge an seinem Hals spürte. »Ich weiß, wen Ihr sucht«, flüsterte ihm eine heisere Stimme ins Ohr. »Im Nonnenkloster — Swaffham Bulbeck bei Bury Saint Edmunds — findet Ihr die Antwort.« Mallory versuchte mit aller Kraft, den würgenden Griff um seinen Hals zu lösen, aber der Angreifer ließ nicht locker. »Und sprecht mit niemandem darüber. Kein Wort zu Euren Gefolgsleuten. Euer Leben ist in Gefahr, wenn Ihr nicht schweigt.«

Mit einem heftigen Stoß wurde Mallory zu Boden geworfen. Dann hörte er nur noch die fliehenden Schritte seines Angreifers.

»Wer ist da?« fragte der Wachposten vor dem Turm.

Mallory kam taumelnd auf die Füße und rieb sich seinen schmerzenden Nacken. »Sir Mallory«, antwortete er mit krächzender Stimme.
»Was ist geschehen?«
»Ich bin gefallen. Hier ist es stockdunkel.«
»Aber ich habe noch andere Geräusche gehört«, beharrte der Wachposten.
Mallory klopfte ihm kichernd auf die Schulter. »Nein, ich habe wohl etwas zuviel Wein getrunken und im Rausch vor mich hin gemurmelt.«
Der Wachposten lachte verständnisvoll. »Na, dann schlaft ordentlich aus«, sagte er und beobachtete grinsend, wie Mallory die Turmtreppe hinaufwankte. Er schloß die Tür hinter ihm.
Mallory betrat leise sein Zimmer. Irgend jemand in dieser Burg wußte etwas über Edythes Flucht und ihren jetzigen Aufenthaltsort. Man hatte ihm befohlen, kein Wort darüber verlauten zu lassen. Das konnte nur bedeuten, daß der Verräter überall, sogar unter den Männern, die mit ihm reiten würden, sein konnte. Wenn Edythe noch lebte, hatte sie jemand aus der Burg entführt. Wenn sie tot war, weilte ihr Mörder noch innerhalb der Burgmauern.
Noch vor Morgengrauen hatte er Thurwell und seine Männer geweckt und war zum Aufbruch bereit. Für Conan und Alaric fand er nur ein paar frostige Worte zum Abschied. Obwohl alle wußten, wie ihn die Sorge um Edythe quälte, waren sie doch durch Mallorys Schroffheit befremdet. Als sie zum Burgtor hinausgeritten waren, fragte Thurwell seinen Freund: »Was ist in dich gefahren? Wir wurden mit Herzlichkeit aufgenommen, und du dankst Lord Alaric mit unhöflichem Benehmen. Wo reiten wir überhaupt hin?«
Mallory hielt seinen Blick geradeaus gerichtet, und auch seinem lebenslangen Freund antwortete er nur schroff. »Wir reiten nach Nordosten.«

22

Giselle sah sich in ihrer ärmlichen Kate um. Irgendwie hatte sie das Gefühl, daß sich etwas dem Ende näherte. Nur wenige Nachbarn kamen noch zu ihr, und einzig Lady Udele unterstützte sie gelegentlich mit ein paar Münzen, wenn sie wieder einmal die Zukunft prophezeit haben wollte. Mit zunehmendem Alter war Giselles hellseherische Begabung intensiver geworden. Sie fürchtete sich vor dem Tod, denn dann würde es niemanden mehr geben, der Einfluß auf die Burgherrin hatte.
Bei ihrem nächsten Besuch warf Udele Giselle ein Hemd zu und befahl: »Sag mir etwas über meinen Sohn!«
Giselle berührte das Hemd und entgegnete gleichmütig: »Wartet einen Augenblick, Madam. Ich bin alt geworden. Ihr müßt Geduld mit mir haben.«
»Ich möchte wissen, wo mein Sohn gewesen ist, nachdem er das Schiff verlassen hat, das ihn nach England zurückbrachte. Versuch nicht, mich anzulügen«, zischte Udele.
»Er war in Cordell, Madam. Er hat Lady Chandra getroffen und ihr mitgeteilt, daß er Tedric zur Rechenschaft ziehen würde.«
Udele stieß wütend hervor: »Das war nicht nötig. Das mußte sie sowieso wissen!«
»Er gibt ihr keine Schuld an dem, was Tedric getan hat.«
»Sie — schuldlos? Niemals! Sie begehrt meinen Sohn seit Jahren!«
Giselle unterdrückte ihren Ärger und antwortete geduldig: »Milady, Ihr könnt die Zukunft nicht beeinflussen. Jedes Kind hat seine Bestimmung. Laßt den Dingen ihren Lauf ...«
»Pah!« schnaubte Udele.
»Madam, Sir Conan wird ein mächtiger Mann — einer der mächtigsten Männer von England.«

»Ist das eine Prophezeiung?« fragte Udele hoffnungsvoll und war sofort besser gelaunt.
»Als Ihr Conan unter dem Herzen trugt, habe ich Euch doch vorhergesagt, daß er ein mächtiger Ritter werden wird.«
»Erzähl mir, was du siehst«, drängte sie.
»Conans Ländereien werden sich über weite Teile Englands erstrecken und an Graf Johns Besitztümer angrenzen. Richard wird keinen Erben haben, und John wird König — ein grausamer Herrscher. Nur wenige starke Männer werden es wagen, sich gegen seine Tyrannei aufzulehnen — Sir Conan ist einer davon. Sein Geschlecht wird immer eng mit dem Königshaus verbunden sein, und seine Nachkommen werden später in einem Krieg kämpfen, der hundert Jahre dauern wird.«
Giselle holte tief Luft. »Seine Zukunft ist so klar vorgezeichnet, daß jeder Eurer Versuche, daran etwas ändern zu wollen, nur in einer Katastrophe enden kann. Ihr seid ihm nicht gewachsen.«
Udeles Blick wurde plötzlich traurig. »Ich wollte mir nur einen Platz in seinem Leben sichern. Das ist er mir schuldig, denn ich habe ihn geboren.«
Giselle antwortete sanft: »Ihr habt einen Platz in Sir Conans Leben. Auch im Alter wird es Euch an nichts mangeln, denn Ihr kennt sein Gerechtigkeitsgefühl. Er kümmert sich um alle, die er liebt. Laßt Conan ...«
»Er wird reich werden ... so reich wie Graf John«, sagte Udele, als hätte sie eben erst Giselles Worte begriffen. »Noch ist Zeit, ihm eine reiche Frau zu suchen. Und ich bin jung: Ich habe noch viele Jahre zu leben. Mit meiner Hilfe wird er an die Macht kommen.«
Giselle senkte den Blick. Ihr Rücken schmerzte. Ihre Frustration wuchs. Sie wußte nicht mehr, wie sie der Herrin von Anselm helfen sollte.
»Ich kann Euch nur bitten, Madam, wie so oft in der Vergangenheit: Laßt Conan seinen Weg gehen.« In Udeles Augen lag ein bösartiges Glitzern. Sie haßte Chandra. Zuerst hatte sie das Mäd-

chen nur abgelehnt, weil seine Mitgift zu gering war, doch später fühlte sie sich durch Chandras Kraft und Entschlossenheit bedroht.

Udele schüttelte heftig den Kopf. Zuerst hatte sie Edwina dazu überredet, Conan zu heiraten, um ihn vor einer Ehe mit einer wenig begüterten Frau zu bewahren. Dann hatte sie Geld geliehen, um Tedric zu bestechen. Chandra sollte für ihren Sohn unerreichbar werden. Sie war mitverantwortlich für den Mord an dem jüdischen Geldverleiher gewesen, und als Edwina die Wahrheit erkannte, hatte sie sie getötet. Und sie hatte sogar den Tod ihrer eigenen Tochter angeordnet. Weder Lügen noch Intrigen, noch Mord hatten sie abschrecken können, ihr Ziel zu erreichen. Sie hatte alles darangesetzt, Chandra ein Leben mit Conan zu verwehren. Wie könnte sie es jetzt ertragen, mit ihr unter einem Dach zu leben? Nie würde sie sich von Chandra verdrängen lassen! Niemals!

Sie stellte Giselle dieselbe Frage, die sie schon vor Jahren gestellt hatte: »Wen siehst du an der Seite meines Sohnes?«

»Eine junge, starke Frau. Eine Frau, deren Weisheit weit über ihr Alter hinausreicht. Ihr Haar ist golden wie die Sonne, ihre Augen blau wie der Himmel. Es ist ganz eindeutig Lady Chandra.«

»Deine Prophezeiung hat sich nicht bewahrheitet!«

»Ihr irrt, Milady. Sie hat ihm bereits einen Sohn geboren.«

»Nein!« schrie Udele außer sich vor Wut. »Nein, das kann nicht sein! Conan war im Ausland ...«

Dann verstummte sie plötzlich und raufte sich die Haare. *Tedric* hat einen Sohn — einen zweijährigen Knaben. Wann war das Kind gezeugt worden? Vor dem Kreuzzug? Aber Conan war nach Frankreich abgereist. Oder hatte er vorher Chandra in Cordell besucht?

Udele begann hysterisch zu lachen. Giselle spürte einen kalten Hauch, als wäre das Böse in ihr Haus eingedrungen.

»Sie ist eine Ehebrecherin!« rief Udele triumphierend. »Was wird Tedric tun, wenn er das erfährt?«

»Und was wird mit dem Kind?« fragte Giselle in panischem Schrecken.
»Was kümmert mich das Kind?« entgegnete Udele.
»Wird Tedric Conans Kind am Leben lassen?«
»Das ist mir gleichgültig.«
»Aber Sir Conan weiß, daß er einen Sohn hat.«
»Du hast mir gesagt, er wird noch viele Jahre leben. Da bleibt ihm Zeit genug, weitere Söhne zu zeugen.« Udele stand auf und ging zur Tür. »Du hast mir vorhergesagt, Conan würde Chandra heiraten, aber ich habe ihn dazu gebracht, Edwina zur Frau zu nehmen. Meine Stärke und Willenskraft haben deine großartigen Prophezeiungen zunichte gemacht.«
»Nein, Madam«, sagte Giselle und stand von ihrem Stuhl auf. »Ihr habt sein Schicksal nicht beeinflußt. Conan mußte Edwina heiraten, um in den Besitz von Phalen zu kommen.«
Ein wilder Ausdruck lag in Udeles Augen, so als hätte sie eben von einem Verrat erfahren. Giselle hatte nie eine derartige Andeutung gemacht. »Verdammt seien deine Weissagungen! Ich werde einen Weg finden, deine Prophezeiungen zunichte zu machen. Mein Sohn wird an die Macht kommen, und *ich* werde sie mit ihm teilen!«
Sie machte auf dem Absatz kehrt und stürmte wütend aus der Kate.
Giselle wurde von einem warmen Gefühl durchströmt. Ihre Augen glänzten, als sie plötzlich die Antwort auf viele offene Fragen wußte. Ein Lächeln erhellte ihr Gesicht.
»Unser Ende ist nahe, Madam«, flüsterte sie. »Sir Conan wird sein Land und seine Liebe zurückerobern und an die Macht kommen, aber Ihr werdet dieses Leben nicht mit ihm teilen. Doch Ihr habt Euren Teil dazu beigetragen, daß er das alles bekommt.« Sie stieß einen tiefen Seufzer aus. »Leider wird er Euch nur noch hassen.«

Der Dezember hielt mit eisiger Kälte Einzug in England. Sir Mallory und seine Gefolgsleute kamen nur langsam vorwärts. Heftige Schneestürme behinderten ihre Reise, daher erreichten sie erst in der dritten Woche nach ihrem Aufbruch von Anselm Swaffham Bulbeck. Das Kloster der Benediktinerinnen lag außerhalb des Dorfes und bestand aus mehreren heruntergekommenen Gebäuden, die dringend der Instandsetzung bedurft hätten.

Mallory ritt vor das schwere Eichenportal und hämmerte mit der Faust dagegen. Keine Reaktion. Er klopfte wieder, bis schließlich eine ängstliche Stimme fragte: »Wer begehrt Einlaß?«

»Ein Ritter des Kreuzes. Öffnet die Tür.«

Der Riegel wurde zurückgeschoben, die Pforte öffnete sich einen Spaltbreit, und ein alter Mann spähte heraus.

»Womit kann ich Euch dienen, Sir?« fragte er und warf einen furchtsamen Blick auf das weiße Kreuz auf der Brust des Besuchers.

»Man hat mir gesagt, daß hier bei den Nonnen eine junge Frau Zuflucht gesucht hat.«

»Hier gibt es keine junge Frau«, antwortete der alte Mann und wollte die Tür wieder schließen.

Mallory drückte seinen Arm dagegen. »Ich habe eine weite Reise hinter mir und lasse mich nicht einfach abweisen. Die Schwestern von Saint Mary wissen vielleicht, wo ich diese junge Frau finden kann. Hol die Priorin, oder ich verschaffe mir mit Gewalt Zugang zum Kloster.«

»Ja, Milord! Ich sage ihr, daß ein Ritter des Kreuzes da ist. Ich hole sie sofort.«

»Beeil dich!« befahl Mallory und trat einen Schritt von der Pforte zurück. Er hörte, wie der Riegel wieder vorgeschoben wurde.

Thurwell fragte ihn: »Wer hat dich hierhergeschickt?«

»Am Abend vor unserer Abreise wurde ich von einem Mann niedergeschlagen, als ich im Burghof Luft schöpfte. Ich habe ihn nicht erkannt, aber er sagte mir, ich solle nach Swaffham Bulbeck reiten. Hier würde ich finden, was ich suche.«

»Aber du hast niemandem etwas davon gesagt.«

»Er warnte mich, mein Leben sei in Gefahr, wenn ich auch nur ein

Wort darüber verlauten lassen würde. Es könnte bedeuten, daß wir einen Verräter unter uns haben. An deiner Loyalität habe ich nie gezweifelt, aber es gibt zu viele Lauscher in unserer Nähe.«
»Wen verdächtigst du?«
»Unter Alarics Leuten gibt es einen Verräter. Ich weiß nicht, wer dieser angesehenen Familie mit einem derart niederträchtigen Verbrechen schaden will.«
Der Riegel wurde wieder zurückgeschoben, das Portal öffnete sich knarrend, und vor ihnen stand eine Nonne in einer schwarzen Kutte. Ihr Gesicht war voller Falten, und ihre Hände hatte sie in den weiten Ärmeln verborgen. Aber ihr Blick war sanft. Sie lächelte freundlich.
Mallory verneigte sich vor der Priorin. »Bitte verzeiht, Ehrwürdige Mutter, daß ich darauf bestand, mit Euch zu sprechen. Aber ich glaube, Ihr könnt mir Aufschluß über den Verbleib einer jungen Frau geben, die ich suche.«
»Ihr müßt mir Näheres über diese Frau sagen. Wenn ich Euch hereinbitte, gebt Ihr mir Euer Wort, daß Ihr und Eure Männer den Frieden dieses Klosters nicht stören werdet?«
»Ich gebe Euch mein Wort, Ehrwürdige Mutter.«
»Dann kommt herein ans wärmende Feuer und nehmt eine Erfrischung zu Euch.«
»Ihr seid zu gütig, Ehrwürdige Mutter«, sagte Mallory und verneigte sich.
»Ich weiß nicht, ob ich Euch helfen kann, diese Frau zu finden, Sir«, sagte die Priorin und schüttelte zweifelnd den Kopf. »Viele Menschen suchen hier Zuflucht und verlassen uns nach einer Weile wieder.« Sie drehte sich um und ging Mallory und den Männern voran ins Klostergebäude.
Die Priorin führte ihre Besucher in einen kleinen Raum, in dem ein Kaminfeuer brannte, und winkte Mallory zu sich. »Wann ist diese Frau in unser Kloster gekommen?« fragte sie.
»Ich weiß nicht, ob sie hier Zuflucht gesucht hat«, versuchte Mallory zu erklären. »Sie verschwand vor über zwei Jahren im Spätsommer aus ihrem Elternhaus und wurde seitdem nicht mehr ge-

sehen. Ihr Name ist Edythe, und ihre Familie lebt auf Anselm. Niemand weiß, warum sie fortgegangen ist, noch ob sie gegen ihren Willen dazu gezwungen wurde. Ein Mann in Anselm, den ich nicht kenne, hat mich hierhergeschickt.«

Die Priorin schüttelte traurig den Kopf. »Ich kenne keine Frau dieses Namens, aber ich werde die anderen Schwestern fragen.«

»Bitte, Ehrwürdige Mutter. Es muß einen Grund geben, warum man mich hierhergeschickt hat. Jemand muß etwas über Edythes Verbleib wissen.«

»Warum sucht Ihr die Frau, Sir?«

Mallorys Blick wurde sanft und wehmütig. »Sie ist meine Gemahlin«, antwortete er leise. »Ehe ich aufbrach, um am Kreuzzug teilzunehmen, haben wir geheiratet. Ich habe sie bei ihrem Vater zurückgelassen. Ich fürchte, ihr Leben ist in großer Gefahr — falls sie noch lebt.«

Die Nonne lächelte herzlich. »Hier droht keine Gefahr, Sir. Seid unbesorgt. Ich werde mit den anderen Schwestern sprechen. Wie ist Euer Name, Sir?«

Die freundlichen Worte der Priorin beruhigten Mallory, und er antwortete lächelnd: »Ich bin Sir Mallory.«

»Und ich heiße Schwester Agatha.«

»Ich werde Euch reich belohnen, wenn Ihr mir helfen könnt, Schwester. Ich ...« Er verstummte und fügte dann verlegen hinzu: »Ich liebe sie.«

»Euch helfen zu können wird mir Belohnung genug sein, Sir Mallory. Geht jetzt zu Euren Männern und wärmt Euch am Feuer. Es wird eine Weile dauern, bis ich mit den Schwestern gesprochen habe.«

Mallory setzte sich neben Thurwell auf eine Bank und erzählte ihm leise, warum sie warten mußten. Über eine Stunde verging, ehe die Priorin zurückkam. Mallory sprang auf und eilte ihr entgegen. Mit einem freundlichen Lächeln sagte sie: »Es gibt eine Schwester hier, die sich an die Frau, die Ihr sucht, erinnern kann, aber sie ist alt und krank. Ich führe Euch zu ihr, damit Ihr sie befragen könnt.«

»Darf Sir Thurwell mich begleiten?«
»Dagegen ist nichts einzuwenden«, antwortete die Priorin.
Die Nonne führte beide einen Kreuzgang entlang und blieb schließlich vor einer geschnitzten Eichentür stehen. Mallory sah die Priorin erstaunt an, denn er hatte erwartet, in ein Krankenzimmer gebracht zu werden. Doch diese Tür führte in eine Kapelle.
Schwester Agatha trat beiseite und bedeutete den beiden Männern einzutreten. Mallory und Thurwell betraten die kleine Kapelle. Die Wände waren mit Wandteppichen verhangen, und auf dem Altar brannten Kerzen. Unter dem Kruzifix kniete eine verschleierte Frau. Die Priorin schloß die Tür leise von außen.
Die Frau am Altar stand auf und drehte sich um. Zögernd ging Mallory auf sie zu, wagte nicht zu hoffen, daß der Traum, der ihn während des ganzen Kreuzzugs begleitet hatte, endlich wahr wurde. Mit einem tiefen Seufzer breitete er die Arme aus und zog Edythe an seine Brust. Tränen brannten in seinen Augen, und er mußte ein qualvolles Schluchzen unterdrücken.
Schließlich schob er sie von sich und betrachtete sie. Vor ihm stand nicht mehr das junge Mädchen, das er geheiratet hatte. Das schwere Leid der vergangenen Jahre hatte Edythe die Reife einer Frau verliehen. Ihre Augen blickten sanft und wissend. Mallory küßte sie voller Liebe.
»Ich wußte, du würdest mich finden«, hauchte sie an seinen Lippen.
Unendlich erleichtert hielt er sie eine Weile fest, aber dann drängte es ihn, das mysteriöse Geheimnis um ihr Verschwinden aufzudecken. »Dein Vater hält dich für tot«, sagte er.
Mit traurigem Blick sah sie ihn an. »Und mein Bruder?«
»Er ist auf Anselm und wartet auf eine Nachricht von mir, ob ich dich gefunden habe.«
Sie schüttelte abwehrend den Kopf. Anscheinend wollte sie nicht, daß Conan erfuhr, wo sie war. Mallory berührte zart ihren Schleier. »Edythe … bist du vor unserer Ehe geflohen?«

»Nein«, widersprach sie, stellte sich auf die Zehenspitzen und küßte ihn. »Ach, mein Geliebter, ich hätte bis in alle Ewigkeit auf dich gewartet ...« Sie warf einen Blick über Mallorys Schulter und sah Thurwell, der mit dem Rücken zu ihnen vor der Kapellentür stand. »Sir Thurwell!« rief sie. Er drehte sich um, und sie sah die Freude und Erleichterung auf seinem Gesicht.
»Ihr müßt beide meine Geschichte hören. Dann können wir entscheiden, was zu tun ist.«
Edythe erzählte, wie sie das Gespräch ihrer Mutter mit der Wahrsagerin Giselle belauscht und erfahren hatte, daß Edwinas Tod kein Unfall gewesen war, sondern daß Udele sie die Treppe hinuntergestoßen hatte. Und wie ihre Mutter ihr den Becher Wein mit dem betäubenden Gift zu trinken gegeben hatte.
»Als ich aufwachte, war ein ganzer Tag vergangen. Ich lag im Wald. Pierce, der Diener meiner Mutter, den sie damit beauftragt hatte, mich zu töten, hatte mich dort versteckt. Er brachte es nicht übers Herz, ihren grausamen Auftrag auszuführen. Er wartete, bis ich aus der Betäubung aufgewacht war, gab mir ein paar Münzen und flehte mich an zu fliehen, denn er könne mein Leben keinen weiteren Tag beschützen. Udele hätte sonst herausgefunden, daß ich noch lebe ...« Edythes Stimme brach. Sie konnte diese grausame Tat ihrer Mutter einfach nicht vergessen.
»Wie bist du hierhergekommen?« fragte Mallory.
Leise sprach Edythe weiter: »Pierce kannte das Kloster und schickte mich her. Er wußte, daß die Schwestern mich beschützen würden. Ich bestäubte mein Haar mit Mehl und strich mir Wachs ins Gesicht. Hätte man nach einem alten häßlichen Weib auf einer klapprigen Stute Ausschau gehalten, wäre man mir bald auf die Spur gekommen.«
»Konnte dich dein Vater nicht vor Udele beschützen?« fragte Mallory außer sich vor Zorn. »Hättest du ihm eine Nachricht zukommen lassen ...«
»Es tut mir leid, daß ich meinen Vater in dem Glauben lassen mußte, ich sei tot, aber nur auf diese Weise konnte ich sichergehen, bis zu deiner Rückkehr zu überleben. Ich weiß nicht, wie

weit die Schlechtigkeit meiner Mutter reicht und wie viele Gefolgsleute sie in Anselm hat, die ihr hörig sind. Mein Vater ist ein starker, mächtiger Mann, aber er hat ihr in Anselm freie Hand gelassen. Und sie weiß, wie sie ihren Willen durchsetzt.« Edythe schüttelte den Kopf. »Das kannst du nicht verstehen, Geliebter. Du hast nie Vaters Zorn zu spüren bekommen, wenn jemand versucht hat, seine Frau schlechtzumachen. Er war zwar oft auf sie wütend, aber er duldete nicht, daß ein böses Wort über sie gesprochen wurde. Und er verschließt seine Augen vor ihrer Grausamkeit.«
»Conan muß es erfahren.«
»Und wie willst du es ihm sagen? Willst du mich jetzt zu ihm bringen?«
Mallory fuhr sich mit den Fingern durchs Haar. »Conan steht ein schwerer Kampf bevor. Er muß wissen, daß seine Mutter wahnsinnig vor Machtgier ist und auch nicht davor zurückschrecken würde, ihn zu Fall zu bringen.«
»Was für ein Kampf?« fragte Edythe. »Der Krieg ist doch vorbei.«
»Tedric hat Phalen erobert. Er hält Lady Chandra als Gefangene in Cordell. Sie hat ein Kind — Conans Sohn. Ja, ein Krieg zwischen den beiden läßt sich wohl nur noch von Theodoric und König Richard verhindern. Vielleicht kann Richard nach seiner Rückkehr Tedric von seiner Gier nach Reichtum und Macht kurieren, denn er war an verräterischen Machenschaften gegen das Königshaus beteiligt. Er hat Juden ermordet — Juden, die unter dem Schutz der Krone standen.«
»Chandra«, flüsterte Edythe. »Meine Mutter fürchtet und haßt Chandra. Sie wird ihr nach dem Leben trachten.«
»Ich glaube nicht, daß Lady Udele eine Möglichkeit hat, an Chandra heranzukommen.«
»Ich glaube, daß unser Platz jetzt nicht auf Anselm, sondern bei Chandra ist. Nach Cordell können wir nicht, aber wir sollten in ihrer Nähe sein.« Fragend sah Edythe Mallory und Thurwell an. »Können wir uns in der Nähe von Cordell verstecken, damit wir Tedric im Auge behalten können?«

Die beiden Männer sahen sich an und überlegten schweigend.
»Ich nehme an«, sagte Thurwell schließlich, »daß Conan erst Chandra in Sicherheit bringen will, ehe er Tedric zur Rechenschaft zieht. Edythe hat recht. Laßt uns nach Cordell aufbrechen.«
»Ja«, stimmte Edythe zu. »Chandra braucht uns.«
»Ich schicke meine Männer zu Alaric zurück und lasse ihm ausrichten, daß wir einen Hinweis bekommen haben, daß du noch am Leben bist und Thurwell und ich alleine nach dir weitersuchen wollen. Morgen früh brechen wir auf.«
Mallory küßte seine Frau zärtlich. »Noch eine Nacht muß ich dich allein lassen. Es wird die letzte sein.«
»Ich mußte zwei Jahre auf dich warten, doch diese Nacht wird die längste sein.«
Mallory schickte die Reiter mit der Nachricht für Alaric nach Anselm zurück. Er und Thurwell legten die Kreuzritterrüstung ab und kleideten sich in einfache Gewänder.
Früh am nächsten Morgen brachen drei Reiter in Richtung Süden, nach Cordell, auf.

23

Weihnachten wurde in weiten Teilen Englands als freudiges Fest gefeiert. Ritter und Söldner waren zu ihren Familien zurückgekehrt, und damit stieg die Hoffnung, daß bald wieder Friede und Wohlstand im Land herrschen würden.

Nur nach Cordell brachte die Rückkehr der Kreuzritter keine Freude. Die Atmosphäre in der Burg war zum Zerreißen gespannt. Tedric schickte Reiter in alle Himmelsrichtungen aus, um Neuigkeiten von Freund und Feind zu erfahren. Er nahm Kontakt mit Graf Johns Vasallen auf, um sich dessen Unterstützung zu vergewissern. Botschaften wurden aus demselben Grund an Theodoric geschickt, und Beobachter berichteten Tedric über Conans Aktivitäten. Die Spannung wuchs, während Tedric auf die einzelnen Antworten wartete. Mit dem Ergebnis war er nicht zufrieden.

Theodoric ließ ihn wissen, daß seine Brüder wenig Neigung zeigten, gegen ihren jahrelangen Gefährten während des Kreuzzuges eine Familienfehde auszutragen. Und Tedric konnte nicht einmal mit der Unterstützung seines Vaters rechnen, denn er war ein treuer Anhänger des Königs und betrachtete Tedrics Bündnis mit John als Verrat.

»Wenn sie mich im Stich lassen, wird Graf John mich unterstützen!« rief er empört, nachdem er den Brief seines Vaters gelesen hatte.

Chandra schickte ein stummes Gebet zum Himmel, daß König Richard bald nach England zurückkehren möge. Aber diese Hoffnung wurde an einem kalten Januartag zerstört, als ein Reiter Tedric die Nachricht von der Gefangennahme Richards brachte.

Richard hatte Herzog Leopold von Österreich in Palästina beleidigt. Während ein Großteil von Richards Heer den Seeweg für die Heimreise benutzte, ritt Richard über Land. Er wurde von Leopold gefangengenommen und auf der Burg Dürnstein bis zur Zahlung eines Lösegeldes festgehalten.
Daher hatte John wenig Zeit und Interesse für die Familienfehden seiner Ritter. Er wollte ganz England in seinen Besitz bringen. Er reiste in die Normandie und nach Paris, um Verbündete zu gewinnen. Gerüchte wurden verbreitet, daß Richard bereits tot und John der rechtmäßige Thronerbe sei. Englands Adel war verwirrt und wußte nicht, wem er die Loyalität schuldete und ob er auf Richards Rückkehr warten oder John folgen sollte.
Alaric stand eindeutig auf Richards Seite. Tedric hoffte, daß sein Vater John folgen würde, aber seine Brüder hatten mit Richard, den sie liebten und verehrten, gekämpft. Alle, bis auf Tedric, würden versuchen, Johns Vorhaben, Richard zu stürzen und nach der Krone zu greifen, zu vereiteln. Tedric konnte deshalb nicht mit Theodorics Unterstützung rechnen und bekam es allmählich mit der Angst zu tun. Und diese Angst erzeugte Wut in ihm.
Im März brachten Tedrics Kundschafter die Nachricht, daß Sir Conan auf Anselm ein Söldnerheer anwarb.
»Wenn Conan Phalen angreift und Ihr hier in Cordell seid ...« sagte Chandra.
»Phalen ist gut befestigt«, entgegnete Tedric. »Und versuch nicht, mich dazu zu überreden, seinen Angriff auf Phalen abzuwarten. Ich bleibe hier.«
Ende März kam Master William in die Burg und bat darum, zu Lady Chandra geführt zu werden. Aber Tedric erlaubte ihm nicht, allein mit der Herrin zu sein, und nahm an der Unterredung teil. William wandte sich nur scheinbar an den Burgherrn und sagte: »Milord, unsere Wildvorräte gehen zur Neige. Das Wetter ist mild, daher würde ich vorschlagen, die Männer auf Jagd zu schicken.«
Chandra unterdrückte ein Lächeln. William war nicht gekom-

men, um Tedrics Erlaubnis für die Jagd einzuholen. Mit dieser verschlüsselten Botschaft wollte er ihr sagen, daß das Wetter warm genug für eine Reise — und einen Angriff — war.
Spät in der Nacht stand Chandra auf ihrem Balkon und blickte zum Himmel. Es blies noch immer ein kalter Wind, aber schneien würde es nicht mehr.
Sie drückte ihren Sohn fest an sich.
»Milady«, ertönte da Wynnes Stimme hinter ihr.
Chandra drehte sich mit Tränen in den Augen um und reichte ihr ihren Sohn. »Nimm ihn rasch«, bat sie.
»Ich werde ihn mit meinem Leben beschützen, Milady«, versprach Wynne.
Die Zimmertür schloß sich hinter Wynne und Hugh. Chandra warf sich schluchzend auf ihr Bett. Sie würde nicht einmal erfahren, ob die beiden sicher bei Laine angekommen waren. Sollte Tedric vorzeitig von der Flucht der beiden erfahren, würde er seine Männer hinter ihnen herschicken und sie umbringen lassen.
Dann trocknete Chandra ihre Tränen und trat wieder auf den Balkon hinaus. Der Schmerz, sich von ihrem Sohn trennen zu müssen, und die Angst um ihn waren kaum erträglich.
Conan, dachte sie verzweifelt. Wirst du je deinen Sohn sehen? Wird Hugh je die Liebe seines Vaters erfahren? Bin ich wirklich allein — ohne Schutz und ohne Hoffnung? Oh, Gott im Himmel — läßt du mich ganz allein?

Während Eleanor, die Mutter des Königs, um die Freilassung ihres Sohnes Richard kämpfte, kursierten Gerüchte, daß Graf John ein Komplott zur Ermordung seines Bruders schmiedete. Er würde vor keiner Niedertracht, keinem Verrat zurückschrecken.
In einem kleinen Dorf, in der Nähe des Klosters Anglesey, hatten zwei vom Kreuzzug zurückgekehrte Soldaten Unterschlupf während des Winters gesucht. Sie hießen John und Michael. John hatte eine Frau, eine hübsche Frau mit bezaubernden grünen Augen. Die drei führten ein unauffälliges Leben. Michael nahm sei-

ne Mahlzeiten gemeinsam mit dem Paar ein und schlief nachts im Stall hinter der Hütte. Sie kauften nur die nötigsten Nahrungsmittel, und gelegentlich verrichteten die Männer einfache Arbeiten. Als Entgelt bekamen sie eine Mahlzeit oder ein paar Münzen. Das einzige, was sie von den heruntergekommenen Söldnern unterschied, die die Gegend unsicher machten, waren ihre edlen Pferde.

An einem Abend im März saßen die drei in der Hütte und schmiedeten Pläne.

»Bald können wir in den Wäldern bei Cordell Unterschlupf suchen. Es wird wärmer. Doch halte ich es für sicherer, wenn du hierbleibst, Edythe«, sagte Mallory.

Edythe nickte widerstrebend. Ihr graute davor, sich allein in dieser winzigen Kate verstecken zu müssen. Außerdem hatten sie bald kein Geld mehr.

»Hast du die Nachricht geschickt?« fragte Mallory Thurwell.

»Ja, ich habe den Mann beauftragt, sie nur Conan auszuliefern.«

»Was hast du ihm geschrieben?«

»Daß sich auf Anselm eine Verräterin aufhält. Für den Fall, daß Conan unsere Botschaft doch nicht erreichen sollte, habe ich nicht gewagt, den Namen der Lady zu erwähnen. Und ich habe geschrieben, daß wir auf die Taube warten. Er wird wissen, daß die Nachricht von uns kommt.«

»Ja. Und wo er uns finden kann. Edythe, bald wird er wissen, daß du lebst.«

»Er wird es nicht fassen können, daß unsere Mutter die Verräterin ist«, sagte sie traurig.

Nur wenige Reisende verirrten sich jemals in den kleinen Burgflecken. An der Straße, die zum Kloster und in die andere Richtung nach Colchester führte, lagen nur ein paar Bauernhöfe, und deswegen hatten Mallory und Thurwell mit Edythe hier Zuflucht gesucht. Daher erregte der Karren, der eines Tages auftauchte und auf dem zwei Frauen und ein Kind saßen, sofort Thurwells Argwohn. Der Karren wackelte besorgniserregend und drohte umzustürzen. Thurwell machte Mallory darauf aufmerksam.

»Die beiden Frauen reisen ohne männlichen Begleiter. Vielleicht brauchen sie unsere Hilfe.«
»Kümmere dich nicht um deren Probleme«, widersprach Mallory.
»Die junge Frau dort, Mallory«, sagte Thurwell nachdenklich. »Ich habe sie schon mal gesehen.«
»Wahrscheinlich ist sie ein früheres Liebchen von dir«, spottete Mallory.
»Nein. Sieh sie dir doch mal an.«
Als der Karren vorbeiholperte, warf Mallory einen neugierigen Blick auf die beiden Frauen, die mit gesenkten Köpfen und übergestülpten Kapuzen darauf saßen. Er erkannte keine von beiden.
»Alte Frau!« rief Thurwell. »Ein Rad an deinem Karren löst sich.«
»Ich habe es nicht mehr weit«, bekam er zur Antwort. Die Alte fuhr weiter.
»Hab keine Angst vor mir«, sagte Thurwell. »Ich will dir nur helfen.« Er packte das Pferd am Zügel und hielt es an.
Das Kind in den Armen der jungen Frau fing zu weinen an. Thurwell sah ihr ins Gesicht. Eine blonde Locke schaute aus der Kapuze hervor und fiel ihr ins Gesicht. Plötzlich wußte Thurwell wieder, woher er die junge Frau kannte. Er hatte sie oft in Chandras Nähe gesehen.
»Wynne?« fragte er zögernd.
»Bitte, Sir«, flehte sie. »Laßt uns weiterfahren.«
»Kennst du mich denn nicht?« fragte er leise.
»Nein«, sagte sie. »Laßt uns nur weiterfahren.«
»Wynne«, sprach er eindringlich auf sie ein. »Ich bin Sir Thurwell, Conans Freund.«
Mit Tränen in den Augen flehte sie ihn an: »Haltet uns nicht auf, Sir. Niemand darf sich daran erinnern, daß wir hier durchgekommen sind.«
»Wessen Kind ist das?«
»Der Sohn meiner Herrin.«

Thurwell ließ die Zügel los. »Fahrt weiter«, sagte er und sah dem Karren nach. Er kannte ihr Ziel nicht, ahnte aber den Grund für ihre Flucht. Sie flohen vor Tedric.
Mallory trat neben Thurwell. »Die Frau ist Chandras Kammerzofe, Wynne. Sie flieht von Cordell mit Chandras Sohn.«
»Conans Sohn«, sagte Mallory.
»Sie hat Angst und wagte nicht, mit mir zu sprechen. Wir sollten sie in Sicherheit bringen.«
Sie warteten, bis der Karren weit genug entfernt war, und holten dann ihre Pferde und ritten hinterher.
»Wir fliehen nach Thetford«, erzählte ihnen Wynne ängstlich, als sie sie eingeholt hatten. »Mein Vater versammelt seine Männer im Wald. Sir Tedric bereitet sich auf einen Angriff vor, und meine Herrin fürchtet um das Leben ihres Sohnes. Wir suchen Zuflucht im Kloster.«
»Thetford!« schnaubte Mallory. »Das Kind wäre im Wald sicherer. Tedric wird als erstes in Thetford nach euch suchen.«
»Es gibt keinen anderen Ort«, stammelte Wynne. »Für Hugh sind die kalten, feuchten Nächte im Wald ungesund. Er ist noch so klein.«
Mallory zog dem Knaben die Kapuze vom Kopf und betrachtete das dichte schwarze Haar über dem runden Gesicht mit den blauen Augen.
»Ihr kommt mit uns«, sagte Mallory zu Wynne. »In unserer Hütte zusammen mit Edythe seid ihr sicherer als in Thetford.«
»Ich wage es nicht, in der Nähe von Cordell zu bleiben«, wandte Wynne ein.
»Vertrau mir, so ist es besser«, beschwichtigte Mallory sie. »Alte Frau, kannst du allein zum Kloster weiterfahren?«
»Ja, wenn das Rad so lange hält«, antwortete sie heiser.
»Da du kein Geld hast, wird Tedric dich als erstes im Kloster suchen. In unserem Schlupfwinkel bist du gut aufgehoben, und wir geben Sir William Bescheid.«
»Aber ich habe Geld«, protestierte Wynne. »Nicht viel, aber es wird für eine Weile reichen.«

Thurwell hob Wynne und das Kind vom Karren. »Das Geld wird dringend gebraucht«, sagte er. »Hab keine Angst, Mädchen, Tedric wird nicht lange nach euch suchen. Seine Männer haben jetzt anderes zu tun. Er wird gegen Conan kämpfen.«
»Oh, nein«, widersprach Wynne. »Ich glaube nicht, daß er den Kampf sucht. Meine Herrin sagt, er fürchtet Conan und wird einen Weg suchen, um ihn zu hintergehen.«
»Und wie will er das anstellen?«
Wynnes Kinn zitterte, als sie sprach: »Er hält meine Herrin als Gefangene in Cordell. Sie durfte die Burg nicht verlassen, seit er den Priester ermorden ließ.« Sie schüttelte traurig den Kopf. »Ich weiß nicht, was Sir Tedric vorhat, aber er hat meiner Herrin gedroht, daß er Conan töten wird.«
»Welchen Priester ließ er töten?«
»Pater Merrick — weil der Sir Conan in der Kirche versteckt hat.«
Mallory und Thurwell schwiegen eine Weile. Dann sagte Thurwell mit gepreßter Stimme: »Wir haben zu lange gezögert. Wir müssen sofort nach Cordell aufbrechen.«

Jeden Tag schritt Conan die Burgmauern von Anselm ab und inspizierte seine Truppen. Er hatte Bogenschützen an der Brustwehr postiert, und eine stattliche Anzahl Söldner war in der Burg stationiert. Er war jederzeit zum Aufbruch bereit.
Er blickte über das weite Land, das eines Tages ihm gehören würde. Mit dem Frühling näherte sich auch die Zeit für die Abrechnung mit Tedric. Er hoffte, eine Auseinandersetzung mit Theodoric und dessen anderen Söhnen, den Kreuzrittern, verhindern zu können, denn er wollte keine Fehde zwischen seiner und Theodorics Familie heraufbeschwören. Nicht einmal Phalen wäre diesen Preis wert. Aber um Chandra zu retten, würde er vor nichts zurückschrecken.
Als er über den Burghof ging, sah er seine Mutter, die ihn beobachtet hatte. Sie hatte viel von ihrer stolzen Haltung und auch ihr bezauberndes Lächeln verloren. Mißmutig und gequält blickte sie ihn an. Udele war alt geworden.

Conan verneigte sich steif vor ihr und fragte sich, welches Problem sie wohl diesmal zu ihm führte. »Guten Morgen, Madam«, grüßte er höflich.
»Wie ich sehe, sind deine Männer bereit, jeden Augenblick loszuschlagen«, sagte sie.
»Ja, Madam, wir warten auf den Fuchs, der verstohlen durch die Nacht schleicht.«
»Wann willst du Phalen zurückerobern? Es gehört dir. Warum zögerst du noch?«
»Ich warte einen günstigen Zeitpunkt ab. Ein überstürzter Angriff würde Lady Chandra in Gefahr bringen.«
»Chandra«, seufzte sie. »Du machst dir noch immer Sorgen um dieses Frauenzimmer?«
»Wer, außer mir, sollte sich um ihre Sicherheit kümmern, Madam?«
»Sie geht dich nichts an.«
»Doch, Madam. Sie wurde zu dieser Ehe mit Tedric gezwungen und mußte viel Leid ertragen. Für ihn ist sie nichts als eine Geisel, die er zudem schlecht behandelt.«
Udele runzelte die Stirn und sah ihren Sohn argwöhnisch an. Conan hatte nie seinen kurzen Besuch erwähnt, den er Cordell abgestattet hatte, ehe er vom Kreuzzug zurückkehrte. »Woher weißt du, wie er sie behandelt?«
»Das habe ich von einem vertrauenswürdigen Mann erfahren. Ich werde sie befreien.«
»Du willst sie befreien?« Udele umklammerte Conans Arm. »Conan, sag mir die Wahrheit! Willst du das Frauenzimmer für dich haben?«
»Madam, sprecht nicht auf diese Weise von Chandra«, sagte er gereizt. »Sie ist eine liebenswerte und tapfere Frau, die es nicht verdient hat, Tedrics Willkür ausgesetzt zu sein.«
»Aber Conan, du hast andere Verpflichtungen, für die du kämpfen mußt! Dein Land! Deine Familie!«
Conan sah sie eindringlich an. »Werde ich denn mein Land verlieren, wenn ich Lady Chandra aus der Gefangenschaft befreie?

Wird sich meine Familie dann gegen mich wenden? Ihr sprecht von ihr, als wäre sie eine Dirne. Sie ist eine Lady.«
Udele senkte den Blick. »Sie besitzt weder Familie noch Reichtum. Sie ist mit Tedric verheiratet ...«
»Ist das nicht Grund genug, sie zu befreien?«
Udele durchbohrte Conan mit ihrem Blick. »Willst du sie für dich gewinnen?«
»Ich beabsichtige, sie aus Tedrics Knechtschaft zu befreien. Was die Zukunft bringt, weiß ich nicht.«
»Du liebst sie.« Das war keine Frage, sondern eine Feststellung.
»Ja«, sagte er sanft.
»Und wenn du sie von ihrem Mann befreit hast, wirst du sie dann zur Frau nehmen? Wirst du sie in mein Heim bringen und sie zur Burgherrin machen?«
Conan sah in die grünen Augen seiner Mutter. Chandra — seine Burgherrin? Wie stolz er wäre, sie an seiner Seite zu sehen! Er hoffte, daß eines Tages der Zeitpunkt kommen würde, an dem alle Streitigkeiten beigelegt waren und er Chandra seine Liebe gestehen konnte. Doch zunächst galt es, sie in Sicherheit zu bringen.
Er setzte zu einer Antwort an, als ein Ruf der Turmwache seine Aufmerksamkeit ablenkte.
»Ein Mann nähert sich der Burg!«
Conan wollte gehen, aber Udele hielt ihn am Ärmel zurück. »Conan, antworte mir! Ich bestehe darauf!«
Doch seine Pflichten als Ritter und Burgherr hatten Vorrang. Unwirsch befreite er sich aus ihrem Griff und lief zum Burgfried.
Udele starrte ihrem Sohn nach. Würde er es wagen, Chandra nach Anselm zu bringen und sie über seine Mutter zu stellen? Ich bin die Herrin auf Anselm, dachte sie wütend. Solange ich lebe, wird es auf Anselm keine andere Herrin geben!
Sie machte auf dem Absatz kehrt und eilte wütend in die Halle. Sie hatte gehofft, Conan würde alles daransetzen, Phalen zurückzuerobern und die Schmach, die ihrer Familie angetan wor-

den war, zu tilgen. Aber jetzt kannte sie seine Pläne. Er würde Chandra nicht aufgeben. Er wollte sie um jeden Preis haben oder würde auf alles andere verzichten. Das durfte niemals geschehen. Doch Udele wußte, wie sie Tedric zum Handeln bringen konnte.

Niemandem gelang es unbemerkt, Anselm zu betreten. Conan ließ den Mann, der ihm eine Nachricht brachte, sorgfältig durchsuchen. Er war auf jeden üblen Trick von Tedric vorbereitet.

»Seid Ihr Sir Conan?« fragte der Reiter.

»Ja.«

»Ich sehe keinen Falken auf Eurer Schulter«, sprach der Reiter zögernd weiter.

»Der Vogel ist in der Falknerei.«

»Ihr habt keine Narbe im Gesicht«, wandte der Mann weiter ein.

Conan sah den Mann belustigt an. Der Absender der Botschaft hatte Conan gewiß gut beschrieben. Er strich sein Haar zurück und zeigte dem Mann die Narbe auf seiner Wange, die teilweise vom Bart verdeckt wurde.

Damit gab sich der Reiter endlich zufrieden und überreichte Conan eine Pergamentrolle. Conan brach das Siegel und las die kurzgefaßte Nachricht. Ein Ausdruck des Erstaunens breitete sich auf seinem Gesicht aus.

»Wie heißt der Mann, der dir diese Botschaft gegeben hat?«

»Das weiß ich nicht, Sir Conan«, antwortete der Reiter.

»Wo kann ich ihn finden?«

Der Mann zuckte die Schultern. »Er hat mir in Colchester das Schreiben gegeben, aber dort lebt er nicht. Ich treffe ihn wieder in einem Gasthaus an einem Tag, den ich nicht verraten darf.«

Conan lächelte wieder. Wie vorsichtig seine Freunde waren! Er winkte einen Knappen herbei. »Geh zur Falknerei und bring mir zwei Federn von meinem Vogel.« Der Knabe lief davon, um den Auftrag auszuführen.

»Laß dir zu essen und zu trinken geben. Du kannst heute nacht hier schlafen, wenn du willst. Bring die zwei Federn deinem Auftraggeber und sag ihm, daß ich weiß, wo ich ihn finden kann, und daß die Zeit bald gekommen ist.«

Der Mann nickte, obwohl die Botschaft für ihn keinen Sinn ergab. Dann ging er in die Burg.

Conan überflog noch einmal die paar Zeilen auf der Pergamentrolle. Verrat in seinem eigenen Haus! Und sie hielten Ausschau nach der Taube. Bald würde er wieder mit seinen Freunden vereint sein.

24

Ein zweiter Reiter begehrte am selben Tag in Anselm Einlaß. Vor dem Burggraben mit der hochgeklappten Zugbrücke hielt er sein Pferd an und rief dem Wachposten zu: »Ich habe einen Brief von Sir Tedric für Sir Conan!«

Nachdem die Wachen sich vergewissert hatten, daß kein feindlicher Trupp dem Reiter gefolgt war, senkte sich die Brücke quietschend, und das Burgtor wurde geöffnet. Der Reiter trabte in den Burghof. Sofort wurde die Brücke hinter ihm wieder hochgezogen. Mit leicht zitternden Knien stieg der junge Mann vom Pferd. Er wurde von Conans Männern in den rot-blauen Farben von Anselm umringt und vor Conan geführt.

Er kniete vor dem Blauen Falken nieder und überreichte ihm die Pergamentrolle.

»Steh auf«, befahl Conan schroff.

Der junge Mann erhob sich und stand mit gesenktem Kopf vor Conan.

»Du hast Mut bewiesen, mir diese Botschaft von meinem Feind zu überbringen. Dafür will ich dich belohnen. Du hast die Wahl: Bleib hier und schwör deinem neuen Herrn Treue oder kehr zu Tedric zurück.«

Der junge Mann sah ihn ungläubig an. Trotz dieser freundlichen Worte funkelten die Augen des mächtigen Ritters vor Zorn. Furchtsam verneigte er sich vor Conan und sagte: »Milord, laßt mich in Eure Dienste treten.«

»Du bist nicht nur mutig, sondern auch klug«, antwortete Conan. »Bei dem Fuchs wäre dir nur noch ein kurzes Leben beschieden gewesen. Seine Tage sind gezählt.« Seinen Männern rief er zu: »Gebt diesem Mann zu essen und zu trinken!«

Dann ging Conan mit langen Schritten auf die Burg zu.
Alaric hatte die Neuigkeit bereits erfahren, daß Tedric einen Reiter geschickt hatte, und eilte vom Stall in die Halle. Udele kam aus ihren Gemächern herunter, um zu hören, was ihr Sohn zu berichten hatte. Am Fuß der Treppe angekommen, erstarrte sie, denn ihr Sohn warf ihr einen eiskalten Blick zu. Zum erstenmal in ihrem Leben hatte sie Angst vor ihm. Mit einer angedeuteten Verneigung wies er auf den königlichen Sessel der Herrin von Anselm.
»Bitte, setzt Euch, Milord«, sagte er zu seinem Vater. »Neben Eure Gemahlin.«
Alaric nahm Platz und sah seinen Sohn erwartungsvoll an.
»Tedric ist bereit, mit mir zu verhandeln«, sagte Conan. »Seine Verbündeten haben ihn im Stich gelassen. Er bittet mich zu einer Unterredung nach Phalen. Er hält Chandra und ihren Sohn als Geiseln. Er bietet mir ihr Leben im Austausch für Phalen und die dazugehörigen Ländereien. Der Vertrag soll in Phalen vor Zeugen abgeschlossen werden.«
»Die Burg bedeutet ihm mehr als seine Frau und sein Sohn?« fragte Alaric fassungslos.
»Er bezieht sich auf die Aussage eines Informanten, daß Chandra eine Ehebrecherin und ihr Sohn nicht sein Kind ist.«
»Chandra?« rief Alaric entgeistert. Udele versteifte sich, und ihr Sohn beobachtete genau ihre Reaktion.
»Ich bin ihr Geliebter und Vater des Kindes«, sagte Conan langsam und wandte den Blick nicht von seiner Mutter.
Alaric hob abwehrend die Hände, denn er hatte diese Möglichkeit nicht einmal sich selbst eingestanden.
Conan starrte weiterhin seine Mutter an, und Alaric folgte seinem Blick. »Tedric teilt mir mit offensichtlichem Vergnügen mit, daß meine eigene Mutter ihm dieses Geheimnis enthüllte.«
»Du?« sagte Alaric mit erstickter Stimme und beugte sich über Udele. »Du hast das getan? Du hast deinen Sohn verraten?«
Conan legte eine Hand auf Alarics Arm und zog ihn von Udele fort. Alaric sah seinem Sohn in die Augen. »Es ist die Wahrheit«, sag-

te Conan. »Ich bin der Vater ihres Kindes. Und ich liebe sie schon seit langem. Tedric sei verflucht! Ich werde Chandra und meinen Sohn retten. Wenn er ihnen auch nur ein Haar krümmt, werden er und seine Verbündeten meine Rache zu spüren bekommen!«
Alaric sah seine Frau voller Abscheu an. Dann trat er neben Conan und gab ihm damit sein Einverständnis, nach eigenem Gutdünken mit ihr zu verfahren.
Conan fragte seine Mutter: »Warum habt Ihr mich an meinen Feind verraten?«
»Chandra ist eine Hexe«, sagte Udele mit erzwungener Leichtigkeit. »Sie macht aus dir einen Narren. Sie hat dich in ihren Bann gezogen. Sie bringt dir weder Ruhm noch Reichtum!«
»Hat sie mich verraten?« rief Conan. »Nein! Hat sie sich mir an den Hals geworfen und mich verführt? Nein! Die Sehnsucht nach ihr hat mich in ihr Bett getrieben. Aber Ihr habt mich verraten. Warum?«
»Es geschah zu deinem eigenen Besten«, entgegnete Udele mit leicht zitternder Stimme. Bis zum heutigen Tag hatte sie keine Angst vor ihrem Sohn gehabt, doch jetzt schien seine mächtige Gestalt die schiere Verkörperung ihres Untergangs zu sein. »Chandra würde nur Schande über dich bringen. Wie eine liederliche Dirne ist sie vor dir herumscharwenzelt, während deine Frau leidend im Bett lag. Sie ist böse! Sie ist ...«
Conan schlug seine Mutter so heftig ins Gesicht, daß sie in ihren Sessel zurückfiel. Ehe ihr bewußt wurde, was geschehen war, stand er drohend vor ihr und hatte die Hände auf die Lehnen gestemmt, so daß sie ihm nicht entkommen konnte.
»Ihr habt Tedric die Nachricht in der Hoffnung zukommen lassen, er würde sie beide umbringen, nicht wahr?«
Udele preßte eine Hand gegen die schmerzende Wange und zupfte mit der anderen an ihrem Rock herum. »Du hättest Phalen längst zurückerobern können. Tedric ist kein würdiger Gegner für dich«, sagte sie weinerlich.
»Woher wußtet Ihr, daß ich das Kind gezeugt habe?« fragte Conan weiter.

Udele begann zu schluchzen. »Es war nur zu deinem Besten. Chandras Zauber hat dich deiner ganzen Stärke beraubt. Mit ihrer sündhaften Verlockung hat sie dich an sich gebunden. Du wolltest sie hierherbringen und zur Herrin von Anselm machen. Ich bin die Burgherrin! Ich bin die Herrin …«

»Madam!« schrie er sie an.

»Conan, Lieber«, wimmerte sie. »Sie ist nicht gut für dich. Ein Kuß von ihr, und du hast deine Familie, deine Ländereien, deine Zukunft vergessen. Du denkst nur noch an sie — begreifst du das denn nicht? Sie würde dein Leben bestimmen und dich zu einem Schatten deiner selbst machen. Nichts würde von dir übrigbleiben, nichts für mich …

Ich bin noch jung«, sprach sie weiter. »Ich könnte deinen Besitz perfekt verwalten, das weißt du gut. Such dir eine reiche Frau, die deinen Besitz vergrößert! Anselm gehört dir! Phalen! Stoddard! Und wenn du Cordell haben willst — nimm es dir! Wer könnte dich daran hindern? Für Galen reicht es, wenn er Burgvogt auf einem deiner Besitztümer ist. Er braucht nicht mehr. Edythe ist tot und kann dein Erbe nicht schmälern.«

Galen, der neben seinem Vater stand, wandte sich voller Qual ab. Er konnte seine Mutter nicht länger ansehen. Alaric ballte in ohnmächtiger Wut die Fäuste.

Conan fragte langsam: »Edythe. Mein Gott, was habt Ihr Edythe angetan?«

»Sie wollte mich verraten! Sie hätte dich und Alaric gegen mich aufgehetzt!«

Da trat Udeles Diener, Pierce, in die Halle. Ein Blick auf Conan und die völlig außer sich geratene Udele verriet ihm alles. Er verneigte sich vor Conan. »Milord, darf ich sprechen?« fragte er demütig.

Udele starrte ihren Diener haßerfüllt an. »So«, fauchte sie, »sogar du verrätst mich.«

»Lady Edythe lebt«, sagte Pierce zu Conan. »Ich konnte ihr kein Leid antun. Ich habe sie im Wald versteckt und ihr Geld genug für ein Pferd und Kleider gegeben, die sie wie eine alte Bauersfrau

aussehen ließen. Sie ritt nach Swaffham Bulbeck, um dort auf die Rückkehr ihres Gemahls und ihres Bruders zu warten.«
»Meine Männer haben in jedem Kloster des Landes nach ihr gesucht«, rief Alaric.
Pierce schüttelte den Kopf. »Die Nonnen haben Eure Männer fortgeschickt. Lady Edythe konnte erst nach Anselm zurückkehren, wenn sie sich des Schutzes ihres Bruders sicher sein konnte.«
Alaric starrte seine Frau haßerfüllt an. »Dein böser Geist hat diese Burg so vergiftet, daß nicht einmal meine Tochter Vertrauen zu mir hatte!« Dann wandte er sich wieder an Pierce. »Und diese Nachricht?« fragte er. »Woher kannte meine Frau das Geheimnis, das sie Tedric verriet?«
»Milord«, antwortete Pierce und räusperte sich. »Die Klöpplerin, Giselle, erzählt der Milady, was sie wissen will.«
»Also ist sie doch eine Hexe!« rief Alaric.
»Nein, Milord. Sie betreibt keine Zauberei, aber sie sieht die Zukunft in ihrer Kristallkugel voraus.« Er warf Udele einen ängstlichen Blick zu, sprach dann aber entschlossen weiter. »Giselle hatte keine andere Wahl, Milord. Die Milady bedrohte sie.« Wieder sah er Udele mit einem qualvollen Blick an, denn es war ihm schmerzlich, seine Herrin zu verraten. »Verzeiht mir, Milady«, sagte er kläglich. »Aber bei einem Verrat an den eigenen Kindern und Mord ...«
Udele sah ihn mit eiskalten Augen an und spuckte ihm dann ins Gesicht.
»Mord? Edythe lebt ...« sagte Conan.
»Eure Gemahlin, Sir«, antwortete Pierce leise und blickte zu Boden. »Ihr Tod war kein Unfall. Das war Edythes Verhängnis: Sie hörte, wie Milady Giselle gestand, ihre Hand bei Edwinas Tod im Spiel gehabt zu haben.«
Udele stöhnte bei dieser weiteren Enthüllung ihrer Untaten auf. Sie sank schluchzend zu Boden.
Der Zorn drohte Conan zu überwältigen. Er konnte die Wahnsinnstaten seiner Mutter einfach nicht begreifen. Pierce sprach weiter.

»Das Geld, das Tedric Sir Medwin gab... Milady gab es ihm...«

»Tedric hat mich erpreßt!« keuchte Udele. »Tedric wußte bereits vor deiner Hochzeit, daß du deine Frau nicht liebst, sondern ihre jüngere Schwester begehrst! Diese Schande hätte unsere Familie entehrt!«

Conan vermied es, seine Mutter anzusehen – er würde ihren Entschuldigungen kein Gehör schenken. »Woher hatte Milady das Geld?« fragte er Pierce.

»Milady gab mir Schmuck, den ich zum Geldverleiher trug. Aaron, der Jude aus dem Norden, hat ihr die größte Summe geliehen.«

»Und wer hat Tedric befohlen, den Juden zu töten?« fragte Conan.

»Niemand, Milord. Das tat er aus eigenem Antrieb. Aber er erpreßte Geld von der Lady, damit er über ihre Schulden Stillschweigen bewahrte.«

Conan blickte voller Abscheu auf seine Mutter nieder. »Und das Geld, das Tedric mir anbietet – als Entschädigung sozusagen für Phalen –, stammt das auch aus Eurer Börse?«

»Nein«, zischte Udele. »Er konnte mich nicht verraten, denn dann hätte er den Mord an dem Juden gestehen müssen!« Plötzlich begann sie schrill zu lachen. Das hysterische Gelächter ging bald in verzweifeltes Schluchzen über.

»Schafft sie fort!« befahl Conan kalt. Pierce trat neben seine Herrin.

»Bring sie in ihr Gemach und bewache sie dort«, fügte Alaric hinzu.

Dann hob Pierce Udele auf und trug sie die Treppe hinauf.

»Ich habe ihn geboren und aufgezogen«, murmelte sie wirr vor sich hin. »Er sollte meiner Familie Ruhm und Ehre bringen und mir im Alter Reichtum und Ansehen verleihen. Er sollte mir dienen...«

In der bedrückten Stille, die dem kläglichen Wimmern folgte, wandte sich Conan an seinen Vater. »Ich überlasse sie Euch, Milord. Ich kann ihren Anblick nicht mehr ertragen, denn ich mußte ihretwegen einen zu hohen Preis bezahlen. Fast hätte sie mein Leben zerstört und das anderer Menschen. Sie ist eine Mörderin. Sprecht ihren Namen nie wieder in meiner Gegenwart aus.«

»Wirst du jetzt gegen Tedric reiten?« fragte Alaric.

»Ja, die Zeit ist gekommen. Kann ich auf Eure Hilfe zählen?«

Alaric nickte, und Conan fragte: »Gebt Ihr mir Galen mit?«

»Ja.«

»Dann bereitet Euch und meine Männer zum Aufbruch vor. Doch vor meiner Abreise habe ich noch eine Angelegenheit zu erledigen.«

Sir Conan ging ins Dorf. Er blickte weder nach rechts oder links, sondern marschierte mit großen Schritten direkt auf das Haus der Klöpplerin zu. Dort angekommen, trat er die Tür mit einem mächtigen Tritt ein. Das Zimmer lag in einem trüben, violetten Licht, das die alte Frau wie einen Geist aussehen ließ.

Wütend fuhr er sie an: »Du hast Lady Udele dabei geholfen, mich zu hintergehen!«

Giselle hatte keine Angst. »Sie hatte Macht über mein Leben oder meinen Tod. Erst heute wird mir klar, warum ich nicht sterben durfte, Sir Conan.«

»Erst jetzt?« fragte er verwirrt. Sein Blick fiel auf die Kristallkugel auf dem Tisch, und sein Zorn verflog. Er wurde durch ein angenehmes Gefühl der Wärme ersetzt. Wie eine Vision tauchte plötzlich Chandra vor ihm auf.

»Kommt, Sir Conan, und hört, was ich Euch zu sagen habe«, lud sie ihn herzlich ein.

Er trat näher. »Sir Tedric wird sein Wort nicht halten. Noch ist es ihm ernst mit dem Vertrag, für dessen Abschluß Ihr nach Phalen kommen sollt. Er will Euch mit dem Versprechen, Frieden zu schließen, nach Phalen locken und wird Euch töten, sobald Ihr vor Zeugen Euer Wort gegeben habt.«

»Was ist mit Chandra?« fragte er besorgt.

»Tedric hat vor, erst Euch zu töten und dann einen Reiter mit der

Nachricht von Eurem Tod nach Cordell zu schicken, damit seine Gefolgsleute Chandra ermorden.«

»Und was wird aus dem Kind?«

»Das Kind ist in Sicherheit, obwohl ich nicht weiß, wo. Sorgt Euch nicht um Euren Sohn. Befreit die Lady.«

»Ja, und dann werde ich gegen Tedric kämpfen.«

»Nein, Conan, kämpft nicht gegen ihn. Er kann weder Eurem Heer Widerstand bieten, noch kann er Euch angreifen. Trefft Euch mit ihm, aber betretet Phalen nicht.«

»Er hat den Tod verdient. Tausendmal hat er den Tod verdient«, sagte Conan.

»Rache ist etwas für Schwache«, widersprach Giselle sanft. »Ihr seid stark. Wenn Ihr ihn tötet, wird das die Saat für noch mehr Kriege sein. Laßt Tedric leben! Er ist nichts als ein törichter verblendeter Narr.«

»Ich soll den Bastard ungestraft davonkommen lassen?« fragte Conan entgeistert.

»Er wird seine gerechte Strafe bekommen. Aber nicht Ihr seid sein Richter. Greift ihn nicht an, Sir Conan.«

»Soll ich ihm denn Phalen lassen?«

»Reitet mit Euren Zeugen nach Phalen und bittet Euren alten Freund und Lehrer, Theodoric, an den Verhandlungen teilzunehmen. Bringt die Beweise für Tedrics Verrat nach Phalen, nachdem Ihr die Lady aus Cordell befreit habt. Dann fordert Tedric auf, Euch Euren Besitz kampflos zurückzugeben.«

»Theodoric steht auf der Seite seines Sohns«, wandte Conan ein.

»Theodoric sehnt sich nach Frieden, so wie Alaric. Bringt Euren Vater und Theodoric wieder zusammen. Ihr seid der einzige, der die ehemaligen Freunde wieder versöhnen kann.«

»Und wenn Tedric mir mein Land nicht freiwillig zurückgibt? Wenn er nicht kampflos abzieht?«

»Euer Eid als Ritter gebietet Euch, die Schwachen zu beschützen. Beschützt die Lady, beschützt Eure Freunde und Eure Familie — schützt Euch selbst. Verteidigung und Ehre sei Eure Devise, Conan. Nicht Angriff und Zerstörung.«

»Es wird schwierig sein, Tedric in friedlicher Absicht gegenüberzutreten und ...« Conan verstummte abrupt. Die Kristallkugel hatte ihren Glanz verloren. Ein helles Licht durchströmte nun das Zimmer. Plötzlich war aus der Kugel ein unansehnlicher Stein geworden, und Giselle alterte zusehends. Ihre gütigen grauen Augen wurden müde. Sie wirkte unendlich erschöpft.
»Eilt zur Lady, Sir Conan. Schnell!« flüsterte sie mit erlöschender Stimme.
Conan sah sie neugierig an. »Du sagtest, du hättest dein Leben bis zum heutigen Tag bewahren müssen — um mir zu zeigen, wie ich die Lady befreien und mein Land zurückgewinnen kann?«
Giselle zuckte nur die Schultern; innerhalb kurzer Zeit war eine Greisin aus ihr geworden. »Vielleicht. Ich ahnte wohl, daß mein Weiterleben einen Sinn hatte. Denn ohne meinen Rat wärt Ihr jetzt nach Phalen geritten, und die Lady ...« Erschöpfte sah sie ihn an. »Lady Chandra, Sir Conan. Eilt zu ihr!«

Im Burghof zu Anselm waren über hundert Männer zum Aufbruch bereit. Die Schilde mit Sir Conans Wappen glänzten in der Sonne. Alarics Rüstung war frisch poliert und wetteiferte in ihrem Glanz mit dem Schimmer der anderen Ritterrüstungen. Galen stand neben seinem Vater. Conans Pferd war gesattelt, und zwei Knappen standen bereit, um ihm beim Anlegen seiner schweren Rüstung zu helfen.
»Galen, du reitest mit fünfzig Mann. Fühlst du dich der Aufgabe eines Kommandanten gewachsen?«
»Ja, Sir Conan!« entgegnete er stolz.
»Belagere Phalen und erlaube niemandem, die Burg zu betreten oder zu verlassen. Kämpfe nur, wenn es gilt, euer Leben zu verteidigen.«
Dann wandte sich Conan an seinen Vater. »Nehmt zwanzig berittene Männer und reitet zu Theodoric. Überbringt ihm diese Nachricht.« Er gab seinem Vater eine Pergamentrolle. »Er hat mich Gerechtigkeit und Ehre gelehrt. Sagt ihm, daß ich bereit

bin, mit Tedric zu verhandeln. Und bittet Theodoric, als Zeuge an dieser Verhandlung teilzunehmen.«

»Hältst du es für klug, vor Theodoric die Vaterschaft für Chandras Kind zu übernehmen?«

»Das war doch von Anfang an Tedrics Plan«, sagte Conan. »Er war schon immer mein Feind, lange ehe er einen Weg fand, Chandra zu heiraten. Er hat immer versucht, mich zu provozieren. Er hat nur um Edwinas Hand angehalten, um Phalen zu bekommen — er hat sie nie geliebt. Er hat Zwietracht zwischen unseren Familien gesät und nur auf eine günstige Gelegenheit gewartet, mich anzugreifen — auf seine Weise. Als ich ihn des Mordes an dem Juden bezichtigte, brachte er durch eine Lüge Schande über mich. Und Chandra — er hat sie doch nur geheiratet, um sich an mir zu rächen, denn er wußte, daß ich sie liebe.«

»Und wenn Theodoric weiterhin die Augen vor den betrügerischen Machenschaften seines Sohnes verschließt?«

»Dann werden wir kämpfen. Aber zuerst muß ich Chandra befreien, und dann werde ich Theodoric über die Schandtaten seines Sohnes aufklären.«

»Wohin reitest du?« fragte Alaric.

»Ich werde Chandra befreien, damit Tedric seinen hinterlistigen Plan nicht ausführen kann. Er hält sie in Cordell gefangen, nicht in Phalen, wie Tedric mir weismachen wollte.«

Alaric fragte seinen Sohn nicht, woher er wußte, wo sich Chandra aufhielt.

»Wir teilen uns in drei Trupps auf. Ihr, Milord«, — Conan verneigte sich vor Alaric, »nach Norden zu Theodoric. Edler Ritter«, — er verneigte sich vor Galen — »du nach Osten zur Burg Phalen. Dort treffen wir wieder zusammen, und so Gott will, wird endlich Frieden einkehren.«

Der Falke auf Conans Schulter schlug mit den Flügeln. Conan stieg auf sein Pferd, die Banner des Blauen Falken flatterten im Wind. Er sagte zu seinem Vater: »Wenn dieser Kampf vorbei ist, Milord, wird Eure ganze Familie nach Hause zurückkehren.«

Alaric mußte an Edythe, Galen und den Enkel denken, von dessen Existenz er bis vor kurzem nichts gewußt hatte. Er dachte auch an seine Frau. Voller Schmerz nickte er Conan zum Abschied zu.

25

Udele war von Pierce in ihr Gemach getragen worden. Um seine Herrin an der Flucht zu hindern, setzte er sich auf einen Schemel neben die Tür. Die halbe Nacht schritt Udele rastlos im Zimmer auf und ab und warf von Zeit zu Zeit einen Blick auf ihren treulosen Diener, der gegen den Schlaf ankämpfte.
Pierce beobachtete seine Herrin voller Mitleid. So viele Jahre hatte er ihr bedingungslos gehorcht, und jetzt war diese starke Frau dem Wahnsinn verfallen. Alle ihre Hoffnungen und Träume, ja ihr Leben hatte sie selbst zerstört.
Müde ließ er den Kopf gegen die Wand sinken. Er hatte zwei Nächte lang nicht geschlafen. Kurz darauf schnarchte er leise.
Udele musterte ihn argwöhnisch. Ein verschlagenes Lächeln umspielte ihre Lippen. Auf Zehenspitzen schlich sie zur Tür und öffnete sie geräuschlos. Unten an der Treppe hörte sie die Wache mit jemandem sprechen. Aus irgendeinem Grund hatte der Mann seinen Posten vor ihrer Tür verlassen.
Im Gang und unten in der Halle war es dunkel. Udele ging leise zur Hintertreppe und verließ ungesehen die Burg. Sie hielt sich in den dunklen Schatten der Gebäude und hastete ins Dorf hinunter.
Ohne Zwischenfall erreichte sie ihr Ziel und öffnete vorsichtig die Tür zu Giselles Kate. Die Klöpplerin saß vor ihrem Kaminfeuer. Der Tisch war wie immer mit dem scharlachroten Tuch bedeckt, und darauf lag ein gewöhnlich aussehender Stein.
»Du hast gewußt, daß ich komme«, sagte Udele.
»Ja«, entgegnete Giselle einfach.
Udele ging zum Tisch und griff nach dem Stein. »Was ist das?«
»Meine Kristallkugel. Sie hat ihren Zauber verloren.«

»Und dein Zweites Gesicht?«
»Ich habe keine Visionen mehr«, sagte Giselle müde.
»Auch dein Leben wird bald zu Ende sein«, sagte Udele beinahe fröhlich. »Mein Gemahl wird dich töten lassen.«
»Und Ihr, Madam?« fragte die Greisin. »Was wird mit Euch geschehen?«
»Er denkt, ich bin wahnsinnig«, gestand Udele mit einem geheimnisvollen Lächeln. »Er wird mir nichts antun, denn es bringt Unglück, eine Wahnsinnige zu töten.« Höhnisch kichernd tanzte sie durchs Zimmer. »Aber wie du siehst, kann er mich nicht davon abhalten, zu tun und zu lassen, was ich will. Er hat mich in meinem Gemach gefangengehalten, aber ich bin geflohen!«
»Euer Wächter schläft«, sagte Giselle und stellte sich neben den Kamin.
»Ich dachte, du hast keine Visionen mehr!« fuhr Udele sie an. »Du siehst so gut wie immer.«
»Es ist mein Fluch, daß ich alles fühle, was Euch bewegt, Madam. Ich fühle Euren Zorn – und Euren Wahnsinn.«
»Du hast mich mit deinen Prophezeiungen verwirrt. Alles ist so gekommen, wie es von Anfang an bestimmt war«, wütete Udele.
»Ja, aber es gibt Dinge, für die Ihr allein die Verantwortung tragt. Euretwegen ist Lady Chandras Leben jetzt in Gefahr. Edythe, dem armen Kind, wäre schreckliches Leid erspart geblieben. Und Tedric – ich verstehe nicht, wie Ihr glauben konntet, Conan für Euch zu gewinnen, indem ihr ihn an seinen Feind verraten habt.«
»Alles ist deine Schuld!« schrie Udele. »Du mit deinem verdammten Stein und deinen Prophezeiungen! Ohne deine Lügen wäre mir das alles nicht geschehen!«
»Ihr irrt Euch, Madam. Hättet Ihr Euch von Güte und Verständnis leiten lassen und Euch mit dem zufriedengegeben, was Ihr hattet, könntet Ihr noch lange und glücklich leben. Eure Bosheit und Machtgier haben Euer Schicksal besiegelt.«

»Mein Schicksal?«
»Euren Tod«, fügte Giselle hinzu.
»Durch wessen Hand werde ich sterben?«
»Durch Eure eigene, Milady.«
»Du bist eine verdammte Hexe!« schrie Udele. Sie nahm den Stein vom Tisch und warf ihn ins Feuer. »Dein Zauber hat keine Macht mehr über mich.«
Giselle zog ihren Schal enger um die Schultern. »Ich kann Euch nicht mehr helfen«, sagte sie ruhig.
»Deine Hilfe hat mir nur Unglück gebracht«, zischte Udele. Sie griff nach dem Schürhaken und schwang ihn über ihrem Kopf. Das glühende Ende berührte ein Stück herabhängender Spitze. Giselle sah die winzige Flamme hinter Udele aufflackern. Ein verklärter und friedlicher Ausdruck trat in ihre Augen.
Schon der erste Schlag streckte Giselle nieder, doch Udele schlug in ihrem Wahnsinn weiter auf sie ein. Sie merkte nicht, was hinter ihr passierte. Das feine Gewebe der Spitzen loderte auf gleich Fackeln und setzte das ganze Zimmer in Brand. Mit einem Entsetzensschrei ließ Udele den Schürhaken fallen und sah, daß der Ausgang durch das Feuer blockiert war. Die Flammen züngelten an ihr hoch, und bald brannten ihr Kleid und ihr Haar lichterloh. Ihre gellenden Schreie verebbten zu einem Wimmern, als sie den Tod nahen fühlte.
Die Dorfbewohner, die durch die Schreie geweckt wurden, versuchten, das Feuer zu löschen, konnten aber nur noch verhindern, daß die Flammen auf die anderen Häuser übergriffen. Bald darauf war die Hütte der Spitzenklöpplerin nur noch Schutt und Asche.
Im Morgengrauen fand Pierce die verkohlte Leiche seiner Herrin. Er wickelte sie in seinen Umhang und trug sie zur Burg hinauf. In seiner Erinnerung lebte das dreizehnjährige Mädchen weiter, das sie einmal gewesen war und dessen Fröhlichkeit alle Menschen bezaubert hatte.
Am Burgtor fragte der Wachposten: »Wohin bringst du sie?«
»In ihr Gemach, damit ihre Frauen ihr das Totenhemd anlegen

können«, antwortete der alte Diener voller Trauer. Es war der letzte Dienst, den er seiner Herrin erweisen konnte.

Sir Conan verließ die Straße nach Cordell, ehe sie Colchester erreichten. Er befahl seinen Männern, im Dorf Stellung zu beziehen und auf sein Signal für den Angriff zu warten. Er schlug den Pfad zum Wald ein.

Als die Nacht hereinbrach, hängte er seinen Schild an den Sattel und legte den schweren Brustpanzer ab. Er ließ nur das Breitschwert in seinem Gürtel stecken. Sein Pferd band er an einen Baum, denn morgen früh mußte er zu Fuß weitergehen. Erschöpft setzte er sich darunter, fand aber keine Erholung im Schlaf. Bei jedem Geräusch schreckte er auf, und wenn er die Augen schloß, quälten ihn Visionen von Chandra und seinem Sohn.

Er fürchtete, daß zu viele Jahre verstrichen waren, daß ihnen zu viele Hindernisse im Weg standen. Als sie Erfüllung in ihrer Liebe gefunden hatten, hatten sie gegen Gottes Gebote verstoßen, und selbst wenn er Chandra befreien konnte, sah er keine Möglichkeit, mit ihr zusammenzuleben. Die Gesellschaft würde diesen Skandal nicht tolerieren.

Die Sonne stand bereits hoch am Himmel, als Conan am nächsten Tag endlich jenen Teil des Waldes betrat, der ihm bekannt vorkam. Plötzlich spürte er die Nähe von Menschen. Gleich darauf stand ein Ritter in zerschlissener Lederkleidung vor ihm. Mallory hob grüßend die Hand. »Deine Schwester lebt und ist in Sicherheit«, sagte er.

»Unsere eigene Mutter wollte sie töten lassen«, entgegnete Conan.

»Ja, Edythe weiß es. Jetzt ist dein Sohn in ihrer Obhut. Zusammen mit Wynne versteckt sie sich in einer Hütte bei Anglesey.«

»Dann hat Tedric gelogen. Er behauptet, mein Sohn und Chandra seien seine Geiseln«, sagte Conan.

»Er hat Verbindung mit dir aufgenommen?«

»Ja. Er bietet das Leben seiner Frau und des Kindes im Austausch für Phalen und Cordell.«

»Wir haben gesehen, wie er fortritt. Da er aber Chandra nicht mitnahm, blieben wir hier.«
Thurwell kam nun ebenfalls aus seinem Versteck und begrüßte Conan lächelnd. »Du bist so lange nicht gekommen, daß wir schon glaubten, wir müßten ohne dich angreifen.«
Conan war unendlich erleichtert, seine Freunde bei sich zu haben. »Seid ihr bereit, eine schlüpfrige Klippe zu überwinden?« fragte er sie.
Mallory stieß einen leisen Pfiff aus und sah Conan erstaunt an.
»Bei Nacht«, fügte Conan hinzu.
»Tedric läßt Cordell nur durch einen kleinen Trupp bewachen. William könnte den Feind mit seinen Männer leicht überwältigen, wenn wir ihn aus der Burg locken.«
»Und falls Tedric angeordnet hat, Chandra bei einem Angriff zu töten?« fragte Conan. »Sie ist in der Gewalt der Wachen. Erst wenn sie in Sicherheit ist, können wir angreifen.«
»Also müssen wir über die Klippen in die Burg eindringen«, folgerte Thurwell. »Es gibt keinen anderen Weg.«
»Das habe ich schon einmal geschafft«, gestand Conan.
Mallory und Thurwell grinsten sich verständnisvoll an. »Hatten wir es uns doch gedacht«, sagte Mallory.
»Ihr braucht keine Angst zu haben«, sagte Conan. »Wenn ihr ausrutscht, braucht ihr nicht lange zu leiden.«
»Wie tröstlich«, entgegnete Mallory.
»Wir dringen durch Chandras Zimmer in die Burg ein. Meine Männer greifen Cordell von der Straße aus an und locken Tedrics Wachen aus der Burg. Dann kann William mit seinen Leuten vom Wald her zu uns stoßen, und wir werden gemeinsam Chandra befreien. Natürlich wird es dabei Tote geben, doch das läßt sich leider nicht vermeiden.«
»Und dann gehört sie dir«, sagte Thurwell.
»Ich befreie die Herrin von Cordell nur aus der Gefangenschaft«, entgegnete Conan mit erzwungener Beiläufigkeit.
Seine Freunde sahen ihn an und bemerkten den geistesabwesenden Ausdruck in seinen Augen. Jetzt, da sich endlich der

Zeitpunkt näherte, wo sein Traum sich erfüllen sollte, würde er die Gelegenheit doch wohl nicht ungenützt verstreichen lassen?

»Conan«, sagte Mallory eindringlich. »Du kannst doch nicht so töricht sein und in deinem Edelmut Chandra zurückweisen.«

Conan lachte freudlos. »Glaubt ihr, es fällt ihr leicht, alles zu vergessen, was in den vergangenen Jahren geschehen ist? Kann sie mich denn noch lieben, falls ich gezwungen bin, ihren Mann zu töten?« Er schüttelte den Kopf und sah seine Freunde bedrückt an. »Die Zeit wird weisen, ob alles Böse, das wir erdulden mußten, zu einem guten Ende führt.«

»Du tust Lady Chandra unrecht, Conan«, sagte Mallory. »Du hast mich einmal belehrt und einen Narren genannt, wenn es mir nicht gelänge, trotz aller Widrigkeiten die Frau meines Herzens zu gewinnen. Willst du jetzt der Narr sein?«

Chandra saß auf einem Fell vor dem Kaminfeuer. Mit beiden Armen hielt sie ihre Knie umfaßt und fragte sich, wie viele Nächte wohl noch verstreichen würden, ehe Tedrics Wachen in ihr Zimmer gestürmt kamen, um sie zu töten. Sie hatte gehört, wie ihr Mann diesen Befehl erteilte, aber sie würde nicht geduldig wie ein Opferlamm auf ihren Tod warten. Sie hoffte, irgendwie aus der Burg fliehen zu können.

Sie trat auf den Balkon und blickte auf die Klippen hinunter. Conan hatte diesen gefährlichen Aufstieg gewagt, aber sie war zu feige, ihr Leben auf diese Weise zu riskieren. Außerdem hatte Tedric in der flachen Bucht zu ihrer Rechten eine Wache postiert, die die Klippen im Auge behielt. Tedric kannte sie und wußte, daß sie verzweifelt nach einem Ausweg suchten würde.

Die Tür zu ihrem Zimmer öffnete sich, und ein junges Mädchen aus dem Dorf brachte ihr ein Tablett mit kaltem Fleisch und hartem Brot. Chandra eilte zu dem Mädchen, nahm ihm das Tablett ab und flüsterte: »Bitte, hilf mir!«

»Nein, Milady, ich habe Angst ...«

»Hör zu«, sagte Chandra. »Behalt meine Tür im Auge. Und

wenn die Wache sich entfernt, dann klopf leise. Ich werde fliehen …«

Da knarrte die halboffene Tür und wurde ganz aufgestoßen. »Raus!« fuhr der Wachposten das Mädchen an. Es huschte furchtsam an ihm vorbei. »Es wird Euch nicht gelingen, Milady«, sagte er zu Chandra. »Ich verlasse meinen Posten nicht.«

Chandras Finger umklammerten das Tablett. Wütend fragte sie: »Warum bringst du mir überhaupt noch Essen, wo du mich doch sowieso umbringen willst?«

Der Mann antwortete hämisch: »Euer Gemahl will Euch doch nicht verhungern lassen.«

In einem Anfall von Wut schleuderte sie das Tablett nach dem Mann, verfehlte ihn aber, weil er die Tür als Schild benutzte. Dann steckte er noch einmal den Kopf herein und spottete: »Jetzt könnt Ihr Euer Essen vom Boden aufklauben.« Dann schloß er die Tür.

Mit geballten Fäusten und hochrot im Gesicht vor Zorn versetzte Chandra dem Tablett einen Fußtritt. Tränen der Verzweiflung brannten in ihren Augen.

Sie setzte sich wieder vors Feuer und ließ den Kopf mutlos auf ihre Arme sinken. Plötzlich drang ein leises Geräusch an ihr Ohr, und sie schlich zur Zimmertür. Sie hörte, wie der Wachposten sich bewegte und etwas vor sich hin murmelte. Sie wußte nicht, ob sie enttäuscht oder erleichtert sein sollte. Jedenfalls war die Stunde ihres Todes noch nicht gekommen.

Mit einem resignierten Seufzer ließ sie sich wieder auf das Fell sinken. Wieder hörte sie das Geräusch. Sie verrenkte sich schier den Hals, um herauszufinden, woher es kam. Dann hörte sie ein leises Kratzen. Es kam vom Balkon. Hastig eilte sie zur Tür und legte ihr Ohr daran. Wieder klopfte es leise. Sie antwortete auf dieselbe Weise.

Ihre Gedanken rasten. Conan! Es mußte Conan sein! Angst und Erleichterung durchströmten sie gleichzeitig. Was hatte er vor? Wollte er allein gegen Tedrics Männer antreten?

Leise öffnete sie die Tür und hoffte inständig, daß der Posten das

Geräusch nicht hörte. Vor ihr stand Conan! Im gleichen Augenblick wurde ihre Zimmertür aufgestoßen, und die Wache trat ein. Conan legte einen Finger auf seine Lippen, stieg auf die Brüstung und sprang auf den anderen Balkon hinüber. Um das Geräusch seines Aufsprungs zu übertönen, wandte sie sich um und schrie den Wachposten an: »Darf ich nicht einmal frische Luft schöpfen?«
Der Mann sah sie argwöhnisch an, ging an ihr vorbei auf den Balkon hinaus. Eine brennende Fackel zeigte an, wo der Wachposten unten an der Küste stand. Mit einem grellen Pfiff übertönte der Mann in Chandras Zimmer das Branden der Wellen, und die Wache unten schwang die Fackel, um anzuzeigen, daß er auf dem Posten war.
»Versucht nicht, mir meine Arbeit zu erleichtern, Milady«, sagte der Mann. »Euren zerschmetterten Körper aus den Klippen zu bergen wäre äußerst schwierig.«
»Ich werde dich nicht um dein Vergnügen bringen, mich eigenhändig zu töten«, fauchte Chandra wütend.
»Ihr tut mir unrecht, Milady«, sagte er beleidigt. »Es wird mir schwerfallen, eine so schöne Dame umzubringen.« Er berührte leicht ihre Wange, und sie wich entsetzt zurück. Ihr Abscheu brachte ihn zum Lachen.
Dann warnte er sie noch einmal: »Schlagt Euch die Klippen aus dem Kopf, Lady. Das schafft Ihr niemals.«
»Mir ist mein Leben mehr wert, als du denkst«, entgegnete sie verächtlich.
Der Mann grinste nur und ging aus dem Zimmer. Erleichtert holte sie tief Luft und ging wieder auf den Balkon hinaus. Zwei Gestalten hoben sich gegen den Nachthimmel von der Brüstung des gegenüberliegenden Balkons ab. Sie trat zurück und hörte gleich darauf einen dumpfen Aufprall. Conan trat zur Seite, um Platz für Mallory zu machen. Der war jedoch kein so geübter Springer und hätte um ein Haar die Kante der Brüstung verfehlt. Conan packte ihn hastig am Arm und zog ihn auf Chandras Balkon. Mit erschreckten Augen sah er Conan an und flüsterte: »So etwas tue ich nie wieder — für niemanden.«

Chandra behielt die Zimmertür ängstlich im Auge, aber der Wachposten schien nichts gehört zu haben. Dann fragte sie Conan leise: »Wie seid ihr an dem Posten an der Küste vorbeigekommen?«
»Wir haben ihn ausgetauscht«, entgegnete Conan. »Dort unten steht jetzt Thurwell.«
Conan und Mallory betraten leise Chandras Zimmer und bliesen die Kerzen aus. Sollte der Wachposten hereinkommen, hatten sie im Zwielicht wenigstens eine Chance, ihn geräuschlos zu überwältigen. Conan zog Chandra zum Feuer. »Wärm dich ein wenig auf«, flüsterte er ihr ins Ohr. »Wenn das Scheit niedergebrannt ist, lassen wir das Feuer ausgehen.«
Sie wagte nicht zu sprechen und nickte nur. Doch Conan war kühner, ihn beschäftigten zu viele Fragen. »Warum hast du mir nicht gesagt, daß ich einen Sohn habe?«
Sie blickte zu ihm auf, aber im Zimmer war es zu dunkel, um den Ausdruck seiner Augen zu erkennen. »Ich hatte Angst, du würdest dich dann zu einer überstürzten Tat verleiten lassen«, murmelte sie. »Du warst nach dem Kreuzzug erschöpft und mußtest erst wieder zu Kräften kommen.«
»Und du hast mir verschwiegen, wie grausam Tedric dich behandelt«, fügte er hinzu.
Ihr Kinn zitterte. Sie konnte die Tränen einfach nicht mehr zurückhalten. Seit man sie in ihr Gemach eingesperrt hatte, hatte sie nicht geweint, aber in Conans Gegenwart durfte sie sich ihre Ängste eingestehen. »Mein Kind«, klagte sie schluchzend.
»Es ist in Sicherheit«, tröstete Conan sie. »Chandra, warum hast du mir nichts von Tedrics Grausamkeiten erzählt? Von anderen habe ich erfahren, daß er gestohlen und gemordet hat.«
Ihre Antwort war kaum vernehmbar. »Ich wollte dich nicht mit weiteren Bürden belasten; du warst erst aus einem schrecklichen Krieg zurückgekommen.«
»Oder wolltest du nicht, daß *ich* dich befreie?«
»Nein«, hauchte sie, »aber ich konnte dich auch nicht darum bitten.«

»Warum nicht, Chandra?« fragte er sanft.
»Conan, wie konnte ich dich darum bitten, dein Leben für mich zu riskieren? Hat meine Liebe dir nicht schon genug Kummer bereitet?«
»Deine Liebe tut mir nur weh, wenn du sie zurückhältst und nicht annimmst, was ich dir schenke.«
Sie schüttelte den Kopf. »Conan, du hast so viel riskiert, ohne daß ich dich darum gebeten habe.«
Er blickte auf sie hinunter, sah, wie das flackernde Licht des Feuers Schatten über ihr Gesicht tanzen ließ. In ihren Augen glänzten Tränen. »Ich wollte dir nicht weh tun. Nie«, sagte er sanft.
Dann schwieg er. Mallory hatte sich neben der Zimmertür gegen die Wand gelehnt. Conan zog sein Breitschwert aus dem Gürtel, setzte sich neben dem Kamin auf den Boden und bedeutete Chandra, neben ihm Platz zu nehmen.
Er legte seinen Arm um sie, und so verbrachten sie den Rest der Nacht. Chandra schlief immer wieder an seiner Schulter ein, und jedesmal, wenn sie aufwachte, spürte sie, wie er angespannt in die Dunkelheit lauschte. Sie wußte nicht, wie er weiter vorgehen wollte. Im Morgengrauen ließ ein Schrei von unten Conan auf die Füße springen. Dann postierte er sich mit gezogenem Schwert neben Mallory vor der Zimmertür.
Ein paar Augenblicke später wurde die Tür aufgestoßen. Der Wachposten stürmte herein und wurde niedergestreckt, ehe er begriff, wie ihm geschah. Sein Schrei ließ zwei weitere Wachen herbeieilen. Mallory und Conan überwältigten auch diese beiden Männer. Chandra sah mit Entsetzen diesem Kampf zu und floh schutzsuchend in eine Ecke.
Geschrei und Tumult in der Halle wurden lauter. Es schien eine Ewigkeit zu dauern, bis Tedrics Männer besiegt waren und William im Türrahmen auftauchte.
»Das war so leicht wie's Apfelpflücken«, prahlte er stolz. »Cordell ist gefallen.«

Hinter ihm tauchte Thurwell auf. »Conan, ein paar von Tedrics Männern sind entkommen. Wir müssen uns beeilen.«
Conan sah Chandra an. Sie lächelte. »Cordell gehört jetzt dir, mein edler Ritter. Meine Männer stehen dir zur Verfügung.«
»Nein, Milady, das ist dein Besitz. Er wurde dir von deinem Vater übergeben. Meine Aufgabe war es, Cordell und dich aus Tedrics Händen zu befreien.«
»Und die Burgherrin?« fragte sie. »Erhebst du auf sie keinen Anspruch?«
»Nein, Chandra. Du bist keine Kriegsbeute. Dein Leben gehört dir allein.«
Sie sah ihn eindringlich an. »Nein, Conan. Mein Leben gehört dir. So ist es schon seit langer Zeit.«
»Ich muß Phalen erreichen, ehe Tedric von deiner Befreiung erfährt. Willst du hierbleiben? Jetzt bist du in Sicherheit. Man kann dir deinen Sohn wiederbringen, oder du holst ihn selbst. Du stehst von nun an unter meinem Schutz.«
»Nimm mich mit, Conan.«
Mallory, Thurwell und William gingen taktvoll aus dem Zimmer. Die beiden waren jetzt allein.
»Das würde die schmerzlichste Reise deines Lebens werden«, sagte Conan.
Ihr war durchaus bewußt, daß bei der bevorstehenden Auseinandersetzung entweder ihr Mann oder der Vater ihres Kindes getötet würde. Auch ihr Leben war in Gefahr. Doch sie wollte den Kampf bis zum bitteren Ende durchstehen. Sie nahm ihren Umhang vom Haken und trat mit entschlossenem Gesichtsausdruck vor Conan.
»Du hast mich befreit und bietest mir deinen Schutz«, sagte sie sanft, »aber du hast nicht von Liebe gesprochen.«
Conan sah sie einen Augenblick stumm an und nahm sie dann in seine Arme. Seine Lippen fanden ihren Mund. Er küßte sie mit verzehrender Leidenschaft. Mit diesem Kuß vertrieb er ihre letzten Zweifel an seiner Liebe. »Vor uns liegt noch ein schwerer

Kampf. Erst wenn wir gesiegt haben, können wir über die Zukunft sprechen.«
»Sag mir, daß du mich liebst«, flüsterte sie.
»Ja«, hauchte er. »Bis in alle Ewigkeit.«
Dann drehte er sich auf dem Absatz um und ging. Chandra folgte ihm.

26

Sie brachen sofort nach Phalen auf. Doch trotz ihrer Eile konnten sie die Entfernung nicht in einem Tag bewältigen. Bei Einbruch der Dämmerung errichteten sie ein notdürftiges Lager. Conan streckte sich auf einer Decke neben Chandra aus, aber er fand keinen Schlaf. Tedric war immer sein Feind gewesen. Schon Mallory hatte ihn vor langer Zeit vor ihm gewarnt. Jetzt war endlich der Tag gekommen, wo er mit Tedric abrechnen konnte. Dieser Schuft hatte ein letztes Mal versucht, Conan in einen Hinterhalt zu locken. Doch Conan hoffte noch immer, diese Fehde zwischen seiner und Theodorics Familie zu vermeiden. Sollte ihm das nicht gelingen, würde er andere Mittel und Wege finden, diesen Zustand zu beenden.

Als sie sich am darauffolgenden Tag Phalen näherten, sah Conan, wie Galen seine Männer postiert hatte. Das Zelt seines Bruders stand auf einer kleinen Anhöhe, die es ihm ermöglichte, die Zugbrücke im Auge zu behalten. Paarweise patrouillierten Galens Gefolgsleute an den Burgmauern entlang. Er hatte seine Aufgabe, Phalen zu belagern und nicht anzugreifen, zu Conans voller Zufriedenheit erfüllt.

Tedrics Männer hatten die Burgmauern und den Burgfried besetzt, doch darunter gab es viele Söldner, die noch unter Medwins Kommando Phalen verteidigt hatten. Conan wußte, daß man Tedric sofort von seiner Ankunft unterrichten würde.

Chandra ritt am Ende von Conans Trupp und wurde von zwei Männern beschützt. Neben Conan ritten Mallory und Thurwell. Doch in Galens Zelt ging Conan allein.

Er ließ sich von seinem Bruder berichten, was vorgefallen war. Als die zwei Brüder endlich herauskamen, sahen sie Alarics und

Theodorics Truppen herannahen. Die beiden alten Ritter führten — gefolgt von Theodorics Söhnen, die mit Conan im Kreuzzug gekämpft hatten — Seite an Seite ihre Männer an.
Conan erwartete sie und verneigte sich tief vor ihnen, als sie ihre Pferde zügelten. Dann blickte er in Theodorics verärgertes Gesicht.
»Milords«, grüßte Conan.
»Ist das eine neue Art der Kriegführung, daß sich verfeindete Truppen gegenseitig eskortieren?« fragte Theodoric grimmig.
»Ich hoffe, daß wir diesen Ort als Freunde verlassen«, antwortete Conan.
»Du willst gegen meinen Sohn kämpfen«, grollte Theodoric.
»Milord«, bat Conan höflich, »gebt mir die Möglichkeit, Euch die Situation erklären zu dürfen. Dann können wir die Fehde vielleicht friedlich beilegen.«
»Warum hat man mich überhaupt hierhergerufen?« fragte der alte Lord.
»Ihr habt die Nachricht gelesen, die Tedric mir schickte. Ihr wißt, daß er mich nach Phalen gebeten hat, damit ich ihm den Besitz kampflos im Austausch für seine Frau und das Kind überlasse. Aber seht dorthin, Milord«, sagte Conan und deutete auf Chandra. »Er hielt sie in Cordell gefangen, und seine Männer hatten Anweisung, sie zu töten, sobald ein Reiter ihnen die Nachricht von meinem Tod überbringen würde.«
Theodoric und seine Söhne stiegen von ihren Pferden. Alaric stellte sich neben Conan. Auch Mallory und Thurwell traten an seine Seite.
»Du bewegst dich auf dünnem Eis, Conan«, sagte Theodoric. »Du hast meinen Sohn bereits einmal zu Unrecht beschuldigt, und trotzdem bittest du mich hierher, damit ich mir weitere Anklagen anhöre.«
»Ich habe Beweise für meine Anschuldigungen, Milord.«
»Dann sprich.«
»Tedric erhebt Anspruch auf Phalen, weil er Medwins Schulden bezahlte und Chandras Sohn der einzige Enkel und rechtmäßige

Erbe ist. Doch das Geld, womit er Medwin zwang, ihm Chandra zur Frau zu geben, hat er von meiner Mutter bekommen. Sie lieh es von dem Juden Aaron, den Tedric getötet hat. Danach erpreßte er mehr Geld von Udele, und sie mußte sich sein Schweigen erkaufen. Chandras Kind, für das er Anspruch auf Phalen erhebt, ist mein Sohn. Ich bin bereit, Tedric eine Abfindung zu bezahlen, um mein Unrecht wiedergutzumachen.«

»Und Chandra soll dir gehören?« fragte Theodoric.

»Nein, Milord. Ich habe sie nur aus der Gefangenschaft befreit und biete ihr meinen Schutz an. Tedric hat sie auf grausame Weise behandelt und allein für seine Zwecke mißbraucht. Er ließ einen Priester hängen, der versucht hat, ihr zu helfen. Ihr seht, wie sehr er seine Frau schätzt: Er bietet ihr Leben im Austausch für Phalen — ein Versprechen, das er nicht zu halten gedachte. Tedric hat noch andere Verbrechen begangen, für die er nach Richards Rückkehr zur Rechenschaft gezogen werden wird. Reitet nach Bury Saint Edmunds und fragte die Überlebenden des Massakers vom Palmsonntag, ob Tedric einer der Adeligen war, die die Juden niedergemetzelt haben. Fragt die Bewohner von Cordell, die mitansehen mußten, wie er ihren Priester hängen ließ.«

Theodorics Gesicht war wie versteinert. Er wollte nicht glauben, daß Tedric derartige Greueltaten begangen hatte. »Wenn meine älteren Söhne mich nicht dazu überredet hätten, wäre ich jetzt nicht hier.«

»Ganz gleich, ob andere Gutes oder Schlechtes über mich reden, Ihr hattet nie Grund dazu, an meinen Worten zu zweifeln. Ich stehe vor Euch als Freund oder als Feind. Ganz, wie Ihr wünscht.«

»Mein Wunsch!« wütete Theodoric. »Du standst mir immer nahe wie ein Sohn, und ich habe jetzt das Gefühl, als würden zwei Brüder Krieg gegeneinander führen.«

»Auch die Söhne des Königs führen Krieg gegeneinander, Milord«, sagte Conan. »Wie Richard und John ...«

»Das ist eine alte Geschichte«, unterbrach ihn Theodoric. Er fühlte eine Hand auf seiner Schulter und blickte in die Augen seines ältesten Sohnes. »Vater, ich kenne Conan gut. Es ist nicht seine Art, einen Mann zu verleumden. Er hat immer eine faire Auseinandersetzung gesucht. Tedric verdient deine Unterstützung nicht mehr.«

»Also läßt du ihn im Stich?« schnaubte Theodoric.

Sein Sohn wandte verlegen den Blick ab. Er hatte sich nie einem Befehl seines Vaters widersetzt.

»Wirst du für deinen Bruder kämpfen?« fragte Theodoric zornig.

Mit Trauer in den Augen schüttelte der den Kopf. Theodoric wandte sich seinen anderen Söhnen zu. Jeder einzelne senkte den Blick.

Theodoric ballte die Fäuste. Es fiel ihm schwer, sich von einem Sohn abzuwenden, der seine Hilfe brauchte. »Vor diesem Tag haben wir beide uns gefürchtet«, sagte er dann zu Alaric. »Hast du eine Ahnung, wie dieser Kampf enden wird?«

»Wir können nur bis zum bitteren Ende kämpfen«, entgegnete Alaric.

»Es gibt einen anderen Weg«, sagte Theodoric wehmütig. »Dein Sohn und mein Sohn sollen ihren Streit unter sich austragen. Und ganz gleich, wie der Kampf ausgeht, ich schwöre, daß ich keine Vergeltung üben werde. Wie stehst du dazu?«

»Ja, das soll der letzte Kampf sein. Aber ich werde ihn mir nicht ansehen«, entgegnete Alaric.

Die beiden alten Lords reichten sich die Hände und gingen zu ihren Pferden.

Da lief Chandra auf Conan zu. »Was wird geschehen?« fragte sie ängstlich.

»Der Kampf wird zwischen Tedric und mir ausgetragen«, antwortete Conan ruhig.

Tedric beobachtete von der Burgmauer aus, wie Theodoric und Alaric zu ihren Truppen zurückgingen und auf ihre Pferde stiegen. Sein Vater würde ihn im Kampf gegen Conan nicht unterstützen. Und wie um seine ohnmächtige Wut noch mehr zu

schüren, sah er, wie eine kleine zierliche Gestalt mit blondem Haar auf Conan zulief.
Tedric war wie gelähmt vor Zorn. Dann drehte er sich um und sah in den Burghof hinunter. Kein Pferd war gesattelt, denn seine Männer waren nicht auf den Kampf vorbereitet. Er hatte geplant, Conan töten zu lassen, sobald er innerhalb der Burgmauern von Phalen war. Wie hatte der Blaue Falke erfahren, daß sich Chandra hier nicht aufhielt?
Er war ebenfalls nicht darauf vorbereitet, Conan im offenen Kampf gegenüberzutreten. Er könnte zwar einer Belagerung eine Weile standhalten, wollte aber eine direkte Auseinandersetzung mit Conan vermeiden.
Tedric schrie etwas von der Burgmauer herunter, aber sein Vater drehte sich nicht um. Wie konnte sein eigener Vater ihn ausgerechnet jetzt, in der Stunde der Not, im Stich lassen? Gemeinsam hätten sie Conan endgültig vernichten können!
Dann näherte sich Conan allein — mit seinem Falken auf der Schulter — der Zugbrücke. Er blieb stehen und wartete.
»Laßt die Brücke herunter«, befahl Tedric seinen Männern. »Sitzt auf!«
Mit langen Schritten eilte Tedric in den Burghof. Keiner seiner Männer machte Anstalten, seinen Befehl zu befolgen. »Sitzt auf! Wir kämpfen gegen den Blauen Falken!« schrie er wieder.
Niemand rührte sich, und als er einen der Söldner wütend anstarrte, zuckte der nur die Schultern und sagte: »Ihr habt versprochen, daß es nicht zum Kampf kommen würde.«
»Ich habe mich eben geirrt! Wir kämpfen jetzt gegen Conan!«
Der Mann schüttelte den Kopf. »Niemand hier wird gegen den Blauen Falken reiten. Wir würden uns zwar verteidigen, aber wenig Widerstand leisten. Sir Conan ist zu stark.«
»Ihr gehorcht meinem Befehl nicht?«
Die Männer wandten sich ab. Nur ein Narr würde an Tedrics Seite gegen den Blauen Falken kämpfen.
Tedric stapfte wütend zu seinem Pferd, stieg auf und preschte über die Zugbrücke. Da sein Vater ihm nicht zu Hilfe kam, hatte

er keine Hoffnung mehr, daß Conan mit ihm verhandeln — oder sein Leben schonen würde.
Als Conans Männer den Reiter aus der Burg galoppieren sahen, liefen sie zu ihren Pferden, um einen Angriff abzuwehren. Doch Conan blieb reglos stehen. Er hatte nur eine Waffe bei sich: Pfeil und Bogen. Mit ruhiger Hand legte er einen Pfeil an die Sehne.
Mit gesenktem Kopf und vorgestreckter Lanze preschte Tedric auf seinen Vater und seine Brüder zu. Er stieß einen gellenden Kampfschrei aus. Er hatte es nicht auf Conan abgesehen. Er wollte seinen Vater töten.
Theodoric hörte den Schrei und drehte sich um. Qualvolles Entsetzen breitete sich auf seinem Gesicht aus, als er seinen Sohn in mörderischer Absicht auf sich zureiten sah. Wie erstarrt blieb er stehen und griff nicht nach der Waffe.
Doch plötzlich bäumte sich Tedric im Sattel auf. Ein Pfeil steckte in seiner Brust. Die Lanze fiel aus seiner Hand. Er umklammerte den Pfeil. Blut strömte über sein Wams. Mit weit aufgerissenen Augen sah er zuerst seinen Vater und dann Conan an, der mit gesenktem Bogen dastand. Dann fiel er mit einem qualvollen Stöhnen vom Pferd.
Theodoric begegnete Conans Blick in stummem Verständnis. Kein Laut durchdrang die Stille, die sich über die Burg und die Männer davor gesenkt hatte.
Conan ging auf Theodoric zu, den Bogen hielt er noch in der Hand. Chandra lief an ihm vorbei zur leblosen Gestalt ihres Mannes.
Dann stand Conan vor seinem Freund und Lehrer.
»*Ich* habe dich gelehrt, den Bogen zu gebrauchen«, sagte Theodoric mit bebender Stimme.
Conan sah dem alten Ritter nur stumm in die Augen.
»Ich hätte nie gedacht, daß dein Pfeil eines Tages meinen Sohn treffen würde.«
»Ihr habt mich auch gelehrt, wann ich töten muß«, sagte Conan.
»Er hätte ...«

»Ich konnte nicht zulassen, daß er Euch tötet, Milord.«
»Du hättest ihn schon vor langer Zeit töten können, um dich zu rächen.«
»Tedric hätte sich mir nie in einem fairen Kampf gestellt, Milord. Er hat immer versucht, mich durch Intrigen und Lügen zu Fall zu bringen. Doch dieser Sieg bringt mir keine Ehre.«

Sir Tedric wurde nach Norden gebracht und auf dem Besitz seines Vaters bestattet. Chandra blieb der Beerdigung fern. Statt dessen ritt sie zusammen mit Mallory und Thurwell zu Edythe, um ihren Sohn zu holen. Mallory ritt dann mit Edythe nach Anselm, damit die Familie endlich wieder vereint war.
Thurwell blieb bei Chandra und ihrem Sohn in Cordell. Im Dorf war wieder Friede eingekehrt, und die Bewohner gingen freudig ihrer Arbeit nach. Thurwell half Chandra bei der Verwaltung des Besitzes und war oft mit William zusammen. Er schien sich in Cordell wohl zu fühlen, und Chandra erkannte auch bald den Grund dafür. Anscheinend hatte er ein Auge auf Wynne geworfen und schien in der Gegenwart der jungen Frau richtiggehend aufzublühen.
Die Herrin von Cordell sah mit Vergnügen, wie zufrieden die Menschen jetzt wieder waren, aber sie verzehrte sich vor Sehnsucht. Conan ließ nichts von sich hören. Sie wurde von Zweifeln gequält und beschloß schließlich, einen Boten nach Anselm zu schicken. Sie konnte Conan zwar nicht bitten, zu ihr zu kommen, das mußte er aus freiem Willen tun. Aber sie hoffte zumindest, eine Antwort von ihm auf ihren Brief zu bekommen.
Spät an einem Juniabend, als Chandra in ihrem Zimmer saß und sich das Haar bürstete, hörte sie auf dem Balkon ein Geräusch. Lächelnd dachte sie an jene Nacht zurück, als ein ähnliches Geräusch ihr ganzes Leben veränderte. Leise eilte sie zur Zimmertür und verriegelte sie von innen. Als sie sich wieder umdrehte, stand Conan in der offenen Balkontür. Eine Hand hatte er in die Hüfte gestemmt, und er lächelte verschmitzt. Mit gespielter Entrüstung ging sie auf ihn zu.

»Kannst du nicht wie ein ehrbarer Mann durch die Vordertür kommen und auf anständige Weise um meine Hand anhalten?« neckte sie ihn.
»Das kam mir zu einfach vor«, antwortete er grinsend. »Frauen, die leicht zu gewinnen sind, mißtraue ich.«
»Aber, edler Ritter«, entgegnete sie scheinbar beleidigt, »Ihr ruiniert meinen Ruf. Ihr seid sicher nicht unbemerkt in mein Gemach gekommen.«
»William war sehr hilfreich. Aber er hat mir ja auch gesagt, daß ich einen Sohn habe.« Er blickte sie stirnrunzelnd an. »Wenn es dir gefällt, kann ich dich auch wieder über die Klippen verlassen und morgen früh an deiner Haustür klopfen, um mein Begehren vorzutragen.«
Sie lachte leise, und ihre Augen strahlten voller Liebe. »Alle unsere Geheimnisse — wie unschuldig sie auch gewesen sein mochten — wurden aufgedeckt. Also sei mir willkommen. Und glaubst du etwa, daß ich dich nach dem, was ich ertragen mußte, um dich zu bekommen, noch einmal über die Klippen klettern lasse?«
»Ich fange an, Spaß daran zu haben«, antwortete er lächelnd.
»Und ich habe jede Nacht deine Schritte auf meinem Balkon gehört.«
Er breitete seine Arme aus und sagte: »Dann komm zu mir, Lady. Was für einen beschwerlichen Weg habe ich zurückgelegt, um endlich bei dir zu sein. Jetzt mußt du mir die Belohnung dafür gönnen.«

Epilog

Über zwei Jahre wurde König Richard von Herzog Leopold gefangengehalten, und er kehrte als ein verbitterter Mann nach England zurück. Nur zögernd hatten seine Untertanen das Lösegeld aufgebracht — und nicht einmal die ganze Summe bezahlt, deshalb hatte der König Geiseln zurücklassen müssen, bis der gesamte Betrag entrichtet war. Bei seiner Rückkehr fand Richard ein gespaltenes Reich vor: Sein Bruder John hatte den Thron usurpieren wollen.

Der Kreuzzug hatte aus Richard einen harten Mann gemacht. Er war zwar noch immer der kühne Ritter, der ihm den Beinamen Löwenherz eingetragen hatte, aber zwei Jahre Kreuzzug und zwei Jahre Gefangenschaft hatten ihn unbeugsam und starr werden lassen.

Um das zerstrittene Land wieder zu einen, hielt er in Nottingham — im Herzen von Johns Domäne — eine Ratsversammlung ab. Er ließ seinen jüngeren verräterischen Bruder festnehmen und forderte den Rest des Lösegeldes. Damit hatte er sich wieder als der rechtmäßige König etabliert.

Richard vergaß zwar nicht das Unrecht, das ihm manche seiner Vasallen angetan hatten, aber er belohnte auch jene, die treu zu ihm gehalten hatten und ihn weiter unterstützen würden. Als das Konzil zu Ende war, besuchte er alle, die ihn auf dem Kreuzzug begleitet oder loyal zu ihm gestanden hatten.

Da Anselm zwischen Nottingham und London lag, führte ihn sein Weg auch dorthin. Er schickte dem Herrn von Anselm eine Botschaft, daß er kommen und ein paar Tage in der Burg verbringen würde.

Als der große Tag im Jahre 1194 anbrach, schien die Aprilsonne hell vom Himmel. Alles war festlich geschmückt, und die Men-

schen trugen ihre Feiertagskleider, als der König über die Zugbrücke ritt.
Conan beugte das Knie vor seinem Herrscher. Als er sich wieder erhob, standen sich zwei gleich große Männer gegenüber. »Willkommen, mein Lehnsherr«, sagte er.
Richard schüttelte seinem Freund die Hand. Dann warf er einen Blick in die Runde, bemerkte mit Wohlgefallen die vielen festlich gekleideten Menschen, die zu seinem Empfang gekommen waren, und die Anstrengungen, die man seinetwegen gemacht hatte. Er lächelte zufrieden. Anselm gehörte zu den mächtigsten Burgen in England.
»Ja, das ist ein sehr schöner Ort«, sagte Richard. »Ich bedaure, daß ich ihn nicht zu Lebzeiten Eures Vaters besuchen konnte.«
Conan lachte leise und ein wenig wehmütig. »Obwohl er tot ist, Sire, fühle ich, daß er über Anselm und mich wacht. Bis ans Ende seiner Tage war er Euer treuer Diener.«
»Die de Corbneys sind immer eine mächtige Familie gewesen und werden es immer sein. Und«, fügte er hinzu, als er Conans Familienmitglieder sah, die vor der Tür standen, »wie ich sehe, wächst sie.«
Conan nickte. Mit einer Armbewegung bedeutete er seinem König vorauszugehen. Mit weit ausholenden Schritten ging der König auf die Gruppe Adeliger zu und blieb dann stehen.
»Sire, mein Bruder, Sir Galen«, begann Conan mit dem Vorstellen. »Ihm gehört die Burg Stoddard. Dort züchten wir die edelsten Pferde Eures Reiches.«
Galen kniete vor dem König. Richard bat ihn, sich wieder zu erheben, und reichte ihm die Hand.
»Sir Mallory«, sagte Conan dann.
Noch ehe Mallory sich verneigen konnte, gab Richard ihm die Hand. »Seid gegrüßt, mein Freund«, sagte er mit Wärme, und beide wußten sofort, daß sie die ganze Nacht Erinnerungen an den Kreuzzug austauschen würden.
»Seine Frau, Lady Edythe, meine Schwester.«
Edythe machte einen Hofknicks vor dem König und konnte

nicht widerstehen, ihm ihr Kind vorzustellen. Sie nahm der Amme, die hinter ihr stand, das strampelnde kleine Mädchen ab. »Unsere Tochter, Sire. Eleanor.«

Der König lächelte vergnügt und tätschelte der Kleinen die Wange.

»Sir Mallory wacht über die Burg Phalen«, sagte Conan.

Ihm blieb keine Zeit, Thurwell vorzustellen. Der König hatte schon die Hand seines treuen Ritters ergriffen. »Und das ist meine Frau, Sire. Lady Wynne«, sagte Thurwell dann.

»Sir Thurwell dient der Krone und unserer Familie, indem er Cordell bewacht, ein kleiner, aber bedeutender Besitz an der Ostküste.«

Der König nickte. Er war am Ende der Reihe seiner adeligen Gastgeber angekommen. Conan stellte ihm eine Frau von seltener Schönheit vor. »Lady Chandra, Sire.« Trotz ihres runden Leibs knickste Chandra graziös. Der König reichte ihr seine Hand und half ihr wieder auf. Ein Blick in ihre strahlenden Augen, und das Herz des Königs wurde weich. Neben Chandra stand ein Knabe von fast vier Jahren. »Master Hugh, Sire. Mein Sohn«, sagte Conan.

Am schwarzen Haar und den blauen Augen des Knaben konnte der König deutlich sehen, daß Hugh Conans Sohn war. Aber Richard wußte auch, daß Conan kurz vor dem Kreuzzug seine Frau zu Grabe getragen hatte. Augenzwinkernd wandte er sich an seinen Gastgeber. Manchmal stimmen Gerüchte doch, dachte er. »Ihr hattet allen Grund, nach England zurückzukehren«, sagte er.

»Ja, Sire«, entgegnete Conan stolz. »Wirklich allen Grund.«

Richard sah wieder den Knaben an. Er war ein vielversprechendes Kind und würde eines Tages so stark und mächtig wie sein Vater sein. Zum erstenmal seit seiner Heimkehr fühlte der König Stolz auf seine Untertanen. Mit noch einigen solcher Menschen würde es ihm gelingen, sein Reich zusammenzuhalten. Mit Männern wie Sir Conan.

»Kommt in die große Halle, Sire, damit wir Euch bewirten können.«

Der König seufzte glücklich und reichte Conans Gemahlin seinen Arm. »Wenn mein Auge mich nicht täuscht, können wir bald ein großes Ereignis feiern«, sagte er.
»Das wird wohl so sein«, entgegnete sie ruhig.
»Chandra?« fragte er. »Der Name ist weder französisch noch englisch.«
»Nein, Sire«, antwortete sie.
»Ich habe den Namen auf meinen Reisen gehört. Kennt Ihr dessen Bedeutung?«
»Ja, ich kenne sie«, antwortete sie scheu.
»Er paßt zu Euch«, sagte er. »Eure Schönheit leuchtet strahlender als die der Sterne.« Er blieb stehen und sah sie an. »Wenn Eure Ergebenheit Eurem Gemahl gegenüber ebenso groß ist wie das Strahlen Eurer Augen, ist er ein glücklicher Mann.«
Chandra sah Conan an und dann wieder den König. »Wenn meine Augen strahlen, Sire, dann nur, weil er mich unendlich liebt.«